디지털인문학연구총서

1

조선시대 표류노드 시각망 연구일지

The Visual Network of the Drift Node in Joseon Period

허경진·구지현 지음

보고사

이 저서는 2014년 대한민국 교육부와 한국연구재단의 디지털인문학사업의 지원을
받아 수행된 연구임(NRF-2014S1A6A8071960)

연구일지를 시작하며

　"본 과제는 인문학 연구자가 디지털인문학의 방법을 활용하여 직접 인문학적 데이터를 분석하고 이를 맥락화, 구조화하는 것을 목표"로 한다는 공고를 보고 나는 막연하게 디지털인문학 연구를 해보고 싶다는 의욕만으로 연구계획서를 만들었다. 그 동안 토대연구와 자료수집을 많이 해왔기에 인문학적 데이터는 준비되어 있었으므로 디지털인문학의 방법만 활용하면 될 것이라고 생각했던 것이다.

　2014년 디지털인문학사업의 「디지털인문학 시각화 콘텐츠 개발」아젠다에 맞춰 「조선시대 표류노드 시각망(The Visual Network of the Drift Node in Joseon Period)」이라는 연구계획서를 제출했는데, 우리 계획서가 선정되었다는 소식을 들을 때까지 구체적인 설계도는 그려지지 않았다. 2015년 1월 8일(목) 자문회의에서 김현교수는 "인문학자들이 분석한 데이터를 프로그램 개발자에게 넘기는 것보다는 인문학자가 스스로 디지털화하면 훨씬 깊이 있게 다양한 데이터를 보여줄 수 있다"고 우리를 설득하였다. 그날 회의에서 표류 노드의 시각화 방법으로 지리적 시각화, 의미적 시각화 방법을 검토하고, 시각화 프로그램으로 구글지도, 파빌리온, 위키피디아 방식을 검토하였다. 김현교수는 우리 연구팀을 위해서 인문정보학 개론 수준의 과목을 두 학기 개설하기로 하였다.

　연구일지를 편집하여 출판할 계획은 연구진행 관련 컨설팅에서 구체화되었다. 2015년 3월 11일(수)에 한국연구재단의 이길신 연구원(인문사회연구총괄기획팀)과 문덕현 과장(인문사회연구진흥팀)이 나의 연구실로 찾아와 디지털인문학사업의 성격을 설명하면서, 다른 인문학연구자들이 인문학적 정보를 디지털라이징하고자 할 때에 참고할 수 있는 안내서를 만들어보라고 권했다. 그러나 나도 초보자인 마당에 안내서를 만들 수는 없고, 우리의 시행착오를 적나라하게 보여주는 연구일지는 만들 수 있다고 했더니, 그런 책도 어떤 면에서는 도움이 될 수 있다고 하였다. 우리는 그 말을 그대로 믿고 연구일지를 기록하기 시작하였다.

  부록에 들어갈 원고들은 서로 다른 시기에 다른 목적, 다른 형태로 작성되었으므로 번호 체계가 다른데, 각 자료의 특성을 보여주기 위해 그대로 두었다.

목차

제1장
계획서 작성

　2014년 10월 16일 한국연구재단 공지사항에 인문학 사업 공고가 올랐다. "2014년도 인문학대중화사업(인문학국책/인문학디지털/인문브릿지) 신청요강 공고"라는 제목이었다. 지금까지 인문학대중화사업이라면, 일반인을 대상으로 하는 시민강좌나 인문도시 지원사업 등이 있었지만, 이것은 전혀 새로운 형태의 인문학 사업이었다. 사업요강에 보이는 이 사업의 목적은 다음과 같았다.

> ○ 디지털미디어 중심으로 재편되는 지식유통 변화에 적극 대응
> － 교육 및 대중의 문화향유에 기여하는 인문학 디지털콘텐츠 개발 촉진
> ○ 인문학 성과의 체계적 디지털콘텐츠 개발을 통하여 향후 산업현장에서 유용하게 활용될 수 있는 다양한 원천소재콘텐츠 제공
> － 인문학 기초자료의 디지털화를 통한 창조적 지식콘텐츠 구축은 인문학 연구의 활성화만이 아니라, 향후 다양한 문화산업에도 활용할 수 있음
> ○ 본 사업은 전통적인 인문학 연구를 바탕으로 새롭게 인문학의 확장을 모색하는 것으로, 기존 타 부처 융합연구와는 차별되게 인문학자가 중심이 되어 추진되는 선도 연구임
> 　　　(『2014년도 인문사회분야 학술지원사업 디지털인문학사업 신청요강』中)

　우리 팀의 눈길을 끌었던 것은 두 번째 항목이었다. 인문학 기초자

료의 활용방안에 대해 전부터 관심을 가져왔기 때문이었다. 이 시기 참여하고 있던 과제는 사전 관련이었는데, 성과물은 기존의 한글파일이 아닌 XML로 제출하는 것이었다. 이제 디지털화할 수 있는 데이터로 과제물을 제출하는 것이 인문학 연구가 될 터였다. 한편, 전근대 동아시아 지식인 사이에 이루어진 척독을 전자지도로 구현하는 데 관심을 가지고 몇 가지 구상을 하고 있었기 때문이었다. 더구나 지정의제는 "디지털인문학 시각화 콘텐츠 개발"이었다. 그러나 배정된 예산을 보고 실망하지 않을 수 없었다. 예산 범위에서 인건비를 최대한 책정한다 하더라도 박사급연구원 1명과 연구보조원 2명이 고작이었다. 방대한 양의 척독을 데이터화하는 과제를 수행하기에 인력은 너무 부족하였다.

우리 팀은 곧 회의를 열어, 주제에 대해 다시 한 번 고민하였다. 다행히 이 사업의 목적은 방대한 정보를 축적하는 것은 아니었다. 요강에는 지원유형에 대해 "인문학적 지식의 맥락화, 구조화에 입각한 다양한 시각화콘텐츠 개발을 목표로"한다고 명시되어 있었고, "양적인 데이터 구축이 목표가 아니라, 특정 주제를 중심으로 한 자료의 맥락화 및 구조화를 통해 대상 세계(개발 대상 인문학 주제 영역)에 대한 종합적인 이해를 도모하고, 이를 시각적으로 표현하는 콘텐츠를 개발함으로써 추후 인문학의 학제적 연구 활용 및 산업화 적용 가능성을 모색"한다는 부연 설명이 있었다. 즉, 아젠다에 따라 세부주제를 연구자가 선정할 수 있다는 의미이기도 하였다.

그 결과 방대한 데이터를 다루어야 하는 척독은 뒤로 미루고 주제를 "표류"로 결정하였다. 표류에 대해서라면 기존에 몇 번 논문을 쓴 바가 있었기 때문에 텍스트에 대해서도 비교적 잘 알고 있는 편이었다. 또 전자지도로 구현할 수 있는 표류가 척독에 앞서 선행 모델링을

하기에 적당하다고 판단되었다. "조선시대 표류노드 시각망"은 무엇
보다도 이 사업의 목적에 매우 적합한 주제였다.

　본 연구는 "조선시대 표류노드 시각망" 구축을 위한 것이다. 조선시대에
발생했던 표류사건에 관한 기록은 두 종류로 구분할 수 있다. ① 공식 기
록으로는『조선왕조실록(朝鮮王朝實錄)』,『변례집요(邊例集要)』,『표인영
래등록(漂人領來謄錄)』,『제주계록(濟州啓錄)』등의 고문헌이 있다. ② 사
적 기록이 담긴 표해록(漂海錄)에서는 개인의 표류 경험에 대한 생생한 견
문을 고찰할 수 있다. 공적 기록과 사적 기록을 검토하여 표류 인물, 거주
지, 출해(出海) 지역, 출해 목적, 표류 기간, 표착지(漂着地), 송환(送還)
시기 등의 맥락에 따른 사실 관계 정보를 추출하고, 시각적으로 재현하는
것을 목표로 하며, 학제 간의 응용은 물론이고 일반 대중에게 정보를 제공
하여 인문 지식 정보를 확산시키는 것을 목적으로 한다.

　우리의 "조선시대 표류노드의 시각망" 구축 과제는 디지털인문학 시각
화 콘텐츠 개발 사업의 연구 주제로 적절한 과제라고 볼 수 있다.

　첫째, 상이한 두 종류의 기록을 융합하여 제시하기 위해서는 단순한 매
체 전환이 아닌 구조화, 맥락화할 필요가 있다. 공식기록은 표류인, 표류
지역, 표류시기 등 객관적인 정보의 집합체이다. 이를 종이문서로 접근하
여 분석하기에는 상당한 인내심과 노력이 요구된다. 반면 표해록 등의 개
인 기록은 주관적인 관찰과 판단, 입수한 정보의 집합체이다. 스토리텔링
으로 접근할 수 있는 흥미 있는 기록이지만 전체 표류사건 상에서 본다면
특수하고 예외적인 경우에 해당할 수도 있다. 주관적이고 개인적인 견문
록과 공식적이고 개별적인 사건들을 융합시켜 동시에 효과적으로 전달하
기 위해서는 디지털로 시각화된 전자지도의 방식이 현재로서 가장 적합할
것이다.

　둘째, 인문학자가 중심이 되어 분석할 필요가 있다. 우리가 대상으로 하
는 텍스트는 모두 한문으로 기록되어 있고, 몇 종을 제외하고는 대부분 원
전이나 영인본의 형태로 존재한다. 해독의 어려움 때문에 이공계는 물론

연관된 인문학 전공 연구자에게도 접근하기 어려운 점이 있다. 다양한 분야와의 연계성을 지닌 표류 사건 기록을 표류 인물, 출해 목적, 표류 원인, 표류 기간, 표착지, 송환 시기 등의 맥락에 따른 소스를 추출하여, 연구자들이 쉽게 시각적으로 데이터에 접근할 수 있도록 한다면 문학, 역사 등의 인문학 분야 외에도 국제교류, 해양, 지리, 조선(造船), 법률, 정치 등 다양한 분야에까지 활용될 수 있다.

셋째, 향후 다양한 문화사업에 활용할 수 있는 인프라를 구축하여 일반 대중들에게 제공할 수 있다. "표류"라는 특정주제는 근대 이전 중국, 일본, 베트남, 필리핀을 비롯한 동아시아 이국(異國)의 풍토, 민속, 문물, 문화, 제도, 역사 등 다양한 요소를 포괄하고 있다. 이러한 복합적인 정보를 전자지도라는 효율적인 방식으로 일반 대중에게 제공한다면, 이후 문화산업의 자료로 활용될 수 있을 뿐 아니라 세계를 이해하는 교육 자료로도 활용될 수 있다. 일반 대중들도 손쉽게 접근할 수 있어서 전통 인문학 지식 정보를 수용·확산시킬 수 있는 인프라의 구축이기 때문에, 본 사업에 적합한 주제라 할 수 있다.

(연구계획서 中)

우리는 연구책임자 1인, 일반공동연구원 1인, 박사급연구원 1인, 연구보조원 2인으로 팀을 구성하였다. 연구책임자는 결과물이 나오기까지 전 과정을 총괄하고 연구보조원 1인을 두어 그 활동을 보조하도록 한다. 일반공동연구원은 자료 제공 및 자문을 담당한다. 박사급연구원은 자료 구축 및 자료 정리, 데이터 정리 등의 역할을 하며, 디지털 결과물 창출을 위한 연구보조원 1인을 두어 연구를 보조하도록 한다. 예산상 전임연구원을 1인밖에 둘 수 없었으므로 한문 텍스트를 분석할 수 있는 박사급연구원 1인을 두고, 디지털화 방안은 연구보조원을 활용하는 쪽으로 가닥을 잡고 팀을 구성하였던 것이다.

우리는 네 단계 과정을 구상하였다.

1단계 : 조선시대 표류 기록 문헌을 검토하여 "표류노드 시각망"을 위한 기본 자료 구축

조선시대 표류에 대한 기록을 담고 있는 사료는 다수가 있다. 공식 기록 문서로『조선왕조실록(朝鮮王朝實錄)』을 비롯하여『변례집요(邊例集要)』,『동문휘고(同文彙考)』,『표인영래등록(漂人領來謄錄)』,『제주계록(濟州啓錄)』등이다. 이 사료들은 표류에 대해 기록하고, 구조·송환·접대에 이르는 과정을 수록하였다. 특히『표인영래등록(漂人領來謄錄)』은 조선 표류민의 거주지부터 성명·나이·신분은 물론이고 바다로 나간 경위, 일본의 표착지, 송환 과정 등을 체계적으로 기록하고 있다. 본 연구에 참여하는 공동연구원이 이미 일부 표류기 원문을 입력하여 제공하고, 번역도 진행한 상태이다. 이들 사료를 검토하여 표류 사건 조사 기록을 추출하는 작업을 1단계에서 진행한다.『표인영래등록(漂人領來謄錄)』에 수록된 표류 사건은 총 282건으로 대략 3,705명의 사람이 표류하였다. 조선시대에 생성된 공적 기록과 사적 기록 가운데 표류 사건 기록을 살펴서 표류 인물, 출해 목적, 표류 원인, 표류 기간, 표착지, 송환 시기 등의 맥락에 따라 데이터를 추출하면 대략 400여건의 표류노드 데이터 작성이 가능할 것이다. 구축한 자료를 정리하고 분석하여 개별 표류기의 지점을 하나하나 노드로 작성하여 전자지도 구현에 필요한 기본 소스를 추출하도록 한다.

이때 최부(崔溥)의『표해록(漂海錄)』과 같이 조난자 내지는 제3자가 기록한 사문서 20여 종도 함께 연구 대상에 포함한다. 즉 공적 표류기록과 사적 기록을 함께 검토하도록 한다. 공적 기록의 경우 조난자의 거짓 진술 사례가 발생하고, 사적 기록의 경우 조난자의 기억에 의존한 탓에 잘못된 정보가 기록되었을 가능성이 있기 때문이다. 공적·사적 기록을 함께 비교·분석하면 좀 더 사실에 가까운 객관적인 정보를 얻을 수 있을 것이다.

2단계 : 표류민의 출해 지점과 표착지 현장 답사 및 자문을 통한 사진·영상 자료 확보

1단계에서 얻어낸 표류 사건의 기초 데이터베이스를 활용하여 표류민의 출해 지점과 표착지점의 현장답사를 실시한다. 조선 표류민의 표착지는 가깝게는 중국, 일본, 유구와 멀게는 여송(呂宋[필리핀]), 안남, 대만 등지까지 동남아시아 일대로 광범위였다. 주로 바람과 해류에 의해 표착지가 결정되었다. 우리나라 동해의 경우, 대개 일본의 홋카이도나 사할린 쪽으로 가게 되고, 겨울에는 일본의 규슈나 중부지방에 닿게 된다. 서해의 경우, 여름에는 중국의 산동 지방이나 우리나라 관서지방으로 가게 되고 겨울에는 유구 열도 또는 중국의 남쪽 끝으로 가게 된다. 동아시아 일대에 이르는 표착지를 빠짐없이 답사하는 것은 비용과 시간의 제약이 따르므로, 표착이 빈번하게 이루어지는 지역을 우선으로 현장 답사를 실시하여 시각 자료를 확보해 나갈 것이다.

또한 전문가의 자문회의를 실시한다. 학술활동이 시작되는 초반 시기에는 표류 사건이 기록된 자료에 관한 자문회의를 실시하고, 사업이 진행되는 중반 시기에 이르면 표류노드 시각망의 적정 구현 모델에 관한 자문회의를 실시한다. 전문가의 자문을 통해 효율적인 학술활동이 이루어질 수 있도록 보정의 기회를 갖는다.

3단계 : 표류노드의 시각망 구축

1단계와 2단계에서 추출한 표류 관련 데이터를 디지털콘텐츠로 시각화하여 전자지도로 작성한다. 조선시대의 표류 관련 문헌에서 추출한 표류 인물, 출해(出海) 목적, 표류 원인, 표류 기간, 표착지(漂着地), 송환(送還) 시기 등의 데이터와, 표류민의 출해 지점과 표착지 현장답사를 통해 구축한 이미지 자료를 구조화하여 전자지도 상에 시각화하여 나타낸다. 표류와 관련된 다양한 요소를 관계성에 기반을 두고 네트워크화하여 시각적 콘텐츠로 재생산하는 것이다. 표류 인물의 나이, 성별, 관직 등 개인정보뿐만 아니라 표류 경로, 표류 원인 및 출해 목적, 표착 기간, 표착지의 이미지나 영상, 표착지에서의 생활 및 교류 인물, 표류 기록 문헌 등 다양한 정보와 연계시켜서 하이퍼텍스트로 제공한다. 또한 표착지별로 표류민의 수를 다이어그램으로 보여주고, 해당 지역에 표류한 인물 정보를 비롯하여 표착 인물들의 표류 경로, 그 지역의 해류의 순환과 계절풍의 흐름 등을 연계시켜서 시각화한다. 정보의 내용과 맥락은 XML을 활용한 전자 문서로 작성하며, 개별 오브젝트 사이의 관계는 RDF의 형식으로 서술한다.

표류 노드의 시각망은 다음의 그림과 같이 표현될 수 있다. 최부(崔溥)가 제주도에서 표류한 뒤 중국을 거쳐서 압록강을 건너 조선으로 귀환하기까지의 경로를 시각화한 지도에서 시작하여 최부가 왜구로 몰려서 심문받았던 장소인 도저소 성터의 이미지 자료, 최부가 자신의 표류 경험을 적은『표해록(漂海錄)』의 이미지 자료, 최부의 인물 정보를 담고 있는 한국민족문화대백과사전, 최부가 표류하였다가 귀국한 사실을 기록한 조선왕조실록의 원문·번역문·이미지, 해류와 계절풍 순환도 등 최부라는 인물이 표류한 사건과 관련된 다양한 정보를 맥락화·구조화하여 하이퍼텍스트 형태로 제공할 것이다.

이처럼 표류 노드를 시각화한 전자지도에서는 최부라는 인물의 나이와 성별, 관직 등 인물 정보에서 시작하여 그의 출해 목적, 표류 시기와 기간, 송환 시기, 표류 경로, 그가 송환되어서 심문받은 장소에 대한 정보, 그의 진술 기록과 그의 표류 사건을 기록한 공적 문헌의 원문과 번역문·이미지, 그가 자신의 경험을 기록한 저서의 이미지·번역문, 최부가 교류하였거나 그의 표류 사건과 관련된 다른 인물들, 그와 비슷한 시기에 표류한 다른 인물, 그가 표류한 지역과 같은 지역을 표류한 다른 인물, 그가 표류한 경로와 동아시아 해역의 해류와의 관계, 그의 표류 경로와 계절풍의 관계 등 다양한 정보를 구조화하여 제공할 수 있다. 이용자는 하나의 노드에 대한 접근에서 출발하여 문학, 역사 등 인문지식뿐만 아니라 타국의 풍토와 민속, 문물, 문화, 제도 등의 정보와 동아시아 국가들의 교류, 해양, 기후, 지리, 조선(造船), 법률, 정치 등 다양한 영역으로 지식을 확장할 수 있다. 디지털화된 시각망을 통해 일반 대중에게 전통 인문학 지식 정보를 수용·확산시킬 수 있는 인프라를 구축하는 것이 우리 연구진이 추구하는 디지털 콘텐츠이다.

4단계 : 학술활동결과물 출판

조선시대 표류와 관련된 다양한 인문지식을 디지털 콘텐츠로 기획하게 된 과정과 구상 내용, 일련의 진행과정, 개발한 내용 등 학술활동 전반에 대한 결과물을 단행본으로 출판한다. 조선시대의 표류 관련 문헌은 『조선왕조실록(朝鮮王朝實錄)』을 비롯하여 『변례집요(邊例集

要)』, 『표인영래등록(漂人領來謄錄)』, 『제주계록(濟州啓錄)』등 공적 사료
와 최부(崔溥)의 『표해록(漂海錄)』과 같이 조난자 내지는 제3자가 기록
한 사문서가 존재한다. 이것을 대상으로 표류 인물, 출해 목적, 표류
원인, 표류 기간, 표착지, 송환 시기 등의 표류 관련 데이터를 추출하
고, 이를 토대로 표류민의 출해 지점과 표착지점의 현장답사를 하여
사진이나 동영상 등 이미지 자료를 구축하며, 구축된 데이터를 전지
지도를 통해 디지털 콘텐츠로 구현한 일련의 과정과 결과를 제시한다.
연구진이 구축한 양질의 인문학 디지털콘텐츠 결과물을 출판물로 제
공함으로써 다양한 활용가치를 증대시키는 데 이바지한다.

(연구계획서 中)

이 과정을 도표화하면 다음과 같이 단순화시킬 수 있다.

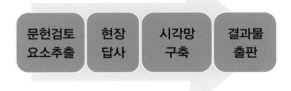

이러한 구상을 바탕으로 연구계획서를 작성하였다. 신청 마감이 11
월 14일이었으므로, 공지부터 접수까지 채 한 달이 되지 않는 시간이
었다. 그러나 여러 번 고민했던 연구방향이었기 때문에, 순조롭게 계
획서를 작성할 수 있었다.

제2장

첫 번째 자문회의

12월 30일 최종 선정결과가 발표되었다. 선정되었다는 기쁨도 잠시 그와 함께 심사위원들의 의견이 전달되었다. 처음 시도되는 사업인 만큼 우리도 긴장하지 않을 수 없었다. 심사에 참여한 패널들의 의견 은 앞으로 사업을 진행하는 동안 우리 팀에게 중요한 지침이 될 수밖 에 없었다. 전문을 공개하면 다음과 같다.

○ 매우 창의적인 개발주제다. 현재 학술적으로나 대중적으로 "해양"에 대 한 학술대회가 붐을 이루고 있다. 해양문화 혹은 환동해안 문화권에 대한 연구가 성황을 이루고 있고, 최근에는 해양학자대회가 개최되기도 했다. 서구에 비해 해양 소재의 디지털문화콘텐츠는 부족한 편인데, 수용자층의 문화향유 욕구는 매우 높은 편이다. 향유자층의 욕구를 만족시키는 것은 역사스페셜 같은 대중역사 프로그램 정도다. 해당 연구주제는 이러한 인 문학계의 연구성과를 반영하면서도 수용자층의 문화향유 요구를 만족시킬 수 있을 것으로 보인다.

○ 무엇보다 인문학의 체계적인 디지털 시각화라는 본 사업의 목적에 가장 부응할 가능성이 높은 아젠다로 판단된다. 시각적인 전자지도로 만들었을 때, 기존 인문학계의 관련 연구성과를 디지털 기호로 체계화 된 비주얼로 구현한 결과물이 기대되는 아젠다다.

○ 개발에 대한 고민이 보완되어야 할 것으로 판단된다. 기존의 관련 데이터 를 디지털화 하고 시각화 하는 방법에 대한 고민을 이제부터라도 보다 구체 적으로 해나갈 필요가 있어 보인다. 동원할 디지털 기술들에 어떠한 것이

있으며, 무엇을 사용했을 때 해당 아젠다를 본 사업의 기조에 맞추어 최적화하여 구현할 수 있을 것인가에 대한 보완 회의를 시작해 주길 부탁드린다.

○ 조선조 표류 관련 데이터를 전자지도화 하여 표류노드로 구현하겠다는 개발 목적은 표류에 관련된 기존 인문학적 성과를 디지털화 하고자 한 본 사업의 목접에 가장 부합해 보인다.

○ 개발 툴을 무엇으로 할 것인가에 대한 구체적인 고민을 보완해주기 바란다. 패널 토의 결과 현재로서는 구글맵이 가장 적합하다는 의견이 나왔다. 만약, 해당 분야 전문가를 섭외하여 컨설팅을 받았는데, 보다 적합한 툴이 제안되었다면 구글맵 대신 다른 툴을 사용해도 좋을 것이다. 제작툴과 관련한 기술사용료 문제가 제기될 수도 있으므로, 해당 문제의 해결방안도 미리 고민해 주기 바란다.

○ 연구진의 조정이 필요하지 않을까 생각된다. 현재는 고전문학 전공자들로만 구성되어 있다. 개발 과정 중에 발생할 수 있는 기술적인 문제를 해결해 줄 수 있는 구성원을 포함하는 방법을 한번 생각해주길 바란다. 만약, 직접 구성원으로 포함시키기 어렵다면 자문위원의 활용방안도 생각해 볼 필요가 있다. 해당 부분에 대한 연구계획서 적시가 필요하다고 생각된다.

○ 산업적 활용 가능성이 매우 기대되는 연구다. 스마트폰과 피씨의 하이브리드 앱으로 구현했을 때, 활용이 보다 극대화 될 수 있는 연구로 보인다.

(조선시대 표류노드 시각망 심사 의견 中)

우리 팀은 심사의견서를 꼼꼼하게 검토하였다. 우선 우리 팀은 주제에 대해서 패널들이 호의적인 태도를 보여준 데 감사했다. 조선시대 표류 노드 시각화 사업의 필요성이나 적합성에 대해서는 이견이 없는 것 같았다.

그런데 보완이 필요한 부분으로 지적된 것이 바로 디지털화하는 과정이었다. 개발 툴의 부재, 연구진 구성에 대한 지적 등은 그런 부분에 대한 지적이었다. 주제는 좋으나 과연 시각화하는 과정이 잘 될까

하는 걱정이 묻어나는 의견들이었다. 이 점에 대해서는 우리 팀에서도 부족하다고 느꼈던 부분이었다. 여건상 외부 컨설팅을 받거나 비용이 드는 제작툴을 쓸 수 없었다. 우리 계획서에서는 어떻게 구현할 것인가에 대한 구체적인 방안이 피상적으로 기술된 점이 있었기 때문에 어쩌면 이러한 염려는 당연한 것이었다.

그런데도 심사의견은 해결에 대한 긍정적인 의견을 내주었다. 우선 활용할 디지털 기술이라든지 구현할 구체적인 방안에 대한 보완 회의를 제안해주었다. 연구진 구성으로 어렵다면 이 분야 전문가를 활용한 자문회의를 권하였다. 토의 결과 무료로 제공되는 구글맵을 활용하는 것이 어떻겠냐는 구체적인 제안도 있었다. 이러한 의견 하나하나를 우리는 소중하게 받아들일 수밖에 없었다. 자문회의는 심사의견에서부터 이미 시작된 것이 아니었나 싶다.

심사의견을 받아든 우리 팀이 가장 먼저 해야 할 일은 이 분야의 전문가를 찾아 구체적인 방안에 대한 자문을 진행하는 것이었다. 이전에 여러 차례프로젝트에 대해 조언을 구하였던 한국학중앙연구원의 김현 교수께 연락을 취하였다. 김현 교수는 인문정보학 분야를 개척한 선도적 연구자이자, 현재 인문콘텐츠학회 회장을 맡아 문화콘텐츠 외연 확대를 위해 누구보다도 열심히 노력하는 분이다. 흔쾌히 수락해주신 덕분에 1월 8일 자문회의를 개최할 수 있었다.

우리는 자문회의를 통해 사업의 목적과 방식에 대해 새로이 점검할 기회를 얻을 수 있었다. 기존의 데이터화 방식을 보면, 인문학자들은 데이터를 분석하고, 이것을 프로그램 개발자에게 넘기는 형태로 진행되었다. 반면 처음 시도되는 이 디지털인문학 사업은 인문학자가 직접 디지털 데이터, XML 데이터로 만들어서 데이터가 바로 디지털라이징되어 시각적으로 보일 수 있게 하는 것이 목적이다. 즉, 이 사업의 초점은 인문학자들이 직접 아웃풋을 생성한다는 데 있었던 것이다. 인문학 연구자들 스스로 자료를 엮어서 디지털 지도를 만들면 그 과정에서 새로운 아이디어가 나오고 효과적으로 작업할 수 있다. 그러나 인문학자는 기초자료의 생산에 그치고 다른 사람이 디지털로 구현하여 마무리하면 자료 응용에 있어서 한계가 발생한다. 그 벽을 풀어보고자 하는 것이 이 사업의 취지이다. 따라서 지나치게 기술적일 필요는 없으나 보여주려는 데이터의 학술적 심도는 낮출 필요가 없었다. 겉으로 화려하지 않더라도 관심 있는 사람이 데이터의 내면까지 들어가 정보를 접할 수 있도록 인문학자가 설계하면 되는 것이었다. 굳이 새로운 프로그램을 만들지 않아도 무료로 이용 가능한 기존의 프로그램을 활용해도 된다는 권유는 예산 문제를 해결하면서도 심사패널의 의견과 같은 취지였다.

아울러 시각화 방안에 대해 두 가지 제안이 있었다. 하나는 지리적 시각화였다. 표류는 공간 이동을 전제로 하는 것이기 때문에 지도로 시각화하는 것을 기본으로 설정하지 않을 수 없었다. 계획했던 전자지도의 형태인 것이다. 다른 하나는 의미적 시각화였다. 표류 관련 문헌에서 다루어진 지식 요소(개념)의 의미적 연관 관계를 시각화하는 것으로, 사건, 개념, 인물에 대한 정보, 문헌들의 관계를 시각화 방법으로 보여주는 것이었다. 전자지도 상에 표류 노드를 시각화하여, 각 지점을 클릭하면 누가, 언제 해당 지역을 다녀갔는지 기록을 보여주고, 문헌에 기록된 정보를 토대로 해당 지역에 대한 이야기와 사진 자료, 문헌에서 뽑은 text 정보 등을 보여주도록 하는 설계였다.

김현 교수님은 자문회의를 통해 이런 시각화 방안에 활용할 수 있는 툴을 소개하여 주셨는데 그 가운데 몇 가지 예를 들면 다음과 같은 것들이다.

① 구글 지도

- **구글 루트맵** : 스마트폰의 GPS를 켜 놓으면 스마트폰이 구글 아이디로 구글 서버에 스마트폰의 위치 정보를 송신한다. 그렇게 되면 이용자가 이동한 위치 정보를 스마트폰이 구글 지도 위에 표시한다.

- **kml** : 구글 지도에 위치를 표시할 수 있도록 기술하는 방식의 Markup Language. 경위도 좌표 등을 등록하는 지리정보 기술방식. kml 파일을 컴퓨터상에서 실행하면 프로그램이 가동되어 구글 지도를 부르고, 해당 위치에 지리정보를 표시하게 된다. 지도상에 표시하고 싶은 위치를 표현하면, 좁은 범위든 넓은 범위든 위치를 표시하여 지리정보를 담을 수 있고, 현지의 정보를 보여주는 웹페이지를 링크하여 보여줄 수도 있다. 이처럼 지도상에 위치를 표시하고, 경로를 표시하고, 그것을 클릭하여 자세한 정보를 보여줄 수 있게 하는 것은 쉽게 구현 가능하다.

- **구글 어스** : 지도상에 표시된 위치를 확인할 때 비행기를 조종하는 것처럼 화면을 보여줄 수 있다.

② 파빌리온(Pavilion)

파빌리온은 360도 파노라마 영상을 통해 이용자가 실제로 특정 지역을 방문하여 사찰이나 건축물의 내부 구조와 편액 등을 가상으로 체험할 수 있도록 만든 프로그램이다. 여기에는 사진 자료뿐만 아니라 텍스트 자료, 동영상 자료를 탑재하여 보여줄 수 있고, 구글 지도와 관련 웹 사이트를 링크하여 보여줄 수도 있다.

③ 위키피디아

최종 결과물을 위키 방식의 데이터로 만드는 것을 권장한다.

지도 위의 한 노드에서 보여주고자 하는 정보는 개별 파일을 인터넷 서버에 등록하여 불러올 수도 있지만, 위키피디아에 기사를 만들어서 해당 기사를 찾아가도록 만드는 방법도 있다. 각각의 기사가 개별 address를 가지는 위키 데이터로 만들어서 지도 정보에서 위키 정보를 불러와서 보여줄 수 있다.

④ Neo4j 프로그램

개념적 연관 관계의 관계성 표현해 주는 방법 - Graph Databases

예를 들면, 종묘의 공간, 의례, 음식, 제기 등은 서로 의미적 연관 관계가 있다. 어떤 음식은 어떤 의례를 행할 때 제공되고, 그때는 어떤 음악이 연주되며 집례자는 어떤 행위를 행한다는 것이 서로 연결된다. 이처럼 종묘 사전에 언급된 모든 지식요소들이 서로 관계를 맺는 것을 Neo4j 프로그램을 활용하여 네트워크로 표시하여 시각망 형태로 만들 수 있다.

표류 내용을 기술할 때 지명, 해당 지역의 특별한 기물, 해당 지역의 인물 등에 대한 기사에 대해서 이것과 저것의 관계가 드러날 수 있도록 그 각각의 개념을 네트워크로 연결하여 Neo4j 프로그램의 시각망 형태로 만들 수 있고, 위키 데이터베이스로 연결하여 시각화할 수 있다.

자문회의 후 우리는 먼저 데이터를 추출하는 일부터 시작하기로 하였다. 표류 관련 문헌에서 어떤 정보를 추출하고 정리할 것인가는 시각화 방식과 밀접한 관계가 있었다. 아직 구체적인 설계는 없었지만 시행착오를 겪더라도 일단 시작해 보는 것이 좋겠다는 판단이었다. 김현 교수님은 5월에 있을 인문콘텐츠학회에서 이 사업에 관련한 발표를 해보는 것이 어떠냐고 제안하였다. 관련분야의 학자들이 모이는 곳이었으므로, 우리 사업에 대해 조언을 얻을 수 있으리라 생각되었다.

제3장

데이터 추출과 답사

　문헌에서의 데이터 추출은 박사급연구원인 이수진 연구원이 우선 전담하여 시작하였다. 우리 팀이 고려했던 대상 된 문헌은 본래 공적인 기록인 6종과 20여종의 표류기였다.

　표류 관련 문헌의 특징은 실무적이면서 비문학적인 텍스트들이 다수이다. 가장 대표적인 것이 『표인영래등록(漂人領來謄錄)』인데, 조선시대 대외관계 부서의 하나인 예조(禮曹)의 전객사(典客司)에서 편찬한 것으로 1641년(인조 19) 9월부터 1751년(영조 27) 9월까지 약 110년 동안의 표류기록이 연대순으로 수록되어 있다. 총 282건이 조사되었으며, 359척의 배와 3,705명의 사람이 표류하였다. 주로 경상감사(慶尙監司)·동래부사(東萊府使) 등의 지방관의 보고내용이 실려 있다. 표류민의 성명·나이·신분·거주지를 비롯하여 바다로 나간 경위, 일본의 표착지, 송환 과정 등이 상세하세 기록되어 있어서 조선시대 표류노드 시각망 구현에 가장 적합한 문헌 자료라고 판단되었다.

　또 제주목에서 조정에 보고했던 계문을 모은 등록인 『제주계록(濟州啓錄)』이 있다. 1846년~1884년 사이의 기록으로, 외국에 표류한 건수는 일본 35건, 유구 5건, 중국 19건이다. 계문(啓文)에는 제주목사가 조사할 때 표류민에 대한 진술이 기록되어 있으므로 표류 과정이 여느 자료보다 자세하여 표류 경로 및 표류민의 신분, 표류 시 정황을 이해할 수 있는 장점이 있었다.

　이 밖에『조선왕조실록(朝鮮王朝實錄)』, 『변례집요(邊例集要)』 등에도 표류 기록이 있지만 매우 산발적으로 남아 있고, 그 내용 또한 단편적이어서 표류 인물, 출해(出海) 지역, 출해 목적, 표류 원인, 표류 기간, 표착지(漂着地), 송환(送還) 시기 등의 정보를 추출하기에는 어려움이 있었다.

　그러나 이러한 기록 6종을 모두 대상으로 포함시켜야만 개별 텍스트의 한계를 보완할 수 있었다. 『표인영래등록』이 대표적인 기록물이기는 하지만 1641년부터 1751년까지 100년에 한정되어 있었고 조선에서 일본으로 표류한 기록만이 실려 있다. 『조선왕조실록』은 조선 전기의 표류기록을, 『변례집요』와 『제주계록』은 1751년 이후부터 1800년대까지의 표류 정보를 확인할 수 있는 자료였다. 그리고 같은 사건의 기록 비교를 통해 오류를 정정할 수 있는 효용성도 있었기 때문이다.

　그러므로 『표인영래등록』을 표류 기록 추출의 주요 대상 문헌으로 삼고, 『조선왕조실록(朝鮮王朝實錄)』, 『변례집요(邊例集要)』 등을 참고하여 표류 사건 기록을 추출하는 작업을 진행하기로 하였다.

　사적인 기록인 표류기의 경우 20여종의 표해록을 모두 대상으로 삼아 검토하기에는 너무 많다는 지적을 받아, 중국, 일본, 대만, 필리핀, 베트남 등 표류 지역별로 구분하여, 시각적으로 구현하기에 적합한 4~5종을 선택하여 대상으로 한정하였다. 그리고 데이터 작업이 어느 정도 궤도에 오른 후 첨가하는 방식을 택하기로 하였다.

　『표인영래등록』을 대상으로 정보를 유형화하여 추출하는 작업을 시작하였다. 우리 팀은 사업의 편의성을 위해 어느 포털에 카페를 개설하고 의견을 교환하였는데, 다음은 당시 올렸던 데이터 추출의 유형에 관한 의견을 캡처한 것이다.

추출 자료 샘플 | 우리들의 이야기

이수진 | 조회 23 | 추천 0 | 2015.01.11. 16:01　　　　　　　　　http://cafe.daum.net/digital-2015/bfYa/2 퍼니

일단 표인영래등록 1책 첫번째 표류사건과 두번째, 세번째 사건을 예로 작성해 보았습니다.
변례집요, 각사등록 도 함께 비교, 참고하여 작성하였습니다.
검토해 보시고 문제되는 점은 지적해 주세요.

1. 표류기간(漂流期間) : 후민(1641) 9월 3일 ~ 9월 4일
2. 표류인물(漂流人物) : 김산이(金山伊, ?~?) 등 5명(1女)
3. 거주지(居住地) : 고성(固城)
4. 출해목적(出海目的) : 東來輸納
5. 표착지(漂着地) : 對馬島 鰐浦
6. 송환시기(送還時期) : 후민(1641) 12월 5일
7. 출처 : 『표인영래등록(漂人領來謄錄)』 冊1, 후민(1641) 9월 24일, 12월 13일, 19일
　『변례집요(邊例集要)』上, 卷之三, 漂人, 辛巳, 固城漂民

1. 표류기간(漂流期間) : 癸未(1643) 1월 23일~26일
2. 표류인물(漂流人物) : 경주 어부(慶州 漁夫) 弄松을이(劉松乙伊, ?~?) 등 20명
울산 어부(蔚山 漁夫) 심금생(沈今生, ?~?) 등 24명
3. 거주지(居住地) : 경주(慶州), 울산(蔚山)
4. 출해목적(出海目的) : 大口漁釣得
5. 표착지(漂着地) : 對馬島 鰐浦
6. 송환시기(送還時期) : 癸未(1643) 2월 15일
7. 출처 : 『표인영래등록(漂人領來謄錄)』 冊1, 癸未(1643) 2월 20일, 23일
　『변례집요(邊例集要)』上, 卷之三, 漂人順付, 癸未, 慶州漂民 蔚山漂民

1. 표류기간(漂流期間) : 癸未(1643) 10월 16일~19일
2. 표류인물(漂流人物) : 장기 어부(長鬐 漁夫) 조막용(趙莫龍, ?~?) 등 6명
3. 거주지(居住地) : 장기(長鬐)
4. 출해목적(出海目的) : 廣魚捉得
5. 표착지(漂着地) : 石見國
6. 송환시기(送還時期) : 甲申(1644) 3월 4일
7. 출처 : 『표인영래등록(漂人領來謄錄)』 冊1, 甲申(1644) 3월 13일, 22일, 5월 8일
　『典客司日記』 第3, 仁祖 23年 乙酉[1645], 我民漂去時 倭人이 贈給한 物品等 事例

　　문헌 자료에서 데이터를 추출하는 동시에 계획서에 따라 현장답사를 실시하기로 하였다. 『표인영래등록』에 가장 많이 등장하는 곳이 쓰시마였다. 조선시대 조선과 일본 외교의 중개역할을 담당했던 쓰시마는 표류한 조선인을 인솔하여 조선으로 송환시키는 일을 담당하고 있었기 때문에 대부분의 표류민은 쓰시마를 거쳐 귀국하였을 뿐 아니라 지리적인 이유로 쓰시마로 표류하는 사람도 많았다. 자료로 접했을 뿐 표류 현장 답사는 처음이었기 때문에 준비해야 할 일이 많았다. 그런데 마침 연구책임자가 공동연구원으로 참여하고 있는 조선후기대일외교용어사

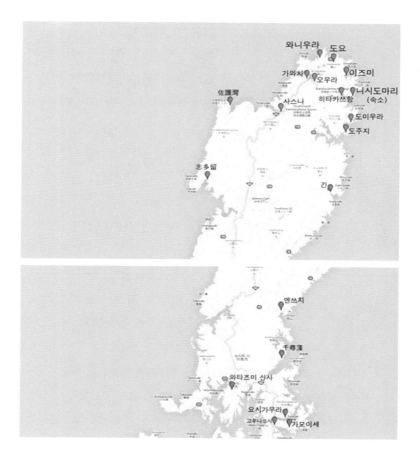

전팀(이하 사전팀)이 2월경 쓰시마 답사를 기획하고 있었다.

 사전팀은 일본과 오간 공식적인 사절의 루트에 집중하고 있었다. 표민의 송환도 외교의 한 부분이기는 했지만, 정해진 여정을 따라가는 사절과 의도치 않은 표류민의 표착지와는 약간 차이가 있었다. 그러나 돌아오는 여정은 쓰시마 사절인 차왜(差倭)와 함께 하였기 때문에 겹쳤다. 이번 기회에 지도로 구현하는 방법도 생각해 볼 겸 우리 팀에서 쓰시마 답사 지역의 지도와 자료집을 만들어보기로 하였다. 『표인영

래등록』에 보이는 표착지명을 정리
하고 구글맵을 이용하여 기착지를
표시하는 방법을 선택하였다. 대신
사전팀에서는 답사 제반에 관한 잡
무를 담당하기로 하였다.

쓰시마는 북쪽에 위치한 히타카
쓰항을 통해 들어가서 남단에 위치
한 이즈하라항으로 귀국하는 코스
였다. 해류의 흐름 때문인지 쓰시마
북단에서의 코스는 조선시대 사신
의 기착지와 많이 겹쳤다. 도착한
첫날 북단의 항구를 돌아보았다.

이튿날은 교통문제로 버스를 이
용하여 남단으로 이동할 수밖에 없
었다. 중부의 표착지를 그냥 지나치게 되어 아쉬움이 남았다.

쓰시마를 종단하여 도착한 이즈하라는 쓰시마의 중심부였다. 그곳
에는 조선인이 머물던 표민옥 터가 있었다. 여기에서 우리는 쓰시마
서쪽의 표착지를 답사하기 위해 중앙 관부를 돌아봐야 하는 사전팀과
갈라져 렌트카로 남부를 돌았다.

2박3일의 일정으로 쓰시마의 모든 표착지를 돌아보는 것은 무리였
다. 표착지는 중심가에서 떨어진 외딴 해변인 경우가 많았기 때문이
다. 최대한 효율적으로 루트를 짜는 방법 밖에 없었다. 수많은 해변을
돌아보는 쓰시마 답사는 고되기는 했지만, 표류의 현장을 직접 보고
조선식 지명과 대조해 볼 수 있는 소중한 기회였다.

제4장
인문콘텐츠학회 발표

3월 11일 한국연구재단 측이 우리 팀을 방문하였다. 책임연구원 허경진교수 연구실에서 디지털인문학 사업의 성격, 연구결과물 제출 형태 등을 설명하고, 우리 팀의 연구 진행에 관한 컨설팅을 하기 위한 것이었다. 몇 가지 제안을 하였기 때문에, 이에 맞추어 연구계획서를 수정하였다. 핵심적인 것은 방대한 정보를 제공하는 것보다는 이미 확보하고 있는 인문학적 데이터를 시각화하는 데 초점을 맞추라는 것이었다. 우리 사업의 연구 결과물은 연구 자료의 콘텐츠를 담는 것이 아니라, 다른 연구자들에게 디지털인문학의 방향을 제시하는 가이드 북 형태여야 한다는 것이었다.

1월 자문회의 이래로 우리 팀은 계속 데이터 추출에 힘을 쓰고 있었다. 당시 제안 받은 대로 5월 30일 이수진 연구원은 우리 팀 과제를 주제로 하여 인문콘텐츠학회의 "2015년 디지털인문학 포럼"에서 발표하였다. 발표제목은 "조선시대 표류노드 시각망 구축 과정"이었다. 주된 고민은 시각화를 위해 문헌에서 의미요소를 어떻게 추출해낼 것인가였다.

1월 처음 시작할 때 추출했던 요소는 주로 출해지와 표착지를 중심으로 한 것이었다. 그러나 확실한 시각화 방안이 정립되어 있지 않은 상태에서 무엇이 의미 있는 정보인지 판단하는 것이, 경험 없는 우리로

5월 30일 인문콘텐츠학회 발표 모습

서는 어려운 문제였다. 이러한 어려움을 솔직하게 밝히고 시작하였다.

토론자였던 이상국 교수님은 과거 호적대장 전산화 경험이 있었기 때문에 우리의 문제의식에 십분 공감하는 입장에서 조언을 해주었다. 첫째는 데이터를 추출하여 어떻게 시각화할 것인지 구체적이지 않다는 점을 지적했다. 시각화 방법이 명확하지 않다면 차후 시각화 단계에서 데이터를 수정, 보완하게 되고, 시각화 방향이 조금씩 수정될 때마다 이러한 과정은 끊임없이 반복된다는 것이다. 두 번째는 디지털화하는 방향성은 무엇인가에 대한 것이었다. 그냥 표류 정보만을 제공하는 것으로 그칠 것인지, 확장해 나갈 수 있는 방식을 취할 것인지, 그리고 정보를 공유하는 대상을 누구로 할 것인지 등 구체적인 방향성에 대한 지적이었다.

시각망 구축을 어떻게 할 것인가에 대한 명확한 청사진이 제시되지 않은 점은 계획단계에서부터 계속 지적받아온 사항이었다. 이제 연구

궤도에 본격적으로 진입하려면 그에 대한 구체적인 안이 있어야 했다.

2주 후인 6월 12일 우리팀은 4차 연구진 회의를 열었다. 디지털콘텐츠를 결과물의 시각화 방안과 연구계획을 논의하기 위해서였다. 시각화 구현 방향이 정해지지 않은 상태에서는 시행착오가 반복될 것이라는 문제의식을 공유하였다. '아날로그'에서 '디지털'로의 단순한 매체전환에 머무는 것이 아닌, 인문학 소재의 맥락화·구조화에 입각한 체계적인 디지털콘텐츠 개발해야 할 필요가 있었다.

이를 위해 새로 교체된 서소리 연구보조원이 다음 회의까지 스키마를 설계하여 XML 문서로 만들어 와서, 연구진 의견을 받아 온톨로지를 설계하기로 하였다. 예상되는 그림을 볼 수 있도록 요소를 뽑아보고 다양한 솔루션을 찾기로 한 것이다. 처음에 생각했던 전자지도 방식 외에 다른 방안을 강구할 수도 있는 것이었다.

한편으로는 층위가 다른 정보를 어떻게 가공해야 할지 지침을 정할 필요가 있었다. 정보가 상세한 표류사건은 표류인물, 거주지, 출해시기, 출해지, 출해목적, 표류기간, 표류지, 표착시기, 표착지, 송환경로, 송환시기까지 추출해낼 수 있었으나, 대부분은 위 정보 가운데 한 가지 이상 누락되어 있기 마련이었다. 데이터는 항목이 자세할수록 좋다는 의견에 따라 정보가 상세한 것을 기준으로 삼고, 소략한 것은 소략한 대로 정보를 담기로 하였다. 그리고 사건 개별 건수는 표류사건으로 하지 않고 인물별로 분류하기로 하였다. 여러 인물이 동시에 출발하였으나 각기 다른 곳에 표착하거나 송환 시기가 달라지는 경우도 발견되기 때문이었다.

이상으로 데이터 추출에 힘을 쏟았던 전반기 연구과정을 마무리하기로 하였다.

제5장

시각화 방안의 모색 - 온톨로지 설계

7월 9일 예정대로 제5차 연구진 회의를 진행하였다. 1차적으로 정리된 표류기록은 총 358건이었다. 이에 앞서 이수진 연구원이 엑셀파일로 정리하였고, 서소리 연구원이 이를 대상으로 시각망 모델 설계의 방향을 제시하기로 하였다. 정리된 엑셀 파일은 다음과 같은 형태였다.

ID	표류기간	표류인물	거주지	출해지	표류지	표착지	송환시기	출해목
1	丁卯(1627) 二月	최애정(崔愛正, ?-?) 등 1명闕浦 鈥浦	NULL	NULL	對馬島		漁採
8	己巳(1629) 四月	경우산(金友山, ?-?) 등 7명闕無	NULL	NULL	日本 加羅沙只		釣魚
15	辛巳(1641) 9월 3일 ~ 9월 4일	김산구화(金山佉化, ?-?)乙 고성(固城)	NULL	NULL	對馬島 鰐浦[와니우라]	辛巳(1641) 12월 5일	東萊輪
22	癸未(1643) 1월 24일~26일	漁夫 심금생(沈今生, ?-?) 울산(蔚山)	NULL	NULL	對馬島 鰐浦[와니우라]	癸未(1643) 2월 15일	大口漁
29	癸未(1643) 1월 23일~26일	漁夫 劉松乙伊 등 7명, 崔[경주(慶州)]	NULL	NULL	對馬島 鰐浦[와니우라]	癸未(1643) 2월 15일	大口漁
36	癸未(1643) 10월 16일~19일	漁夫 諸寬龍, 地分山, 長기(長鬐)	NULL	NULL	石見州	甲申(1644) 3월 4일	鷹魚探
43	甲申(1644) 12월	32명(1人 病死)	NULL	NULL	筑前州[치쿠젠국], 長崎[나가사키]		海採
50		慶州 李景石, 徐來山 등 경주(慶州), 장기(長鬐)	NULL	NULL	筑前州[치쿠젠슈], 長門[나가토슈]	乙酉(1645)	捉魚
57	乙酉(1645) 9월 9일 ~ 12일	金斤斤, 李德孫, 娕 福 등,[순천(順天)]	NULL	NULL	對馬島 (西・豆)豆浦	丙戌(1646) 3월 20일	生鰒採
64	丁亥(1647) 冬~	12명	동영(統營)	NULL	NULL	長門州	戊子(1648) 3월 11일	
71	戊子(1648) 三月 ?	[강기득(姜己特, ?-?)] 등 3동영(統營)	NULL	NULL	長崎州[나가사키]	戊子(1648) 3월 11일	
78	戊子(1648) 1월~	海夫 林福男(奴 十男) 등 6 장흥(長興)	NULL	NULL	대마도(對馬島)	戊子(1648) 6월 8일	魚採
85	戊子(1648) 11월 27일~12월 4일	盧中進, 金順奉, 奴 金起[울산(蔚山)]	NULL	NULL	筑前州	己丑(1649) 4월 14일	大口魚
92		海夫 朴守男 등 19명	울산(蔚山)	NULL	NULL	筑前州	己丑(1649) 4월 14일	大口魚
99	庚寅(1650) 2월 27일	數同, 私奴 文玉 등 8명	장기(長鬐)	NULL	NULL	長門州	庚寅(1650) 6월 15일	捉魚
106	辛卯(1651) 11월 1일	李景業 등 5(死)	해남(海南)	NULL	NULL	對馬島	辛卯(1651)12월 29일	魚物換
113	辛卯(1651) 10월6~10일	金石玉 등 11명	濟州	NULL	NULL	肥前州 五島	壬辰(1652) 6월 15일	進上相
120	辛卯(1651) 11월 2~6일	金山崏[岐山卜], 梁五奉, 柱統營	NULL	NULL	筑前州	壬辰(1652) 6월 15일	貿穀貿
127	辛卯(1651) 11월 27일~12월 1일	私奴 奉起[岐奉卜], 私奴 戊辰주(晉州)	NULL	NULL	筑前州	壬辰(1652) 6월 15일	東萊輪

〈예시 1〉

시각화 방안의 모색은 이와 같이 추출한 표류 정보를 담아낼 수 있는 틀을 설계하는 것에서부터 시작되었다. 이러한 틀은 이른바 온톨로지로, 온톨로지는 특정한 분야에 속하는 개념과 개념 사이의 관계를 기술하는 정형화된 어휘의 집합을 뜻한다. 데이터 추출단계에서 수집된 정보들을 재구성하여 표류 정보를 총체적으로 관리하고 파악할 수 있는 온톨로지를 설계하였다.

먼저 다양한 표류 사건 유형으로 구성된 샘플 사건들을 선정하여 이를 번역·정리·분석하여 다양한 온톨로지의 가능성을 시험해보았다. 5차 연구진 회의에서 처음으로 제시된 온톨로지는 다음과 같았다.

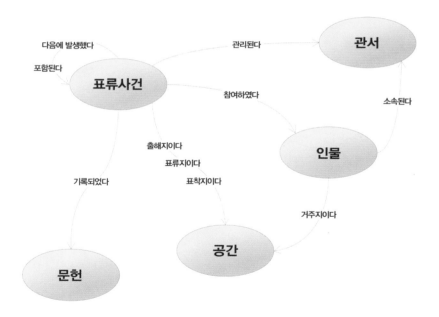

이와 같은 모델에서는 다음과 같이 표류 정보가 기술된다.

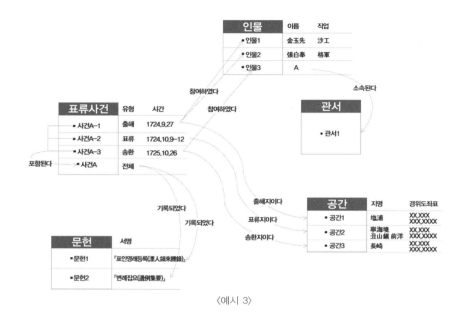

〈예시 3〉

　5차 연구진 회의는 데이터 추출을 담당한 연구원과 시각화 모델을 구상하는 연구원이 구체적인 샘플로 함께 구체적인 토론을 한 셈이었다. 위와 같은 제안은 정리된 데이터를 대상으로 한 것이지만 구상자가 아직 정보의 특성을 체득하지 못한 상태에서 한 것이었다. 물론 데이터 정리자 역시 어떻게 구현될 지에 대한 정확한 구상이 없었기도 하였다. 따라서 이 회의를 시작으로 두 분야가 서로 정보를 공유하며 온톨로지를 구상해나가면서 시각화를 구체화하도록 결정하였다.

　한편 우리 팀은 디지털 작업을 위해 정기적인 자문회의를 갖기로 하였다. 1차 자문회의를 부탁드렸던 김현 교수님에게 시각망 구축에 필요한 강의를 듣는 것이었다. 9월경 우리는 시각적 디지털화의 여러 모델을 대략적으로 살펴보고 우리 과제의 샘플을 통해 기존에 설계한 온톨로지를 보완 및 발전시키는 작업을 진행하였다.

　구체적인 진행 과정은 다음과 같다. 우선 샘플로 선정한 사건을 대상으로 태깅 작업을 실시하였다. 이는 하나의 표류 사건이 어떠한 세부 사건들로 구성되었는지 그 유형을 살펴보기 위함이었다. 태깅의 예시는 다음과 같다.

〈표류사건 id="3023"〉
　〈출처〉『濟州啓錄』,『各司謄錄』19 도광 27년(헌종13, 1847) 정월 초10일, 3월 11일 탐영계록〈/출처〉
　〈기사〉
　　〈표제〉26. 제주 압령 김태진 일행이 조난당하다.〈/표제〉
　　〈본문〉
　　　　〈사건 유형="조난보고" 순서="5-2"〉지난 해 10월 29일 도착한 제주 판관 탁종술(卓宗述)이 급히 보고한 내용에, "방금 화북진 조방장(禾北鎭助防將) 윤방언(尹邦彥)의 공문을 보니, '귤과 말운(橘果末運; 귤 진상의 마지막 운송)의 압령(押領) 14명 중, 7명은 장계[陪持]와 진상물을 김정구(金廷九)의 배에 싣고, 7명은 제주 사판(私販) 양응순(梁應順)의 배에 분승(分乘)하여, 이달 24일 새벽녘에 일시에 출항하였는데, 이달 28일 육지에서 들어오는 김흥록(金興祿)의 선편에 그 소식을 물었더니, 진상선(進上船)은 무사히 영암군(靈巖郡) 소안도(所安島)에 도착하여 정박하였고, 양응순의 배는 흔적도 없어 어디로 향하였는지 알지 못합니다.'라고 합니다." 라고 보고하므로, 〈/사건〉듣기에 매우 놀랍고 염려되어 압령 7명을 다시 선발한 뒤에 특별히 날랜 배를 배정하여 즉시 출항시키고, 화북 진장이 보고한 내용을 소급해 살펴보니, 양응순의 배를 점검하여 출항시킨 인물기(人物記; 승선자 명단)에는 압령 김태진(金泰鎭), 고영진(高永振), 문명세(文明世), 김덕보(金德寶), 고성복(高成福), 최정세(崔廷世), 김응한(金應漢) 등 7명 및 구엄리(舊嚴里) 가솔 김광해(金光海), 기패(旗牌) 장덕신(張德信), 장덕윤(張德允), 중엄리(中嚴里) 기패 박종진(朴宗振), 도평리(都坪里) 기패 현계훈(玄啓訓), 가솔 장명의(張明義), 수산리(水山里) 기패 고영제(高永悌), 교생(校生) 강일환(姜日煥), 양종관(梁宗寬), 가솔 김광삼(金光三), 고갑득(高甲得), 상무리(上無里) 기패 고명복(高明福), 한량 김태례(金泰禮), 하가리(下加里) 가솔 강응집(姜應集), 공생 장사언(張士彥), 서원 이원손(李元孫), 상귀리(上貴里) 유생(儒生) 강재관(姜才寬), 건입리(健入里) 서원 하응이(河應伊), 선주 양응순 등 합계 26명입니다. 그러므로 한편으로는 세 고을에 공문을 보내어 널리 거듭 찾아보게 하고, 한편으로는 내륙 연안에 기별하여 계속하여 탐문하게 하였으나, 지금 석 달이 지나도록 끝내 머무른 곳을 알 수 없으니, 만일 대양에서 익사한 것이 아니면, 반드시 이역에 표류하였을 것입니다. 많은 사람들의 생사를 알지 못하여 진실로 극히 참담한 연유를 보고하는 것이므로, 일을 순서 있게 잘 아뢰기 바랍니다.

〈/본문〉

〈날짜〉도광 27년(헌종 13, 1847) 정월 초10일〈/날짜〉

〈/기사〉

〈기사〉

〈표제〉 27. 일본에 표류하였던 김태진 일행이 돌아오다.〈/표제〉

〈본문〉

〈사건 유형="조난보고" 순서="14"〉제주 압령 김태진(金泰振) 등 26명이 표류한 연유는 금년 정월 초10일에 이미 급히 보고하였습니다.〈/사건〉

〈사건 유형="표류보고" 순서="22-2"〉이달 초9일에 도착한 동래 부사가 보낸 공문 내용에, "제주목에 사는 백성 26명이 이국에 표류하였는데, 그중 6명은 익사하였으므로 건져 올린 뒤에 운구(運柩)해 왔고, 20명은 이제야 비로소 생환하였습니다. 그러므로 식량과 여비를 내어 주고 초료를 만들어 주어서 본래 살던 고을로 보내는 연유를 장계를 올려 보고하는 내용에 거론하였으니 조사하여 알아보아야 할 것입니다." 라고 하였고, 일시에 도착한 도회관 영암 군수(靈巖郡守)의 공문 내용에, "제주의 백성 고일창(高日昌) 등 26명이 함께 한 배에 타고 지난 해 10월 20일 출륙하다가, 일본국 대마도 소속의 금리포(今里浦)에 표류하여 파선되었는데, 그중 양응윤(梁應允), 문명세(文明世), 고영진(高永振), 장덕신(張德信), 고명복(高明福), 김일홍(金一弘) 등 6명은 물에 빠져 사망하고 그 나머지 고일창 등 20명은 이제야 겨우 돌아왔습니다. 그러므로 전례에 따라 표류한 사정을 물은 뒤에 특별히 완고한 배를 배정하여 곧 들여보냅니다." 라고 하였습니다.〈/사건〉

그들 표류민 20명이 공문을 가지고 들어왔기에 신문할 조목을 만들고 진술을 받아 철저히 조사하였습니다. 여러 상황을 신문하였더니,

〈사건 유형="표류상황심문" 순서="23"〉정미년(헌종 13, 1847) 3월 초10일에 압령 김태진 50세, 김덕보 45세, 고성복 44세, 최정호 33세, 김응한 42세, 중엄리 기패 박종진 28세, 도평리 기패 현계훈 32세, 장명의 28세, 하가리 가솔 강응집 36세, 김광해 44세, 공생 장사집(張士集) 27세, 이원손 27세, 구엄리 가솔 장덕윤 35세, 건입리 서원 하응리(河應利) 42세, 수산리 가솔 고일창 28세, 교생 강일환 35세, 양종관 35세, 김광삼 33세, 기패 고영제 50세, 상귀리 가솔 강재관 44세 등이 아뢰기를, "너희들은 어느 해 어느 달 어느 날에 바다에 나갔다가 이역에 표류하였으며, 제주 화북진 조방장 윤철언(尹哲彦)이 보고한 방선문서(放船文書; 出船記)를 소급해서 자세히 참고해보니, 너희들 26명 중에 고갑득(高甲得)과 김태례(金泰禮)는 있으나

고일창(高日昌)과 김일홍(金一弘)이 없는데, 지금 도회관 영암 군수의 공문 내용에는 고일창과 김일홍은 있으나 고갑득과 김태례는 없으니 이것이 무슨 곡절이며, 또 너희들이 표류한 날은 병오년(헌종 12, 1846) 10월 24일이나 도회관이 표류한 사정을 물을 때에 20일로 진술한 것은 또한 무슨 연고인지, 그간의 가엾은 정상을 숨김없이 바로 아뢰라." 라고 심문하시는 것이므로, 〈/사건〉

"아뢰옵니다.

〈사건 유형="출항" 순서="1"〉저희들 26명은 혹은 압령, 혹은 사상(私商)으로 함께 한 배에 타고 지난 해 10월 24일에 제주 화북포에서 출항하여〈/사건〉

겨우 바다 한가운데에 이르렀는데, 갑자기 서북 태풍을 만나 돛대와 노가 기울고 부러져서 요동치며 동쪽 대양으로 표류하다가

〈사건 유형="표착" 순서="2"〉같은 달 28일 새벽에 어느 한 섬에 도착하게 되었는데, 탔던 배가 암초에 부딪쳐 부서지는 바람에 많은 인명이 물에 빠져 여유가 없을 적에, 저희들은 풍랑에 밀려 절로 해변에 떠올라 비록 살아나기는 하였지만 몹시 낙담하고 넋을 잃어 누가 살고 죽었는지를 분별하지 못하였습니다. 바위에 올라 나무에 의지하여 포복하며 산에 오르니 사면이 울창한 숲이라, 처음에는 사는 사람이 없다고 생각되었고 기력이 다하여 잠시 한 곳에서 휴식을 취하였습니다. 조금 정신이 들어서 인원을 파악하여 보니 저희들 20명뿐이었습니다. 양응윤, 고영진, 문명세, 장덕신, 고명복, 김일홍 등 6명은 불러도 오지 않고 찾아도 보이지 않아 반드시 익사하였을 것이라 생각하고, 〈/사건〉

〈사건 유형="만남" 순서="3"〉조금씩 전진하여 10여 리쯤에 이르니 갑자기 나무를 베는 소리가 은은히 귀에 들리어 비로소 사람이 있음을 깨닫고 되돌아보며 찾았는데, 다행히 수풀 밑에서 한 사람을 만나 그 모습을 살펴보니, 머리에는 조그마한 상투가 있고 몸에는 검은 두루마기를 입었는데 분명히 이국인이었습니다. 입을 가리키고 배를 두드리며 배고프고 목마른 시늉을 하자 그 사람이 살펴보며 한참 있다가 망연히 가버렸습니다. 〈/사건〉

〈사건 유형="만남|이동|숙박" 순서="4"〉저희들은 엎어지고 넘어지며 뒤를 따라 5리쯤에 이르니 과연 시골집이 하나 있었으며, 허리에 환도 두 개를 찬 10여인이 와서 저희들을 부축하여 즉시 집으로 돌아가서 옷을 갈아입히고 불을 지펴서 죽을 끓여 준 뒤, 그들은 글로 써서 우리들이 사는 지방과 표류한 경위를 물었습니다. 그래서 제주인이 이국에 표류하였을 때에 제주를 숨기고 다른 곳을 말한다고 들었으므로, '조선국 전라도 해남현 사람으로 행상차(行商次) 바다에 나갔다가 바람을 만나 표류하였다.'고 답하고, 저희들도 도착한 지방을 물으니, '일본국 대마도 주변의 금리포(今里浦)'라고 하였습니다. 마침 날이 저물었기 때문에 저희들은 다섯 곳에 나누어 숙박하게 되었습니다. 〈/사건〉

〈사건 유형="시체수습" 순서="5-1"〉다음 날 새벽에 그들과 함께 저희들의 배가 부서진 곳에 가보니, 양응윤, 장덕신, 문명세, 김일홍의 네 시체는 해변에 떠올랐고,〈/사건〉

〈사건 유형="시체수습" 순서="6"〉그 나머지 고영진, 고명복의 두 시체는 11월 초5일에 비로소 건져 올렸는데,〈/사건〉

그 마을에서 관(棺)을 만들어 주어서 시체를 수습하였습니다.

〈사건 유형="이동｜숙박" 순서="7"〉초6일에 그들이 말하는 전어관(傳語官) 한 사람, 훈도(訓導) 한 명이 와서 표류한 사정을 묻고 저희들을 인솔하여 포구로 돌아가서 막사를 지어 밤을 새고,〈/사건〉

〈사건 유형="이동" 순서="8"〉초7일에 저희들과 양응윤 등의 시체를 다섯 척의 조그만 배에 나누어 싣고, 초8일 땅거미가 질 때 대마 관부의 항구에 도착하였는데, 그간의 수로는 기억이 안 납니다.〈/사건〉

〈사건 유형="숙박" 순서="9-1"〉저희들을 내리게 하여 관사(館舍)에 돌아가 숙박하게 하고〈/사건〉

〈사건 유형="시체수습" 순서="9-2"〉6인의 시체는 절[寺]에 보내었습니다. 〈/사건〉

〈사건 유형="시체수습｜배급" 순서="10"〉초9일에 전어관이 저희들을 데리고 함께 시체를 안치한 곳에 도착하자, 당해 부(府)에서 매 시체에 백회(白灰) 한 섬, 소금 한 섬, 무명 18척, 백면지(白綿紙; 목화를 섞어서 만든 고급지) 두 장씩을 내주면서 관을 새로 만들고 빈소를 마련하게 한 다음 저희들에게 관사로 돌아가도록 하였습니다. 〈/사건〉

〈사건 유형="자취｜체류｜배급" 순서="11"〉매일 한 사람마다 백미 여섯 홉, 조그만 고기 한 개, 장 두 홉, 남초 두 돈, 솥, 그릇, 땔나무, 물 등을 마련해 주면서 자취를 하게 하였습니다. 〈/사건〉

〈사건 유형="심문｜배급" 순서="12"〉관사에 머무른 지 20일째 되는 날에 관부(官府)에서 한 사람마다 흰 무명두루마기 한 벌, 우산 두 자루, 남초갑 열 개씩을 내 주고 비로소 표류한 사정을 물었습니다. 〈/사건〉

〈사건 유형="출항준비" 순서="13"〉12월 24일 전어관 한 사람, 훈도 네 명이 저희들을 데리고 절의 빈소에 있는 시체를 메고 와서 함께 한 척의 배에 타고 여러 날 대마 관부의 항구에서 바람을 기다리다가 〈/사건〉

〈사건 유형="이동｜출항" 순서="15"〉정월 16일 출항에 임했을 때에, 세 척의 배를 나누어 배정하여 저희들 중 이원손 한 사람은 그들의 배에 싣고 일시에 일제히 출항하여 연안의 섬들을 이리저리 항해하다가 21일 대마도의 후풍소인 사수천(沙水川) 항구로 돌아왔습니다. 〈/사건〉

〈사건 유형="이동|출항" 순서="16"〉2월 초3일 출항하여 황혼 무렵에 왜관에 도착하였는데 그간의 수로는 대략 480리 쯤 되었습니다. 〈/사건〉

〈사건 유형="이동|심문|배급" 순서="17"〉초4일 표류한 사정을 묻고 즉시 부산진으로 보내었는데 다시 상세히 사정을 물은 뒤, 겉벼 다섯 말, 미역 열 줄을 내 주었습니다. 〈/사건〉

〈사건 유형="이동|심문|배급" 순서="18"〉같은 날 동래부에 도착하자 동래부에서 표류한 사정을 묻고 한 사람마다 백미 한 말, 엽전 한 돈, 장 세되, 미역 세 닢씩을 내 주고 엽전 여섯 냥을 또 내주었습니다. 〈/사건〉

〈사건 유형="시체수습" 순서="19"〉초7일에 6인의 시체를 매장한 뒤에 〈/사건〉

〈사건 유형="초료발부|배급" 순서="20"〉초료를 작성해 주었고 또 동래부와 좌수영에서 백미 두 말, 미역 한 첩(貼)을 내 주었습니다. 〈/사건〉

〈사건 유형="이동|심문|배급" 순서="21"〉초10일에 길을 떠나 26일에 도회관인 영암군에 도착하였더니 또 영암군에서 표류한 사정을 묻고 바다를 건너는 데 필요한 양식과 찬을 넉넉히 지급해 주었습니다. 〈/사건〉

〈사건 유형="이동|송환" 순서="22-1"〉이달 초9일 이진포(梨津浦)에서 바다를 건너 제주 화북포에 도착하였으며, 〈/사건〉

저희들과 함께 표류 중이었던 고갑득은 곧 고일창이며 김태례는 김일홍입니다. 일창과 일홍은 모두 자호(字號)이므로 항상 불러오던 것에 익숙하여 동래부와 도회관에서 표류한 사정을 물을 때에 이렇게 진술한 것은 참으로 이로 말미암은 것이고, 저희들이 표류한 월일(月日)은 분명히 지난 해 10월 24일이었는데, 육지에서 표류한 사정을 물을 때에 20일로 잘못 아뢴 것은 만 리를 표류하였다가 돌아오다 보니 매우 놀라 정신이 아직 안정되지 못하고 망각하여 그러한 것입니다. 이외에 다시 진술할 것이 없으니 조사하여 알아보고 처리하십시오." 라고 진술하였습니다. 이제 김태된 등이 표류한 전말을 반복하여 세밀히 밝히었으나 특별히 의심할 만한 단서가 없고 6명이 이역에서 익사하여 심히 참담하다고는 하나 20명이 살아서 고향에 돌아온 것은 참으로 다행한 일이므로 특별히 위로해 주고 편안히 머물러 살게 하는 연유를 보고하는 것이므로, 일을 순서 있게 잘 아뢰기 바랍니다.

〈/본문〉

〈날짜〉도광 27년(헌종 13, 1847) 3월 11일〈/날짜〉

〈/기사〉

〈/표류사건〉

〈예시 4〉

이와 같이 태깅한 결과물을 토대로 사건 유형별로 어떠한 정보 요
소들을 추출할 수 있는지 살펴보았다. 다음은 '김태진 일행 표류사건'
에 대한 예시이다.

순서	사건유형	사건 내용	추출할 수 있는 요소들
1	출항	저희들 26명은 혹은 압령, 혹은 사상(私商)으로 함께 한 배에 타고 지난 해 10월 24일에 제주 화북포에서 출항하여	1846년 10월 24일, 표류민 26인(김태진, 김덕보, 고성복, 최정호, 김응한, 박종진, 현계훈, 장명의, 강응집, 김광해, 장사집, 이원손, 장덕윤, 하응리, 고일창, 강일환, 양종관, 김광삼, 고영제, 강재관, 양응윤, 장덕신, 문명세, 김일홍, 고영진, 고명복), 압령, 사상, 한 배, 제주 화북포
2	표류	겨우 바다 한가운데에 이르렀는데, 갑자기 서북 태풍을 만나 돛대와 노가 기울고 부러져서 요동치며 동쪽 대양으로 표류하다가	
3	표착	같은 달 28일 새벽에 어느 한 섬에 도착하게 되었는데,	1846년 10월 28일, 일본국 대마도 금리포(수里浦)
4	만남	조금씩 전진하여 10여 리쯤에 이르니 갑자기 나무를 베는 소리가 은은히 귀에 들리어 비로소 사람이 있음을 깨닫고 되돌아보며 찾았는데, 다행히 수풀 밑에서 한 사람을 만나 그 모습을 살펴보니, 머리에는 조그마한 상투가 있고 몸에는 검은 두루마기를 입었는데 분명히 이국인이었습니다. 입을 가리키고 배를 두드리며 배고프고 목마른 시늉을 하자 그 사람이 살펴보며 한참 있다가 망연히 가버렸습니다.	외국인(머리에는 조그마한 상투가 있고 몸에는 검은 두루마기를 입은)
5	만남, 이동	저희들은 엎어지고 넘어지며 뒤를 따라 5리쯤에 이르니 과연 시골집이 하나 있었으며, 허리에 환도 두 개를 찬 10여 인이 와서 저희들을 부축하여 즉시 집으로 돌아가서 옷을 갈아입히고 불을 지펴서 죽을 끓여 준 뒤,	외국인 10명(허리에 환도 두 개를 찬), 집
6	대화, 필담	그들은 글로 써서 우리들이 사는 지방과 표류한 경위를 물었습니다. 그래서 제주인이 이국에 표류하였을 때에 제주를 숨기고 다른 곳을 말한다고 들었으므로, '조선국 전라도 해남현 사람으로 행상차(行商	

		次) 바다에 나갔다가 바람을 만나 표류하였다.'고 답하고, 저희들도 도착한 지방을 물으니, '일본국 대마도 주변의 금리포(今里浦)'라고 하였습니다.	
7	유숙	마침 날이 저물었기 때문에 저희들은 다섯 곳에 나누어 숙박하게 되었습니다.	
8	시체수습	다음 날 새벽에 그들과 함께 저희들의 배가 부서진 곳에 가보니, 양응윤, 장덕신, 문명세, 김일홍의 네 시체는 해변에 떠올랐고,	1846년 10월 29일(추정), 양응윤, 장덕신, 문명세, 김일홍
9	시체수습	그 나머지 고영진, 고명복의 두 시체는 11월 초5일에 비로소 건져 올렸는데, 그 마을에서 관(棺)을 만들어 주어서 시체를 수습하였습니다.	1846년 11월 초5일, 고영진, 고명복, 관
10	이동	초6일에 그들이 말하는 전어관(傳語官) 한 사람, 훈도(訓導) 한 명이 와서 표류한 사정을 묻고	1846년 11월 초6일, 전어관 1인, 훈도 1인
11	유숙	저희들을 인솔하여 포구로 돌아가서 막사를 지어 밤을 새고,	1846년 11월 초6일, 막사
12	이동 –수로	초7일에 저희들과 양응윤 등의 시체를 다섯 척의 조그만 배에 나누어 싣고, 초8일 땅거미가 질 때 대마 관부의 항구에 도착하였는데, 그간의 수로는 기억이 안 납니다.	1846년 11월 초7일 ~ 1846년 11월 초8일, 대마 관부의 항구
13	유숙	저희들을 내리게 하여 관사(館舍)에 돌아가 숙박하게 하고	1846년 11월 초8일, 관사
14	시체수습	6인의 시체는 절[寺]에 보내었습니다.	1846년 11월 초8일, 시체6구, 절
15	시체수습, 장례	초9일에 전어관이 저희들을 데리고 함께 시체를 안치한 곳에 도착하자, 당해 부(府)에서 매 시체에 백회(白灰) 한 섬, 소금 한 섬, 무명 18척, 백면지(白綿紙; 목화를 섞어서 만든 고급지) 두 장씩을 내주면서 관을 새로 만들고 빈소를 마련하게 한 다음 저희들에게 관사로 돌아가도록 하였습니다.	1846년 11월 초9일, 절, 전어관, 관부, 백회 한 섬, 소금 한 섬, 무명 18척, 백면지 두 장,
16	체류, 배급	매일 한 사람마다 백미 여섯 홉, 조그만 고기 한 개, 장 두 홉, 남초 두 돈, 솥, 그릇, 땔나무, 물 등을 마련해 주면서 자취를 하게 하였습니다.	1846년 11월 초9일(추정) ~ 1846년 12월 24일(추정),백미 여섯 홉, 조그만 고기 한 개, 장 두 홉, 남초 두 돈, 솥, 그릇, 땔나무, 물
17	심문, 배급	관사에 머무른 지 20일째 되는 날에 관부(官府)에서 한 사람마다 흰 무명두루마기 한 벌, 우산 두 자루, 남초갑 열 개씩을 내 주고 비로소 표류한 사정을 물었습니다.	1846년 11월 29일(추정), 관부, 흰 무명두루마기 한 벌, 우산 두 자루, 남초갑 열 개
18	정박	12월 24일 전어관 한 사람, 훈도 네 명이 저희들을	1846년 12월 24일, 전어관 1

		데리고 절의 빈소에 있는 시체를 메고 와서 함께 한 척의 배에 타고 여러 날 대마 관부의 항구에서 바람 을 기다리다가	인, 훈도 4인, 시체 6구, 배 1 척, 대마 관부의 항구
19	이동 -수로	정월 16일 출항에 임했을 때에, 세 척의 배를 나누어 배정하여 저희들 중 이원손 한 사람은 그들의 배에 싣고 일시에 일제히 출항하여 연안의 섬들을 이리저 리 항해하다가 21일 대마도의 후풍소인 사수천(沙水 川) 항구로 돌아왔습니다.	1847년 정월 16일~1847년 정 월 21일, 배 3척, 대마도 사수 천 항구
20	이동 -수로	2월 3일 출항하여 황혼 무렵에 왜관에 도착하였는 데 그간의 수로는 대략 480리 쯤 되었습니다.	1847년 2월 초3일, 왜관,
21	심문	초4일 표류한 사정을 묻고	1847년 2월 초4일
22	이동 -육로	즉시 부산진으로 보내었는데	1847년 2월 초4일, 부산진
23	심문, 배급	다시 상세히 사정을 물은 뒤, 겉벼 다섯 말, 미역 열 줄을 내 주었습니다.	1847년 2월 초4일, 겉벼 다섯 말, 미역 열 줄
24	이동 -육로	같은 날 동래부에 도착하자	1847년 2월 초4일, 동래부
25	심문, 배급	동래부에서 표류한 사정을 묻고 한 사람마다 백미 한 말, 엽전 한 돈, 장 세되, 미역 세 낲씩을 내 주고 엽전 여섯 냥을 또 내주었습니다.	1847년 2월 초4일, 동래부, 백미 한 말, 엽전 한 돈, 장 세 되, 미역 세 낲씩을 내 주고 엽 전 여섯 냥
26	장례	초7일에 6인의 시체를 매장한 뒤에	1847년 2월 초7일, 시체6구
27	초료발부	초료를 작성해 주었고	초료
28	배급	또 동래부와 좌수영에서 백미 두 말, 미역 한 첩(貼) 을 내 주었습니다.	동래부, 좌수영, 백미 두 말, 미역 한 첩
29	이동 -육로	초10일에 길을 떠나 26일에 도회관인 영암군에 도착 하였더니	1847년 2월 초10일~1847년 2 월 26일, 도회관, 영암군
30	심문, 배급	또 영암군에서 표류한 사정을 묻고 바다를 건너는 데 필요한 양식과 찬을 넉넉히 지급해 주었습니다.	도회관
31	이동 -수로, 송환	이달 초9일 이진포(梨津浦)에서 바다를 건너 제주 화북포에 도착하였으며,	1847년 3월 초9일, 이진포, 제주 화북포
32	표류보고 -공문	이달 초9일에 도착한 동래 부사가 보낸 공문 내용 에, "제주목에 사는 백성 26명이 이국에 표류하였는 데, 그중 6명은 익사하였으므로 건져 올린 뒤에 운 구(運柩)해 왔고, 20명은 이제야 비로소 생활하였습 니다. 그러므로 식량과 여비를 내어 주고 초료를 만 들어 주어서 본래 살던 고을로 보내는 연유를 장계	1847년 3월 초9일, 동래부사, 공문

		를 올려 보고하는 내용에 거론하였으니 조사하여 알아보아야 할 것입니다."라고 하였고, 일시에 도착한 도회관 영암 군수(靈巖郡守)의 공문 내용에, "제주의 백성 고일창(高日昌) 등 26명이 함께 한 배에 타고 지난 해 10월 20일 출륙하다가, 일본국 대마도 소속의 금리포(今里浦)에 표류하여 파선되었는데, 그중 양응윤(梁應允), 문명세(文明世), 고영진(高永振), 장덕신(張德信), 고명복(高明福), 김일홍(金一弘) 등 6명은 물에 빠져 사망하고 그 나머지 고일창 등 20명은 이제야 겨우 돌아왔습니다. 그러므로 전례에 따라 표류한 사정을 물은 뒤에 특별히 완고한 배를 배정하여 곧 들여보냅니다."라고 하였습니다.	
33	표류상황 심문	정미년(헌종 13, 1847) 3월 초10일에 압령 김태진 50세, 김덕보 45세, 고성복 44세, 최정호 33세, 김응한 42세, 중엄리 기패 박종진 28세, 도평리 기패 현계훈, 32세, 장명의 28세, 하가리 가솔 강응집 36세, 김광해 44세, 공생 장사집(張士集) 27세, 이원손 27세, 구엄리 가솔 장덕윤 35세, 건입리 서원 하응리(河應利) 42세, 수산리 가솔 고일창 28세, 교생 강일환 35세, 양종관 35세, 김광삼 33세, 기패 고영제 50세, 상귀리 가솔 강재관 44세 등이 아뢰기를, "너희들은 어느 해 어느 달 어느 날에 바다에 나갔다가 이역에 표류하였으며, 제주 화북진 조방장 윤철언(尹哲彦)이 보고한 방선문서(放船文書; 出船記)를 소급해서 자세히 참고해보니, 너희들 26명 중에 고갑득(高甲得)과 김태례(金泰禮)는 있으나 고일창(高日昌)과 김일홍(金一弘)이 없는데, 지금 도회관 영암 군수의 공문 내용에는 고일창과 김일홍은 있으나 고갑득과 김태례는 없으니 이것이 무슨 곡절이며, 또 너희들이 표류한 날은 병오년(헌종 12, 1846) 10월 24일이나 도회관이 표류한 사정을 물을 때에 20일로 진술한 것은 또한 무슨 연고인지, 그간의 가엾은 정상을 숨김없이 바로 아뢰라."라고 심문하시는 것이므로,	1847년 3월 초10일, 표류민 20인(김태진, 김덕보, 고성복, 최정호, 김응한, 박종진, 현계훈, 장명의, 강응집, 김광해, 장사집, 이원손, 장덕윤, 하응리, 고일창, 강일환, 양종관, 김광삼, 고영제, 강재관)
34	조사완료	이제 김태진 등이 표류한 전말을 반복하여 세밀히 밝히었으나 특별히 의심할 만한 단서가 없고 6명이 이역에서 익사하여 심히 참담하다고는 하나 20명이 살아서 고향에 돌아온 것은 참으로 다행한 일이므로 특별히 위로해 주고 편안히 머물러 살게 하는 연유를 보고하는 것이므로, 일을 순서 있게 잘 아뢰기 바랍니다.	1847년 3월 11일

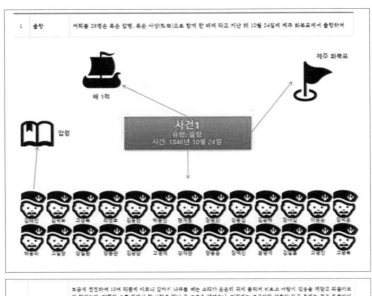

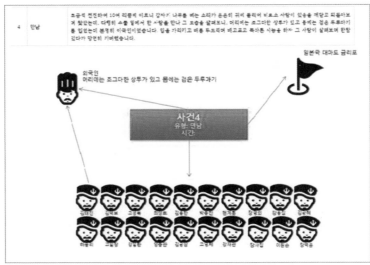

추출한 요소들 간의 관계망을 도식화하여 온톨로지를 구상해보았다. 다음은 위의 표에서 1, 4, 19, 25번의 세부사건을 도식화한 것이다.

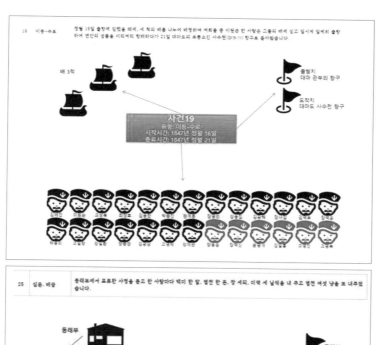

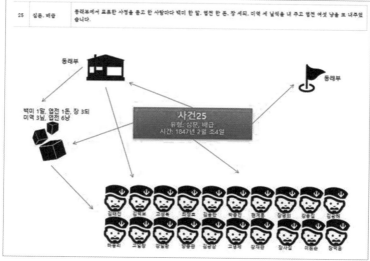

이와 같은 과정을 통해 기존에 설계한 온톨로지의 문제점을 발견할
수 있었다. 가장 큰 문제는 사건들 간의 계층과 관련된 점이었다. 하나의
표류 사건은 그 기준을 어떻게 설정하느냐에 따라 다양한 세부 사건을

설정할 수 있었다. 그러나 그러한 세부 사건 간에 계층을 설정하지 않고 모두 동일한 레벨의 사건으로 설정하다보니 사건간의 관계망이 복잡하게 구성되어, 정작 표류 정보의 핵심이라 할 수 있는 경로를 파악하기 어려웠던 것이다. 따라서 이를 해결하기 위하여 사건의 계층을 설정하기로 하였다. 문제점을 수정 및 보완하여 다음과 같이 온톨로지를 확정하였다.

① 클래스

클래스	내용
사건1	가장 상위 레벨의 사건. 모든 개별 사건은 이 클래스의 구성원.
사건2	이동 경로 중심으로 세분화한 사건. 출항, 표류, 표착, 송환, 귀환과 같은 유형에 해당되는 사건.
사건3	각각의 경유지에서 발생한 에피소드 형식의 사건. 필담, 상사, 배급과 같은 사건.
공간	표류 정보 가운데 다양한 맥락에 의해 출현하는 공간.
인물	표류 정보 가운데 표류민에 해당되는 인물.
문헌	표류 사건이 근거하고 있는 기록물.

② 클래스 속성

클래스: 사건1		클래스: 사건2		클래스: 사건3	
속성	설명	속성	설명	속성	설명
id	사건 id	id	사건 id	id	사건 id
group	그룹분류	group	그룹분류	group	그룹분류
name	사건명	name	사건명	name	사건명
출항	출항일	type	사건유형	type	사건유형
표류	표류일	when1	시작일	when1	시작일
표착	표착일	when2	종료일	when2	종료일
송환	송환일			object	관련물품
귀환	귀환일			description	설명
출해목적	출해목적				
url	위키페이지				

클래스: 공간		클래스: 인물		클래스: 문헌	
속성	설명	속성	설명	속성	설명
id	공간 id	id	인물 id	id	문헌 id
group	그룹분류	group	그룹분류	group	그룹분류
name	공간명	name	인물명	name	문헌명
chi	한자	chi	한자	chi	한자
jp	일본어 명칭	alias	이칭	publisher	발행주체
latitude	위도	age	나이	creator	저작주체
longitude	경도	status	신분, 역할	date	발행일
url	위키페이지	gender	성별	description	설명
		survival	생존여부	url	위키페이지
		url	위키페이지		

③ 관계

관계	Domain	Range	설명	관계속성
hasPart	사건1 사건2	사건2 사건3	사건간의 포함관계	
occursBefore	사건2	사건2	사건간의 순서	
isRelatedTo	사건2 사건3	사건1 사건2	기타 사건 관계	type(동행|상봉)
isPartOf	공간	공간	공간간의 포함관계	
happenedAt	사건1 사건2 사건3	공간	사건이 발생한 공간	type(출해지|표착지|경유지|송환지|귀환지) order(출발지|도착지)
isFrom	인물	공간	인물의 거주지	
hasMember	사건1	인물	사건에 참여한 인물	
isReferencedBy	사건1	문헌	사건의 출처 문헌	

④ 온톨로지 맵

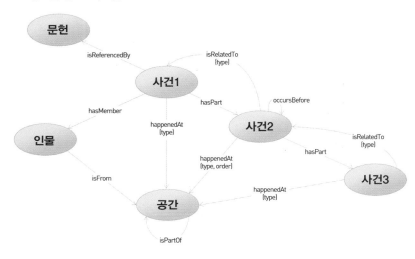

이렇게 표류 정보를 담아내기 위한 큰 틀이 설계되었다. 다만 그 과정에서 표류사건과 관련된 선박과 관서들의 클래스를 추가로 설정할 것인가에 대한 문제가 제기되었다. 그러나 관련 정보가 제한적인 점을 고려하지 않고 데이터를 추출했기 때문에 대상 데이터가 없는 상황에서 이를 위한 추가 정보를 수집하는 것이 프로젝트 일정상 시간적으로 불가능하다고 판단하였다. 비록 본 프로젝트에서는 누락되었지만, 앞으로 표류사건에 대한 총체적인 정보망을 구축한다면 반드시 반영되어야 할 것이다. 아마 처음부터 이러한 틀을 기반으로 데이터를 추출하는 작업을 진행하였다면 우리 팀의 시행착오는 거의 없었을 것이다. 데이터를 문헌 전공자가 정리하고 시각화를 디지털 전공자가 담당하여 분업을 행하면 이처럼 오류와 수정이 반복되고 불필요한 시간이 소요될 수밖에 없었다. 남은 수행기간 동안이라도 연구진 모두가 디지털화에 대한 전 과정을 공유하며 참여하기로 결정하였다.

제6장

관계 정보 시각화

표류 정보를 담아내기 위한 틀이 설계되었으니, 이제는 그러한 틀에 맞도록 데이터를 가공해야 했다. 데이터는 다양한 방법으로 생산할 수 있겠지만, 연구팀이 선택한 방법은 그래프 데이터베이스(Graph Database)를 구축하는 것이었다.

그래프 데이터베이스는 정보 요소들 간의 의미망을 표현하는 데 효과적인 데이터베이스로, 기본적으로 노드(Node)와 엣지(Edge)의 그래프 형태로 데이터를 기술하고 저장한다. 모든 표류정보를 구성하고 있는 정보 요소들을 노드로 구성하고, 이러한 정보 요소들 간의 관계(링크)를 기술해줌으로써 데이터를 생산해냈다. 다음은 각 유형별 데이터의 예시이다.

1) 노드 데이터

① 사건1 클래스 노드

id	group	name	출항	표류	표착	송환	귀환	목적
E001	사건1	김태진(金泰振) 일행 표류사건	1846. 10.24		1846. 10.28	1847. 02.03	1847. 03.09	기타

② 사건2 클래스 노드

id	group	name	type	when1	when2
E001-01	사건2	출항	출항		
E001-02	사건2	지상표착	지상표착	1846.10.28	
E001-03	사건2	송환경유	송환경유	1846.11.07	1846.11.08
E001-04	사건2	송환경유	송환경유	1847.01.16	1847.01.21
E001-05	사건2	송환	송환	1847.02.03	1847.02.03
E001-06	사건2	귀환경유	귀환경유	1847.02.04	1847.02.04
E001-07	사건2	귀환경유	귀환경유	1847.02.04(추정)	1847.02.04(추정)
E001-08	사건2	귀환경유	귀환경유	1847.02.10	1847.02.26
E001-09	사건2	귀환	귀환	1847.03.09	1847.03.09(추정)

③ 사건3 클래스 노드

id	group	name	type	when1	when2	object	description
E001-10	사건3	선원 사망	상사			백회(白灰) 한 섬, 소금 한 섬, 무명 18척, 백면지(白綿紙) 두 장	
E001-11	사건3	표류 경위 필담	필담				조선국 전라도 해남현 사람으로 행상차 바다에 나갔다가 표류하였다고 답함
E001-12	사건3	대마도에서의 배급	배급			백미 여섯 홉, 조그만 고기 한 개, 장 두 홉, 남초 두 돈, 솥, 그릇, 땔나무, 물, 흰무명 두루마기 한 벌, 우산 두 자루, 남초갑 열 개	
E001-13	사건3	부산진에서의 배급	배급			겉벼 다섯 말, 미역 열 줄	
E001-14	사건3	동래부와 좌수영에서의 배급	배급			백미 한 말, 엽전 한 돈, 장 세되, 미역 세 닢, 엽전 여섯 냥, 백미 두 말, 미역 한 첩	

④ 공간 클래스 노드

id	group	name	chi	jp	latitude	longitude
NP0511	제주도	화북	禾北		33.525834	126.565708
NP0053	대마도	금리포	今里浦		34.290258	129.222943
NP0278	조선	영암	靈巖		34.854912	126.682751
NP0146	중국	복건성	福建省		26.054189	119.300806

⑤ 인물 클래스 노드

id	group	name	chi	alias	age	status	gender	survival
A0001	인물	김태진	金泰振		50	압령	남	생존
A0006	인물	박종진	朴宗振		28	기패	남	생존
A0015	인물	고갑득	高甲得	고일창	28	가솔	남	생존
A0021	인물	양응윤	梁應允				남	사망
A0026	인물	김일홍	金一弘	김태례丨金泰禮			남	사망

⑥ 문헌 클래스 노드

id	group	name	chi	publisher	creator	date	description
D001	문헌	각사등록	各司謄錄				
D002	문헌	제주계록	濟州啓錄	제주발전연구원	고창석, 김상옥	2012	

2) 링크 데이터

① 사건1, 사건2, 사건3 클래스간의 포함 관계

node1		node2		relation
E001	김태진(金泰振) 일행 표류사건	E001-01	출항	hasPart
E001	김태진(金泰振) 일행 표류사건	E001-02	지상표착	hasPart
E001	김태진(金泰振) 일행 표류사건	E001-03	송환경유	hasPart
E001	김태진(金泰振) 일행 표류사건	E001-04	송환경유	hasPart
E001	김태진(金泰振) 일행 표류사건	E001-05	송환	hasPart
E001	김태진(金泰振) 일행 표류사건	E001-06	귀환경유	hasPart

E001	김태진(金泰振) 일행 표류사건	E001-07	귀환경유	hasPart
E001	김태진(金泰振) 일행 표류사건	E001-08	귀환경유	hasPart
E001	김태진(金泰振) 일행 표류사건	E001-09	귀환	hasPart
E001-02	지상표착	E001-11	표류 경위 필담	hasPart
E001-02	지상표착	E001-10	선원 사망	hasPart
E001-03	송환경유	E001-10	선원 사망	hasPart
E001-03	송환경유	E001-12	대마도에서의 배급	hasPart
E001-06	귀환경유	E001-13	부산진에서의 배급	hasPart
E001-07	귀환경유	E001-14	동래부와 좌수영에서의 배급	hasPart
E001-07	귀환경유	E001-10	선원 사망	hasPart

② 사건1, 사건2, 사건3 클래스간의 순서 관계

node1		node2		relation
E001-01	출항	E001-02	지상표착	occursBefore
E001-02	지상표착	E001-03	송환경유	occursBefore
E001-03	송환경유	E001-04	송환경유	occursBefore
E001-04	송환경유	E001-05	송환	occursBefore
E001-05	송환	E001-06	귀환경유	occursBefore
E001-06	귀환경유	E001-07	귀환경유	occursBefore
E001-07	귀환경유	E001-08	귀환경유	occursBefore
E001-08	귀환경유	E001-09	귀환	occursBefore

③ 사건 클래스간의 기타 관계

node1		node2		relation
E003-17	김영록 상봉	E004	김영록(金永祿) 일행 표류사건	isRelatedTo
E003-06	송환경유	E004-06	송환경유	isRelatedTo

④ 공간 클래스간의 포함 관계

node1		node2		relation
NP0427	진강현	NP0146	복건성	isPartOf
NP0154	부산 두모포	NP0057	기장	isPartOf
NP0455	축전주 대도	NP0453	축전	isPartOf
NP0177	사포	NP0284	오도	isPartOf

⑤ 사건 클래스와 공간 클래스간의 관계

node1		node2		relation
E121	이지항 일행 표류사건	NP0307	울산	happenedAt
E121	이지항 일행 표류사건	NP0674	레분도	happenedAt
E121	이지항 일행 표류사건	NP0156	부산진	happenedAt
E001-01	출항	NP0511	화북	happenedAt
E001-02	지상표착	NP0053	금리포	happenedAt
E001-03	송환경유	NP0053	금리포	happenedAt
E001-03	송환경유	NP0091	대마도 관부	happenedAt
E001-04	송환경유	NP0091	대마도 관부	happenedAt
E001-04	송환경유	NP0173	사수천 항구	happenedAt
E001-10	선원 사망	NP0053	금리포	happenedAt
E001-10	선원 사망	NP0092	대마도 관부 항구의 절	happenedAt
E001-10	선원 사망	NP0156	부산진	happenedAt

⑥ 인물 클래스와 공간 클래스 사이의 거주지 관계

node1		node2		relation
A0340	송광세	NP0141	별도리	isFrom
A0332	김백운	NP0332	이진	isFrom

⑦ 인물 클래스와 사건 클래스 사이의 포함 관계

node1		node2		relation
E001	김태진(金泰振) 일행 표류사건	A0001	김태진	hasMember
E001	김태진(金泰振) 일행 표류사건	A0002	김덕보	hasMember
E001	김태진(金泰振) 일행 표류사건	A0003	고성복	hasMember

⑧ 사건 클래스와 문헌 클래스 사이의 출처 관계

node1		node2		relation
E001	김태진(金泰振) 일행 표류사건	D001	각사등록	isReferencedBy
E001	김태진(金泰振) 일행 표류사건	D002	제주계록	isReferencedBy

이렇게 생산된 데이터들은 그래프 데이터베이스 툴인 Neo4j를 이용하여 구축되었으며, 다음과 같이 시각화되었다.

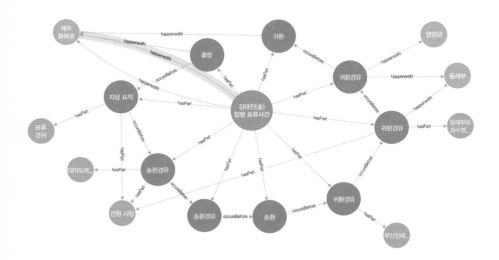

제7장

공간 정보 시각화

　　하나의 표류 사건 정보는 이동 경로 중심으로 구성된 중간 단계의 세부 사건으로 구성된다. 따라서 이동 경로와 관련된 공간 정보가 핵심을 이루게 되는데, 이러한 공간 정보를 효과적으로 시각화하는 방법은 전자지도를 이용하는 것이다.

　　연구팀은 심사패널의 의견에 따라 구글(Google)에서 제공하는 구글어스(Google Earth)를 기본 베이스맵으로 활용하여 전자지도를 구현하기로 하였다. 그리고 KML(Keyhole Markup Language)을 사용하기로 하였다. KML은 지리 정보를 기술하는 데 사용되는 XML 기반의 마크업 언어이다. 이로 기술된 전자 문서를 제작하여 각 표류 사건별 이동 경로를 전자지도에 구현하기 위한 작업을 진행하였다. 다음은 KML 문서의 예시이다.

```xml
<?xml version="1.0" encoding="utf-8"?>

<kml xmlns="http://earth.google.com/kml/2.2">

    <Document>

    <name>KML for Drift Trace: e001</name>
```

```
〈Style id="POI"〉
    〈IconStyle〉
    〈scale〉2.0〈/scale〉

〈Icon〉〈href〉http://digerati.aks.ac.kr/VR/style/boat2.png〈/href〉〈/Icon〉
    〈/IconStyle〉
    〈BalloonStyle〉

〈textColor〉ff007f00〈/textColor〉〈bgColor〉ffffffff〈/bgColor〉〈displayMode〉def
ault〈/displayMode〉
    〈/BalloonStyle〉
〈/Style〉

〈Style id="PATH1"〉
    〈LineStyle〉〈color〉ff7f7fff〈/color〉〈width〉5〈/width〉〈/LineStyle〉
〈/Style〉

〈Style id="PATH2"〉
    〈LineStyle〉〈color〉ffffffff〈/color〉〈width〉5〈/width〉〈/LineStyle〉
〈/Style〉

〈Folder〉

    〈name〉e001〈/name〉

    〈Placemark〉
    〈name〉01#출항:화북(禾北)〈/name〉
    〈description〉〈![CDATA[〈a href="http://www.digerati.kr/mediawiki/
index.php/김태진(金泰振)_일행_표류사건"/〉〈img src="http://digerati.aks.ac.kr/VR/
style/text.png"/〉〈/a〉〈br/〉]]〉〈/description〉
    〈styleUrl〉#POI〈/styleUrl〉
    〈Point〉〈coordinates〉126.565708, 33.525834, 0〈/coordinates〉〈/Point〉
    〈/Placemark〉

    〈Placemark〉
    〈name〉02#지상표착:금리포(今里浦)〈/name〉
```

〈description〉〈![CDATA[〈a href="http://www.digerati.kr/mediawiki/index.php/
김태진(金泰振)_일행_표류사건"/〉〈img src="http://digerati.aks.ac.kr/VR/style/text.png"/〉
〈/a〉〈br/〉]]〉〈/description〉
　　　　〈styleUrl〉#POI〈/styleUrl〉
　　　　〈Point〉〈coordinates〉129.222943, 34.290258, 0〈/coordinates〉〈/Point〉
　　　　〈/Placemark〉

　　　　〈Placemark〉
　　　　〈name〉03#송환경유:쓰시마[對馬島]〈/name〉
　　　　〈description〉〈![CDATA[〈a href="http://www.digerati.kr/mediawiki/index.php/
김태진(金泰振)_일행_표류사건"/〉〈img src="http://digerati.aks.ac.kr/VR/style/
text.png"/〉〈/a〉〈br/〉]]〉〈/description〉
　　　　〈styleUrl〉#POI〈/styleUrl〉
　　　　〈Point〉〈coordinates〉129.29048, 34.198231, 0〈/coordinates〉〈/Point〉
　　　　〈/Placemark〉

　　　　〈Placemark〉
　　　　〈name〉04#송환경유:사스나[沙水川]〈/name〉
　　　　〈description〉〈![CDATA[〈a href="http://www.digerati.kr/mediawiki/index.php/
김태진(金泰振)_일행_표류사건"/〉〈img src="http://digerati.aks.ac.kr/VR/style/text.png"/〉
〈/a〉〈br/〉]]〉〈/description〉
　　　　〈styleUrl〉#POI〈/styleUrl〉
　　　　〈Point〉〈coordinates〉129.39641, 34.63994, 0〈/coordinates〉〈/Point〉
　　　　〈/Placemark〉

　　　　〈Placemark〉
　　　　〈name〉05#송환:왜관??(倭館)〈/name〉
　　　　〈description〉〈![CDATA[〈a href="http://www.digerati.kr/mediawiki
/index.php/김태진(金泰振)_일행_표류사건"/〉〈img src="http://digerati.aks.ac.kr
/VR/style/text.png"/〉〈/a〉〈br/〉]]〉〈/description〉
　　　　〈styleUrl〉#POI〈/styleUrl〉
　　　　〈Point〉〈coordinates〉129.032926, 35.1003, 0〈/coordinates〉〈/Point〉
　　　　〈/Placemark〉

　　　　〈Placemark〉
　　　　〈name〉06#귀환경유:부산진(釜山鎭)〈/name〉

```
        〈description〉〈![CDATA[〈a href="http://www.digerati.kr/mediawiki/
index.php/김태진(金泰振)_일행_표류사건"/〉〈img src="http://digerati.aks.ac.kr/
VR/style/text.png"/〉〈/a〉〈br/〉]]〉〈/description〉
        〈styleUrl〉#POI〈/styleUrl〉
        〈Point〉〈coordinates〉129.053489, 35.12686, 0〈/coordinates〉〈/Point〉
    〈/Placemark〉

    〈Placemark〉
        〈name〉07#귀환경유:동래(東萊)〈/name〉
        〈description〉〈![CDATA[〈a href="http://www.digerati.kr/mediawiki
/index.php/김태진(金泰振)_일행_표류사건"/〉〈img src="http://digerati.aks.ac.kr
/VR/style/text.png"/〉〈/a〉〈br/〉]]〉〈/description〉
        〈styleUrl〉#POI〈/styleUrl〉
        〈Point〉〈coordinates〉129.086338, 35.203394, 0〈/coordinates〉〈/Point〉
    〈/Placemark〉

    〈Placemark〉
        〈name〉08#귀환경유:영암(靈巖)〈/name〉
        〈description〉〈![CDATA[〈a  href="http://www.digerati.kr/mediawiki/
index.php/김태진(金泰振)_일행_표류사건"/〉〈img src="http://digerati.aks.ac.kr/
VR/style/text.png"/〉〈/a〉〈br/〉]]〉〈/description〉
        〈styleUrl〉#POI〈/styleUrl〉
        〈Point〉〈coordinates〉126.682751, 34.854912, 0〈/coordinates〉〈/Point〉
    〈/Placemark〉

    〈Placemark〉
        〈name〉09#귀환:화북(禾北)〈/name〉
        〈description〉〈![CDATA[〈a href="http://www.digerati.kr/mediawiki/
index.php/ 김태진(金泰振)_일행_표류사건"/〉〈img src="http://digerati.aks.ac.kr/VR/style/
text.png"/〉〈/a〉〈br/〉]]〉〈/description〉
        〈styleUrl〉#POI〈/styleUrl〉
        〈Point〉〈coordinates〉126.621002, 34.398563, 0〈/coordinates〉〈/Point〉
    〈/Placemark〉

    〈Placemark〉
        〈name〉e001 Path〈/name〉
```

```
            〈styleUrl〉#PATH1〈/styleUrl〉
            〈LineString〉
            〈coordinates〉
            126.565708,33.525834,0
            129.222943,34.290258,0
            〈/coordinates〉
            〈/LineString〉
            〈/Placemark〉

            〈Placemark〉
            〈name〉e001 Path〈/name〉
            〈styleUrl〉#PATH2〈/styleUrl〉
            〈LineString〉
            〈coordinates〉
            129.222943,34.290258,0
            129.29048,34.198231,0
            129.39641,34.63994,0
            129.032926,35.1003,0
            129.053489,35.12686,0
            129.086338,35.203394,0
            126.682751,34.854912,0
            126.621002,34.398563,0
            〈/coordinates〉
            〈/LineString〉
            〈/Placemark〉

        〈/Folder〉
    〈/Document〉
    〈/kml〉
```

이와 같은 문서를 구글어스를 통해 불러오면 다음과 같은 표류 사
건의 이동 경로를 시각적으로 확인할 수 있다.

   그리고 좀 더 경로를 분명하게 보기 위해, 표착하는 경로와 송환하
는 경로는 색깔을 달리하여 표시하여 보았다.

   전자지도 작성 시 공간 좌표는 구글 맵 검색을 이용하였다. 출항과
표착 지점은 대부분 배를 이용한 경우이므로 최대한 포구에 가깝도록
좌표를 지정하였다. 표류 지점은 알 수 없는 경우가 많아 출항과 표착
지점 사이에 임의로 공간을 지정하여 좌표로 삼았다. 옛 지명이 많아
공간을 명확히 할 수 없는 경우가 많았다. 이를테면, 김비의(金非衣)
일행 표류사건에서 소내도(所乃島), 패돌마도(悖突麻島)와 같이 현재 정
확한 공간 좌표를 얻을 수 없는 경우에는 최근 연구 동향을 참고하여
가장 유사한 지역을 지정하고 공간명에 '이리오모테지마[西表島] 추
정', '하테루마지마[波照間島] 추정'과 같이 '추정'이라 밝혀 놓았다.

   이러한 시각화 설계는 12월 "'學'으로서 문화콘텐츠의 모색"이라는
주제로 열린 인문콘텐츠 학회에서 서소리 연구원에 의해 발표되었다.

제8장
시간 정보 시각화

표류 사건이 가지고 있는 시간 정보를 시각화하기 위하여 전자연표를 구현하였다. 우리 연구팀은 Google Developers에서 제공하는 시각화 툴인 구글 차트 API(Google Charts Application Programming Interface)를 이용하였다. 그러나 시각화 과정에서 모든 표류 사건에 대하여 세부 사건별로 정확한 시간 정보를 확인할 수 없다는 점이 아쉬움으로 남았다. 아래 그림은 출항일과 송환일을 비교적 정확히 확인할 수 있는 『제주계록』에 출현한 표류사건들을 대상으로 전자연표를 구현한 예시이다.

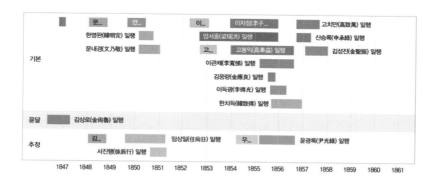

제9장
파노라마 구축

　우리 팀은 좀 더 많은 시각적 정보를 제공하기 위해 파노라마 영상을 구축하기로 결정하였다. 모든 표류 공간을 담는 것은 시간상, 예산상 불가능하였다. 따라서 대표적인 두 곳을 정하기로 했는데, 이전 답사를 다녀왔으나 미진하였던 쓰시마와 『제주계록』의 장소인 제주도였다. 본래는 한 차례 답사로 예정하였으나 노선이 잘 이어지지 않아 일주일 간격으로 시행하였다. 부족한 시간 속에 최대한 영상으로 담을 수 있는 곳을 찾아 이동하였다. 스팟별로 파노라마 사진과 스틸 사진을 촬영하여, 표류정보와 관련된 대표적인 19개 지역의 경관의 영상을 확보할 수 있었다.

　이것을 3D 360도 파노라마 영상으로 제작하고, 결과물을 종합하여 조선시대 표류사건과 관련된 공간을 시각적으로 확인할 수 있는 파노라마를 다음과 같이 구축하였다.

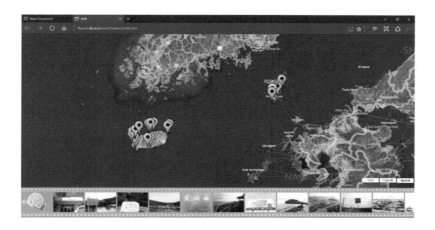

제10장
위키 시스템 활용

연구팀의 시각화 방안을 정리하면, 표류 사건을 구성하고 있는 모든 정보 요소들의 의미 관계는 그래프 데이터베이스를 통해 시각화하고, 표류 정보 가운데 공간 정보는 전자지도와 파노라마 사진을 통해 시각화하였으며, 시간 정보는 전자연표를 통해 시각화하였다.

연구팀은 이러한 시각화 결과물들과 함께 기본적으로 표류 정보와 관련된 텍스트 데이터들을 종합하여 제공하고 안내할 수 있는 시스템이 필요하다고 판단하였다. 이를 위해 위키 시스템을 활용하기로 하였다.

위키 시스템은 간단한 마크업 언어를 사용하여 웹 페이지를 제작할 수 있고, 검색 기능을 지원하며, 무엇보다 오픈소스로 제공되고 있기 때문에 추가적인 비용이 발생하지 않으므로, 본 프로젝트와 같은 소규모 프로젝트에서 효율적으로 사용할 수 있는 시스템이다.

연구팀은 인문콘텐츠학회 한국디지털인문학협의회에서 운영하는 위키 서버의 환경에서 '조선시대 표류노드 시각망'이라는 타이틀의 위키 페이지를 개설하였다.[1] 그리고 이 페이지를 중심으로 모든 표류 사건과 관련된 텍스트 정보들을 입력하고, 관련된 시각화 결과물들을 안내하기로 하였다.

위키 페이지는 크게 각 사건별 상세 정보를 제공하기 위한 사건 페

---

1) http://www.digerati.kr/mediawiki/index.php/%EB%8C%80%EB%AC%B8

이지, 공간 정보를 제공하기 위한 공간 페이지, 관련된 인물 정보를
제공하기 위한 인물 페이지로 구성하였다. 그리고 각 사건 페이지에
는 표류 경로를 시각화한 전자지도와 관계망에 접근할 수 있도록 링크
를 통해 안내하였다. 공간 페이지에서는 파노라마에 접근하도록 하는
링크를 설정하고, 파노라마에 없는 공간들에 대해서는 사진 자료를
첨부하였다. 다음은 위키 페이지의 예시이다.

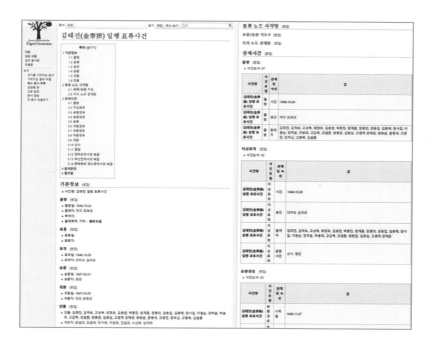

　　위와 같은 페이지의 제작은 표류로 그치는 것이 아니라 다른 디지
털 사업과의 연계를 용이하게 할 수 있다. 현재는 비공개로 되어 있으
나, 사업이 끝난 후 공개된다면 위키피디아를 접속하듯 대중들이 쉽
게 표류 데이터에 접근할 수 있게 될 것이다.

연구일지를 매듭지으며

우리 팀은 한정된 시간과 예산 속에서 조선시대 표류노드 시각망을 구축하는 작업을 진행해 왔다. 자체적인 홈페이지를 만든다면 더할 나위 없었겠지만, 이런 일회성 사업에서 서버를 확보하고 데이터를 축적하는 작업은 무리일 것이다. 대신 우리는 쉽게 무료로 이용할 수 있는 웹기반의 프로그램을 선택하여 시각화 작업을 진행하였다. 전자지도, 관계망, 전자연표 등 여러 가지 방법을 시도하여 결과물을 생산해 냈다. 물론 우리는 표류 정보에 대한 로우 데이터를 이미 작성하였으므로, 적절한 환경이 조성된다면 본격적인 시각망을 구축하는 것은 어려운 일이 아니다.

디지털인문학 연구를 1년 동안 수행하면서, 우리는 몇 가지 욕심이 생겼다. 2008년부터 3년 동안 토대연구로 진행했던 통신사 자료 가운데 행렬도도 디지털화해보고 싶고, 표류지도도 만들어보고 싶다. 필담이나 척독도 라키비움 형태로 정리해보고 싶다. 이번 연구는 모델링을 한 것이지 완벽하게 디지털라이징 DB를 구축한 것이 아니므로 제대로 된 DB로 구축하기 위해서는 앞으로도 추가적인 지원이 필요하다.

1년 동안에 연구계획서에 따라 연구성과를 내고, 한 달 뒤에 단행본까지 출판하라는 한국연구재단의 요구는 지나치다고 볼 수 있다. 그러나 디지털인문학 연구를 시작하는 마당에 시범사업적인 성격을 띠

었다는 말을 들었기에, 제대로 교정도 보지 못한 연구일지를 단행본
으로 출판한다. 우리의 무모한 시행착오가 동학들에게 반면교사가 될
것이라는 변명과 함께, 자문위원이 아니라 공동연구원 이상으로 참여
해주신 김현교수님께 감사드린다.

2015년 12월 14일
허경진

부록

- 첨부1 : 연구계획서
- 첨부2 : 자문회의 자료
- 첨부3 : 쓰시마답사 일정
- 첨부4 : 논문 「조선시대 표류노드 시각망 구축과정」
- 첨부5 : 연구진 회의자료
- 첨부7 : 발표문 「조선시대 표류 기록의 시각적 스토리텔링」
- 첨부9 : 쓰시마 2차 답사 및 제주도 답사 일정
- 별첨 : 표류정보 관계망 생산 데이터

[첨부1 : 연구계획서]

연구계획서

사업명		2014년 디지털인문학사업			
지정의제(Agenda)명		디지털인문학 시각화 콘텐츠 개발			
연구과제명	국문	조선시대 표류노드 시각망			
	영문	The Visual Network of the Drift Node in Joseon Period			
연구규모 및 참여연구원	연구기간	1년	참여인원 (연구보조원 제외)	연구책임자	1명
				일반공동연구원	1명
	신청 연구비	50,000천 원		박사급연구원	1명
				합계	3명

목차

1. 연구요약
2. 연구주제의 적합성
3. 연구과제의 창의성·독창성
4. 연구내용
5. 연구비 편성내역
6. 대표업적

1. 연구 요약

연구목표 (한글 2000자 이내)	본 연구는 "조선시대 표류노드 시각망" 구축을 위한 것이다. 조선시대에 발생했던 표류사건에 관한 기록은 두 종류로 구분할 수 있다. ① 공식 기록으로는 『조선왕조실록(朝鮮王朝實錄)』, 『변례집요(邊例集要)』, 『표인영래등록(漂人領來謄錄)』, 『제주계록(濟州啓錄)』 등의 고문헌이 있다. ② 사적 기록이 담긴 표해록(漂海錄)에서는 개인의 표류 경험에 대한 생생한 견문을 고찰할 수 있다. 　　공적 기록과 사적 기록을 검토하여 표류 인물, 거주지, 출해(出海) 지역, 출해 목적, 표류 기간, 표착지(漂着地), 송환(送還)

	시기 등의 맥락에 따른 사실 관계 정보를 추출하고, 시각적으로 재현하는 것을 목표로 하며, 학제 간의 응용은 물론이고 일반 대중에게 정보를 제공하여 인문 지식 정보를 확산시키는 것을 목적으로 한다.
기대효과 (한글 2000자 이내)	조선시대의 표류기록은 근대 이전 중국, 일본, 베트남, 필리핀을 비롯한 동아시아 이국(異國)의 풍토, 민속, 문물, 문화, 제도, 역사 등 다양한 요소를 내포하고 있는 복합적인 텍스트이다. 문학 작품이면서 동시에 역사 기록이며, 해역에 대한 지리 정보를 담고 있는 지리서이자 해난 구조와 해상학을 담은 기술서이다. 또한 표류민의 송환 과정과 절차 기록을 통해 동아시아 각국의 법률체계와 정치상황도 담고 있다. 이처럼 다양한 분야와의 연계성을 지닌 표류 사건 기록을 표류 인물, 출해 목적, 표류 원인, 표류 기간, 표착지, 송환 시기 등의 맥락에 따른 소스를 추출하여 시각화함으로써 얻을 수 있는 기대 효과는 크게 3가지이다. 첫째, 전통 인문학의 대중화와 타 분야와의 연계성에 기여한다. "조선시대 표류노드 시각망"은 문학, 역사 등의 인문학 분야 외에도 국제교류, 해양, 지리, 조선, 법률, 정치 등 다양한 분야에까지 활용되어 접근성이 떨어졌던 전통 인문학 정보의 수용을 확산시켜 대중화하는 데에 기여할 것이다. 둘째, 학문과 문화산업 등 다양한 분야에서 사용할 수 있는 원천 소재 콘텐츠를 제공한다. 성급하게 산업화 활용을 모색했던 기존 연구의 한계를 뛰어넘어서 탄탄한 기초 자료와 체계적인 분석 내용을 제공하여 영화나 만화, 드라마, 소설 등을 비롯한 다양한 문화산업에 활용될 수 있고, 대중의 문화향유에도 기여할 수 있다. 셋째, 동아시아 교류에 관한 인문학 지식정보의 디지털 인프라 구축과 새로운 시스템 개발을 견인한다. 표류와 관련된 인문지식을 우리 연구진이 해독·분석하고 맥락화·구조화하여 디지털콘텐츠로 시각화함으로써 전근대시기의 동아시아 교류에 관하여 문학·사학·철학·자연과학 영역까지 통합적으로 다룰 수 있는 디지털 인프라를 구축하게 된다. 이에 따라 근세 동아시아 교류에 관한 자료를 제공할 수 있는 새로운 형태의 시스템 개발을 견인할 것으로 기대한다.
연구요약 (한글 2000자 이내)	본 연구는 4단계로 분화하여 요약해 볼 수 있다. 1단계에서는 조선시대 표류에 대한 기록을 담고 있는 공적·사적 기록을 대상으로 하여 표류 사건에 기록된 표류 인물, 출해 목적, 표류 원인, 표류 기간, 표착지, 송환 시기 등의 맥락에 따라 데이터를 추출한다. 2단계에서는 "표류노드 시각망" 구현에 필요한 기본 자료

키워드(Keyword) (한글)	가 구축되면, 표류민의 출해 지점과 표착지 현장 답사를 실시하고, 표류노드 시각망의 적정 구현 모델에 관한 전문가의 자문을 얻어 효율적인 학술활동이 이루어질 수 있도록 보정의 기회를 갖는다. 3단계에서는 선행 과정을 통해 추출된 표류 관련 데이터와 구축된 이미지 자료를 구조화하여 전자지도 상에 시각화하여 나타낸다. 표류와 관련된 다양한 요소를 관계성에 기반을 두고 네트워크화하여 시각적 콘텐츠로 재생산하는 것이다. 표류 인물의 나이, 성별, 관직 등 개인정보뿐만 아니라 표류 경로, 표류 원인 및 출해 목적, 표착 기간, 표착지의 이미지나 영상, 표착지에서의 생활 및 교류 인물, 표류 기록 문헌 등 다양한 정보와 연계시켜서 하이퍼텍스트로 제공한다. 또한 표착지별로 표류민의 수를 다이어그램으로 보여주고, 해당 지역에 표류한 인물 정보를 비롯하여 표착 인물들의 표류 경로, 그 지역의 해류의 순환과 계절풍의 흐름 등을 연계시켜서 시각화한다. 마지막 4단계에서는 조선시대 표류와 관련된 다양한 인문지식을 디지털 콘텐츠로 기획하게 된 과정과 구상 내용, 일련의 진행과정, 개발한 내용 등 학술활동 전반에 대한 결과물을 단행본으로 출판한다.
키워드(Keyword) (한글)	조선, 표류, 노드, 시각망
키워드(Keyword) (영어)	the Joseon period, drift, node, the visual network

2. 연구주제의 적합성

본 연구는 "조선시대 표류노드 시각망" 구축을 위한 것이다. 조선시대에 발생했던 표류사건에 관한 기록은 두 종류로 구분할 수 있다. ① 공식 기록으로는 『조선왕조실록(朝鮮王朝實錄)』, 『변례집요(邊例集要)』, 『표인영래등록(漂人領來謄錄)』, 『제주계록(濟州啓錄)』 등의 고문헌이 있다. ② 사적 기록이 담긴 표해록(漂海錄)에서는 개인의 표류 경험에 대한 생생한 견문을 고찰할 수 있다. 공적 기록과 사적 기록을 검토하여 표류 인물, 거주지, 출해(出海) 지역, 출해 목적, 표류 기간, 표착지(漂着地), 송환(送還) 시기 등의 맥락에 따른 사실 관계 정보를 추출하고, 시각적으로 재현하는 것을 목표로 하며, 학제 간의 응용은 물론이고 일반 대중에게 정보를 제공하여 인문 지식 정보를 확산시키는 것을 목적으로 한다.

우리의 "조선시대 표류노드의 시각망" 구축 과제는 디지털인문학 시각화 콘텐츠 개발 사업의 연구 주제로 적절한 과제라고 볼 수 있다.

첫째, 상이한 두 종류의 기록을 융합하여 제시하기 위해서는 단순한 매체 전환이 아닌 구조화, 맥락화할 필요가 있다. 공식기록은 표류인, 표류지역, 표류시기 등 객관적인 정보의 집합체이다. 이를 종이문서로 접근하여 분석하기에는 상당한 인내심과 노력이 요구된다. 반면 표해록 등의 개인 기록은 주관적인 관찰과 판단, 입수한 정보의 집합체이다. 스토리텔링으로 접근할 수 있는 흥미 있는 기록이지만 전체 표류사건 상에서 본다면 특수하고 예외적인 경우에 해당할 수도 있다. 주관적이고 개인적인 견문록과 공식적이고 개별적인 사건들을 융합시켜 동시에 효과적으로 전달하기 위해서는 디지털로 시각화된 전자지도의 방식이 현재로서 가장 적합할 것이다.

둘째, 인문학자가 중심이 되어 분석할 필요가 있다. 우리가 대상으로 하는 텍스트는 모두 한문으로 기록되어 있고, 몇 종을 제외하고는 대부분 원전이나 영인본의 형태로 존재한다. 해독의 어려움 때문에 이 공계는 물론 연관된 인문학 전공 연구자에게도 접근하기 어려운 점이 있다. 다양한 분야와의 연계성을 지닌 표류 사건 기록을 표류 인물, 출해 목적, 표류 원인, 표류 기간, 표착지, 송환 시기 등의 맥락에 따른 소스를 추출하여, 연구자들이 쉽게 시각적으로 데이터에 접근할 수 있도록 한다면 문학, 역사 등의 인문학 분야 외에도 국제교류, 해양, 지리, 조선(造船), 법률, 정치 등 다양한 분야에까지 활용될 수 있다.

셋째, 향후 다양한 문화사업에 활용할 수 있는 인프라를 구축하여 일반 대중들에게 제공할 수 있다. "표류"라는 특정주제는 근대 이전 중국, 일본, 베트남, 필리핀을 비롯한 동아시아 이국(異國)의 풍토, 민속, 문물, 문화, 제도, 역사 등 다양한 요소를 포괄하고 있다. 이러한 복합적인 정보를 전자지도라는 효율적인 방식으로 일반 대중에게 제공한다면, 이후 문화산업의 자료로 활용될 수 있을 뿐 아니라 세계를 이해하는 교육 자료로도 활용될 수 있다. 일반 대중들도 손쉽게 접근할 수 있어서 전통 인문학 지식 정보를 수용·확산시킬 수 있는 인프라의 구축이기 때문에, 본 사업에 적합한 주제라 할 수 있다.

3. 연구과제의 창의성·독창성

현재 전자기기 및 통신의 발달로, 종이로 제공되는 출판물이나 사전 등의 아날로그 매체의 활용 빈도는 현격히 떨어지는 대신 웹상에 구현되는 디지털 미디어의 이용이 점차 확산되고 있다. 인터넷 검색을 통해 다양한 분야의 디지털 사전을 사용할 수 있으며, 전자저널의 데이터베이스를 통해 학술지의 종류에 관계없이 각 분야의 연구논문에 용이하게 접근할 수 있다. 또한 웹을 통한 정보의 접근은 지역적인 국한 없이 국경을 초월하여 이루어지고 있다.

그렇다면 인문학은 어떠한가? 종이로 된 문헌이 가장 주요한 연구대상이 되는, 구시대적 텍스트를 다루는 분야가 바로 인문학이다. 과거의 지식 정보를 다루는 분야이기에, 텍스트의 형태상 현재의 지식 정보 시스템에 곧바로 적용시키기 어려운 점이 있다. 인문학 정보를 필요로 하는 타 분야의 연구자들은 물론이고 일반 대중들 역시 연구 자료에 접근하기가 쉽지 않았다. 현재의 지식 유통이 디지털미디어 중심으로 재편되고 있는 만큼, 변화에 발맞춰 후속세대의 교육과 대중들의 인문학 향유에 기여하고자 디지털콘텐츠의 개발이 시급하다.

인문학 지식정보를 디지털화한 대표적인 예로 한국역사정보시스템
(http://www.koreanhistory.or.kr/)을 들 수 있다. 이곳에서는 규장각,
국립중앙도서관, 한국고전번역원 등 28개 연계사이트를 모아 분산된
역사관련 전자정보를 한꺼번에 검색 접근할 수 있다. 한편 지리정보
시스템(Geographic information system)으로 접근한 예도 있다. 위치정
보를 기반으로 문화유산 콘텐츠를 활용할 수 있도록 설계된 문화재공
간정보서비스(http://gis-heritage.go.kr)와 조선시대 문화의 입체적
연구를 위해 시간(Time)·공간(Place)·주제(Subject)의 다차원적인 전
자문화지도를 구축한 조선시대 전자문화지도(http://atlaskorea.org)가
바로 그러한 예이다.

　이러한 예는 고전이나 역사적 인문정보를 통합적으로 다루어야 할
필요성에서 시도된 것들이라 할 수 있다. 근대 이후 연구 분야가 세분
화되고 연구 성과가 집적되면서 지식정보의 양도 늘었기 때문에 전근
대시기를 한 개인이 문학·사학·철학 혹은 자연과학까지 통합적으로
다룬다는 것 자체가 어쩌면 불가능한 얘기가 되었다. 이러한 한계를
보완할 수 있는 것이 바로 축적된 연구를 디지털화하는 것이다. 최근
한국학진흥사업단에서 연구결과물을 XML로 제출할 것을 요구하는
것도, 연구 형태의 변화에 발맞춘 것이라 할 수 있다.

　우리 연구팀은 이와 같은 상황 하에 동아시아 교류에 관한 인문정
보를 최근 연구 흐름에 맞추어 좀 더 빠르고 정확한 정보 제공 시스템
으로 구축할 수 없을까 고민하였고, 그 가운데 연구 접근이 비교적 어
려웠던 "표류"를 선정하였다.

　교통·통신이 발달한 현대에는 개인의 삶의 영역이 자유롭게 확대
된다. 그러나 조선시대와 같이 기술이 발달하지 못했던 시대에는 개
인의 활동 영역이 지극히 제한적일 수밖에 없다. 현대에는 인터넷을

활용하여 세계 각국의 정보를 실시간으로 접하며 개인의 삶과 관련을 맺지만 조선시대에는 개인의 활동 영역이 한정되어 있어 지역 내부의 정보가 다른 지역으로 전파되는 것은 물론이고 그 반대의 경우도 쉽지 않았다. 특히 이국에 대한 정보를 취하는 일은 더욱 어려웠다.

표류는 뜻하지 않은 사고로 발생한 사건이 대부분이다. 표류민에게는 생사를 넘나드는 극한의 기억이지만, 이국의 체험이 어려웠던 시대에 뜻밖의 기회가 되기도 한다. 따라서 표류는 외국 문화를 체험할 수 있는 중요한 통로가 되었다. 조선시대 해안에 살았던 사람들은 가깝게는 중국, 일본, 유구 등지로 표류한 적이 있으며 멀게는 여송(呂宋[필리핀]), 안남, 대만 등지까지 표류했다가 송환되었다. 조선 표류민의 표류 기록을 출해 인물·시기·지역, 표류 기간, 표착지점 등의 맥락에 따른 소스를 추출하여 전자지도의 형태로 시각화 하면 조선시대 백성들의 외국 경험의 범위와 정도를 한 눈에 파악할 수 있다.

표류의 원인은 대개 해상활동 중 바람이나 해류에 따른 사고가 대부분이다. 표류민의 출해 지역이 동해, 서해, 남해 중 어디였는지에 따라서, 출해 시기가 봄, 여름, 가을, 겨울 중 어느 계절이었는지에 따라서 표류민의 표착지는 달라진다. 표류 기록을 이 같은 기준에 따라 추출하여 전자지도로 시각화하면 근대 이전 조선시대의 해역의 해류와 기후 등의 해상 상황을 체계적으로 파악할 수 있어 이 분야의 기초 자료로도 활용 가능하다.

근세 동아시아 교류에 관한 자료를 제공하기 위해서는 새로운 형태의 시스템 개발이 필요하다. 현재 구현 중인 시스템으로는 디지털인문학적 성과를 상호 웹으로 연결시키는 LOD(Linked open data) 방식을 들 수 있는데, 본 연구의 대상이 되는 인문학적 자료는 이 방식을 적용시킬 정도로 다수의 독자적인 웹이 존재하지는 않는다. 또한 문화재공간정보서비스 같은 지리정보시스템을 통해서 자료를 제공하는 방식을 고려할 수 있으나 "표류"라는 특성상 상대국끼리의 관계망을 효율적으로 보여주기 어려운 점이 있다. 교류라는 측면에서 동아시아 내의 인문학적 사회 연결망 역시 중요한 요소이기 때문에 이를 보여줄 수 있는 방식도 필요하기 때문이다. 본 과제가 진행된다면, "표류"라는 특정주제에 관한 인문 기초 자료를 시각적인 정보 제공 시스템으로 구현하는 최초의 연구 사업이 될 것이다. 그리고 근세 동아시아 교류라는 테마에 맞추어 제공되는 자료를 효과적으로 구현할 정교한 정보제공 시스템을 구축하는 데에 발판을 마련할 수 있을 것이다.

4. 연구내용

가. 연구목적, 연구의 필요성

① 연구 목적

본 연구는 조선시대에 발생했던 표류사건이 기록된『조선왕조실록(朝鮮王朝實錄)』, 『변례집요(邊例集要)』, 『표인영래등록(漂人領來謄錄)』, 『제주계록(濟州啓錄)』 등의 고문헌과 여러 종의 표해록(漂海錄)을 검토하여 표류 인물, 출해 지역, 출해 목적, 표류 원인, 표류 기간, 표착지, 송환 시기 등의 정보를 추출하고, 구축한 데이터를 디지털콘텐츠로 전환하여 시각적으로 재현하는 것을 목표로 하며, 일반 대중에게 인문학 지식정보를 제공하는 것을 지향한다.

② 연구의 필요성

조선시대의 표류기록은 당대인들의 사고방식과 대외인식은 물론이고, 근대 이전의 각국의 사회상이나 동아시아 각국 간의 교류, 당시의 국제관계와 국제질서 등을 조명할 수 있는 자료로서 큰 가치를 지닌다. 조선시대 해안에 살았던 사람들은 가깝게는 중국, 일본, 유구 등지로 표류한 적이 있으며 멀게는 여송(呂宋[필리핀]), 안남, 대만 등지까지 표류했다가 송환되었다. 해상 활동이 증가된 조선후기에 들어서면서 표류는 더욱 빈번히 발생하였다. 이러한 표류는 국가 간 접촉이 제한적이던 시기에 외국문화를 체험할 수 있는 중요한 통로였다. 따라서 표류 사건의 기록 문헌은 연행록이나 통신사행록을 보완하여 문화적 교류와 양상을 조명할 수 있는 사료로써 가치를 지닌다. 특히 민간 차원의 문화 교류와 여러 나라의 사회상과 인물상을 반영하여 그 중요성이 부각된다. 또한 표류민의 구조와 송환 과정에서 나라 간의 외교적 접촉이 가동되면서 동아시아 국가 간의 외교관계를 포착할 수 있다.

표류기록은 문학이나 역사의 인문학 분야에만 국한되지 않고, 다양한 학술분야에 응용이 가능하다. 앞서 살펴보았듯이 조선 당대인들의 사고 방식이나 대외인식은 물론이고, 동아시아 국가 간의 교류와 국제 관계를 파악하는데 큰 역할을 한다. 또한 표류에 큰 영향을 미치는 계절풍이나 해류에 따라서 표류민들의 표착지는 중국, 일본, 유구, 안남 등 동아시아 여러 나라가 되면서 상대국에 대한 정보는 물론이고 해역에 대한 지리정보와 선박 건조술 등의 기술 습득에도 영향을 주었다. 이처럼 표류 기록은 문학, 역사 분야에 그 효용이 그치지 않고, 국제교류, 해양, 조선, 지리, 정치 등 다양한 학문분야의 기초자료로 활용될 수 있다.

문제는 이 같은 유용한 인문 지식 정보가 다양한 분야의 연구자나 일반 대중들에게 적극적으로 확산·수용되지 못하였다는 점이다. 인문학 가운데에서도 가장 구시대적인 텍스트를 다루는 분야로 과거의 지식 정보를 다루고 있다. 한문으로 기록된 텍스트의 특성상 타 분야의 연구자나 일반 대중들이 접근하기에 어려운 점이 있다. 그래서 본 연구는 고문헌에 담긴 표류기록에서 표류 인물, 출해 목적, 표류 원인, 표류 기간, 표착지, 송환 시기 등의 소스를 추출하여 "표류노드의 시각망"을 구축하고자 한다.

특정 인물이 표류하여 표착하는 지점을 전자지도 상에 표시하고, 그 한 노드를 클릭하면 표류 인물, 출해 목적, 표류 원인, 표류 기간, 표착지점, 송환 시기, 해당 내용이 수록된 고문헌 텍스트와 그 번역문, 사진 또는 영상자료 등 구조화된 정보를 확인할 수 있도록 한다. 이용자는 전자지도에 표시된 표류 노드에 대한 접근을 시작으로 특정한 표류 인물이나 표류 경로, 표류와 관련된 고문헌 텍스트, 그에 대한 번역문, 표류 경로와 해류의 일치 여부 등 관심 영역에 따라 지식을 확장할 수 있다. "조선시대의 표류노드 시각망" 구축은 인문학 연구자는 물론이고 타 분야의 연구자들과 일반 대중들에게까지 손쉽게 응용되고 활용될 수 있을 것이다.

나. 중점 연구내용

본 연구는 "조선시대 표류노드의 시각망" 구축을 목표로 한다. 표류노드 시각망을 구축하기 위하여 크게 3가지 사항에 중점을 두고 연구를 진행한다.

첫째, 표류 사건이 기록된 문헌을 검토하여 표류 인물, 출해(出海) 지역, 목적, 표류 원인, 표류 기간, 표착지(漂着地), 송환(送還) 시기 등의 요소를 추출한다.

조선시대의 표류 기록은 다양한 형태로 문헌에 기록되어 전해진다. 표류 기록은 기록의 성격에 따라 공적 기록과 사적 기록으로 양분되는데, 공적인 표류 기록은 다음의 표와 같다.

번호	제목	대상 시기	비고
1	朝鮮王朝實錄	조선시기	『조선왕조실록(朝鮮王朝實錄)』을 보면 중국인의 표류가 109건 기록되어 있고, 그 다음으로 일본인의 표류가 많이 기록되어 있으며, 하멜 표류 등 서양인의 이색적인 표류도 보인다. 특히 조선전기에는 주로 실록에 표류사실이 기록되었다.
2	備邊司謄錄	조선 중후기	표류민 송환과 차왜(差倭)에 대한 접대 등이 외교문제로 되었을 경우 비교적 자세하게 기술되어 있다. 그러나 표류민의 공사(供辭)와 같은 일차적인 기사는 없다.
3	邊例集要	1627년~1823년	표류에 관한 기사는 권3 「표차왜(漂差倭)」에 있다. 그 안에서 「표차왜(漂差倭)」, 「표인(漂人)」, 「표인순부(漂人順付)」, 「쇄환(刷還)」의 네 항목으로 나뉘어 있는데 주된 것은 앞의 두 항목이다. 「표차왜(漂差倭)」는 표차왜의 구성과 조선의 접대 등에 초점이 맞춰져 있으며, 「표인(漂人)」은 같은 사건을 표류민에 초점을 맞춰 기술한 것이다. 그러나 표류민의 공사(供辭)와 같은 일차적인 기사는 없다.
4	同文彙考	1786년~1876년	표류에 관한 기사는 「표민(漂民)」 8권과 「표풍(漂風)」 7권이 있다. 「표민」은 청나라와 조선 간에 표류한 사건을 기록한 것이고, 「표풍」은 일본과 조선 간에 표류한 사건에 관한 것이다. 『변례집요(邊例集要)』에 빠진 내용이 많이 포함되어 있다.
5	漂人領來謄錄	1641년~1751년	일본 표류에 관한 일차적인 자료집이다. 여기에도 표류민의 일본인식(그들의 사정이나 송환과정의 주관적인 느낌)을 알려주는 내용은 드물다. 조사받는 과정에서 표류민은 표류한 연월일, 출항이유, 표착지와 함께 '그들의 사정을 모두 사실에 따라 바로 고하라'는 심문을 받는데, 그 가운데 구체적으로 답변한 것은 282건 중 2건에 불과하다.
6	濟州啓錄	1846년~1884년	제주목에서 조정에 보고했던 계문을 모은 등록이다. 외국에 표류한 건수는 일본 35건, 유구 5건, 중국 19건이다. 계문(啓文)에는 제주목사가 조사할 때 표류민에 대한 진술이 기록되어 있으므로 표류과정의 여러 가지 정황을 아는데 도움이 된다. 다만 여기서도 대부분의 표류민은 일본 내의 상황이나 자신들의 감회에 대해서는 거의 드러내지 않고 있다.

당시 표류민의 송환과 처리는 나라간의 외교에 관계되는 큰 사안이었다. 그래서 외국인이 표류해오면, 해당 관아에 보고되고 관련 부서의 담당관원이 조사를 진행하여 등록(謄錄)의 형태로 기록하여 보존하였다. 이러한 공적인 표류기록은 특정 지침에 의해 작성된 것으로 보이는 실무적이고 비문학적인 텍스트들이 다수이다. 가장 대표적인 것으로 『표인영래등록(漂人領來謄錄)』을 꼽을 수 있다. 『표인영래등록(漂人領來謄錄)』은 조선시대 대외관계 부서의 하나인 예조(禮曹)의 전객사(典客司)에서 편찬한 것으로 1641년(인조 19) 9월부터 1751년(영조 27) 9월까지 약 110년 동안의 표류기록이 연대순으로 수록되어 있다. 총 282건이 조사되었으며, 359척의 배와 3,705명의 사람이 표류하였다. 주로 경상감사(慶尙監司)·동래부사(東萊府使) 등의 지방관의 보고내용이 실려 있다. 표류민의 성명·나이·신분·거주지를 비롯하여 바다로 나간 경위, 일본의 표착지, 송환 과정 등이 상세하세 기록되어 있어서 조선시대 표류노드 시각망 구현에 가장 적합한 문헌 자료이다.

이 밖에 『조선왕조실록(朝鮮王朝實錄)』, 『변례집요(邊例集要)』 등에도 표류 기록이 있지만 매우 산발적으로 남아 있고, 그 내용 또한 단편적이어서 표류 인물, 출해(出海) 지역, 출해 목적, 표류 원인, 표류 기간, 표착지(漂着地), 송환(送還) 시기 등의 표류노드 시각망 구현을 위한 정보를 추출하기에는 어려움이 따른다. 그러므로 『표인영래등록(漂人領來謄錄)』을 표류 기록 추출의 주요 대상 문헌으로 삼고, 『조선왕조실록(朝鮮王朝實錄)』, 『변례집요(邊例集要)』 등을 참고하여 표류 사건 기록을 추출하는 작업을 진행한다.

공적 표류 기록 이외에도 개별적인 감정과 체험을 기록한 사적 기록도 있다. 문장 구사가 가능한 표류민은 스스로 표해록을 작성하였는데, 현전하는 조선시기 표해록은 20종 가량이다.

번호	저술시기	제목	저자	구성기법	비고
1	1488	漂海錄	崔溥	일록+부록	조선시대 간행
2	1592	琉玖風土記	柳大容	풍토기	稗官雜記
3	1682	濟州漂漢人處問情手本	金指南	문답체	東槎日錄
4	1696	知瀛錄	李益泰	일록+잡지+표류기사	
5	1706	海外聞見錄	宋廷奎	표해록 모음+기타	
6	1732	耽羅聞見錄	鄭運經	표해록 모음+기타	
7	1757	漂舟錄	李志恒	일록	海行摠載
8	1770	漂海錄	張漢喆	소설체 일록	
9	1775	丁未傳信錄	成海應		研經齋全集
10	1797	표해록	李邦翼	일록	한글
11	1797	표해가	李邦翼	한글가사	한글
12	1797	書李邦翼事	朴趾源	노정기	燕巖集
13	1801	漂海始末	丁若銓		柳菴叢書
14	미상	漂海錄	梁知會	필사본	崔時淳序
15	1805	제목 없음	鄭東愈	풍토기+移文	晝永編
16	1818	柳菴叢書	李綱會		
17	1818	日本漂海錄	楓溪 賢正	풍토기	
18	1818	乘槎錄	崔斗燦	일록+부록	
19	1828	耽羅漂海錄	朴思浩	노정기	心·田稿
20	1833	濟州漂人問答記	金景善	문답체+풍토기	燕轅直指

 20여종의 표해록을 모두 대상으로 삼아 검토하기에는 연구 기간과
인력의 제한이 따른다. 중국, 일본, 대만, 필리핀, 베트남 등 표류 지
역별로 구분하여, 시각적으로 구현하기에 적합한 4~5종을 선택하여
대상으로 한정하고자 한다.
 공적 표류 기록과 사적 기록을 함께 검토하는 이유는 공적 기록의

경우 조난자의 거짓 진술 사례가 발생하고, 사적 기록의 경우 조난자의 기억에 의존한 탓에 잘못된 정보가 기록되었을 가능성이 있기 때문이다. 공적·사적기록을 함께 비교·분석하면 좀 더 사실에 가까운 객관적인 정보를 얻을 수 있을 것이다.

표류 사건이 기록된 공적, 사적 자료들을 바탕으로 표류 인물, 출해 목적, 표류 원인, 표류 기간, 표착지, 송환 시기 등의 맥락에 따라 데이터를 추출하면 대략 400여건의 표류노드 데이터 작성이 가능할 것이다. 표류 자료를 분석·검토하여 맥락에 따라 데이터를 추출하는 이 작업은 전자지도 구현에 필요한 기초 자료 구축 단계로 본 연구의 중요 내용의 하나이다.

둘째, 표류민의 출해 지점과 표착지의 현장답사를 실시하여 사진을 촬영하고 영상자료를 구축한다. 표류 사건이 기록된 문헌을 검토하여 표류 인물, 출해(出海) 목적, 표류 원인, 표류 기간, 표착지(漂着地), 송환(送還) 시기 등의 데이터를 추출하고, 이렇게 하여 얻어낸 표류 사건의 기초 데이터베이스를 활용하여 표류민의 출해 지점과 표착지점의 현장답사를 실시한다. 조선 표류민의 표착지는 가깝게는 중국, 일본, 유구와 멀게는 필리핀, 안남, 대만 등지까지 동남아시아 일대로 광범위하였다. 우리나라 동해에서는, 대개 일본의 홋카이도나 사할린 쪽으로 가게 되고, 겨울에는 일본의 규슈나 중부지방에 닿게 된다. 서해의 경우, 여름에는 중국의 산동(山東) 지방이나 우리나라 관서(關西)지방으로 가게 되고 겨울에는 유구(琉球) 열도(列島) 또는 중국의 남쪽 끝으로 가게 된다. 동아시아 일대에 이르는 표착지를 답사하는 것은 비용과 시간의 제약이 따르므로 표착이 빈번하게 이루어지는 지역을 우선으로 현장 답사를 실시하여 시각화 자료를 확보해 나갈 것이다.

예를 들어, 조선의 백성이 일본으로 표류하는 경우 쓰시마를 통해 송환되었기 때문에 현재 쓰시마에는 조선 표류민이 머물렀던 표민옥(漂民屋)의 유허가 남아 있다. 아래는 일본 쓰시마시에 있는 표민옥 유허의 지도상 위치와 사진 자료이다. 우리 연구팀은 표착지 현장 답사를 통해 이러한 사진이나 영상 자료를 수집·조사하여 전자지도 상에 네트워크망으로 구조화하여 제공함으로써 이용자가 직접 그곳에 가보지 않고도 그곳에 남아있는 표류 관련 유적과 주변 환경을 경험할 수 있도록 한다.

셋째, 표류 관련 정보를 하이퍼텍스트 콘텐츠로 시각화하여 시각망을 구축한다. 조선시대의 표류 사건이 기록된 『조선왕조실록(朝鮮王朝實錄)』, 『변례집요(邊例集要)』, 『표인영래등록(漂人領來謄錄)』, 『제주계록(濟州啓錄)』등 공적 기록과 최부(崔溥)의 『표해록(漂海錄)』을 비롯한 사적 기록인 표해록 4~5종을 대상으로 하여 표류 인물, 출해(出海) 목적, 표류 원인, 표류 기간, 표착지(漂着地), 송환(送還) 시기 등의 데이터를 추출하고, 이것을 하이퍼텍스트 콘텐츠로 만들어서 전자지도 상에 시각화하여 나타낸다. 표류와 관련된 다양한 요소를 관계성에 기반을 두고 네트워크화 하여 시각적 콘텐츠로 재생산하는 것이다.

예를 들어 표류 노드 가운데 표류 인물은 그 인물의 나이, 성별, 관직 등 개인정보뿐만 아니라 그가 표류한 경로, 표류 원인 및 출해 목적, 표착 기간, 표착지점, 표착지에서의 생활 및 교류 인물, 표류 기록 문헌 등 다양한 정보와 연계시켜서 하이퍼텍스트로 제공한다. 표류 노드 가운데 표착지에 대해서는 표착지별 표류민의 수를 다이어그램으로 보여주고, 해당 지역에 표류한 인물 정보를 비롯하여 표착 인물들의 표류 경로, 그 지역의 해류의 순환과 계절풍의 흐름도 등을 연계시켜서 시각적 콘텐츠로 제공한다. 전자지도 상에 표류 경로뿐만 아

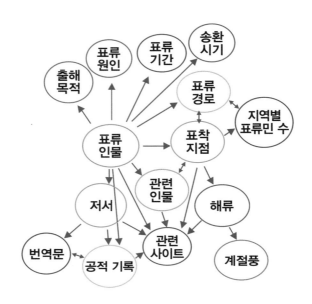

니라 여름과 겨울의 해류 순환도, 계절풍의 흐름도를 보여줌으로써 표류한 계절에 따른 표착지의 차이가 해류와 연관된다는 사실을 시각적으로 표현한다. 이러한 정보는 인문학 지식에 국한되지 않고 해양, 지리, 기후 등 다양한 분야로의 지식 확장에 기여한다.

　아래의 그림은 지역별 표류민의 수를 다이어그램으로 시각화하고 표류 경로를 화살표로 나타낸 전자지도 모델이다. 전자지도 상의 하나의 노드는 표류 인물, 인물의 출해 목적, 표류 원인, 표류 기간, 송환 시기, 표착 지점, 표류 경로, 지역별 표류민의 수, 해류의 순환도, 계절풍의 흐름도, 표류 인물의 저서, 그 저서의 번역본, 표류 인물의 표류 기사가 수록된 공적 기록물, 관련 사이트, 관련 인물 등 표류와 관련된 다양한 정보가 일정한 맥락 하에 구조화되어 연결되어 있다. 이용자는 하나의 노드를 클릭함으로써 조선시대 표류에 관한 다양한 인문지식 정보에 접근할 수 있고, 나아가 해양과 기후 등의 자연과학 분야로 지식을 넓혀갈 수 있다.

다. 연구 추진전략 및 방법

본 연구는 "조선시대 표류노드 시각망" 구축을 목표로 진행한다. 본 과제를 효과적으로 추진하기 위한 전략과 방법은 다음과 같다.

1단계 : 조선시대 표류 기록 문헌을 검토하여 "표류노드 시각망"을 위한 기본 자료 구축

조선시대 표류에 대한 기록을 담고 있는 사료는 다수가 있다. 공식 기록 문서로 『조선왕조실록(朝鮮王朝實錄)』을 비롯하여 『변례집요(邊例集要)』, 『동문휘고(同文彙考)』, 『표인영래등록(漂人領來謄錄)』, 『제주계록(濟州啓錄)』등이다. 이 사료들은 표류에 대해 기록하고, 구조·송환·접대에 이르는 과정을 수록하였다. 특히 『표인영래등록(漂人領來謄錄)』은 조선 표류민의 거주지부터 성명·나이·신분은 물론이고 바다로 나간 경위, 일본의 표착지, 송환 과정 등을 체계적으로 기록하고 있다. 본 연구에 참여하는 공동연구원이 이미 일부 표류기 원문을 입력하여 제공하고, 번역도 진행한 상태이다. 이들 사료를 검토하여 표류 사건 조사 기록을 추출하는 작업을 1단계에서 진행한다. 『표인영래등록(漂人領來謄錄)』에 수록된 표류 사건은 총 282건으로 대략 3,705명의 사

람이 표류하였다. 조선시대에 생성된 공적 기록과 사적 기록 가운데 표류 사건 기록을 살펴서 표류 인물, 출해 목적, 표류 원인, 표류 기간, 표착지, 송환 시기 등의 맥락에 따라 데이터를 추출하면 대략 400 여건의 표류노드 데이터 작성이 가능할 것이다. 구축한 자료를 정리하고 분석하여 개별 표류기의 지점을 하나하나 노드로 작성하여 전자지도 구현에 필요한 기본 소스를 추출하도록 한다.

이때 최부(崔溥)의 『표해록(漂海錄)』과 같이 조난자 내지는 제3자가 기록한 사문서 20여 종도 함께 연구 대상에 포함한다. 즉 공적 표류기록과 사적 기록을 함께 검토하도록 한다. 공적 기록의 경우 조난자의 거짓 진술 사례가 발생하고, 사적 기록의 경우 조난자의 기억에 의존한 탓에 잘못된 정보가 기록되었을 가능성이 있기 때문이다. 공적·사적 기록을 함께 비교·분석하면 좀 더 사실에 가까운 객관적인 정보를 얻을 수 있을 것이다.

2단계 : 표류민의 출해 지점과 표착지 현장 답사 및 자문을 통한 사진·영상 자료 확보

1단계에서 얻어낸 표류 사건의 기초 데이터베이스를 활용하여 표류민의 출해 지점과 표착지점의 현장답사를 실시한다. 조선 표류민의 표착지는 가깝게는 중국, 일본, 유구와 멀게는 여송(呂宋[필리핀]), 안남, 대만 등지까지 동남아시아 일대로 광범위였다. 주로 바람과 해류에 의해 표착지가 결정되었다. 우리나라 동해의 경우, 대개 일본의 홋카이도나 사할린 쪽으로 가게 되고, 겨울에는 일본의 규슈나 중부지방에 닿게 된다. 서해의 경우, 여름에는 중국의 산동 지방이나 우리나라 관서지방으로 가게 되고 겨울에는 유구 열도 또는 중국의 남쪽 끝으로 가게 된다. 동아시아 일대에 이르는 표착지를 빠짐없이 답사하는 것은 비용과 시간의 제약이 따르므로, 표착이 빈번하게 이루어지는 지역을 우선으로 현장 답사를 실시하여 시각 자료를 확보해 나갈 것이다.

또한 전문가의 자문회의를 실시한다. 학술활동이 시작되는 초반 시기에는 표류 사건이 기록된 자료에 관한 자문회의를 실시하고, 사업이 진행되는 중반 시기에 이르면 표류노드 시각망의 적정 구현 모델에 관한 자문회의를 실시한다. 전문가의 자문을 통해 효율적인 학술활동이 이루어질 수 있도록 보정의 기회를 갖는다.

3단계 : 표류노드의 시각망 구축

1단계와 2단계에서 추출한 표류 관련 데이터를 디지털콘텐츠로 시각화하여 전자지도로 작성한다. 조선시대의 표류 관련 문헌에서 추출한 표류 인물, 출해(出海) 목적, 표류 원인, 표류 기간, 표착지(漂着地), 송환(送還) 시기 등의 데이터와, 표류민의 출해 지점과 표착지 현장답사를 통해 구축한 이미지 자료를 구조화하여 전자지도 상에 시각화하여 나타낸다. 표류와 관련된 다양한 요소를 관계성에 기반을 두고 네트워크화하여 시각적 콘텐츠로 재생산하는 것이다. 표류 인물의 나이, 성별, 관직 등 개인정보뿐만 아니라 표류 경로, 표류 원인 및 출해 목적, 표착 기간, 표착지의 이미지나 영상, 표착지에서의 생활 및 교류 인물, 표류 기록 문헌 등 다양한 정보와 연계시켜서 하이퍼텍스트로 제공한다. 또한 표착지별로 표류민의 수를 다이어그램으로 보여주고, 해당 지역에 표류한 인물 정보를 비롯하여 표착 인물들의 표류 경로, 그 지역의 해류의 순환과 계절풍의 흐름 등을 연계시켜서 시각화한다. 정보의 내용과 맥락은 XML을 활용한 전자 문서로 작성하며, 개별 오브젝트 사이의 관계는 RDF의 형식으로 서술한다.

표류 노드의 시각망은 다음의 그림과 같이 표현될 수 있다. 최부(崔溥)가 제주도에서 표류한 뒤 중국을 거쳐서 압록강을 건너 조선으로 귀환하기까지의 경로를 시각화한 지도에서 시작하여 최부가 왜구로 몰려서 심문받았던 장소인 도저소 성터의 이미지 자료, 최부가 자신의 표류 경험을 적은 『표해록(漂海錄)』의 이미지 자료, 최부의 인물 정보를 담고 있는 한국민족문화대백과사전, 최부가 표류하였다가 귀국한 사실을 기록한 조선왕조실록의 원문·번역문·이미지, 해류와 계절풍 순환도 등 최부라는 인물이 표류한 사건과 관련된 다양한 정보를 맥락화·구조화하여 하이퍼텍스트 형태로 제공한 것이다.

이처럼 표류 노드를 시각화한 전자지도에서는 최부라는 인물의 나이와 성별, 관직 등 인물 정보에서 시작하여 그의 출해 목적, 표류 시기와 기간, 송환 시기, 표류 경로, 그가 송환되어서 심문받은 장소에 대한 정보, 그의 진술 기록과 그의 표류 사건을 기록한 공적 문헌의 원문과 번역문·이미지, 그가 자신의 경험을 기록한 저서의 이미지·번역문, 최부가 교류하였거나 그의 표류 사건과 관련된 다른 인물들, 그와 비슷한 시기에 표류한 다른 인물, 그가 표류한 지역과 같은 지역을 표류한 다른 인물, 그가 표류한 경로와 동아시아 해역의 해류와의 관계, 그의 표류 경로와 계절풍의 관계 등 다양한 정보를 구조화하여 제공할 수 있다. 이용자는 하나의 노드에 대한 접근에서 출발하여 문학, 역사 등 인문지식뿐만 아니라 타국의 풍토와 민속, 문물, 문화, 제도 등의 정보와 동아시아 국가들의 교류, 해양, 기후, 지리, 조선(造船), 법률, 정치 등 다양한 영역으로 지식을 확장할 수 있다. 디지털화된 시각망을 통해 일반 대중에게 전통 인문학 지식 정보를 수용·확산시킬 수 있는 인프라를 구축하는 것이 우리 연구진이 추구하는 디지털콘텐츠이다.

4단계 : 학술활동결과물 출판

　조선시대 표류와 관련된 다양한 인문지식을 디지털 콘텐츠로 기획하게 된 과정과 구상 내용, 일련의 진행과정, 개발한 내용 등 학술활동 전반에 대한 결과물을 단행본으로 출판한다. 조선시대의 표류 관련 문헌은『조선왕조실록(朝鮮王朝實錄)』을 비롯하여『변례집요(邊例集要)』,『표인영래등록(漂人領來謄錄)』,『제주계록(濟州啓錄)』등 공적 사료와 최부(崔溥)의『표해록(漂海錄)』과 같이 조난자 내지는 제3자가 기록한 사문서가 존재한다. 이것을 대상으로 표류 인물, 출해 목적, 표류 원인, 표류 기간, 표착지, 송환 시기 등의 표류 관련 데이터를 추출하고, 이를 토대로 표류민의 출해 지점과 표착지점의 현장답사를 하여 사진이나 동영상 등 이미지 자료를 구축하며, 구축된 데이터를 전지 지도를 통해 디지털 콘텐츠로 구현한 일련의 과정과 결과를 제시한다. 연구진이 구축한 양질의 인문학 디지털콘텐츠 결과물을 출판물로 제공함으로써 다양한 활용가치를 증대시키는 데 이바지한다.

라. 연구진 구성 및 연구원별 연구계획

참여형태 구분		구분	주전공	연구역할 분담내용	연구보조원 활용인원수
연구책임자			한문학	사업총괄, 자료구축, 예산관리	1
공동 연구원	일반공동 연구원	1	한문학	자료제공 및 자문	
	박사급 연구원	1	한문학	자료구축 및 자료정리, 데이터 정리	1

　연구책임자는 사업을 총괄하고, 자료를 구축하며, 예산을 관리하는 역할을 담당한다. 연구책임자는 표류를 주제로 한 "조선시대 표류노드 시각망"이라는 인문학 디지털콘텐츠 개발 사업에 대하여 그 기획부터 진행 과정, 결과물 창출까지 전 과정을 총괄한다. 조선시대에 생

성된 공적 기록과 사적 기록에서 추출한 표류 관련 자료와 현장 답사를 통해 구축한 이미지 파일 등 표류와 관련된 다양한 데이터를 구축하며, 구축한 데이터를 전자지도 등 디지털콘텐츠로 시각화하여 표류노드의 시각망이 제대로 구축될 수 있도록 한다. 또한 학술모임과 자문회의, 현장답사, 인건비 등에 예산을 적절히 편성하여 운용한다. 후속 세대 양성 및 연구 활동 보조를 위해 1명의 연구보조원을 둔다.

일반공동원구원은 자료 제공 및 자문을 담당한다. 일반공동연구원은 표류에 관해 다수의 연구를 진행해온 전문가로서, 수년간 표류기 목록조사 및 원문입력을 통해 축적·수집한 표류기 원문 입력본을 연구팀에 제공한다. 그리고 동아시아 문화에 대한 이해도가 높은 전문가로서, 조선시대 표류 관련 기록과 자료를 제공하는 역할을 한다. 또한 XML을 활용한 디지털자료 구축 등 인문학 지식정보의 디지털화에 대한 관심과 연구 역량이 높은 전문가로서, 디지털콘텐츠의 시각망 구축에 대한 자문을 담당한다.

박사급연구원은 자료 구축 및 자료 정리, 데이터 정리 등의 역할을 한다. 박사급연구원은 한문 해독 능력을 비롯하여 고문헌 원전을 해제한 풍부한 경험을 갖추었다. 조선시대에 생성된 공적 기록과 사적 기록 가운데 표류 사건 기록을 살펴서 표류 인물, 출해 목적, 표류 원인, 표류 기간, 표착지, 송환 시기 등의 맥락에 따라 데이터를 추출하고 현장 답사를 통해 사진이나 영상 자료를 구축한다. 구축한 자료를 정리하고 분석하며, 맥락화·구조화하여 디지털콘텐츠 구축을 위한 소스를 제공한다. 연구 활동 보조를 위해 1명의 연구보조원을 둔다.

연구보조원 1인은 다년간 통신사행기록물의 원문을 입력한 경험이 있으며, 최근 3년간 한국학중앙연구원에서 인문정보학 강의를 청강하여 디지털 인문학의 전문적 소양을 쌓고 있다. 또한 XML을 활용한 디지털 용어사전 편찬을 위한 데이터 모델과 한중 교류척독집의 수집 및 데이터베이스 구축 방안에 대하여 공동연구업적을 낸 경험이 있다. 현재 조선시대 대일외교 용어사전 구축 사업에 참여하여 인문학 데이터를 디지털콘텐츠로 변환하는 작업을 진행하고 있다. 이 연구보조원은 디지털인문학에 관련된 연구업적을 내었으며 인문 지식의 시각화 구현을 구상한 경험이 있으므로, 박사급연구원의 작업을 보완하여 표류노드의 디지털컨텐츠 결과물을 창출하는 작업을 담당한다.

마. 연구수행일정

기간 (추진년월)	내용	비고
2014. 12	1차 학술모임 : 사업 내용 공유 및 자료 자문	
2015. 01	2차 학술모임 : 자료에 관한 자문회의	
2015. 02	3차 학술모임 : 텍스트별 자료 정리 1	
2015. 03	4차 학술모임 : 텍스트별 자료 정리 2	
2015. 04	5차 학술모임 : 텍스트별 자료 정리 3	
2015. 05	6차 학술모임 : 적정 구현 모델에 관한 자문회의	
2015. 06	7차 학술모임 : 영상 데이터 확보 계획	출장 1회
2015. 07	8차 학술모임 : 영상 데이터 확보	출장 1회
2015. 08	9차 학술모임 : 디지털콘텐츠 시각망 구축 회의1	출장 1회
2015. 09	10차 학술모임 : 디지털콘텐츠 시각망 구축 회의2	
2015. 10	11차 학술모임 : 전자지도 작성 회의	
2015. 11	12차 학술모임 : 표류노드 시각망 구현 총괄 회의	
2015. 12	13차 학술모임 : 출판 교열 인쇄 정리	

바. 선행연구의 검토 및 결과

본 연구는 "조선시대 표류노드의 시각망"을 구축하는 데 목표를 둔

다. 표류노드의 시각망에 관한 선행연구로는 표류 기록 문헌 연구사
와 디지털화 연구 작업의 측면에서 검토할 수 있다.

먼저, 표류 기록 문헌 연구는 최근 20년 동안 학계의 주목을 받아
왔다. 근대 이전 동아시아의 풍토, 민속, 문물, 문화, 제도, 역사 등
다양한 요소를 내포하고 있는 복합적인 텍스트인 만큼 다각적인 측면
에서 연구가 이루어졌다.

첫째, 표해록류의 작품을 해양문학의 한 갈래로 파악하여 위상을
정리한 작업이다.

둘째, 표해록을 해외 체험을 기술한 기행문학이나 여행문학의 한
갈래로 파악하여 진행한 것이다.

셋째, 동아시아 각국의 문화적 교류와 각국의 언어, 선박제조, 주민
생활 등 문화상을 포착하는 작업이다.

넷째, 표류 기록을 통해 당시의 국제질서와 외교관계를 조명해 내
는 작업이다.

표류 사건에 대한 기록이 이미 다각적으로 진행되어 방대한 분량의
연구 결과가 축적되어 있지만, 문제는 이러한 인문 지식 정보가 확산
되지 않아 필요한 이들에게 제대로 수용되지 못한다는 점이다. 문학·
역사 분야는 물론이고, 국제교류·해양·지리 등 다양한 학문분야에
수용되기에는 한문으로 기록된 고문헌 형태의 종이 자료는 활발한 접
근을 제한한다. 수십 종의 흩어져 있는 개별 자료들을 연관성 있게 추
출하여 데이터베이스로 구축하고, 전자지도의 형태로 시각화하면 타
분야의 연구자들은 물론이고 세계의 연구자나 일반 대중들까지 손쉽
게 접근할 수 있다.

인문학 지식정보의 디지털화에 관한 연구는『조선왕조실록』을 비롯하
여 한국고전번역원의 고문헌 DB, 디지털『한한대사전(漢韓大辭典)』에

이르기까지 꾸준히 이루어져왔다. 인문학 지식정보를 디지털화한 대표적인 예로 한국역사정보시스템(http://www.koreanhistory.or.kr/)을 들 수 있다. 이곳에서는 규장각, 국립중앙도서관, 한국고전번역원 등 28개 연계사이트를 모아 분산된 역사관련 전자정보를 한꺼번에 검색 접근할 수 있다. 한편 지리정보시스템(Geographic information system)으로 접근한 예도 있다. 위치정보를 기반으로 문화유산 콘텐츠를 활용할 수 있도록 설계된 문화재공간정보서비스(http://gis-heritage.go.kr)와 조선시대 문화의 입체적 연구를 위해 시간(Time)·공간(Place)·주제(Subject)의 다차원적인 전자문화지도를 구축한 조선시대 전자문화지도(http://atlas korea.org)가 바로 그러한 예이다.

또한 인문학 연구의 범위를 한반도에 국한시키지 않고 동아시아 문화교류에까지 시각을 넓혀서 그것의 다양한 층위를 디지털화하는 것에 대한 논의도 이루어졌으며, 한국과 중국 지식인들이 주고받은 편지를 데이터베이스화하는 방안, 인문 지식의 전자문화지도 구축과 활용 등 다양한 연구가 이루어졌다. 인문학자들이 자신의 연구 분야에서 해당 인문지식을 디지털콘텐츠로 가공하여 인문지식의 대중적 확산에 대한 필요성을 절감함에 따라 다양한 연구가 활발히 진행되고 있는 것이다. 그러나 인문학 분야에서 표류 관련 정보의 디지털화에 관한 연구는 현재까지는 시도된 바가 없다. 이러한 현실에서 조선시대 표류노드의 시각망을 구축하는 연구 과제가 진행된다면 근세 동아시아 교류 관련 데이터시스템 구축의 선도적 연구로 자리매김할 수 있을 것이다.

사. 학문발전의 기여도

본 연구 "조선시대 표류노드 시각망"의 결과물은 다음과 같은 분야에 기여한다.

첫째, 전통 인문학의 대중화와 타 분야와의 연계성

표류 기록은 중국, 일본, 베트남, 필리핀을 비롯한 동아시아 교류관계를 파악할 수 있는 중요 자료이다. 표류 사건에 담긴 기록들은 생사의 극한 상황을 담은 문학 작품이면서 동시에 당대인들의 사고방식이나 삶을 기록한 역사 기록이기도 하다. 뿐만 아니라 해역에 대한 지리정보를 담고 있어 해난 구조와 관련된 해상학의 기술과 지리정보, 송환 과정과 절차에서 드러나는 동아시아 각국의 법학, 정치 분야까지 다양한 학문과의 연계성을 가지고 있다. 이러한 "조선시대 표류노드 시각망"은 문학, 역사 등의 인문학 분야 외에도 국제교류, 해양, 지리, 조선, 법률, 정치 등 다양한 분야에까지 활용되어 접근성이 떨어졌던 전통 인문학 정보의 수용을 확산시켜 대중화하는 데에 큰 기여를 할 것이다.

둘째, 학문과 문화산업 등 다양한 분야에서 사용할 수 있는 원천소재 콘텐츠 제공

본 연구의 결과물은 성급하게 산업화 활용을 모색했던 기존 연구의 한계를 뛰어넘어서 탄탄한 기초 자료와 체계적인 분석의 기회를 제공하여 학문 분야뿐만 아니라 영화나 드라마 등 대중의 문화향유에도 기여할 수 있는 원천소재 콘텐츠로 적합하다. 조선시대의 표류기록은 근대 이전 중국, 일본, 베트남, 필리핀을 비롯한 동아시아 여러 나라의 풍토, 민속, 문물, 문화, 제도, 역사 등 다양한 요소를 내포하고 있는 복합적인 텍스트이고, 문학작품이면서 동시에 역사 기록이며, 해역에 대한 지리 정보를 담고 있는 지리서이자 해난 구조와 해상학을 담은 기술서이다. 또한 연행록이나 통신사행록을 보완하여 당시의 문화적 교류와 양상을 조명할 수 있는 사료로서의 가치를 지닌다. 표류 사건은 그 자체에 스토리텔링의 요소를 담고 있기 때문에 표류나 재난

을 소재로 한 영화나 만화, 드라마, 소설 등을 비롯한 다양한 문화산
업에 활용될 수 있고, 대중의 문화향유에도 기여할 수 있다.

 셋째, 동아시아 교류에 관한 인문학 지식정보의 디지털 인프라 구
축과 새로운 시스템 개발의 견인

 "표류"라는 하나의 콘텐츠는 인문학 분야뿐만 아니라 동아시아 교
류, 해양, 지리, 법률, 정치 등 다양한 분야에까지 활용될 수 있고 세
계를 이해하는 교육 자료로 활용될 수 있는 지식자원임에도 한문으로
기록되었다는 특수성으로 인해서 해독의 어려움 때문에 이공계는 물
론 연관된 인문학 전공 연구자에게도 접근이 용이하지 않았다. 이러
한 표류와 관련된 인문지식을 우리 연구진이 해독·분석하고 맥락화·
구조화하여 디지털콘텐츠로 시각화함으로써 전근대시기의 동아시아
교류에 관하여 문학·사학·철학·자연과학 영역까지 통합적으로 다
룰 수 있는 디지털 인프라를 구축하게 된다. 또한 "표류"라는 특성상
상대국끼리의 관계망을 효율적으로 보여주어야 하는데, 근세 동아시
아 교류라는 테마에 맞추어 제공되는 자료를 효과적으로 구현할 수 있
는 정교한 정보제공 시스템이 현재까지는 구현되지 못한 실정이다.
"조선시대 표류노드의 시각망"이 웹에서 구동되기 위해서는 중국, 일
본, 오키나와 등 동아시아 내의 인문학적 사회 연결망과 같은 새로운
형태의 시스템이 필요하므로, 근세 동아시아 교류에 관한 자료를 제
공할 수 있는 새로운 형태의 시스템 개발을 견인할 것으로 기대한다.

〈참고문헌〉
강지훈·문상호·유영중, 「해외지역연구를 위한 전자문화지도의 설계 및 구현」,
　　『한국정보통신학회논문지』17집 5호, 정보통신학회, 2013.
고석규, 「조선시기 표류경험의 기록과 활용」, 『도서문화』31집, 국립목포대학

교 도서문화연구원, 2008.

구지현·김영선, 「XML을 활용한 디지털 용어사전 편찬을 위한 데이터 모델 연구」, 『한국학연구』 48, 고대 한국학연구소, 2014.

권순회, 「조선시대 전자문화지도 Dataset 구현 방안」, 『민족문화연구』 38, 고대 민족문화연구원 한국문화연구소, 2003.

김남희·장은지·임지혜, 「〈아시아문화지도〉의 개념 정립에 관한 연구」, 『글로벌콘텐츠』 1, 글로벌콘텐츠학회, 2008.

김동훈·김상헌·문현주, 「전자문화지도를 활용한 지식정보서비스 연구 : 조선족문화지도 중심으로」, 『한국HCI학회학술대회』 2009년 2호, 한국HCI학회, 2009.

김문용, 「조선시대 전자문화지도 개발 및 그 응용 연구」, 『오늘의 동양사상』 통권8호, 한국동양철학회, 2003.

김종덕, 「디지털시대 인문학의 새 방법론으로서의 전자문화지도」, 『국학연구』 12, 한국국학진흥원, 2008.

김진미, 「《漂人領來謄綠》의 綜合的 考察」, 『경북사학』 19, 경북사학회, 1996.

김현, 『인문정보학의 모색』, 북코리아, 2012.

김현, 「인문 콘텐츠를 위한 정보학 연구 추진 방향」, 『인문콘텐츠』 1, 인문콘텐츠학회, 2003.

김현, 「문화콘텐츠, 정보기술 플랫폼, 그곳에서의 인문지식」, 『철학연구』 90, 철학연구회, 2010.

김흥규, 「〈조선시대 전자문화지도 연구〉의 인문학적 의미와 전망」, 『민족문화연구』 38, 고대 민족문화연구원 한국문화연구소, 2003.

백현기, 「스마트폰을 이용한 마음인문학 전자문화지도 활용에 관한 탐색적 연구」, 『디지털정책연구』 10권 4호, 한국디지털정책학회, 2012.

신항수, 「역사학의 새로운 과제와 전자문화지도」, 『민족문화연구』 38, 고대 민족문화연구원 한국문화연구소, 2003.

이형대, 「디지털 정보시대의 문화지도 그리기 : 매체 특성 및 활용 방안과 관련하여」, 『민족문화연구』 38, 고대 민족문화연구원 한국문화연구소, 2003.

정성일, 「漂流記錄을 통해서 본 朝鮮後期 漁民과 商人의 海上活動 : 『漂人領來謄錄』과 『漂民被仰上帳』을 중심으로」, 『국사관논총』 제99집, 국사편찬위원회, 2002.

정성일, 「한국 표해록의 종류와 특징」, 『도서문화』40집, 국립목포대학교 도서
　　문화연구원, 2012.

진성주, 「한국향토문화전자대전 전자지도의 위치정보 표현에 관한 연구」, 『한
　　국지도학회지』8권 2호, 한국지도학회, 2008.

최영화, 「18세기 전기 표류를 통한 해외 정보의 유입과 지식화 : 漂流記事 纂輯
　　書를 중심으로」, 연세대학교 대학원 석사논문, 2013.

허경진, 「동아시아 문화교류의 다양한 층위와 데이터베이스 구축의 필요성」,
　　『한민족어문학』 66집, 한민족어문학회, 2014.

허경진, 「『漂海录』体现的朝中两国人的相互认识」, 『中國研究』제48권, 2010.

허경진, 「표류민 이지항과 아이누인, 일본인 사이의 의사소통」, 『열상고전연구』
　　32집, 열상고전연구회, 2010.

허경진·김영선, 「18-19세기 한중 교류척독집의 수집 및 데이터베이스 구축 방안」,
　　『인문사회과학연구』제15권 제1호, 부경대학교 인문사회과학연구소, 2014.

허용호, 「전자문화지도 연구에서 민속 데이터베이스의 구축과 활용」, 『비교민
　　속학』 31, 비교민속학회, 2006.

5. 연구비 편성내역

(※ 온라인 신청 시 '신청연구비' 탭에 본 내용을 복사하여 입력해야 함)

비용항목	세목	신청금액		산출근거
인건비	전문인건비	20,400	천원	박사급연구원 1인 인건비 1700*12
	학생인건비	12,000	천원	연구보조원 2인 인건비 500*12*2
직접비	장비·재료비		천원	
	학술연구비	8,000	천원	회의비 13*5*30=1,950 문헌인쇄비 2,000 출장비 3회 1,350*3=4,050
	학술활동수당	9,600	천원	책임연구원 1인 일반공동연구원 1인 연구활동비 400*12*2
총액		50,000	천원	

6. 대표업적

연구자별 대표연구업적 목록

참여구분	연번	업적구분	논문명(저서명) 학술지명(출판사명)	게재/출판연월 (게재권호)	저자수	저자구분
책임	1	논문	동아시아 문화교류의 다양한 층위와 데이터베이스 구축의 필요성 한민족어문학	2014.04 (66집)	1명	단독
책임	2	논문	『漂海录』体现的朝中两国人的相互认识 中國研究	2010.03 (제48권)	1명	단독
책임	3	논문	표류민 이지항과 아이누인, 일본인 사이의 의사소통 열상고전연구	2010.12 (32집)	1명	단독
갑	1	논문	통신사(通信使)와의 비교를 통해 본 유구사절(琉球使節) -荻生徂徠의 〈琉球聘使記〉를 자료로 하여- 열상고전연구	2014.09 (41집)	1명	단독
갑	2	논문	對明使行과 對日使行에 보이는 異端 論爭의 樣相 남명학연구	2014.09 (43집)	1명	단독
갑	3	논문	XML을 활용한 디지털 용어사전 편찬을 위한 데이터 모델 연구-〈조선시대 대일외교 용어사전〉을 중심으로 - 한국학연구	2014.03 (48집)	2명	공동
을	1	논문	근대계몽기 〈황성신문〉 소재 시가 작품 연구 온지논총	2012.10. (33집)	1명	단독
을	2	논문	皇城新聞 所載 閔忠正公의 '血竹' 담론과 詩歌 수록 양상 동양고전연구	2013.09 (52집)	1명	단독
을	3	논문	조선후기 당파에 따른 도학가류 가사작품의 이본 분화 연구 온지논총	2014.04 (39집)	1명	단독

※ 온라인 신청시 선택한 연구업적과 일치하도록 목록 작성
※ 참여구분 : 연구책임자는 책임, 일반공동연구원의 참여구분은 갑, 을, 병 등으로 표시
※ 연번 : 연구자별로 각각 연번 작성
※ 업적구분 : 논문/저서/역서/국제특허 중 택1 기재
※ 저자구분 : 주저자/교신저자/공동저자 표기(주저자, 교신저자가 중복될 경우 주저자로 표기)

[첨부2 : 자문회의 자료]

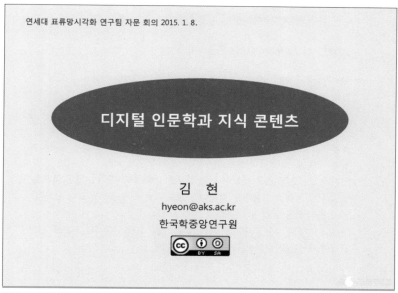

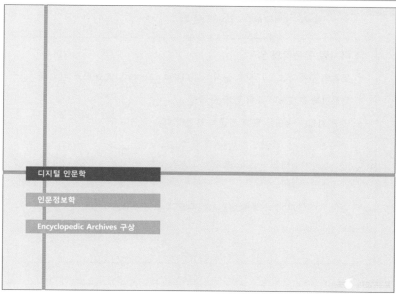

디지털 인문학

디지털 인문학이란?

❖ **디지털 인문학(Digital Humanities)이란?**

- 정보기술(ICT: Information and Communication Technologies)의 도움을
받아 새로운 방식으로 수행하는 인문학 연구와 교육, 그리고 이와 관계된
창조적인 저작 활동
- 전통적인 인문학의 주제를 계승하면서 연구 방법 면에서 디지털 기술을
활용하는 연구, 그리고 예전에는 가능하지 않았지만 컴퓨터를 사용함으로
써 시도할 수 있게 된 새로운 성격의 인문학 연구를 포함
- 단순히 인문학의 연구 대상이 되는 자료를 디지털화 하거나, 연구 결과물
을 디지털 형태로 간행하는 것보다는 정보 기술의 환경에서 보다 창조적
인 인문학 활동을 전개하는 것
- 그리고 그것을 디지털 매체를 통해 소통시킴으로써 보다 혁신적으로 인문
지식의 재생산을 촉진하는 노력

디지털 인문학

디지털 인문학의 임무

❖ **디지털 인문학의 임무**

- 우리의 차세대에게 디지털 문식(文識, Digital Literacy)의 능력을 키워 줄
인문교육 콘텐츠와 교육 방법론 개발
- 연구 방법의 혁신을 통해 인문학 본연의 학술 연구에 기여
  - 나무만 보는 연구 → 숲과 나무를 함께 보는 연구
  - 혼자 하는 연구 → 공동으로 하는 연구 → 모든 개별적인 연구가 공동의 성과
  로 결집되는 연구
- 인문 지식이 학계의 벽을 넘어서서 대중과 소통하고 창조산업에 기여할
수 있는 통로 개방

디지털 인문학

디지털 인문학의 목표: 1. 인문 교육

❖ **우리가 '디지털 인문학'이라는 이름으로 하려는 일**

디지털로 표현하고 디지털로 소통하는 이 시대에 인문지식이 더욱 의미

있게 탐구되고 가치있게 활용되도록 하려는 것

❖ **이를 위한 최우선 과제**

디지털 문식(文識)의 증진 ..... so they can do more than just "read" new

technologies - but also "create" them. (Mitch Resnick, TED Lecture, 2012.

11.) .... 디지털 인문학의 교육적 목표

디지털 인문학의 역할

디지털 인문학의 목표: 2. 인문학 연구

❖ **'디지털 인문학'에 관한 잘못된 생각**

1. **Digital Humanities** == 연구 자료의 디지털화

2. **Digital Humanities** == 연구 결과의 온라인 서비스

3. **Digital Humanities** == 디지털 기술 문명에 대한 비판적 담론

'연구'는 어디에?

디지털 인문학의 역할

디지털 인문학의 목표: 2. 인문학 연구

❖ **디지털 인문학 연구의 첫걸음**

1. 필요성에 대한 인식과 판단: 나의 인문학이 '디지털 인문학'일 필요가 있는가?

   우리의 관심사가 'Data'를 다루는 일이 아니라면 '디지털 인문학'은 시급한 과제가 아니다.

2. 디지털 기술의 학습: Data를 효율적으로 수집, 분석, 정리, 표현하는 데 도움을 주는 디지털 기술의 이론적 배경과 운용 방법을 학습 .... XML, Database, RDF, Ontology, Network Analysis, Visualization

3. 학습을 통해 얻은 디지털 기술을 나의 인문학 연구에 부분적으로 적용 → 가능성을 확인하고 새로운 응용에 도전

디지털 인문학의 역할

디지털 인문학의 목표: 3. 연구 성과의 응용 촉진

❖ **디지털 인문학이 창조산업에 기여할 방법**

인문학 데이터

디지털 인문학

개방·소통 Multi Use

창조산업

대중

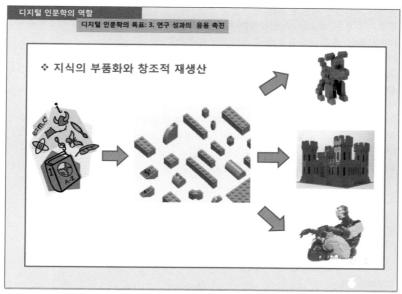

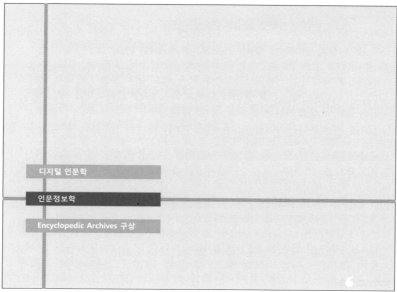

인문정보학

인문정보학이란?

❖ 인문정보학(Cultural Informatics)이란?

- 인문지식의 정보화 기술에 대한 연구
- 인문학적 지식을 연구자 및 그 연구 성과의 수요자가 공유할 수 있는 디지털 지식 정보 자원으로 전환하고, 그 자원을 자유롭게 활용하여 2차적인 지식을 생산할 수 있는 가상의 연구 공간을 만듦으로써 인문학의 연구생산성을 향상시키고 그 성과의 사회적 확산을 용이하게 하는 것. 이를 위한 인문학 맞춤형 정보기술 연구를 인문정보학이라고 한다. (김현, 『인문정보학의 모색』, 북코리아, 2012. 12. p. 363)
- 인문학과 정보기술의 융합 영역에서 이루어지는 다양한 연구, 교육 활동을 폭넓게 지칭하는 말로 '디지털 인문학'(Digital Humanities)이라는 표현을 사용하기도 한다. 인문정보학은 디지털 인문학을 위한 기술적 방법론을 탐구하는 학문으로서, 디지털 인문학의 한 분야라고 할 수 있다. (김현, '인문정보학', www.xuanflute.com, 2013. 5.)

인문정보학의 핵심 과제

인문지식 시맨틱 웹

❖ 인문지식 시맨틱 웹(Humanities Semantic Web)

- 시맨틱 웹은 데이터가 생산될 때 유관한 자료의 의미적 연관 관계를 약속된 방식으로 명시함으로써 보다 지능적인 데이터 연계가 이루질 수 있게 하는 것
  - 현실세계에서는 지역과 조직, 그리고 전공이라는 벽 때문에 지식과 정보가 조각 조각 나뉠 수밖에 없었지만, 디지털 세계에서는 그 벽을 넘어서서 나누인 조각들을 모을 수 있다. 또 그것을 한 가지 기준이 아니라, 관심과 필요에 따라 다양한 방식의 문맥으로 만들어낼 수가 있다.
- 인문정보 시맨틱웹은 현실 세계의 다양한 영역에서 만들어진 인문지식의 조각들을 그것의 관계성까지 고려한 디지털 텍스트로 전환하여 가상 세계에 옮겨 놓는 것.
- 그렇게 함으로써 의미있는 지식이 그것을 필요로 하는 사람들에게, 그들이 필요로 하는 형태로 모여지고 쓰여질 수 있게 하는 것.

인문정보학의 핵심 과제

인문지식 시맨틱 웹

❖ 시맨틱 웹 시대의 지식 망: 지식의 조각들이 다른 지식으로 가는 다양한 연결고리를 갖게 하는 것

인문정보학의 핵심 과제

시각적 인문학

❖ **시각적 인문학(Visual Humanities)**

- 인문지식을 전달하는 텍스트가 문자에만 국한되지 않고, 시각적인 미디어를 통해 표현될 수 있도록 하는 것.
  - 인문지식은 수천 년 동안 '글'이라는 이름의 문자 중심 텍스트의 형식으로 기록·전승
  - 인터넷과 같은 정보통신 네트워크가 가장 영향력 있는 지식 유통의 무대가 되면서, 책 속의 글과는 다른 모습의 텍스트가 요구되기 시작

- 디지털 정보 시대의 인문지식 수요를 겨냥한 시각적 인문학은 전통적인 문자 텍스트와 뉴미디어 상의 시각적 자료가 적정한 문맥으로 엮여져서 감성적인 멀티미디어 텍스트로 재탄생하는 것을 목표로 한다.
  - 다양한 멀티미디어 기술이 물리적인 형상의 가상화에 머물지 않고, 인문학적 연구가 찾아낸 무형의 지식이 그 안에 어우러질 수 있도록 하는 것을 추구

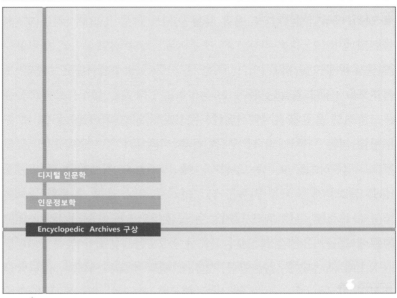

❖ **Digital Encyves**

- Encyves = Digital Encyclopedia + Digital Archives

  = Encyclopedic Archives in Digital Environment
- 지식 정보 네트워크와 아카이브 관리 시스템의 융합 모델에 관한 구상
- 인문지식의 '원천 자료'이자 그 지식의 진실성을 입증하는 '증거'인 '실물 자료'(기록물, 유물 등) 데이터가 광대한 인문지식 네트워크의 노드(node)로 존재하는 세계
- '자료'와 '해석', 거기에서 파생된 다양한 부산물이 의미의 연결고리를 좇아 서로 이어질 수 있도록 하는 것.
☞ 인문지식 시맨틱 웹으로 확장되는 디지털 아카이브

❖ **디지털 시대의 백과 사전**

- 아나로그 시대에 백과사전은 대중들이 분야별 전문지식의 세계로 들어가는 관문의 역할을 담당
- 디지털 시대에는 인터넷 상에 구현된 월드 와이드 웹이 종래의 '백과사전'의 역할을 대신
- 종래의 백과사전은 매체의 제약으로 인해 '개설적인 안내' 기능을 넘어서기 어려웠지만, 디지털 환경에서는 → '보다 전문적인 지식' → '그 지식의 근거가 되는 원천 자료'로의 연계가 가능

Encyclopedic Archives 구상
Encyclopedia + Archives

❖ **디지털 시대의 아카이브**

- 기록관, 박물관 등 '실물'을 소장하는 아카이브의 일차적인 임무는 의미 있는 실물 자료의 수집과 보존
- 오늘날에는 그 실물 자료의 '활용성'을 증대시키는 일이 중요한 과제로 부상
- 아카이브의 '실물 자료'가 독립적으로 존재하기보다 세상 사람들의 다양한 관심사에 긴밀하게 연계되어 있음을 밝히는 노력 필요.

☞ 아카이브의 실물자료 하나 하나가 인류, 국가, 지역, 조직의 문화를 이해하는 문맥(context) 속에서 하나의 노드(node)로 기능할 수 있도록 하는 일

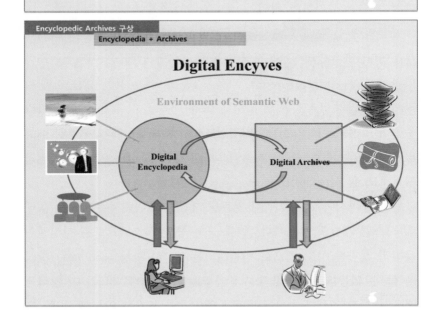

Encyclopedic Archives 설계 사례
국립한글박물관 디지털 아카이브 구축 기본 구상

❖ 한글 문화유산 지식 정보 데이터 모델(hhdm: Hangeul Heritage Data Model)

[설계 원칙]

1. 지식 정보 시스템과 유물 관리 시스템의 이원화 및 유기적 연계
   한글박물관은
   - (한글 문화 유산에 관해) 국가를 대표하는 하나의 지식 관리 시스템과
   - 이것과 연계된 수많은 소장 유물 관리 시스템(박물관, 도서관, 연구소) 중 하나를 운영

2. 한글박물관의 유물 관리 시스템은 현재 운영중인 "표준유물관리 시스템"
   을 활용

3. 지식 정보 시스템의 콘텐츠는 한글박물관이 모든 것을 생산 · 보유하는
   것이 아니라 다양한 관련 자원을 집적 · 연계하는 형태로 존재

   - '소유의 아카이브'를 지양하고 '공유의 아카이브'를 추구
   - '유물의 아카이브'를 지양하고 '지식의 아카이브'를 추구

Encyclopedic Archives 설계 사례
국립한글박물관 디지털 아카이브 구축 기본 구상

❖ 한글 문화유산의 세계: 유물 및 지식 정보의 관계망

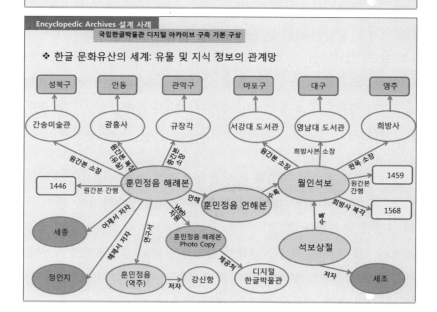

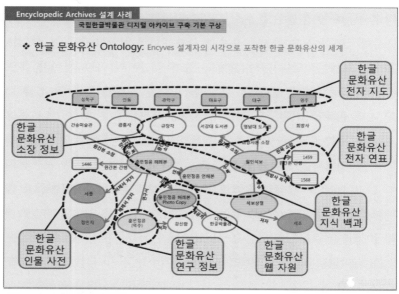

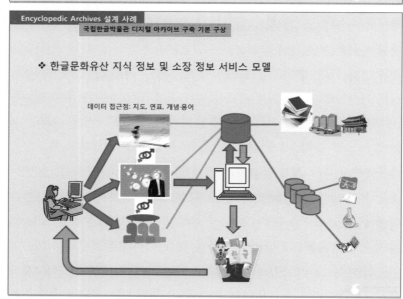

Encyclopedic Archives 설계 사례

국립한글박물관 디지털 아카이브 구축 기본 구상

❖ 한글 문화유산 지식 정보 데이터 모델(hhdm: Hangeul Heritage Data Model)

◆ Core Classes:
- hhdm:HangeulHeritageKnowledgeObject – 한글 문화유산 지식 정보
- hhdm:HoldingInformation – 한글 문화유산 소장 정보
- hhdm:WebResource – 한글 문화유산 관련 월드 와이드 웹 자원

◆ Contextual Classes:
- hhdm:ContextualKnowledgeObject – 한글 문화유산 연계 지식 정보
  - Agent - 인물, 기관
  - Place - 공간(장소)
  - TimeSpan - 시간(사건, 연대)
  - Concept - 개념, 용어

◆ Bibliography Class:
- hhdm:Bibliography – 연구 성과 참고 문헌

Encyclopedic Archives 설계 사례

국립한글박물관 디지털 아카이브 구축 기본 구상

❖ 한글 문화유산 지식 정보 데이터 모델(hhdm: Hangeul Heritage Data Model)

◆ System Design

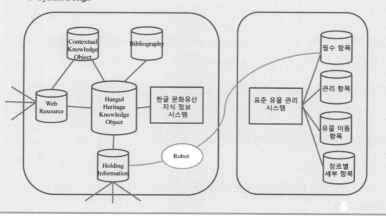

[첨부3 : 쓰시마답사 일정]

조선시대 대일외교용어사전팀과
조선시대 표류노드 시각망팀 연합 답사
-쓰시마 지역-

▶ 답사 일정표 ◀

• 일시 : 2015년 2월 25일(수) ~ 2월 27일(금)
• 참가인원 : 구지현, 김영선, 나카무라 슈토, 다지마 데츠오, 박혜민, 윤현숙, 이수진, 장안영, 진영미 총 9명
• 일정표 :

일자	시간		일정
2월 25일 수요일	오전	08:00	부산국제여객터미널 2층 집결
		10:10	히타카쓰 도착
		–	니시도마리 → 이즈미(泉) → 도요(豊)→ 와니우라(鰐浦) → 오우라(大浦) →사스나(佐須奈)
	오후		와타즈미신사(和多都美神社) → 고후나코시(小船越) → 가모이세 → 엔쓰지(圓通寺) → 긴(琴) → 도쥬시(唐舟志)→ 도미우라(冨浦) →히타카쓰(比田勝)
2월 26일 목요일	오전		오사키(尾崎) → 아레(阿連) → 고마다하마신사(小茂田濱神社)
	오후		구네하마(久根浜) → 쓰쓰(豆酘) → 오후나에(お船江) → 이즈하라(嚴原)
2월 27일 금요일	오전		조주인(長壽院) → 다이헤이지(太平寺)→ 고쿠분지(國分寺) → 나카라이 도스이(半井桃水) 기념관 → 하치만구신사(八幡宮神社) → 쓰시마 역사 민속자료관 → 가네이시 성터(金石城) → 반쇼인(萬松院) → 쓰시마 시야쿠쇼 → 세이잔지(西山寺) → 게이운지(慶雲寺) → 가이간지(海岸寺) → 표류민 거주지 유적 → 슈젠지(修善寺)
	오후		호텔 → 이즈하라항

[첨부4 : 논문 「조선시대 표류노드 시각망 구축과정」]

조선시대 표류노드 시각망 구축 과정

-표류 기록의 의미 요소 추출을 중심으로-

이수진 / 연세대학교 미래융합연구원

〈국문 요약〉

　이 논문은 '동아시아 교류에 관한 인문정보를 최근 연구 흐름에 맞추어 좀 더 빠르고 정확한 정보 제공 시스템으로 구축할 수 없을까'하는 고민에서 시작되었다. 조선시대 수많은 표류 기록을 검토하여 그 결과물을 데이터베이스로 구축하고, 시각적 데이터 관계망으로 재현해낸다면, 이 분야의 지식을 종합적으로 살필 수 있게 될 것이기 때문이다.

　표류 사건이 기록된 문헌을 검토하여 '표류 인물', '출해 목적', '표류 원인', '표류 기간', '표착 지점', '송환 시기'등 의미 있는 요소를 추출하고 이를 설계된 온톨로지에 따라 관계성을 정의하여 시각적 데이터 관계망으로 제공한다. 관계망의 한 노드를 클릭하면 '표류 인물', '출해 목적', '표류 원인', '표류 기간', '표착 지점', '송환 시기' 등 해당 내용이 수록된 고문헌 텍스트와 그 번역문, 사진 또는 영상자료 등 구조화된 정보를 확인할 수 있도록 한다. 복합적인 공간 정보는 구글 맵을 활용한 전자지도라는 효율적인 방식으로 제공한다면, 이후 문화산업의 자료로 활용될 수 있을 뿐 아니라 세계를 이해하는 교육 자료로도 활용될 수 있다. 일반 대중들도 손쉽게 접근할 수 있어서 전통 인문학 지식 정보를 수용·확산에 큰 도움이 될 것이다.

표류노드 시각망 구축을 위한 과정을 '문헌검토 요소추출' → '현장답사' → '시각망 구축' → '결과물 출판'의 4단계로 나누어 구성해 보았다. 첫째, '문헌 검토 요소추출'은 표류사건이 기록된 문헌을 검토하여 '표류 인물', '출해 목적', '표류 원인', '표류 기간', '표착 지점' 등의 시각망 구축에 필요한 요소를 추출하는 단계이다. 둘째, 추출한 요소를 바탕으로 주요 출해 지역, 표착 지역에 대한 현장답사를 진행한다. 셋째, 표류 사건이 기록된 문헌을 분석하여 의미 요소를 추출하고, 이를 시각적 데이터 관계망으로 구축한다. 그리고 마지막 단계에서 이러한 시각망 구축 전 과정을 담은 결과물을 출판하도록 한다.

이 중에서도 특히 1단계인 '문헌 요소 추출' 과정을 집중적으로 살펴보았다. 조선시대 표류에 대한 기록을 담고 있는 『조선왕조실록(朝鮮王朝實錄)』, 『표인영래등록(漂人領來謄錄)』, 『제주계록(濟州啓錄)』 등의 관변기록을 검토하여 시각적 관계망 구축에 필요한 의미 있는 데이터를 추출하는 과정을 다루었다.

주제어 : 『조선왕조실록(朝鮮王朝實錄)』, 『표인영래등록(漂人領來謄錄)』, 『제주계록(濟州啓錄)』, 표류, 표착, 시각망.

I. 머리말

2014년 10월, 한국연구재단은 인문사회분야 학술지원 사업분야 디지털인문학사업을 공고하였다. 이 사업은 '디지털미디어 중심으로 재편되는 지식유통 변화에 적극 대응'하며, '인문학 성과의 체계적 디지털콘텐츠 개발을 통하여 향후 산업현장에서 유용하게 활용될 수 있는 다양한 원천소재콘텐츠 제공'하고, '전통적인 인문학 연구를 바탕으로 새롭게 인문학의 확장을 모색'하며, '기존 타부처 융합연구와는 차별되게 인문학자가 중심이 되어 추진되는 선도 연구'이다.

전 세계적으로 '디지털인문학(Digital Humanities)'[1] 사업이 확산 되고 있다. 한국도 이와 유사한 디지털콘텐츠 구축 사업이 시행되었지만 인문학 성과가 체계적으로 반영되어 개발되지 못했다는 한계점이 지적되었다. 이에 앞으로는 '아날로그에서 디지털'로의 단순한 매체전환에 머무는 것이 아닌, 인문학 소재의 맥락화·구조화에 입각한 체계적인 디지털콘텐츠 개발과 모색을 기대하고 있다.[2]

'조선시대 표류노드 시각망' 구축은 이와 같은 상황 하에 '동아시아 교류에 관한 인문정보를 최근 연구 흐름에 맞추어 좀 더 빠르고 정확한 정보 제공 시스템으로 구축할 수 없을까'하는 고민에서 시작되었다. 조선시대 수많은 표류 기록을 검토하여 그 결과물을 데이터베이스로 구축하고, 시각적 데이터 관계망으로 재현해낸다면, 인문학 소재의 맥락화·구조화에 입각한 체계적인 디지털화에 가장 부합하는 주제가 될 것이다.

이에 본 글에서는 먼저 '조선시대 표류노드 시각망'의 필요성을 설명하고 표류노드 시각망 구축을 위한 과정을 소개하고자 한다. 향후 적정 구현 모델에 관한 자문을 얻어 보다 바람직한 양질의 인문학 디지털콘텐츠로 결과물을 제공할 수 있도록 할 것이다.

II. 표류노드 시각망의 필요성

'조선시대 표류노드 시각망' 구축은 조선시대에 발생했던 표류사건

---

1) 디지털 인문학이란 정보기술(Information Technology)의 도움을 받아 새로운 방식으로 수행하는 인문학 연구와 교육, 그리고 이와 관계된 창조적인 저작 활동을 일컫는 말이다. 디지털 인문학에 대한 자세한 논의는 김현의 「디지털 인문학 – 인문학과 문화콘텐츠의 상생 구도에 관한 구상 –」(『인문콘텐츠』 제29호, 인문콘텐츠학회, 2013, 9~26쪽) 참조.

2) 2014년도 인문사회분야 학술지원사업 디지털인문학사업 신청요강 1~35쪽 참조.

에 관한 공적 기록과 사적 기록을 검토하는 일에서 시작된다. 기록을 통해서 표류 인물, 거주지, 출해(出海) 지역, 출해 목적, 표류 기간, 표착(漂着) 지역, 송환(送還) 시기 등의 맥락에 따른 사실 관계 정보를 추출하고, 시각적으로 재현하는 것을 목표로 한다. 이러한 과정은 학제 간의 응용은 물론이고 일반 대중에게 정보를 제공하여 인문 지식 정보를 확산시키기 위한 것이다.

표류는 뜻하지 않은 사고로 발생한 사건이 대부분이다. 표류민에게는 생사를 넘나드는 극한의 기억이지만, 이국의 체험이 어려웠던 시대에 뜻밖의 기회가 되기도 한다. 교통·통신이 발달한 현대에는 개인의 삶의 영역이 자유롭게 확대된다. 특히 인터넷을 활용하여 세계 각국의 정보를 실시간으로 접하며 개인의 삶과 관련을 맺는다. 그러나 조선시대와 같이 기술이 발달하지 못했던 때에는 개인의 활동 영역이 지극히 제한적일 수밖에 없다. 개인의 활동 영역이 한정되어 있어 지역 내부의 정보가 다른 지역으로 전파되는 것은 물론이고 그 반대의 경우도 쉽지 않았다. 특히 이국에 대한 정보를 취하는 일은 더욱 어려웠다.

조선시대 해안에 살았던 사람들은 가깝게는 중국, 일본, 유구 등지로 표류한 적이 있으며 멀게는 여송(呂宋[필리핀]), 안남(安南[베트남]), 대만 등지까지 표류했다가 송환되었다. 해상 활동이 증가된 조선후기에 들어서면서 표류는 더욱 빈번히 발생하였다. 이러한 표류는 국가 간 접촉이 제한적이던 시기에 외국문화를 체험할 수 있는 중요한 통로가 되었다. 그렇기 때문에 조선시대의 표류기록은 당대인들의 사고방식과 대외인식은 물론이고, 근대 이전 각국의 사회상이나 동아시아 각국 간의 교류, 당시의 국제관계와 국제질서 등을 조명할 수 있는 자료로서 큰 가치를 지닌다. 연행록이나 통신사행록을 보완하여 문화적 교류와 양상을 조명할 수 있으며 특히 민간 차원의 문화 교류와 여러

나라의 사회상과 인물상을 반영하여 그 중요성이 부각된다. 또한 표류민의 구조와 송환 과정에서 나라 간의 외교적 접촉이 가동되면서 동아시아 국가 간의 외교관계를 포착할 수 있다.

표류기록은 문학이나 역사의 인문학 분야에만 국한되지 않고, 다양한 학술분야에 응용이 가능하다. 앞서 언급했듯이 조선 당대인들의 사고방식이나 대외인식은 물론이고, 동아시아 국가 간의 교류와 국제관계를 파악하는데 큰 역할을 한다. 또한 표류에 큰 영향을 미치는 계절풍이나 해류에 따라서 표류민들의 표착지는 중국, 일본, 유구, 안남 등 동아시아 여러 나라가 되는데, 이때 표류민들은 상대국에 대한 정보는 물론이고 해역에 대한 지리정보와 선박 건조술 등의 기술 습득하게 되고 이러한 사항이 표류기록에 남게 된다. 이처럼 표류 기록은 문학, 역사 분야에 그 효용이 그치지 않고, 국제교류·해양·조선·지리·정치 등 다양한 학문분야의 기초자료로 활용될 수 있다.

문제는 이 같은 유용한 인문 지식 정보가 다양한 분야의 연구자나 일반 대중들에게 적극적으로 확산·수용되지 못하였다는 점이다. 텍스트는 모두 한문으로 기록되어 있고, 몇 종을 제외하고는 대부분 원전이나 영인본의 형태로 존재한다. 해독의 어려움 때문에 이공계는 물론 연관된 인문학 전공 연구자에게도 접근하기 어려운 점이 있다. 그렇기 때문에 다양한 분야와의 연계성을 지닌 표류 사건 기록을 표류 인물, 출해 목적, 표류 원인, 표류 기간, 표착 지역, 송환 시기 등의 맥락에 따라 요소를 추출하여, 시각적으로 손쉽게 데이터에 접근할 수 있도록 해야 한다.

특정 인물이 표류하여 표착하는 사건을 시각적 데이터 관계망으로 재현해내고, 그 한 노드를 클릭하면 표류 인물, 출해 목적, 표류 원인, 표류 기간, 표착 지점, 송환 시기 등 해당 내용이 수록된 고문헌 텍스트와 그 번역문, 사진 또는 영상자료 등 구조화된 정보를 확인할 수 있도록 한다. 이용자는 시각적 데이터 관계망에 표시된 표류 사건 노드에 대한 접근을 시작으로 특정한 표류 인물이나 표류 경로, 표류와 관련된 고문헌 텍스트, 그에 대한 번역문, 표류 경로와 해류의 일치 여부 등 관심 영역에 따라 지식을 확장할 수 있다. 이처럼 복합적인 정보를 시각적 관계망과 같은 효율적인 방식으로 제공한다면, 이후 문화산업의 자료로 활용될 수 있을 뿐 아니라 세계를 이해하는 교육 자료로도 활용될 수 있다. 일반 대중들도 손쉽게 접근할 수 있어서 전통 인문학 지식 정보를 수용·확산에 큰 도움이 될 것이다.

Ⅲ. 표류노드 시각망 구축 과정

'조선시대 표류노드 시각망' 구축을 위해서는 아래와 같이 4단계의 연구 과정이 필요하다. 첫째, '문헌검토 요소추출'은 표류사건이 기록된 문헌을 검토하여 표류 인물, 출해 목적, 표류 원인, 표류 기간, 표착 지점 등의 시각망 구축에 필요한 요소를 추출하는 단계이다. 둘째, 추출한 요소를 바탕으로 주요 출해 지역, 표착 지역에 대한 현장답사를 진행한다. 셋째, 문헌에서 추출한 표류사건 정보를 데이터로 생성하여 시각적 관계망을 구축한다. 그리고 마지막으로 이러한 시각망 구축 전 과정을 담은 결과물을 출판하도록 한다. 이 논문에서는 표류노드 시각망 구현을 위한 문헌 검토 과정을 중심으로 소개하고자 한다.

1. 표류노드 시각망을 위한 기본 자료 구축

1) 공적 표류 기록

조선시대의 표류 기록은 다양한 형태로 문헌에 기록되어 전해진다. 관변 기록과 사찬 기록으로 양분되는데, 관변 기록은 『조선왕조실록(朝鮮王朝實錄)』, 『비변사등록(備邊司謄錄)』, 『변례집요(邊例集要)』, 『동문휘고(同文彙考)』, 『표인영래등록(漂人領來謄錄)』, 『제주계록(濟州啓錄)』 등의 문서가 있다.

당시 표류민의 송환과 처리는 외교 관계에 직결되는 중요 사안이었다. 그래서 표류 사건이 발생하면, 해당 관아에 보고되고 담당자의 조사 내용이 기록된다. 가장 대표적인 관변 기록으로 『표인영래등록』을 꼽을 수 있다. 『표인영래등록』은 예조(禮曹)의 전객사(典客司)에서 편찬한 것이다. 1641년(仁祖 19)부터 1751년(英祖 27)까지 약 110년간의 표류 사건이 연대순으로 조사·수록되어 있다.[3] 조선 표류민의 신분, 이름, 나이와 같은 개인적인 사항은 물론이고 표류 발생 시점부터 일본에 표착하여 구조되고 송환되는 전 과정을 자세하게 파악할 수 있어서 조선시대 표류노드 시각망 구현에 가장 적합한 문헌 자료이다.

이 밖에 『조선왕조실록(朝鮮王朝實錄)』,[4] 『비변사등록(備邊司謄錄)』, 『동문휘고(同文彙考)』, 『변례집요(邊例集要)』[5] 등에도 표류 기록이 있

---

3) 『표인영래등록(漂人領來謄錄)』은 서울대학교 奎章閣에 소장되어 있는데, 1993년 影印本으로 간행되었다. 총 20책이지만 그 중 17책이 전해지지 않아서 1734년부터 1736년까지 표류 기록은 확인할 수 없다.

4) 조선전기에는 주로 『조선왕조실록(朝鮮王朝實錄)』에 표류 사실이 기록되었다. 중국인의 표류기록이 109건이고 일본인, 유구인, 서양인의 표류기록도 보인다.(원종민, 「조선에 표류한 중국인의 유형과 그 사회적 영향」, 『중국학연구』 제44집, 중국학연구회, 2008, 22쪽.)

5) 『비변사등록(備邊司謄錄)』에는 표류민의 송환과 差倭에 대한 접대 등이 외교 문제로 되었을 경우 비교적 자세하게 기술되어 있지만 표류민의 供辭와 같은 일차적인 기사

지만 매우 산발적으로 남아 있거나, 그 내용이 단편적이어서 표류 인물, 출해 지역, 출해 목적, 표류 원인, 표류 기간, 표착 지역, 송환 시기 등의 표류노드 시각망 구현을 위한 정보를 추출하기에는 어려움이 따른다. 그 밖에 『제주계록(濟州啓錄)』[6)]처럼 지방에서 중앙정부에 보고한 문서 속에 표류기록이 남아 있는 경우도 있다.

'조선시대 표류노드 시각망' 구축을 위해 일차적으로 『표인영래등록(漂人領來謄錄)』을 표류 기록 추출의 주요 대상 문헌으로 삼았다. 위에서 언급한 관변 기록 문헌의 표류 사건을 모두 반영하여 시각망을 구축해내는 것이 가장 바람직한 일이지만, 예상 건수 1000여건에 달하는 표류 노드 데이터를 짧은 시간 안에 모두 추출하고 시각적으로 구현하는 데에는 시간적·물리적·비용적 한계가 있다. 또한 디지털인문학의 방향이 단순한 매체 전환에 머무는 디지털화가 아니라, 맥락화·구조화를 고려한 체계적 개발인 만큼 완성도 높은 표류노드 시각망 구축을 위한 목표량 조정이 필요하다.

는 없다. 『변례집요(邊例集要)』의 표류 관련 기사는 권3 「표차왜(漂差倭)」에 있다. 그 안에서 「표차왜(漂差倭)」, 「표인(漂人)」, 「표인순부(漂人順付)」, 「쇄환(刷還)」의 네 항목으로 나뉘어 있는데 주된 것은 앞의 두 항목이다. 「표차왜(漂差倭)」는 표차왜의 구성과 조선의 접대 등에 초점이 맞춰져 있으며, 「표인(漂人)」은 같은 사건을 표류민에 초점을 맞춰 기술한 것이다. 그러나 표류민의 공사(供辭)와 같은 일차적인 기사는 없다. 『동문휘고(同文彙考)』의 표류 관련 기사는 「표민(漂民)」 8권과 「표풍(漂風)」 7권이 있다. 「표민」은 청나라와 조선 간에 표류한 사건을 기록한 것이고, 「표풍」은 일본과 조선 간에 표류한 사건에 관한 것이다. 『변례집요(邊例集要)』에 빠진 내용이 많이 포함되어 있다.(하우봉, 「일본에 표착한 조선인의 일본인식」, 『조선시대 한일 표류민 연구』, 국학자료원, 2001.)

6) 『제주계록(濟州啓錄)』은 제주목에서 조정에 보고했던 계문을 모은 등록이다. 외국에 표류한 건수는 일본 35건, 유구 5건, 중국 19건이다. 계문(啓文)에는 제주목사가 조사할 때 표류민에 대한 진술이 기록되어 있으므로 표류과정의 여러 가지 정황을 아는데 도움이 된다. 다만 여기서도 대부분의 표류민은 일본 내의 상황이나 자신들의 감회에 대해서는 거의 드러내지 않고 있다.(하우봉, 「일본에 표착한 조선인의 일본인식」, 『조선시대 한일 표류민 연구』, 국학자료원, 2001.)

『표인영래등록』을 중심으로 하되, 그 기록이 시기적으로 1641년에서 1751년까지 100년에 한정되어 있고, 조선에서 일본으로 표류한 사건만 기록되어 있어서 이러한 점으로 보완하고자『조선왕조실록』에서 조선전기의 표류기록을 추가로 추출하였다. 또한『변례집요』와『제주계록』을 통해 1751년 이후부터 1880년대의 표류 사건 기록을 추출하는 작업을 진행하였다.

(1)『**표인영래등록**(漂人領來謄錄)』

『표인영래등록』기사에는 기록 날짜 뒤에, 경상감사(慶尙監司)나 동래부사(東萊府使) 등의 표류사건 관련 보고 내용이 실려 있다. 송환되어 돌아온 표류민을 대상으로 성명, 나이, 신분, 거주지와 같은 인적 사항을 비롯하여 출해 시기와 목적, 표류 시기와 경위, 일본 표착 시기와 표착 지역, 송환 과정 등을 조사하여 기록하였다.

〈표류사건 추출샘플〉
漂流人物：蔚山 沙工 私奴 金玉先, 格軍 張自奉, 平海 格軍 金今石, 權岳男 等 4명
居住地：蔚山 塩浦, 平海
出海時期：甲辰(1724)년 9월 27일
出海地：蔚山 塩浦
出海目的：新舡買得
漂流期間：甲辰(1724) 10월 9일
漂流地：平海 → 寧海境 丑山鎮 前洋
漂着時期：甲辰(1724) 10월 12일
漂着地：石州 松原村
送還經路：甲辰(1724) 10월 26일 ~ 11월 9일 長崎
　　　　　→ 乙巳(1725) 1월 29일 ~ 2월 16일 對馬府中
　　　　　→ 乙巳(1725) 2월 29일 ~ 3월 6일 佐須浦

送還時期 : 乙巳(1725) 3월 21일
出處 : 『漂人領來謄錄』 冊14, 乙巳(1725) 4월 2일

위 내용은 『표인영래등록(漂人領來謄錄)』에 실린 1725년 4월 2일자 기사를 통해 추출한 정보이다. 1724년 9월 27일 바다에 나간 인물들의 성명과 직분, 거주지는 물론이고, 처음 출해한 지역과 시기, 출해 목적, 표류 지점과 시기, 표착 지점과 시기, 송환 경로 등 풍부한 사건 정보를 추출할 수 있다. 특히 표류지점을 '平海 → 寧海境 丑山鎭 前洋'와 같이 기록한 이유는 애초에 울산에서 출발한 일행 2명이 평해로 이동하여 평해인 2명과 함께 바다에 나갔다가 영해인근 축산진 앞바다에서 표류한 경로를 나타내기 위한 것이다.[7] 송환경로의 '甲辰(1724) 10월 26일~11월 9일 長崎'는 10월 26일 기존에 머물던 지역에서 출발하여 11월 9일 장기에 도착했음을 말한 것이고 송환 시기 '乙巳(1725) 3월 21일'은 조선으로 출발한 날짜이다.

이처럼 자료 검토 단계에서 이루어지는 가장 기본적인 작업은 하나의 표류 사건 단위로 시각망 구현에 필요한 정보를 추출하는 일이다. 이를 위해서는 먼저 하나의 사건에 대한 명확한 기준이 필요하다. 하나의 사건은 바다로 나간 지점, 표류한 지점, 표착한 지점, 송환 경로 등 '출해-표류-표착-송환'의 전 과정을 담고 있어야 한다. 그러나 『표인영래등록』에 수록된 표류 사건 정보가 〈표류사건 추출샘플〉에서 본 바와 같이 모든 정보 사항을 포함하고 있는 것은 아니다. 아무리 특정 지침에 의해 기록되었더라도, 정보가 누락되거나 잘못 표기되는 경우도 상당하다.

〈표1-2〉의 이업승(李業承) 일행의 경우와 같이 '출해-표류-표착-송환'의 전 과정이 온전히 기록되어 있는 경우에는 완벽한 하나의 사건이

---

7) 『漂人領來謄錄』 冊14, 乙巳(1725) 4월 2일

<표1> 표류민의 '표류-송환' 경로 사례

	표류 인물	출해 시기	출해 지점	표류 시기	표류 지점	표착 시기	표착 지점	송환 시기	출처
1	金靑龍 等 9名		蔚山	1723. 10.8	長鬐 俠西里前洋	10.13	長門州	1724.2.19	1724.3.13
2	李業承 等 15名	1725. 11.23	蔚山	1725. 12.20	加德島外洋	12.21	對馬島 回浦	1726.3.9	1726.4.5
3	金善 等 13名		盈德	1727. 11.11		11.14	長門州	1728.3.28	1728.4.8
4	鄭山玉 等 17名		慶州 長鬐	1695. 1.18		1.22	對馬島 鴨居瀨浦	1695.5.14	1695.3.25
5	曹起男 等 12명		慶州 長鬐	1695. 1.18		1.22	對馬島 唐州志浦	1695.5.14	1695.3.25
6	崔忝祥 等 7名		東萊	1965. 10.8		10.11	對馬島 西泊浦	1695.12.23	1696.1.12
7	崔台男 等 7名		釜山	1965. 10.16		10.17	對馬島 佐須奈浦	1695.12.23	1696.1.12
8						春	對馬島 鰐浦		1680.3.19
9	10名					1700. 2.2			1700.3.15
10	金玉福 (屍身)		蔚珍					1696.9.18	1696.10.1

된다. 〈표1-1〉의 김청룡(金靑龍) 일행처럼 출해 시기가 명확하지 않거나, 〈표1-3〉의 김선(金善) 일행처럼 표류 지점을 알 수 없는 경우도 있지만 이들은 '출해-표착-송환'의 과정을 담고 있어 하나의 사건으로 처리할 수 있다. 〈표1-4〉나 〈표1-5〉는 3척의 배가 같은 날 바다에 나가 표류하여, 함께 송환되어 기록되었지만, 각기 2건으로 분류하였다. 2척의 배는 對馬島 鴨居瀨浦에, 1척의 배는 對馬島 唐州志浦에 표착했기 때문이다. 같은 날 함께 표류하였더라도 표착지가 다르다면 별개의 사건으로 간주하였다. 또한 〈표1-6〉과 〈표1-7〉처럼 송환된 시기가 같더라도 표류시기와 장소가 다르면 이들 역시 별개의 사건으로 간주하였다.

  그러나 〈표1-8〉처럼 '출해'나 '표류'에 대한 어떤 정보도 없이 '표
착'만 있거나, 〈표1-9〉처럼 표착 시기만 남고 최소한의 표류 정보가
없는 경우에는 사건에서 제외하였다. 〈표1-10〉과 같이 표류민 시신만
따로 옮겨진 경우도 마찬가지이다.

  이 같은 기준에 따라 1641년부터 1751년까지 『표인영래등록』에 실
린 110여 년간 표류 기록을 정리하였다. 제시된 표와 그림을 통해 전
체 표류 사건 발생 수, 표류민 수, 월별 사건 발생 수, 거주지, 표착지
등의 정보를 확인할 수 있다.

〈표2〉 연도별 표류민 수

표류년도	표류 사건수	표류민 수
1641~1650년	11건	167명
1651~1660년	15건	262명
1661~1670년	14건	227명
1671~1680년	19건	242명
1681~1690년	15건	328명
1691~1700년	36건	432명
1701~1710년	29건	399명
1711~1720년	51건	601명
1721~1730년	37건	424명
1731~1740년	29건	310명
1741~1751년	21건	207명
합計	277건	3599명

  전체 표류 사건 발생 수는 277건, 표류민 수는 3,599명으로 추정된
다.[8] 〈표2〉에 의하면 1691년 이후로 1740년까지 표류 사건 발생 수가

---

8) 박진미는 『표인영래등록(漂人領來謄錄)』에 수록된 표류 사건을 총282건으로 분석하
   였다. 표류 사건의 기준을 '표류' 내지는 '송환' 중 어디 두느냐에 따라서 전체 사건

급증하는 것을 확인할 수 있다. 이에 대하여 당시 '대마도의 對 조선무역이 쇠퇴해 가던 때로 무역에서의 부족액을 표류민의 송환을 메우려'[9]는 것과 관련을 지어볼 수 있다. 그러나 표류 사건 발생 수가 18세기를 넘어 19세기 이후에도 지속적으로 증가하는 것으로 보아서 '해상교통의 발달로 선박을 이용한 상품유통이 크게 진전된 결과'[10]로 볼 수도 있다.

<도표1> 월별 표류 발생건수

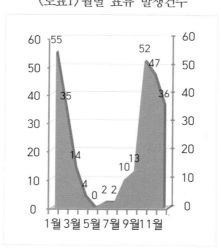

<도표1>은 월별 표류 사건 수를 시기별로 분류한 것이다.[11] 주로 10월부터 2월에 사이에 많은 표류 사건이 발생하였다. 이 기간 내에 무려

　수가 달라질 수 있다고 보고, 두 기준을 절충하여 처리하였다. (「《漂人領來謄錄》의 綜合的 考察」, 『경북사학』 19, 경북사학회, 1996, 201쪽)

9) 이훈, 「朝鮮後期 대마도의 漂流民送還과 對日관계」, 『국사관논총』 제26집, 국사편찬위원회, 1991, 179쪽.

10) 고동환, 「조선후기 船商活動과 浦口間 商品流通의 양상－漂流關係記錄을 중심으로」, 『韓國文化』 제14집, 규장각한국학연구소, 1993, 286쪽.

11) 월별 표류 사건 발생건수가 270건으로 전체 표류 사건 수 277건과 다른 이유는『표인영래등록(漂人領來謄錄)』상에 표류 시기가 기록되지 않은 경우가 있기 때문이다.

225건의 표류 사건이 발생하여 전체의 83%를 차지한다. 그 원인으로 계절풍의 영향을 들 수 있다. 6월부터 8월에 이르는 여름에는 우리나라 남동쪽에서 발달한 북태평양 고기압에 의한 남동 계절풍의 영향으로 한반도 주변 해역에 남풍 계열의 빈도가 높다. 그러나 가을(9~11월)이 되면서 겨울 북서계절풍의 영향을 받으며 북풍 계열의 바람 빈도가 높아지고, 12월에서 2월에 이르면 북서 계절풍의 영향을 지배적으로 받게 된다.[12] 이를 통해서 10월부터 2월에 이르는 가을, 겨울철에 한반도에서 일본 열도를 향한 표류 발생이 빈번한 이유를 설명할 수 있다.

〈표3〉 표착지 분포표

對馬島	鰐浦 17	酉豆豆浦 3	和泉浦 1	泉浦 6	佐須奈浦 8
	富浦 2	西泊浦 9	湊浦 3	鴨瀨浦 4	佐護鄕湊浦 4
	狩尾浦 1	豊浦 3	琴浦 3	唐州志浦 5	志多留浦 5
	豆酘浦 2	瀨濱浦 1	回浦 1	千尋藻浦 1	小茂田浦 1
	久根浦 1	阿連浦 1	尾崎浦 1	志多賀浦 1	二信道麻里 1
	對馬島 15				
本州	石見州 22	長門州 69	出雲州 4	隱崎 2	
九州	筑前州 28	肥前州 14	五島 17	平戶島 1	一崎島 5
	薩摩州 9				
기타	琉球 3	蝦夷 1			

표류민의 거주지는 울산 지역이 39건으로 가장 많고, 장기 24건, 경주 23건으로 경상도 지역이 전체 거주지의 319건 중 218건으로 68%를 차지한다.[13] 이어서 전라도 지역이 88건으로 27%이다.[14] 이

---

12) 강윤희·석현배·방진희·김유근, 「한반도 주변해역의 기상부이와 등표에서 관측된 계절별 해상풍과 유의파고 특성」, 『한국환경과학회지』 24권3호, 한국환경과학회, 2015, 294~295쪽.
13) 경상도 거주 지역 분포건수 – 평해 1, 영해 10, 영덕 5, 청하 3, 흥해 3, 장기 24,

밖에 충청도 지역 해미와 결성에 각각 1건, 강화지역 1건, 경기지역 1건으로 분포되어 있다.

표착지는 주로 한반도의 동남해안과 마주하는 지역에 분포되어 있다. 대마도 지역이 전체 273건 중 100건을 차지하여 36%이고, 本州가 97건으로 35%, 九州가 74건으로 27%를 차지한다. 특히 長門州에는 69건으로 조선인이 가장 많이 표착한 지역으로 볼 수 있다.15)

(2) 그 밖의 관변 기록 : 『조선왕조실록』, 『제주계록』

『조선왕조실록(朝鮮王朝實錄)』에는 1397년부터 1878년까지의 68건의 표류 기록이 실려 있다. 이중 『표인영래등록(漂人領來謄錄)』에 수록되지 않은 1641년 이전의 조선전기 표류 기록이 42건, 1641년 이후 『표인영래등록』과 중복되지 않는 표류 기록이 15건으로 총 57건의 새로운 표류 기록을 확인해 볼 수 있다. 외국 표착 사례는 표착지를 확인할 수 있는 47건 중 중국 21건, 일본 17건, 유구 9건이다.

『조선왕조실록』의 경우에는 『표인영래등록』에서와 같이 표류 인물, 출해 지역, 출해 목적, 표류 원인, 표류 기간, 표착 지역, 송환 시기 등 시각망 구현에 필요한 정보를 추출해내는 일이 쉽지 않다. "유구국 (琉球國) 중산왕(中山王) 찰도(察度)가 사신을 보내어 글을 바치고 방물

영일 5, 경주 23, 울산 39, 밀양 1, 양산 5, 동래 20, 부산 15, 김해 6, 창원 7, 선산 1, 거제 6, 통영 4, 고성 9, 진주 3, 곤양 2, 남해 3, 좌수영 1, 해운대 1, 울진 1, 기장 7, 웅천 6, 사천 5, 순천 9, 낙안 4, 흥양 4, 장흥 11건 등이다.

14) 전라도 거주 지역 분포건수 – 강진 9, 나주 2, 영암 8, 해남 5, 진도 3, 무안 2, 보성 2, 제주 29, 강원도 삼척 3, 원주 1, 강릉 4, 양양 1건 등이다.

15) 표류민 거주지와 표착지점은 전체 표류 발생 건수와 다르다. 거주지의 경우, 서로 다른 지역의 사람들이 한 배를 타고 표류했더라도 거주지는 개별적으로 처리했기 때문이다. 표착지점의 경우에는 『표인영래등록(漂人領來謄錄)』에 표착지 기록 없이 송환된 기록만 남아있어 따로 처리하지 못하였기 때문이다.

(方物)을 바쳤으며, 잡혀 있던 사람과 바람을 만나 표류한 사람 9명을 돌려보냈다."16)는 기록이나 "유구국왕(琉球國王)이 사신(使臣)을 보내어 와서 토물(土物)을 바치고, 아울러 우리나라의 표류(漂流)한 사람 공가 (孔佳) 등 2명을 보내었다."17)와 같이 표류인원과 표착지만 기록되는 경우가 있고, "제주(濟州)에 사는 이복대(李福大) 등 일곱 사람이 금년 정월 표류(漂流)하였다가 이때에 와서 노공필 등을 따라 함께 돌아오니, 의복을 지급하고 역마로 본토에 보내도록 명하였다."18)와 같이 표류인 물과 출신지역은 밝혀졌으나 표착지나 송환과정에 대한 설명이 전혀 없는 경우가 있어서 하나의 사건으로 처리하기 힘든 경우가 많다.

『제주계록(濟州啓錄)』은 조선 헌종(憲宗) 12년(1846) 2월 26일부터 고 종(高宗) 21년(1884) 11월 6일까지 제주목(濟州牧)에서 조정에 보고했던 계문(啓文)을, 1864년 이전에는 비변사(備邊司)에서 그 이후는 의정부 (議政府)에서 베껴 쓴 책이다. 연대순으로 정리되었으며 총 498건의 계문이 수록되어 있다. 제주 지역의 농사 현황과 진상(進上), 제주도민 의 외국 표류나 표류 도중에 외국 선박에 의한 구조, 행방불명자 수색 등 각종 해난사고 내용, 제주지역의 과거 시행, 관아의 건물 및 성첩 (城堞), 무기 정비에 관한 내용 등 제주 지역의 전반적인 행정사항에 관한 보고내용이 기록되어 있다.19)

『제주계록』에서 확인할 수 있는 제주인의 외국 표착 사례는 전체 51

---

16) 『太祖實錄』12卷, 6年(1397 丁丑) 8月 6日(乙酉) : 琉球國中山王察度, 遣使致書獻方物, 發還被擄及遭風人九名.
17) 『世祖實錄』24卷, 7年(1461 辛巳) 5月 30日(己巳) : 己巳/琉球國王遣使來獻土物, 幷送 我國漂流人孔佳等二名.
18) 『中宗實錄』3卷, 2年(1507 丁卯) 8月 22日(癸巳) : 濟州居李福大等七人, 今年正月漂流, 至是隨公弼等還, 命給衣服, 驛送于本土.
19) 제주발전연구원 제주학총서4, 『제주계록』, 경신인쇄사, 2012, 5~7쪽 해제 참고.

건이다. 중국 표착 사례는 19건, 일본 27건, 유구 5건이다. 표류 건수는
약간의 차이가 있다. 하우봉[20]은『제주계록』에 수록된 외국 표류 건수
는 중국 19건, 일본 35건, 유구 5건으로 표류연인원은 130명에 달한다
고 하였고, 원종민[21]은 중국 18건, 일본 26건, 유구 5건이라 하였다.[22]

2) 사적 표류 기록

공적 표류 기록 이외에도 개별적인 감정과 체험을 기록한 사적 기
록도 있다. 문장 구사가 가능한 표류민은 스스로 표해록을 작성하였
는데, 현전하는 조선시기 표해록은 20종 가량[23]이다.

개인이 작성한 표해록은 스토리텔링으로 접근할 수 있는 흥미 있는
기록물임에 분명하다. 그러나 20여종의 표해록을 모두 시각화 대상으
로 삼아 검토하기에는 시간이나 인력에 제한이 따르므로 대상 표해록
을 몇 가지로 한정하고자 한다. 전체 표류 사건 상에서 특수하고 예외
적인 경우를 고려하고, 중국, 일본, 대만, 필리핀, 베트남 등 표류 지
역별로 구분하여, 시각적으로 구현하기에 적합한 4종을 선택하였다.

하나는 최부(崔溥)의 『표해록(漂海錄)』이다. 1488년 정월, 제주에서
부임 중에 부친상을 당하여 고향으로 돌아가다가 제주도 앞바다에서
표류하여 중국 영파(寧波)에 표착하였다. 영파(寧波)를 거쳐 소흥(紹興)→
항주(杭州)→소주(蘇州)→진강(鎭江)→양주(陽州)→회안(淮安)→서주(徐州)

---

20) 하우봉, 「일본에 표착한 조선인의 일본인식」,『조선시대 한일 표류민 연구』, 국학자
    료원, 2013, 117쪽.
21) 원종민, 「『제주계록』에 기록된 19세기 제주도민의 해난사고와 중국표류」,『중국학
    연구』제66집, 중국학연구회, 2013, 322~323쪽.
22) 원종민의 경우, 중국 표류 사건을 18건으로 보았는데, 여기에는 1856년 9월 12일에
    표류한 협재리 고치만(高致萬) 일행 사건이 누락되어 있다.
23) 최영화의 「18세기 전기 표류를 통한 해외 정보의 유입과 지식화 : 漂流記事 纂輯書를
    중심으로」(연세대학교 대학원 석사논문, 2013, 11~12쪽)를 참조.

→덕주(德州)→천진(天津)→북경(北京)→산해관(山海關)→광녕(廣寧)→요양(遼陽)→의주(義州)→한양(漢陽)[24]에 이르는 최부의 여정을 살필 수 있다.

풍계 현정(楓溪 賢正)의 『일본표해록(日本漂海錄)』은 1321년 그가 저술한 표해록이다. 경주에서 제작한 불상을 싣고 해남 대둔사를 향해 가던 중 1817년 11월 25일 동래 앞바다에 표류하였다. 이후 11월 29일 축전(筑前) 대도(大島)에 표착하여, 장기(長崎)와 대마도를 거쳐 해남 앞바다에 이르는 과정과 견문을 기록하였다.[25] 이밖에 문순득(文淳得)의 『표해시말(漂海始末)』을 통해 유구국 대도(大島)를 비롯하여 박촌(泊村), 필리핀의 salomague, vigan, 마카오, 중국을 거치는 표류 여정을 볼 수 있고,[26] 김대황(金大璜)의 『표해일록(漂海日錄)』에서는 1687년 제주에서 안남국(安南國) 회안부(會安府)로 표류한 견문을 확인할 수 있다.

공적 표류 기록과 최부(崔溥)의 『표해록(漂海錄)』과 같이 조난자 내지는 제3자가 기록한 사적 기록을 함께 검토하는 이유는 공적 기록의 경우 조난자의 거짓 진술 사례가 발생하고, 사적 기록의 경우 조난자의 기억에 의존한 탓에 잘못된 정보가 기록되었을 가능성이 있기 때문이다. 공적·사적기록을 함께 비교·분석하면 좀 더 사실에 가까운 객관적인 정보를 얻을 수 있을 것이다. 또한 시각적으로 구현했을 때 『표인영래등록』과 같이 공적 기록의 시각망은 표류여정에 대한 정보가 풍부하지 못해서 단순한 직선 형태의 구현이 대부분이라면, 사적 기록물을 통해 좀 더 다채로운 표류노드 시각망을 구현할 수 있기 때문이다.

『표인영래등록(漂人領來謄錄)』에 수록된 표류 사건은 총 277건으로

---

24) 박원호, 『최부 표해록 연구』, 고려대출판부, 2006.

25) 정성일, 『전라도와 일본-조선시대 해난사고 분석』, 경인문화사, 2015, 207쪽~224쪽.

26) 최성환, 「조선후기 문순득의 표류노정과 송환체제」, 『한국민족문화』 43, 부산대학교 한국민족문화연구소, 2012.

〈쓰시마 표민옥(漂民屋) 유허〉

대략 3,599명의 사람이 표류하였다. 조선시대에 생성된 공적 기록과 사적 기록 가운데 표류 사건 기록을 살펴서 표류 인물, 출해 목적, 표류 원인, 표류 기간, 표착지, 송환 시기 등의 맥락에 따라 데이터를 추출하면 대략 400여건의 표류노드 데이터 작성이 가능하다.

2. 표류민의 출해 지점과 표착지 현장 답사 및 자문을 통한 사진·영상 자료 확보

　표류사건이 기록된 문헌을 검토하여 표류 인물, 출해 목적, 표류 원인, 표류 기간, 표착 지점 등의 시각망 구축에 필요한 의미 요소를 추출했다면, 그 다음 단계에서는 추출한 요소를 바탕으로 주요 출해 지역, 표착 지역에 대한 현장답사가 필요하다. 표류민의 출해 지점과 표착지의 현장답사를 실시하여 사진을 촬영하고 영상자료를 구축해야 한다.

　표류 사건이 기록된 문헌을 검토하여 표류 인물, 출해(出海) 목적,

표류 원인, 표류 기간, 표착지(漂着地), 송환(送還) 시기 등의 데이터를 추출하고, 이렇게 하여 얻어낸 표류 사건의 기초 데이터베이스를 활용하여 표류민의 출해 지점과 표착 지점의 현장답사를 실시한다. 조선 표류민의 표착지는 가깝게는 중국, 일본, 유구와 멀게는 필리핀, 안남, 대만 등지까지 동남아시아 일대로 광범위하였다. 동아시아 일대에 이르는 표착지를 답사하는 것은 비용과 시간의 제약이 따르므로 표착이 빈번하게 이루어지는 지역을 우선으로 현장 답사를 실시하여 시각화 자료를 확보해 나갈 것이다.

표착지 현장 답사를 통해 이러한 사진이나 영상 자료를 수집·조사하여 제공함으로써 이용자가 직접 그곳에 가보지 않고도 그곳에 남아 있는 표류 관련 유적과 주변 환경을 경험할 수 있도록 한다.

예를 들어, 조선의 표류민이 일본으로 표류하는 경우에는 대개 쓰시마를 통해 송환되었다. 현재 쓰시마에는 조선 표류민이 머물렀던 표민옥(漂民屋)의 유허가 남아 있다. 왼쪽 사진은 지난 2월 일본 쓰시마 지역 답사 시 찍은 표민옥 유허의 사진 자료이다. 이 당시 쓰시마의 주요 표착지인 鰐浦를 비롯하여 上對馬 동북 해안에 위치 西泊浦, 泉浦, 豊浦, 佐須奈浦, 琴浦, 尾崎浦, 阿連, 小茂田浦, 豆酘 지역을 직접 답사하였다.

앞으로 표류노드 시각망의 적정 구현 모델에 관한 자문회의를 실시하여 전문가의 자문을 통해 효율적인 학술활동이 이루어질 수 있도록 보정의 기회를 갖도록 할 것이다.

3. 표류노드의 시각망 구축에 관한 제언

조선시대의 표류 관련 문헌에서 추출한 표류 인물, 출해 목적, 표류 원인, 표류 기간, 표착지, 송환 시기 등의 의미 요소와, 표류민의 출해 지점과 표착지 현장답사를 통해 구축한 이미지 자료를 구조화하여 시각적 데이터 관계망으로 재현해 낸다. 표류와 관련된 다양한 요소를 관계성에 기반을 두고 네트워크화 하여 시각적 콘텐츠로 재생산하는 것이다.

예를 들어 하나의 표류 사건 노드를 클릭하면, 사건 관련 상세 정보가 하위 노드로 분류된다. 상세 사건 노드를 클릭할 때마다 관련 인물의 나이, 성별, 관직 등의 인물 정보 뿐만 아니라 표류한 경로, 표류 원인 및 출해 목적, 표착 기간, 표착지점 등의 시간적·공간적 정보도 함께 제공한다. 이 밖에도 표착지의 이미지나 영상, 표착지에서의 생활 및 교류 인물, 표류 기록 문헌 등 다양한 정보와 연계시켜서 하이퍼텍스트로 제공할 수 있다.

표류 노드 가운데 표착지에 대해서는 표착지별 표류민의 수를 다이어그램으로 보여주고, 해당 지역에 표류한 인물 정보를 비롯하여 표착 인물들의 표류 경로, 그 지역의 해류의 순환과 계절풍의 흐름도 등을 연계시켜서 시각적 콘텐츠로 제공한다.

정보의 내용과 맥락은 XML을 활용한 전자 문서로 작성하며, 개별 오브젝트 사이의 관계는 RDF의 형식으로 서술한다. 이러한 정보는 인문학 지식에 국한되지 않고 해양, 지리, 기후 등 다양한 분야로의 지식 확장에 기여한다.

표류노드 시각망은 아래에 제시된 그림과 같이 표현될 수 있다. 최부(崔溥)가 제주도에서 표류한 뒤 중국을 거쳐서 압록강을 건너 조선으로 귀환하기까지의 경로를 시각화한 지도에서 시작한다. 최부가 왜구로 몰려서 심문받았던 장소인 도저소 성터의 이미지 자료, 최부가 자신의 표류 경험을 적은 『표해록(漂海錄)』의 이미지 자료, 최부의 인물 정보를 담고 있는 한국민족문화대백과사전, 최부가 표류하였다가 귀국한 사실을 기록한 조선왕조실록의 원문·번역문·이미지, 해류와 계절풍 순환도 등 최부라는 인물이 표류한 사건과 관련된 다양한 정보를 맥락화·구조화하여 하이퍼텍스트 형태로 제공한 것이다.

이처럼 표류 사건의 시각적 관계망을 통해서 최부의 나이와 성별, 관직 등 인물 정보를 얻는 것에서 시작하여 그가 바다로 나간 목적은 물론이고 표류한 시기와 기간, 송환 시기, 표류 경로, 그가 송환되어서 심문받은 장소 등 시간적·공간적 정보도 함께 얻을 수 있다. 또한 그의 표류 사건 전말을 진술하여 기록한 공적 문헌의 원문과 번역문·이미지, 그가 자신의 경험을 기록한 사적 저서의 번역문·이미지 등을 제공할 수 있다. 이 밖에도 최부가 교류하였거나 그의 표류 사건과 관련된 다른 인물들, 그와 비슷한 시기에 표류한 다른 인물, 그가 표류한 지역과 같은 지역을 표류한 다른 인물, 그가 표류한 경로와 동아시아 해역의 해류와의 관계, 그의 표류 경로와 계절풍의 관계 등 다양한 정보를 구조화하여 제공할 수 있다.

이용자는 하나의 노드에 대한 접근에서 출발하여 문학·역사 등 인문 지식뿐만 아니라 타국의 풍토와 민속·문물·문화·제도 등의 정보와 동아시아 국가들의 교류·해양·기후· 지리· 조선(造船)· 법률· 정치 등 다양한 영역으로 지식을 확장할 수 있다. 디지털화된 시각망을 통해 일반 대중에게 전통 인문학 지식 정보를 수용·확산시킬 수 있는 인프라를 구축하는 것이 '조선시대 표류노드 시각망' 구축이 추구하는 디지털콘텐츠이다.

현재 시각망 구현을 위한 표류 사건 관련 의미 요소 추출이 마무리되어 가는 상태에서, 적정 모델 구현을 위한 고민이 시급하다. 시각화를 위해 필요한 디지털 기술에는 어떠한 것들이 있는지, 표류 데이터를 최적화하여 구현할 방법을 모색해야 한다. 일단 표류 사건의 구조와 내용을 분석하고, 그 분석된 내용을 전자적으로 재현하기 위한 온톨로지 설계 과정을 거쳐 시각적 데이터 관계망을 구축하고자 한다. 이 밖에 표류 사건의 상세 요약 내용은 '위키피디아(Wikipedia)'방식으로 제공하고자 한다.

Ⅳ. 맺음말

지금까지 '조선시대 표류노드 시각망' 구축의 필요성을 설명하고 표류노드 시각망 구축을 위한 과정을 제시해 보았다.

'조선시대 표류노드 시각망' 구축 과정에서 선행되어야 할 것은 조선시대 표류에 대한 기록을 담고 있는 공적·사적 기록을 대상으로 하여 표류 사건에 기록된 표류 인물, 출해 목적, 표류 원인, 표류 기간, 표착지, 송환 시기 등의 맥락에 따른 의미 데이터를 추출하는 일이다. 『표인영래등록』, 『조선왕조실록』, 『제주계록』 등의 공적 표류 기록과 개별적인 감정과 체험을 기록한 사적 기록을 함께 검토하는 이유는 공적 기록의 경우 조난자의 거짓 진술 사례가 발생하고, 사적 기록의 경우 조난자의 기억에 의존한 탓에 잘못된 정보가 기록되었을 가능성이 있기 때문이다. 이처럼 공적·사적기록을 함께 비교·분석하면 좀 더 사실에 가까운 객관적인 정보를 얻을 수 있을 것이다.

표류노드 시각망 구축에 필요한 기본 자료가 수집되고 의미 요소가 추출되면, 표류민의 출해 지점과 표착지 현장 답사를 실시하도록 한다. 『표인영래등록』에서 확인할 수 있는 조선 표류민의 일본 표착지는 주로 한반도의 동남해안과 마주하는 지역에 분포되어 있다. 특히 대마도 지역이 전체 표착지의 36%를 차지하여 압도적이다. 조선 표류민의 표착지는 가깝게는 중국, 일본, 유구와 멀게는 필리핀, 안남, 대만 등지까지 동남아시아 일대로 광범위하므로 표착이 빈번하게 이루어지는 지역을 중심으로 시각화 자료를 확보해 나가도록 한다.

이러한 과정은 결국 표류 사건 기록을 통해서 얻은 표류 인물, 거주지,

출해(出海) 지역, 출해 목적, 표류 기간, 표착(漂着) 지역, 송환(送還) 시기 등의 맥락에 따른 사실 관계 정보를 시각적으로 재현하기 위함이다. 그렇다면 이러한 표류 사건 정보가 시각화되어야 하는 이유는 무엇일까?

표류 기록은 외국문화를 쉽게 접할 수 없던 당대인들의 대외 인식은 물론이고, 근대 이전 각국의 사회상이나 동아시아 교류관계, 국제질서 등을 조명할 수 있는 큰 가치를 지닌 자료이다. 연행록이나 통신사행록을 보완하여 민간 차원의 문화교류 양상도 확인할 수 있어서 그 중요성이 부각된다. 게다가 그 효용이 문학·역사 분야에 그치지 않고 해양·조선·지리·정치 등 다양한 학문분야의 기초자료로 활용될 수 있다.

그런데 문제는 이 같은 유용한 지식 정보가 제대로 확산되고 수용되지 못한다는 점이다. 왜냐하면, 텍스트는 모두 한자로 기록되어 있고, 대부분 원전이나 영인본 형태로 존재하고 있어 일반 대중이나 타 분야 연구자들이 접근하기 어렵기 때문이다. 그렇기 때문에 다양한 분야와의 연계성을 지닌 표류 사건 기록을 표류 인물, 출해 목적, 표류 원인, 표류 기간, 표착 지역, 송환 시기 등의 맥락에 따라 요소를 추출하여, 시각적으로 손쉽게 데이터에 접근할 수 있도록 해야 한다.

〈참고 문헌〉
『朝鮮王朝實錄』
『漂人領來謄錄』(규장각 자료총서, 금호문화시리즈 영인본, 보경문화사, 1993)
『濟州啓錄』(제주발전연구원 제주학총서 4, 제주발전연구원)
강윤희·석현배·방진희·김유근, 「한반도 주변해역의 기상부이와 등표에서 관측된 계절별 해상풍과 유의파고 특성」, 『한국환경과학회지』 24권3호, 한국환경과학회, 2015.
고동환, 「조선후기 船商活動과 浦口間 商品流通의 양상-漂流關係記錄을 중심으로」, 『韓國文化』 제14집, 규장각한국학연구소, 1993.

김현, 「디지털 인문학- 인문학과 문화콘텐츠의 상생 구도에 관한 구상 -」『인
　문콘텐츠』제29호, 인문콘텐츠학회, 2013.

박원호, 『최부 표해록 연구』, 고려대출판부, 2006.

박진미, 「《漂人領來謄綠》의 綜合的 考察」, 『경북사학』19, 경북사학회, 1996.

원종민, 「조선에 표류한 중국인의 유형과 그 사회적 영향」, 『중국학연구』제44
　집, 중국학연구회, 2008.

이훈, 「朝鮮後期 대마도의 漂流民送還과 對日관계」, 『국사관논총』제26집, 국
　사편찬위원회, 1991.

정성일, 『전라도와 일본-조선시대 해난사고 분석』, 경인문화사, 2015.

최성환, 「조선후기 문순득의 표류노정과 송환체제」, 『한국민족문화』43, 부산
　대학교한국민족문화연구소, 2012.

최영화, 「18세기 전기 표류를 통한 해외 정보의 유입과 지식화 : 漂流記事 纂輯
　書를 중심으로」, 연세대학교 대학원 석사논문, 2013.

하우봉, 「일본에 표착한 조선인의 일본인식」, 『조선시대 한일 표류민 연구』,
　국학자료원, 2001.

〈그림 1〉최부의 표류경로와 시각망 그림 출처

김명호 외, 『한국의 고전을 읽는다 1』, 휴머니스트, 2006.

한국민족문화대백과사전(http://encykorea.aks.ac.kr)

조선왕조실록 홈페이지(http://sillok.history.go.kr/main/main.jsp)

〈Abstract〉

The Process of Building the Visual Network of Drift Nodes in the Joseon Dynasty

Lee, Su-jin

　This study introduced the process of building the visual network of drift nodes. The process for building "the visual network of drift nodes in the Joseon Dynasty" is as follows.

　Step 1 extracts data from public and private literature containing records on drifts in the Joseon Dynasty, focusing on drifters, purpose of sailing, cause of drift, period of drift, place of landing, date of repatriation, etc.

With basic data for implementing "the visual network of drift nodes," Step 2 visits and surveys the places of departure and landing, and has opportunities for correction and efficient academic activities through consultation with experts in modeling the optimal implementation of drift node visual networks.

Based on the previous works, Step 3 structures drift-related data and prepared image materials, and visualizes them on an electronic map. This is reproducing such data into visual contents by networking various drift-related elements based on their relations. The map is provided in hypertext in connection to various types of information including not only personal information such as the age, gender, and government post of the drifters but also drift route, cause of drift, purpose of sailing, period of drift, images or videos of the place of landing, life and associated people in the place of landing, and literature containing drift records.

The last step publishes a book with the outcome of these academic activities including various items of humanities knowledge related to drifts in the Joseon Dynasty planned and built into digital contents, a serious of processes, developed contents, etc.

Now materials for implementing the visual network are being organized. Based on the organized drift-related data, further research should be made on how to develop "the visual network of drift nodes in the Joseon Dynasty." That is, we need to explore digital technologies for visualization, and methods for the optimized implementation of data. The optimal implementation will be chosen through an advisory council and the visual network will be implemented.

Key-words : 「the Annals of Joseon Dynasty」, 「Che-ju Kye-Lok」, Drifting, visual network, place of landing.

[첨부5 : 연구진 회의자료]

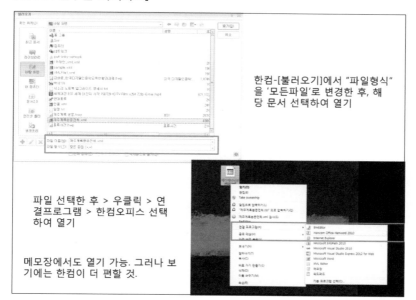

한컴-[불러오기]에서 "파일형식"을 '모든파일'로 변경한 후, 해당 문서 선택하여 열기

파일 선택한 후 > 우클릭 > 연결프로그램 > 한컴오피스 선택하여 열기

메모장에서도 열기 가능. 그러나 보기에는 한컴이 더 편할 것.

저번 회의에서 보여드렸던 엑셀파일은 표류사건 정보가 "기계적으로 읽히기" 위해 어떠한 형식의 "데이터"로 정리되어야 하는가를 보여드린 것이라고 할 수 있습니다.

그러나 우리가 대상으로 하고 있는 표류노드를 비롯하여 인문학 데이터는 사실 엑셀과 같은 표의 형식으로 정리하는 것이 애매하고, 연구자들을 괴롭게(?) 합니다..

따라서 이른바 XML 형식으로 정리한 뒤, 보여드렸던 엑셀과 같은 형태로 추출하게 됩니다. 즉, 첨부한 "sample.xml" 파일에서 보는 거와 같은 형태로 사건에 대한 정보가 정리되어야 합니다.

그런데 처음부터 이와 같은 형식으로 정리하려고 하니, 몇 가지 어려운 점이 발생하였습니다.

사건의 단위를 어디까지 설정해야 하는가부터 시작해서, 사건의 유형, 클래스 간의 관계정의 등을 섣불리 판단하기가 어려웠습니다. 또 이러한 문서유형에 대한 자세한 설명이 없이 바로 이를 작성하는 것이 어려울 것으로 생각되었습니다.

따라서 프로세스를 세분화하고자 합니다.
우선 표류사건을 세부사건 단위로 나누는 작업을 통해, 표류기사 전체에 대한 사건의 유형들을 살펴봄으로써, 사건의 단위에 대하여 나름대로 표준화를 진행해야 할 것 같습니다.

그리고 이를 토대로 구체적으로 사건에 대한 시간, 인물, 공간, 선박, 물품에 대한 정보를 추가적으로 정리해나가도록 하겠습니다.

```
<표류사건 id="">
    <출처></출처>
    <기사>
        <표제></표제>
        <본문></본문>
        <날짜></날짜>
    </기사>
</표류사건>
```

기본적인 구조는 위와 같이 구성되어 있습니다.
현재 '표류사건 id', '출처', '표제', '본문', '날짜'에 해당되는 내용이 입력되어 있는 상태.
'id': 임의로 설정한 번호
<출처>: 일단은 선생님께서 정리하신 출처 그대로 불러와서 입력해 놓음.(향후 수정 필요)
<기사>: 해당 표류사건이 기록되어 있는 기사.
        기사는 대부분 1건이지만, 부분적으로 조난을 보고하는 기사가 있는 표류사건도 있음.
        그러한 경우에는 이 <기사> 부분이 두 번 반복됨.
<표제>: 일단 번역본의 제목 부분을 그대로 입력해 놓음
<본문>: 기사 본문 -> 작업할 대상!!
<날짜>: 기사가 기록된 날짜

우리가 해야 할 부분은,
<본문></본문> 안에 입력된 기사 내용을 분석하여 '사건' 단위로 쪼개서

```
<사건 유형="" 순서=""></사건>
```

위와 같은 표시를 해주는 일입니다.
위와 같은 표시를 '태그'라고 하며, 이러한 작업을 '태깅'이라고 합니다.
그리고 이와 같이 '태그'가 부여된 문서가 XML(Extensible Markup Language) 문서 입니다.

너무 어렵게 생각하지 마시고,
그냥 형광펜으로 표시해주는 과정이라고 생각하시면 부담이 좀 덜하지 않을까 싶습니다...

순서는 사건들 간의 순번을 입력하기 위한 곳.
이것은 우선 유형까지만 태깅을 하고, 다시 한 번 검토하면서 순번을 매기는 것이 효율적일 것 같습니다.

<사건 유형="" 순서=""></사건>

해당 사건의 유형 분류.
유형 분류를 1개 이상 정의하고 싶을 때에는 "|" 기호로 구분하여 기술.

사진에는 역슬래쉬이지만 보통 ₩ 키로 되어있습니다. Shift+₩

해당되는 사건에 대한 기술이 시작되는 부분에 시작태그를, 끝나는 부분에 닫는태그를 달아줍니다.

시작태그   닫는태그

<사건 유형="시체수습" 순서="5">다음 날 새벽에 그들과 함께 저희들의 배가 부서진 곳에 가보니, 양용운, 장덕신, 문명제, 김일홍의 네 시체는 해변에 떠올랐고.</사건>
<사건 유형="시체수습" 순서="6">그 나머지 고영진, 고명봉의 두 시체는 11월 초5일에 바람소 전겨 올랐는데,</사건>
그 마을에서 판(棺)을 만들어 주어서 시체를 수습하였습니다.
<사건 유형="이동|숙박" 순서="7">초6일에 그들이 말하는 전어판(傳語官) 한 사람, 훈도(訓導) 한 명이 와서 표류한 사정을 묻고 저희들을 인솔하여 포구에 돌아가서 막사를 지어 받을 새고.</사건>
<사건 유형="이동" 순서="8">초7일에 저희들과 양용운 등의 시체를 다섯 척의 조그만 배에 나누어 싣고, 초8일 땅거미가 질 때 대마 판부의 항구에 도착하였는데, 그간의 수로는 기억이 안 납니다.</사건>
<사건 유형="숙박" 순서="9">저희들을 내리게 하여 판사(判事)에 들어가 숙박하게 하고.</사건>
<사건 유형="시체수습" 순서="9-1">8인의 시체는 절[寺]에 보내었습니다.</사건>
<사건 유형="시체수습|배급" 순서="10">초9일에 전어판이 저희들을 데리고 함께 시체를 안치한 곳에 도착하자, 당해 부(府)에서 매 시체에 백회(白灰) 한 섬, 소금 한 섬, 무명 18척, 백면지(白綿紙: 묵화를 섞어서 만든 고급지) 두 장씩을 내주면서 관을 새로 만들고 빈소를 마련하게 한 다음 저희들에게 판사로 돌아가도록 하였습니다.</사건>
<사건 유형="지취|제류|배급" 순서="11">매일 한 사람마다 백미 여섯 홉, 초그만 고기 한 개, 장두 홉, 남초 두 돈, 술, 그릇, 땔나무, 물 등을 마련해 주면서 자취를 하게 하였습니다.</사건>
<사건 유형="심문|배급" 순서="12">판사에 머무른 지 20일째 되는 날에 판부(判府)에서 한 사람마다 흰 무명두루마기 한 벌, 우산 두 자루, 남초갑 열 개씩을 내 주고 비로소 표류한 사정을 물었습니다.</사건>
<사건 유형="출항준비" 순서="13">12월 24일 전어판 한 사람, 훈도 네 명이 저희들을 데리고 절의 빈소에 있는 시체를 메고 와서 함께 한 척의 배에 타고 여러 날 대마 판부의

주의할 것은,
"" 안에는 공백이 없어야 합니다.
"시체 수습" (x)
"시체수습" (o)

유형을 여러가지로 정의하고 싶을 경우 "|" 기호로 구분하여 기술.
다양한 관점에서 유형 분류를 다양하게 정의하는 것이 좋을 듯합니다.

순서가 동시에 일어나는 것으로 판단될 때에는, 이와 같이 하이픈(-)을 이용하여 세분.

줄바꿈(엔터키) 사용 자유롭게 사용합니다.
다만 시작태그와 닫는태그로 감싸지는 텍스트 내에서는 줄바꿈 없는 것을 권장합니다.

작업 대상 파일인 "제주계록본문전체.xml"에는
전체 50건에 대한 기사 본문이 입력되어 있습니다.
저번에 논의한 것처럼 사건을 자유롭게 선정하여 작업하되,
다만 구글드라이브에 공유된 문서에 진행과정을 표시하여 중복 작업을 피하도록 합니다.

또한 현재 텍스트는 제주계록 pdf에서 텍스트를 복사해온 것입니다.
이 과정에서 문자열이 깨지거나 간혹 숫자나 기호 같은 것이 출력되기도 합니다.
따라서 그러한 부분이 나오면, pdf와 대조하여 수정해주시면 될 것 같습니다.

사건을 세분화하는 것이 많은 생각과 고민을 요하는 일이라
생각만큼 일이 빨리 진행될 것 같지는 않지만,(ㅠㅠ)
처음보다는 작업이 줄어들었기 때문에,
그리고 이 과정이 완료되어야 다음의 일을 진행할 수 있기 때문에,
처음에 약속한 시간보다 조금 더 일찍,
최대한 주말 내로 완성해서.........
다음주 늦어도 화요일 쯤에는 세부사건목록을 추출하는 것을 우선 목표로..
한번 힘을 내봅시다 선생님...

[첨부7 : 발표문 「조선시대 표류 기록의 시각적 스토리텔링」]

조선시대 표류 기록의 시각적 스토리텔링

서소리 / 한국학중앙연구원 한국학대학원

1. 머리말

2014년 한국연구재단은 '디지털인문학 시각화 콘텐츠 개발'이라는 아젠다를 지정하고 디지털인문학 사업을 시행하였다. '조선시대 표류노드 시각망'은 이 사업에 선정된 연구과제로, 본고는 표류노드 시각망에 적용된 데이터 모델과 그것의 구현 방법을 소개하고, 이를 통해 디지털인문학적인 방법으로서의 시각적 스토리텔링이 가지는 의미를 제시하는 데 목적이 있다.[1]

인문지식의 시각화는 디지털 콘텐츠 개발의 주요 영역을 담당해오고 있다. 그러나 그 방법에 있어서 인문학적 지식과 멀티미디어 자료 중 어느 한쪽에만 편중되거나 혹은 서로 분리된 채 개발되어 왔다는 점이 지적되기도 했다. 인문지식을 시각적인 형태로 전환하려는 시도, 이른바 시각적 인문학(Visual Humanities)은 전통적인 문자 텍스트와 뉴미디어 상의 시각적 자료가 적정한 문맥으로 엮어지는 것을 목표로 한다.[2] 즉 인문지식이 가지고 있는 다양한 정보 요소들이 중심이

---

1) 표류노드 시각망 구현에 활용된 대상 자료에 대한 분석은 이수진, 「조선시대 표류노드 시각망 구축 과정」, 『2015 디지털인문학(Digital Humanities) 포럼』, 인문콘텐츠학회, 2015, 27-41쪽을 통해 확인할 수 있다.
2) 김현, 「시각적 인문학의 모색」, 역사학회 2014 하반기 학술대회, 2014, 1쪽.

되어 그것들 간의 구조와 맥락이 효과적으로 구현될 수 있도록 시각화
콘텐츠가 개발되어야 한다.

이에 따라 조선시대 표류 기록의 시각화도 기록에서 나타나는 정보
요소들을 추출하여 그것들 간의 의미적 관계를 파악할 수 있는 온톨로
지(Ontology)를 설계하는 것에서부터 시작하였다.[3] 이를 기반으로 표
류 정보의 전체적인 관계망은 그래프 데이터베이스(Graph Database)
를 통해 시각화하였고, 공간 정보는 KML(Keyhole Markup Language)
을 통해 전자지도 상에서 시각화하였다. 다음에서는 이러한 시각화의
과정을 소개하고자 한다.

2. 표류 정보 온톨로지

본 연구에서 설정한 표류 정보 온톨로지의 대상 범위와 목적은 표
류 기록에서 확인할 수 있는 표류 경위에 대한 정보 요소들을 추출하
여 하나의 표류 사건에 관한 전반적인 과정과 맥락을 기술할 수 있는
온톨로지를 설계하는 것이다.[4]

표류 사건은 표류민들의 출항에서부터 시작된다. 표류민들은 주로
어업, 상업, 공무 등의 이유로 포구에서 출항을 한다. 그러나 불행히
도 바다 한 가운데에서 표류를 하게 되고, 어느 지점에 이르러 표착하
게 된다. 낯선 이국 땅에 표착한 표류민들은 그곳의 사람들과 필담을

---

3) 온톨로지(Ontology)는 정보화 대상이 되는 분야의 기본 개념과 그 개념들 간의 상관
   관계를 정리한 명세서이다. (김현, 「한국 고전적 전산화의 발전 방향 – 고전 문집
   지식 정보 시스템 개발 전략 –」, 『민족문화』 28, 민족문화추진회, 2005)
4) 이는 본 연구의 목적이 표류 기록물 자체에 대한 온톨로지를 설계하는 것이 아님을
   밝힌다. 표류 정보가 기록된 텍스트의 내용이 기계적으로 읽히기 위한 모델이 아닌,
   표류 사건이 기계적으로 처리될 수 있는 데이터 모델을 설계하는 것이다.

주고받으며 그들이 표착한 위치를 알게 되고, 이내 해당 관청으로 이송되어 심문을 받고 체류하며 필요한 물품들을 배급받기도 한다. 이후 본국 즉 조선으로의 송환 절차가 시행된다. 이 과정에서 표류민들은 동료의 상사(喪事)를 당하기도 하며, 그들처럼 표류한 또 다른 일행을 우연히 만나기도 한다. 본국으로 송환된 이후에는 역시 절차에 따라 해당 관청에서 심문을 받고 마침내 고향으로 귀환하게 된다.

이와 같은 표류 사건의 전 과정을 개념화하여 온톨로지를 설계하면 다음과 같다.

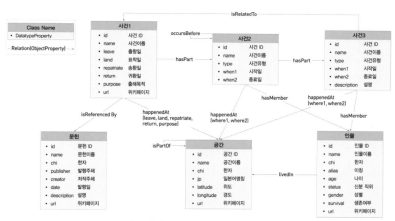

[그림 1] 표류 정보 온톨로지 맵

먼저 사건 클래스는 층위가 각기 다른 유형의 사건을 관리하기 위하여 3개의 하위 클래스를 설정하였다. 첫 번째 '사건1'은 가장 상위 레벨의 사건으로 모든 개별 사건은 이 클래스의 구성원이 된다. 두 번째 '사건2'는 이동 경로 중심으로 세분화한 사건으로 출항, 표류, 표착, 송환, 귀환과 같은 유형에 해당되는 사건으로 구성된다. 세 번째 '사건3'은 각각의 경유지에서 발생한 에피소드 형식의 사건을 관리하기 위한 클래스로, '필담', '상사', '배급'과 같은 사건으로 구성된다.

공간 클래스는 표류 정보 가운데 다양한 맥락에 의해 출현하는 지리 정보를 관리하기 위한 클래스이다. '사건1'에 해당되는 하나의 표류 사건은 '사건2'에 해당되는 경유지 중심으로 구성된 여러 개의 사건을 가지게 되는데, 이때 각각의 '사건2'가 관계하고 있는 공간 정보는 곧 해당 표류 사건의 이동 경로가 된다.

인물 클래스는 표류 정보 가운데 인물 정보를 관리하기 위한 클래스로, 표류민들의 신상 정보가 관리되는 곳이다. 모든 사건은 인물 클래스에 해당되는 인물과 '사건의 구성원'이라는 관계를 형성하게 된다.

문헌 클래스는 표류 사건이 근거하고 있는 기록물의 정보를 관리하기 위한 클래스이다. 본 연구에서는 『표인영래등록』, 『제주계록』, 『각사등록』, 『조선왕조실록』 등이 문헌 클래스의 구성원이 된다.

3. 표류 기록의 시각화

지금까지 표류 기록의 표류 사건 정보 요소들을 기술할 수 있는 온톨로지에 대해서 설명하였다. 아래부터는 이와 같은 온톨로지를 기반으로 실제 구현될 수 있는 대표적인 시각화의 방법을 소개하고자 한다.

1) 관계 정보의 시각화 - 그래프 데이터베이스

온톨로지를 통해 개념화된 대상세계는 그래프 데이터베이스를 이용하여 관계 정보를 시각적으로 구현할 수 있다. 본 연구에서는 [그림 2]와 같이 Neo4j를 이용하여 그래프 데이터베이스를 구축하였다.

이와 같은 그래프 데이터베이스는 관계에 조건을 부여하면서 정보 요소에 접근하고, 그 결과를 전체적인 맥락에서 시각적으로 확인하는

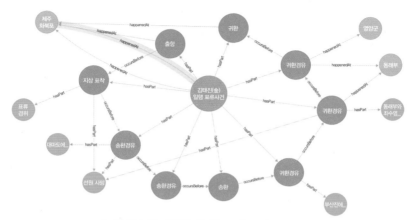

[그림 2] 표류 사건의 시각화: 그래프 데이터베이스

데 효과적이다. 노드(Node)와 엣지(Edge)로 이루어진 지식의 그물망 속에서 사용자가 원하는 관계 정보를 간단하고도 직관적인 형상으로 확인할 수 있는 것, 그것이 그래프 데이터베이스가 데이터를 저장하는 데이터베이스로서의 기능과 동시에 시각화라는 솔루션을 제공하는 것으로 평가받는 이유인 것이다.

　가령 '제주 화북포'가 출항지인 표류 사건들에 대하여 사건에 관련된 표류민들의 거주지는 어느 곳인지 확인하고, 동시에 화북포에서 출항한 표류 사건의 경우 주로 어떠한 목적으로 출항을 했는지 그래프의 구조로 파악할 수 있다. 그리고 이러한 관계를 종합하여 조선시대 표류 사건에 있어서 화북포라는 공간이 가지는 특징과 관련한 이야기를 만들어낼 수 있을 것이다.

2) 공간 정보의 시각화 - 전자지도

　전자지도 구현은 공간 정보를 시각화하는데 있어서 우선적으로 고려해야 할 방법이다. 이는 구체적으로 KML(Keyhole Markup Language)[5]

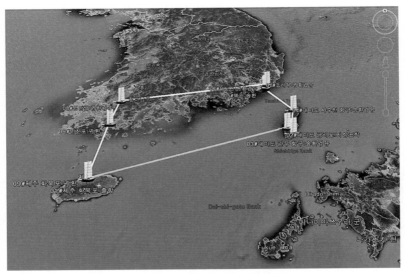

[그림 3] 표류 사건의 시각화: 전자지도

로 기술된 전자 문서를 제작하여, 구글 어스(Google Earth)와 같은 전자
지도에서 [그림 3]과 같은 형태로 구현된다.

표류 정보는 '사건(Event)'이라는 속성을 가지는 정보로 반드시 '어
디에서(Where)'에 해당되는 공간 정보를 가지게 된다. 즉 전자지도는
표류 정보의 맥락을 가장 효과적으로 구현해낼 수 있는 환경인 셈이
다. 이러한 환경은 표류 정보와 관련된 다양한 주제도를 제작하고, 지
도를 접근점으로 하여 관련된 정보에 연속적으로 확장해나갈 수 있게
함으로써 구체화될 수 있다.

예컨대 위와 같이 특정 사건의 표류 경로에 대한 지도를 제작할 수
도 있지만, 표류민의 거주지, 특정 계절의 표류 경로 등 여러 가지 주
제도를 구현할 수도 있다. 이러한 주제도는 결국 표류와 관련된 다양

---

5) 지리 정보를 기술하는 데 사용되는 XML 기반의 마크업 언어.

한 이야기를 기획함에 있어서 참고할 수 있는 자원이 될 것이다.

4. 맺음말

지금까지 표류 기록에서 확인되는 표류 정보를 기술하기 위한 온톨로지를 설계하고, 이를 기반으로 표류 정보의 의미적 관계를 시각화하기 위한 방법으로서의 그래프 데이터베이스와 공간 정보를 시각화하는 방법으로서의 전자지도 구축에 대해서 소개하였다.

필자는 이러한 일련의 과정이 스토리텔링의 일정 부분과 공유될 수 있는 측면이 있다고 생각한다. 즉 스토리텔링의 자원을 개발하는 과정에 있어서, 대상 자원을 전자적인 처리가 가능하고 다양한 사용자들에 의해 재사용될 수 있는 구체적인 규격을 갖춘 형태로 생산한 것이다.

이러한 자원은 다양한 스펙트럼의 사용자들을 만나 각기 다른 주제의 이야기를 만들어낼 것이다. 객관적인 사실 정보에 기반한 데이터를 구축하고 이를 시각적으로 구현하여 사용자로 하여금 창의적인 스토리를 개발할 수 있는 토대를 마련하는 것, 이것이 디지털인문학이 스토리텔링에서 담당해야 할 역할일 것이다.

〈참고문헌〉
김현, 「시각적 인문학의 모색」, 역사학회 2014 하반기 학술대회, 2014.
____, 「한국 고전적 전산화의 발전 방향 – 고전 문집 지식 정보 시스템 개발 전략 –」, 『민족문화』 28, 민족문화추진회, 2005.
이수진, 「조선시대 표류노드 시각망 구축 과정」, 『2015 디지털인문학(Digital Humanities) 포럼』, 인문콘텐츠학회, 2015.

[첨부9 : 쓰시마 2차 답사 및 제주도 답사 일정]

'조선시대 표류노드 시각망' 답사
-쓰시마 지역 2차-

· 일시 : 2015년 11월 12일(목) ~ 11월 13일(금)
· 참가인원 : 구지현, 이수진, 장안영, 서소리 총 4명

▶ 답사 일정표 ◀

일자	시간		일정
11월 12일 목요일	오전	08:00	부산국제여객터미널 2층 집결
		10:10	히타카쓰 도착
		–	니시도마리 → 이즈미(泉) → 도요(豊)→ 와니우라(鰐浦) → 오우라(大浦) →사스나(佐須奈)
	오후		와타즈미신사(和多都美神社) → 고후나코시(小船越) → 가모이세 → 엔쓰지(圓通寺) → 긴(琴) → 도쥬시(唐舟志)→ 도미우라(冨浦) →히타카쓰(比田勝)
11월 13일 금요일	오전		오사키(尾崎) → 아레(阿連) → 고마다하마신사(小茂田濱神社)
	오후		구네하마(久根浜) → 쓰쓰(豆酘) → 오후나에(お船江) → 이즈하라(嚴原)
	오전		조주인(長壽院) → 다이헤이지(太平寺)→ 고쿠분지(國分寺) → 나카라이 도스이(半井桃水) 기념관 → 하치만구신사(八幡宮神社) → 쓰시마 역사 민속자료관 → 가네이시 성터(金石城) → 반쇼인(萬松院) → 쓰시마 시야쿠쇼 → 세이잔지(西山寺) → 게이운지(慶雲寺) → 가이간지(海岸寺) → 표류민 거주지 유적 → 슈젠지(修善寺)
	오후		호텔 → 이즈하라항

쓰시마 주요 표착지역

對馬島	鰐浦 17	西豆豆浦 3	和泉浦 1	泉浦 6	佐須奈浦 8
	富浦 2	西泊浦 9	湊浦 3	鴨瀨浦 4	佐護鄕湊浦 4
	狩尾浦 1	豊浦 3	琴浦 3	唐州志浦 5	志多留浦 5
	豆酘浦 2	瀬濱浦 1	回浦 1	千尋藻浦 1	小茂田浦 1
	久根浦 1	阿連浦 1	尾崎浦 1	志多賀浦1	二信道麻里 1
	對馬島 15				

'조선시대 표류노드 시각망' 답사

-제주도 지역-

- 일시 : 2015년 11월 20일(금) ~ 11월 22일(일)
- 참가인원 : 구지현, 이수진, 장안영, 서소리 총 4명

▶ 답사 일정표 ◀

일자	시간		일정
11월 20일 금요일	오전	09:50	김포공항 2층 탑승수속 〈진에어〉앞
		11:45	제주 공항 도착
	오후		성산항 → 우도
11월 21일 토요일	오전		건입포→ 제주읍성(일도리, 삼도리, 도두리)→ 애월, 잠수리 독포리, 협재리 → 두모리, 차귀리, 영락리, 일과리 → 모슬포
	오후		법환포→ 서귀포 → 보목리, 세천리, 의귀리 → 표선리, 신천리 → 신산포 → 온평리, 수산리, 세화리 → 별방진 → 무주리
11월 22일 일요일	오전		북촌포구(함덕리) → 조천포구(신촌리) → 화북포
	오후	12:20	제주 공항 출발
		13:30	김포 공항 도착

파노라마 촬영지

• 쓰시마 지역 :

가모세우라, 이즈하라, 고모다하마, 구네하마, 쓰쓰

• 제주도 지역 :

우도, 영일동포구, 성산항, 서귀포항, 법환포, 모슬포, 일과리, 차귀도, 두모리, 협재리, 애월리, 건입포, 조천포, 화북포

[별첨 : 표류정보 관계망 생산 데이터]

공간목록

N) 공간

project	class	group	gid	name
표류	공간	조선	NP0001	가덕도 앞바다
표류	공간	조선	NP0002	가덕진
표류	공간	일본	NP0003	가라사지
표류	공간	조선	NP0004	가리포
표류	공간	일본	NP0005	가시로락포
표류	공간	일본	NP0006	가좌포
표류	공간	일본	NP0007	각도
표류	공간	일본	NP0008	간자라도
표류	공간	조선	NP0009	감포 앞바다
표류	공간	조선	NP0010	감포진
표류	공간	조선	NP0011	강경포
표류	공간	조선	NP0012	강릉
표류	공간	조선	NP0013	강릉 앞바다
표류	공간	조선	NP0014	강진
표류	공간	조선	NP0015	강진 도회관
표류	공간	조선	NP0016	강화
표류	공간	조선	NP0017	개성
표류	공간	조선	NP0018	개운포
표류	공간	조선	NP0019	개포
표류	공간	조선	NP0020	거제
표류	공간	조선	NP0021	거제 앞바다
표류	공간	조선	NP0022	건달진
표류	공간	제주	NP0023	건입
표류	공간	일본	NP0024	견도
표류	공간	조선	NP0025	결성
표류	공간	일본	NP0026	겸포
표류	공간	조선	NP0027	경기
표류	공간	조선	NP0028	경기감영
표류	공간	조선	NP0029	경길 앞바다
표류	공간	유구	NP0030	경양한도
표류	공간	조선	NP0031	경주
표류	공간	일본	NP0032	고동도
표류	공간	조선	NP0033	고성

project	class	group	gid	name
표류	공간	조선	NP0034	곡포
표류	공간	조선	NP0035	곤양
표류	공간	조선	NP0036	골천 앞바다
표류	공간	중국	NP0038	공산도
표류	공간	조선	NP0039	곳진
표류	공간	중국	NP0040	광동 앞바다
표류	공간	제주	NP0041	광청
표류	공간	조선	NP0042	구강
표류	공간	조선	NP0043	구강 앞바다
표류	공간	대마도	NP0044	구근포
표류	공간	제주	NP0045	구돌
표류	공간	유구	NP0046	구미도
표류	공간	조선	NP0047	구미진
표류	공간	일본	NP0048	구성포
표류	공간	제주	NP0049	구엄
표류	공간	일본	NP0050	구진포
표류	공간	유구	NP0051	구호도
표류	공간	조선	NP0052	굴포
표류	공간	대마도	NP0053	금리포
표류	공간	제주	NP0054	금물포
표류	공간	조선	NP0055	금오포
표류	공간	대마도	NP0056	금포
표류	공간	조선	NP0057	기장
표류	공간	조선	NP0058	기장 두모포
표류	공간	조선	NP0059	기장 앞바다
표류	공간	조선	NP0060	기장포
표류	공간	제주	NP0061	김녕
표류	공간	조선	NP0062	김해
표류	공간	일본	NP0063	나가토
표류	공간	조선	NP0064	나리도
표류	공간	조선	NP0065	나주
표류	공간	조선	NP0066	낙안
표류	공간	중국	NP0067	남경
표류	공간	조선	NP0068	남당
표류	공간	일본	NP0069	남도
표류	공간	조선	NP0070	남천
표류	공간	조선	NP0071	남포여점

project	class	group	gid	name
표류	공간	조선	NP0072	남해
표류	공간	일본	NP0073	내류도
표류	공간	조선	NP0074	노아도
표류	공간	일본	NP0075	노포진
표류	공간	대마도	NP0076	뇌빈포
표류	공간	일본	NP0077	뇌호기
표류	공간	일본	NP0078	뇌호기포
표류	공간	조선	NP0079	니포
표류	공간	조선	NP0080	다대포
표류	공간	일본	NP0081	당박포
표류	공간	중국	NP0082	당산포
표류	공간	대마도	NP0083	당선지포
표류	공간	일본	NP0084	당종포
표류	공간	대마도	NP0085	당주포
표류	공간	일본	NP0087	대곡포
표류	공간	유구	NP0088	유구 대도
표류	공간	제주	NP0089	대림
표류	공간	대마도	NP0090	대마도
표류	공간	대마도	NP0091	대마도 관부
표류	공간	대마도	NP0092	대마도 관부 항구의 절
표류	공간	대마도	NP0093	대마도 두포
표류	공간	대마도	NP0094	대마부중
표류	공간	중국	NP0095	대만부
표류	공간	중국	NP0096	대만현
표류	공간	일본	NP0097	대보촌
표류	공간	조선	NP0098	대복성포
표류	공간	일본	NP0099	대양군
표류	공간	일본	NP0100	대이후촌
표류	공간	제주	NP0101	대정
표류	공간	일본	NP0102	대평포
표류	공간	조선	NP0103	덕원
표류	공간	유구	NP0104	덕지도
표류	공간	조선	NP0105	덕흥
표류	공간	제주	NP0106	도두
표류	공간	일본	NP0107	도량포
표류	공간	제주	NP0108	도원
표류	공간	제주	NP0109	도원포

project	class	group	gid	name
표류	공간	제주	NP0110	도평
표류	공간	조선	NP0111	도회관
표류	공간	제주	NP0112	독포
표류	공간	조선	NP0114	동래
표류	공간	조선	NP0115	동래부 좌수영
표류	공간	제주	NP0116	동성
표류	공간	중국	NP0117	동포
표류	공간	조선	NP0118	두무치
표류	공간	대마도	NP0119	두산포
표류	공간	조선	NP0120	마도
표류	공간	중국	NP0121	만호도
표류	공간	제주	NP0122	명월
표류	공간	조선	NP0123	명지도
표류	공간	제주	NP0124	모슬
표류	공간	제주	NP0125	목주촌
표류	공간	조선	NP0126	몰운대 앞바다
표류	공간	조선	NP0127	무산
표류	공간	조선	NP0128	무안
표류	공간	제주	NP0129	무주
표류	공간	대마도	NP0130	미기포
표류	공간	일본	NP0131	미도
표류	공간	유구	NP0132	미아괴도
표류	공간	조선	NP0133	밀양
표류	공간	일본	NP0134	박기
표류	공간	유구	NP0135	박산도
표류	공간	유구	NP0136	박촌
표류	공간	조선	NP0137	방어진
표류	공간	조선	NP0138	범동포
표류	공간	제주	NP0139	법환
표류	공간	제주	NP0140	변막
표류	공간	제주	NP0141	별도
표류	공간	제주	NP0142	별방
표류	공간	제주	NP0143	보목
표류	공간	조선	NP0144	보성
표류	공간	제주	NP0145	보한
표류	공간	중국	NP0146	복건성
표류	공간	조선	NP0147	복길도 앞바다

project	class	group	gid	name
표류	공간	중국	NP0148	복정현
표류	공간	중국	NP0149	복청현
표류	공간	중국	NP0150	본분부
표류	공간	제주	NP0151	봉개
표류	공간	일본	NP0152	부강읍 부근 포구
표류	공간	중국	NP0153	부녕현
표류	공간	조선	NP0155	부산성
표류	공간	조선	NP0156	부산진
표류	공간	대마도	NP0157	부포
표류	공간	중국	NP0158	북경
표류	공간	조선	NP0159	북진
표류	공간	조선	NP0160	북평
표류	공간	제주	NP0161	북포
표류	공간	조선	NP0162	비곡포
표류	공간	일본	NP0163	비전주
표류	공간	일본	NP0164	비전주 반도
표류	공간	일본	NP0165	비전주 우구도
표류	공간	일본	NP0166	비전포구
표류	공간	일본	NP0167	비중포
표류	공간	일본	NP0168	비포
표류	공간	일본	NP0169	빈기
표류	공간	일본	NP0170	빈전포
표류	공간	제주	NP0171	사서도 앞바다
표류	공간	대마도	NP0172	사수천
표류	공간	대마도	NP0173	사수천 항구
표류	공간	조선	NP0174	사암추 앞바다
표류	공간	조선	NP0175	사일진
표류	공간	조선	NP0176	사천
표류	공간	일본	NP0177	사포
표류	공간	중국	NP0178	산양현
표류	공간	일본	NP0179	산천항
표류	공간	일본	NP0180	살마주
표류	공간	일본	NP0181	삼도
표류	공간	일본	NP0182	삼정락촌
표류	공간	조선	NP0183	삼정진
표류	공간	제주	NP0184	상귀
표류	공간	중국	NP0185	상산현

project	class	group	gid	name
표류	공간	중국	NP0186	상해현
표류	공간	일본	NP0187	생속도
표류	공간	제주	NP0188	서귀
표류	공간	조선	NP0189	서근도 앞바다
표류	공간	대마도	NP0190	서박포
표류	공간	조선	NP0191	서생포
표류	공간	조선	NP0192	서안도 앞바다
표류	공간	중국	NP0193	서안현
표류	공간	일본	NP0194	서의 앞바다
표류	공간	대마도	NP0195	서진옥포
표류	공간	일본	NP0196	서진포
표류	공간	일본	NP0198	서촌
표류	공간	일본	NP0199	서포
표류	공간	일본	NP0200	석견주
표류	공간	일본	NP0201	석견주 대포
표류	공간	중국	NP0202	석포진
표류	공간	조선	NP0203	선산
표류	공간	중국	NP0204	성산지
표류	공간	조선	NP0205	성황당
표류	공간	제주	NP0206	세천
표류	공간	제주	NP0207	세화
표류	공간	제주	NP0208	세화포
표류	공간	일본	NP0209	소곶포진
표류	공간	중국	NP0210	소릉아
표류	공간	대마도	NP0211	소무전포
표류	공간	조선	NP0212	소복성포
표류	공간	조선	NP0213	소아진
표류	공간	조선	NP0214	소안도
표류	공간	조선	NP0215	소안도 앞바다
표류	공간	일본	NP0216	소전포
표류	공간	중국	NP0217	소주
표류	공간	일본	NP0218	소치
표류	공간	제주	NP0219	소흘
표류	공간	중국	NP0220	송강포
표류	공간	조선	NP0221	송내진
표류	공간	제주	NP0222	송당
표류	공간	중국	NP0223	송도

project	class	group	gid	name
표류	공간	조선	NP0224	송로진
표류	공간	일본	NP0225	송원촌
표류	공간	일본	NP0226	송전
표류	공간	일본	NP0227	송포
표류	공간	조선	NP0228	수넘포
표류	공간	대마도	NP0229	수미포
표류	공간	제주	NP0230	수산
표류	공간	조선	NP0231	수영포 앞바다
표류	공간	조선	NP0233	순천
표류	공간	중국	NP0234	숭명현
표류	공간	중국	NP0235	숭무진
표류	공간	일본	NP0236	시라도
표류	공간	일본	NP0237	시옥포
표류	공간	조선	NP0238	시포
표류	공간	일본	NP0239	신궁포
표류	공간	제주	NP0240	신산
표류	공간	중국	NP0241	신장현
표류	공간	중국	NP0242	신장현 관부
표류	공간	조선	NP0243	신지도
표류	공간	제주	NP0244	신천
표류	공간	제주	NP0245	신촌
표류	공간	일본	NP0246	실진포
표류	공간	중국	NP0247	심양
표류	공간	대마도	NP0248	아연포
표류	공간	일본	NP0249	아천진
표류	공간	대마도	NP0250	악포
표류	공간	조선	NP0251	안골포
표류	공간	조선	NP0252	안인
표류	공간	일본	NP0253	안천평산
표류	공간	대마도	NP0254	압거뢰포
표류	공간	조선	NP0255	압록강
표류	공간	대마도	NP0256	압뢰포
표류	공간	제주	NP0257	애월
표류	공간	일본	NP0258	야파뢰포
표류	공간	일본	NP0259	약송포
표류	공간	조선	NP0260	양부
표류	공간	조선	NP0261	양산

project	class	group	gid	name
표류	공간	조선	NP0262	양산 사도
표류	공간	조선	NP0263	양성
표류	공간	조선	NP0264	양주
표류	공간	조선	NP0265	양하포
표류	공간	제주	NP0266	어등
표류	공간	일본	NP0267	여도
표류	공간	제주	NP0268	역돌
표류	공간	중국	NP0269	연주부
표류	공간	일본	NP0270	염전포
표류	공간	조선	NP0271	염포
표류	공간	조선	NP0272	영광
표류	공간	조선	NP0273	영덕
표류	공간	조선	NP0274	영덕 앞바다
표류	공간	제주	NP0275	영락
표류	공간	유구	NP0276	영량부도
표류	공간	중국	NP0277	영성현
표류	공간	조선	NP0278	영암
표류	공간	조선	NP0279	영암 도회관
표류	공간	조선	NP0280	영일
표류	공간	중국	NP0281	영파부
표류	공간	조선	NP0282	영해
표류	공간	일본	NP0283	오대포
표류	공간	일본	NP0284	오도
표류	공간	일본	NP0285	오도 사도지방
표류	공간	일본	NP0286	오도 옥강포
표류	공간	일본	NP0287	오도포
표류	공간	조선	NP0288	오리량 앞바다
표류	공간	일본	NP0289	오질포
표류	공간	일본	NP0290	옥강포
표류	공간	일본	NP0291	옥구도
표류	공간	일본	NP0292	옥진포
표류	공간	일본	NP0293	옥포촌
표류	공간	중국	NP0294	옥하관
표류	공간	제주	NP0295	온평
표류	공간	제주	NP0296	와흘
표류	공간	대마도	NP0297	완촌
표류	공간	조선	NP0298	왜관

project	class	group	gid	name
표류	공간	중국	NP0299	요동
표류	공간	일본	NP0300	우기도
표류	공간	제주	NP0301	우도
표류	공간	일본	NP0302	우룡포
표류	공간	제주	NP0303	우미
표류	공간	조선	NP0304	우암포
표류	공간	일본	NP0305	운주
표류	공간	조선	NP0306	울릉도
표류	공간	조선	NP0307	울산
표류	공간	조선	NP0308	울산 앞바다
표류	공간	조선	NP0309	울진
표류	공간	조선	NP0310	웅천
표류	공간	중국	NP0311	웅현
표류	공간	조선	NP0312	원산
표류	공간	일본	NP0313	원전포
표류	공간	조선	NP0314	원주
표류	공간	일본	NP0315	월도
표류	공간	유구	NP0316	유구
표류	공간	조선	NP0317	유등포
표류	공간	일본	NP0318	유황도
표류	공간	일본	NP0319	육련도
표류	공간	유구	NP0320	윤이
표류	공간	일본	NP0321	율야대포
표류	공간	일본	NP0322	율야포
표류	공간	일본	NP0323	융마주
표류	공간	일본	NP0324	은주
표류	공간	제주	NP0325	의귀
표류	공간	조선	NP0326	의신
표류	공간	조선	NP0327	의주
표류	공간	조선	NP0328	이견대 앞바다
표류	공간	제주	NP0329	이도
표류	공간	조선	NP0330	이성
표류	공간	대마도	NP0331	이신도마리
표류	공간	조선	NP0332	이진
표류	공간	조선	NP0333	이화진
표류	공간	조선	NP0334	익산
표류	공간	제주	NP0335	일과

project	class	group	gid	name
표류	공간	제주	NP0336	일귀
표류	공간	일본	NP0337	일기도
표류	공간	제주	NP0338	일도
표류	공간	일본	NP0339	일본
표류	공간	일본	NP0340	일본 미도
표류	공간	일본	NP0341	일본 사도
표류	공간	일본	NP0342	일본 장기
표류	공간	조선	NP0343	일산포
표류	공간	조선	NP0344	일산포 앞바다
표류	공간	조선	NP0345	임곡포
표류	공간	조선	NP0346	임피
표류	공간	제주	NP0347	입석
표류	공간	제주	NP0348	잠수
표류	공간	조선	NP0349	장고향곶
표류	공간	조선	NP0350	장기
표류	공간	조선	NP0351	장기 앞바다
표류	공간	일본	NP0352	장기포
표류	공간	일본	NP0353	장길포
표류	공간	일본	NP0354	장문주
표류	공간	일본	NP0355	장문주 대포
표류	공간	일본	NP0356	장문주부중
표류	공간	일본	NP0357	장빈
표류	공간	중국	NP0358	장사진
표류	공간	조선	NP0359	장승포
표류	공간	조선	NP0360	장자도
표류	공간	일본	NP0361	장주
표류	공간	중국	NP0362	장주현
표류	공간	조선	NP0363	장진
표류	공간	중국	NP0364	장청현
표류	공간	조선	NP0365	장포
표류	공간	조선	NP0366	장흥
표류	공간	조선	NP0367	저전포
표류	공간	제주	NP0368	저지
표류	공간	대마도	NP0369	전기포
표류	공간	일본	NP0370	전도마도
표류	공간	조선	NP0371	전라
표류	공간	일본	NP0372	전만포

project	class	group	gid	name
표류	공간	일본	NP0373	전포
표류	공간	중국	NP0374	절강성
표류	공간	조선	NP0375	절영도
표류	공간	조선	NP0376	절영도 앞바다
표류	공간	제주	NP0377	정의
표류	공간	중국	NP0378	정해
표류	공간	제주	NP0379	제주
표류	공간	제주	NP0380	제주 두모리
표류	공간	제주	NP0381	제주 두모포
표류	공간	제주	NP0382	제주 삼도리
표류	공간	조선	NP0383	제포
표류	공간	중국	NP0384	제해현
표류	공간	조선	NP0385	조라포
표류	공간	일본	NP0386	조락포
표류	공간	조선	NP0387	조선
표류	공간	제주	NP0388	조천
표류	공간	일본	NP0389	종기
표류	공간	일본	NP0390	종기포
표류	공간	제주	NP0391	종달
표류	공간	조선	NP0392	종포
표류	공간	대마도	NP0393	좌수내포
표류	공간	조선	NP0394	좌수영
표류	공간	일본	NP0395	좌수포
표류	공간	조선	NP0396	좌자천
표류	공간	대마도	NP0397	좌포
표류	공간	일본	NP0398	좌하도
표류	공간	대마도	NP0399	좌호
표류	공간	대마도	NP0400	좌호경태포
표류	공간	대마도	NP0401	좌호군지포
표류	공간	대마도	NP0402	좌호주포
표류	공간	대마도	NP0403	주수포
표류	공간	조선	NP0404	주지도
표류	공간	대마도	NP0405	주포
표류	공간	조선	NP0406	죽변 앞바다
표류	공간	일본	NP0407	죽자도
표류	공간	일본	NP0408	준주
표류	공간	중국	NP0409	중국

project	class	group	gid	name
표류	공간	중국	NP0410	중국 수구역
표류	공간	중국	NP0411	중국 영평현
표류	공간	제주	NP0412	중대
표류	공간	일본	NP0413	중도
표류	공간	유구	NP0414	중산부
표류	공간	제주	NP0416	중엄
표류	공간	일본	NP0417	증도
표류	공간	대마도	NP0418	지다류포
표류	공간	대마도	NP0419	지다하포
표류	공간	일본	NP0420	지도
표류	공간	조선	NP0421	지세포
표류	공간	조선	NP0422	지천
표류	공간	중국	NP0423	지하포
표류	공간	조선	NP0424	직산
표류	공간	일본	NP0425	진간포
표류	공간	중국	NP0426	진강부
표류	공간	중국	NP0427	진강현
표류	공간	중국	NP0428	진강현 관청
표류	공간	조선	NP0429	진도
표류	공간	조선	NP0430	진주
표류	공간	조선	NP0431	진포
표류	공간	조선	NP0432	진해
표류	공간	제주	NP0433	차귀
표류	공간	일본	NP0434	차아도
표류	공간	조선	NP0435	창암진
표류	공간	조선	NP0436	창원
표류	공간	일본	NP0437	천고포
표류	공간	대마도	NP0438	천심조포
표류	공간	중국	NP0439	천진 항구
표류	공간	대마도	NP0440	천포
표류	공간	일본	NP0441	천하촌
표류	공간	중국	NP0442	청강현
표류	공간	일본	NP0443	청방촌
표류	공간	일본	NP0444	청방촌 촌사
표류	공간	조선	NP0445	청하
표류	공간	일본	NP0446	청해도
표류	공간	중국	NP0447	청해현

project	class	group	gid	name
표류	공간	조선	NP0448	초량
표류	공간	제주	NP0449	추자도
표류	공간	제주	NP0450	추자도 앞바다
표류	공간	조선	NP0451	축산포
표류	공간	조선	NP0452	축산포 앞바다
표류	공간	일본	NP0453	축전주
표류	공간	일본	NP0455	축전주 대도
표류	공간	일본	NP0456	출운주
표류	공간	일본	NP0457	충도
표류	공간	조선	NP0458	칠원
표류	공간	조선	NP0459	칠천도
표류	공간	조선	NP0460	통영
표류	공간	일본	NP0461	파진포
표류	공간	일본	NP0462	패진촌
표류	공간	제주	NP0463	평대
표류	공간	조선	NP0464	평산포
표류	공간	조선	NP0465	평해
표류	공간	조선	NP0466	평해 앞바다
표류	공간	일본	NP0467	평호도
표류	공간	일본	NP0468	평호생려도
표류	공간	일본	NP0469	평호월도
표류	공간	일본	NP0470	평호포
표류	공간	제주	NP0471	표선
표류	공간	조선	NP0472	풍덕포
표류	공간	대마도	NP0473	풍포
표류	공간	제주	NP0474	하가
표류	공간	제주	NP0475	하대
표류	공간	조선	NP0476	하동
표류	공간	제주	NP0477	하모
표류	공간	일본	NP0478	하산도
표류	공간	일본	NP0479	하이
표류	공간	조선	NP0480	하죽
표류	공간	유구	NP0481	학도
표류	공간	조선	NP0482	한강
표류	공간	일본	NP0483	한박포
표류	공간	조선	NP0484	한산도
표류	공간	조선	NP0485	한양

project	class	group	gid	name
표류	공간	제주	NP0486	함덕
표류	공간	조선	NP0487	항도
표류	공간	중국	NP0488	항주
표류	공간	중국	NP0489	해구관
표류	공간	조선	NP0490	해남
표류	공간	조선	NP0491	해남 도회관
표류	공간	중국	NP0492	해도
표류	공간	조선	NP0493	해미
표류	공간	중국	NP0494	해방분처부
표류	공간	중국	NP0495	해암
표류	공간	조선	NP0496	해암 앞바다
표류	공간	조선	NP0497	해운대
표류	공간	조선	NP0498	해운대 앞바다
표류	공간	일본	NP0499	행주포
표류	공간	일본	NP0500	향강포
표류	공간	일본	NP0501	향진
표류	공간	일본	NP0502	향진포
표류	공간	중국	NP0503	향항도
표류	공간	일본	NP0504	현계도
표류	공간	조선	NP0505	혈암 앞바다
표류	공간	조선	NP0506	협서리 앞바다
표류	공간	제주	NP0507	협재
표류	공간	중국	NP0508	혜안현
표류	공간	조선	NP0509	호남
표류	공간	일본	NP0510	화가대도
표류	공간	제주	NP0511	화북
표류	공간	제주	NP0512	화순
표류	공간	조선	NP0513	화염포
표류	공간	조선	NP0514	화염포 앞바다
표류	공간	대마도	NP0515	화천포
표류	공간	일본	NP0516	화합포
표류	공간	일본	NP0517	황파호포
표류	공간	중국	NP0518	황하구
표류	공간	대마도	NP0519	회포
표류	공간	제주	NP0520	흑산도
표류	공간	조선	NP0521	흥양
표류	공간	조선	NP0522	흥해

project	class	group	gid	name
표류	공간	일본	NP0600	일본 동포
표류	공간	일본	NP0601	살주 영량부도
표류	공간	기타	NP9001	바다
표류	공간	기타	NP9002	선박
표류	공간	기타	NP9003	어느 포구
표류	공간	기타	NP9004	관하 포구
표류	공간	기타	NP9005	수험소
표류	공간	중국	NP0602	나패포
표류	공간	조선	NP0603	부산창
표류	공간	중국	NP0604	대만 총독부
표류	공간	중국	NP0605	상해 항구
표류	공간	중국	NP0606	등산포
표류	공간	조선	NP0607	부산 앞바다
표류	공간	제주	NP0608	군산포
표류	공간	제주	NP0609	귀일포
표류	공간	중국	NP0610	복건성 관사
표류	공간	중국	NP0611	소송진
표류	공간	중국	NP0612	천진교
표류	공간	중국	NP0613	초란도
표류	공간	중국	NP0614	우두외양
표류	공간	중국	NP0615	도저소
표류	공간	중국	NP0616	건도소
표류	공간	중국	NP0617	중국 영해현
표류	공간	중국	NP0618	중국 양주부
표류	공간	중국	NP0619	회안부
표류	공간	유구	NP0620	나하
표류	공간	조선	NP0621	동래 앞바다
표류	공간	중국	NP0622	서주
표류	공간	중국	NP0623	연주부
표류	공간	중국	NP0624	제녕주
표류	공간	중국	NP0625	동창부
표류	공간	중국	NP0626	덕주
표류	공간	중국	NP0627	창주
표류	공간	중국	NP0628	천진
표류	공간	중국	NP0629	옥전현
표류	공간	중국	NP0630	영평부성
표류	공간	중국	NP0631	석하

project	class	group	gid	name
표류	공간	중국	NP0632	산해관
표류	공간	일본	NP0634	지기도
표류	공간	일본	NP0635	남도포
표류	공간	일본	NP0636	당백포
표류	공간	일본	NP0637	백도
표류	공간	일본	NP0638	호자도
표류	공간	일본	NP0639	삼율도
표류	공간	일본	NP0640	서도
표류	공간	일본	NP0641	도마치
표류	공간	일본	NP0642	복전포
표류	공간	대마도	NP0643	화전촌
표류	공간	대마도	NP0644	대풍소
표류	공간	조선	NP0645	천성진
표류	공간	조선	NP0646	해남 앞바다
표류	공간	조선	NP0647	대둔사
표류	공간	조선	NP0648	우이도
표류	공간	조선	NP0649	흑산도 앞바다
표류	공간	유구	NP0650	양관촌
표류	공간	유구	NP0651	우금촌
표류	공간	유구	NP0652	양영부
표류	공간	유구	NP0653	입사도
표류	공간	유구	NP0654	백촌
표류	공간	유구	NP0655	마치산도
표류	공간	필리핀	NP0656	서남 마의
표류	공간	필리핀	NP0657	일노미
표류	공간	마카오	NP0658	오문
표류	공간	중국	NP0659	향산현
표류	공간	중국	NP0660	광동
표류	공간	중국	NP0661	오관
표류	공간	중국	NP0662	보창현
표류	공간	중국	NP0663	매령
표류	공간	중국	NP0664	남안부
표류	공간	중국	NP0665	강주부
표류	공간	중국	NP0666	강서부
표류	공간	중국	NP0667	상원현
표류	공간	중국	NP0668	무호현
표류	공간	중국	NP0669	삼보

project	class	group	gid	name
표류	공간	중국	NP0670	회음관
표류	공간	중국	NP0671	산동계
표류	공간	중국	NP0672	책문
표류	공간	조선	NP0673	다경포
표류	공간	일본	NP0674	레분도
표류	공간	일본	NP0675	소유야
표류	공간	일본	NP0676	우보여
표류	공간	일본	NP0677	진경
표류	공간	일본	NP0678	강호
표류	공간	일본	NP0679	대판성
표류	공간	일본	NP0680	병고보
표류	공간	일본	NP0681	하관
표류	공간	일본	NP0682	적간관
표류	공간	일본	NP0683	승본도
표류	공간	일본	NP0684	팔도
표류	공간	일본	NP0685	단포
표류	공간	조선	NP0686	다대포 앞바다
표류	공간	일본	NP0687	뇌호포
표류	공간	조선	NP0688	소리도 앞바다
표류	공간	조선	NP0689	강진 앞바다
표류	공간	조선	NP0690	기장 비옥포 앞바다
표류	공간	대마도	NP0691	대마도 관부 항구
표류	공간	중국	NP0692	자계현
표류	공간	중국	NP0693	여요현
표류	공간	중국	NP0694	소흥부
표류	공간	중국	NP0695	서흥역
표류	공간	중국	NP0696	숭덕현
표류	공간	중국	NP0697	가흥부
표류	공간	중국	NP0698	오강현
표류	공간	중국	NP0699	상주부
표류	공간	중국	NP0700	양자강
표류	공간	중국	NP0701	중국 청하
표류	공간	유구	NP0702	소내도
표류	공간	유구	NP0703	패돌마도
표류	공간	유구	NP0704	발내이도
표류	공간	유구	NP0705	후이시마도
표류	공간	유구	NP0706	탈라마도

project	class	group	gid	name
표류	공간	유구	NP0707	이라파도
표류	공간	유구	NP0708	패라미고도
표류	공간	일본	NP0709	빙골
표류	공간	일본	NP0710	박다
표류	공간	조선	NP0711	영해 앞바다
표류	공간	일본	NP0712	진옥기포
표류	공간	조선	NP0713	흡곡
표류	공간	조선	NP0714	흡곡 앞바다
표류	공간	조선	NP0715	서면홀
표류	공간	조선	NP0716	백도 앞바다
표류	공간	조선	NP0717	경주 앞바다
표류	공간	조선	NP0718	규전포
표류	공간	조선	NP0719	가덕진 앞바다
표류	공간	조선	NP0720	유포
표류	공간	중국	NP0721	강소성
표류	공간	일본	NP0722	북해도
표류	공간	제주	NP0723	사서도
표류	공간	중국	NP0724	산동성
표류	공간	중국	NP0725	산서성
표류	공간	조선	NP0726	신안
표류	공간	중국	NP0727	하북성
표류	공간	중국	NP0728	강남성
표류	공간	일본	NP0729	동경
표류	공간	마카오	NP0730	마카오반도
표류	공간	조선	NP0731	부산
표류	공간	조선	NP0732	삼척
표류	공간	조선	NP0733	여수
표류	공간	중국	NP0734	요녕성
표류	공간	일본	NP0735	청삼
표류	공간	유구	NP0736	경양간도
표류	공간	유구	NP0737	엄미대도
표류	공간	조선	NP0738	고부
표류	공간	제주	NP0739	도련리
표류	공간	제주	NP0740	배령리
표류	공간	제주	NP0741	서명리

R) 공간-공간

source-id	name	target-id	name	relation
NP0001	가덕도 앞바다	NP0002	가덕진	isPartOf
NP0175	사일진	NP0732	삼척	isPartOf
NP0606	등산포	NP0728	강남성	isPartOf
NP0013	강릉 앞바다	NP0012	강릉	isPartOf
NP0252	안인	NP0012	강릉	isPartOf
NP0358	장사진	NP0721	강소성	isPartOf
NP0362	장주현	NP0721	강소성	isPartOf
NP0178	산양현	NP0721	강소성	isPartOf
NP0217	소주	NP0721	강소성	isPartOf
NP0220	송강포	NP0721	강소성	isPartOf
NP0121	만호도	NP0721	강소성	isPartOf
NP0618	중국 양주부	NP0721	강소성	isPartOf
NP0619	회안부	NP0721	강소성	isPartOf
NP0622	서주	NP0721	강소성	isPartOf
NP0667	상원현	NP0721	강소성	isPartOf
NP0669	삼보	NP0721	강소성	isPartOf
NP0670	회음관	NP0721	강소성	isPartOf
NP0698	오강현	NP0721	강소성	isPartOf
NP0699	상주부	NP0721	강소성	isPartOf
NP0700	양자강	NP0721	강소성	isPartOf
NP0015	강진 도회관	NP0014	강진	isPartOf
NP0004	가리포	NP0014	강진	isPartOf
NP0068	남당	NP0014	강진	isPartOf
NP0265	양하포	NP0014	강진	isPartOf
NP0243	신지도	NP0014	강진	isPartOf
NP0689	강진 앞바다	NP0014	강진	isPartOf
NP0365	장포	NP0020	거제	isPartOf
NP0055	금오포	NP0020	거제	isPartOf
NP0021	거제 앞바다	NP0020	거제	isPartOf
NP0459	칠천도	NP0020	거제	isPartOf
NP0484	한산도	NP0020	거제	isPartOf
NP0029	경길 앞바다	NP0307	울산	isPartOf
NP0655	마치산도	NP0736	경양간도	isPartOf
NP0009	감포 앞바다	NP0031	경주	isPartOf
NP0010	감포진	NP0031	경주	isPartOf
NP0513	화염포	NP0031	경주	isPartOf

source-id	name	target-id	name	relation
NP0514	화염포 앞바다	NP0031	경주	isPartOf
NP0231	수영포 앞바다	NP0031	경주	isPartOf
NP0363	장진	NP0031	경주	isPartOf
NP0328	이견대 앞바다	NP0031	경주	isPartOf
NP0717	경주 앞바다	NP0031	경주	isPartOf
NP0040	광동 앞바다	NP0660	광동	isPartOf
NP0082	당산포	NP0660	광동	isPartOf
NP0503	향항도	NP0660	광동	isPartOf
NP0659	향산현	NP0660	광동성	isPartOf
NP0661	오관	NP0660	광동성	isPartOf
NP0662	보창현	NP0660	광동성	isPartOf
NP0663	매령	NP0660	광동성	isPartOf
NP0708	패라미고도	NP0051	구호도	isPartOf
NP0058	기장 두모포	NP0057	기장	isPartOf
NP0059	기장 앞바다	NP0057	기장	isPartOf
NP0060	기장포	NP0057	기장	isPartOf
NP0162	비곡포	NP0057	기장	isPartOf
NP0690	기장 비옥포 앞바다	NP0057	기장	isPartOf
NP0123	명지도	NP0062	김해	isPartOf
NP0138	범동포	NP0062	김해	isPartOf
NP0174	사암추 앞바다	NP0062	김해	isPartOf
NP0602	나패포	NP0620	나하	isPartOf
NP0360	장자도	NP0066	낙안	isPartOf
NP0034	곡포	NP0072	남해	isPartOf
NP0643	화전촌	NP0090	대마도	isPartOf
NP0644	대풍소	NP0090	대마도	isPartOf
NP0691	대마도 관부 항구	NP0090	대마도	isPartOf
NP0109	도원포	NP0108	도원	isPartOf
NP0678	강호	NP0729	동경	isPartOf
NP0115	동래부 좌수영	NP0114	동래	isPartOf
NP0176	사천	NP0114	동래	isPartOf
NP0070	남천	NP0114	동래	isPartOf
NP0497	해운대	NP0114	동래	isPartOf
NP0498	해운대 앞바다	NP0114	동래	isPartOf
NP0448	초량	NP0114	동래	isPartOf
NP0304	우암포	NP0114	동래	isPartOf

source-id	name	target-id	name	relation
NP0288	오리량 앞바다	NP0114	동래	isPartOf
NP0394	좌수영	NP0114	동래	isPartOf
NP0621	동래 앞바다	NP0114	동래	isPartOf
NP0658	오문	NP0730	마카오반도	isPartOf
NP0129	무주	NP0142	별방	isPartOf
NP0148	복정현	NP0146	복건성	isPartOf
NP0149	복청현	NP0146	복건성	isPartOf
NP0150	본분부	NP0146	복건성	isPartOf
NP0117	동포	NP0146	복건성	isPartOf
NP0096	대만현	NP0146	복건성	isPartOf
NP0427	진강현	NP0146	복건성	isPartOf
NP0428	진강현 관청	NP0146	복건성	isPartOf
NP0489	해구관	NP0146	복건성	isPartOf
NP0508	혜안현	NP0146	복건성	isPartOf
NP0494	해방분처부	NP0146	복건성	isPartOf
NP0038	공산도	NP0146	복건성	isPartOf
NP0235	숭무진	NP0146	복건성	isPartOf
NP0610	복건성 관사	NP0146	복건성	isPartOf
NP0664	남안부	NP0146	복건성	isPartOf
NP0298	왜관	NP0731	부산	isPartOf
NP0396	좌자천	NP0731	부산	isPartOf
NP0375	절영도	NP0731	부산	isPartOf
NP0376	절영도 앞바다	NP0731	부산	isPartOf
NP0126	몰운대 앞바다	NP0731	부산	isPartOf
NP0127	무산	NP0731	부산	isPartOf
NP0155	부산성	NP0731	부산	isPartOf
NP0156	부산진	NP0731	부산	isPartOf
NP0603	부산창	NP0731	부산	isPartOf
NP0607	부산 앞바다	NP0731	부산	isPartOf
NP0686	다대포 앞바다	NP0731	부산	isPartOf
NP0294	옥하관	NP0158	북경	isPartOf
NP0226	송전	NP0722	북해도	isPartOf
NP0674	레분도	NP0722	북해도	isPartOf
NP0675	소유야	NP0722	북해도	isPartOf
NP0676	우보여	NP0722	북해도	isPartOf
NP0253	안천평산	NP0163	비전	isPartOf
NP0300	우기도	NP0163	비전	isPartOf

source-id	name	target-id	name	relation
NP0285	오도 사도지방	NP0163	비전	isPartOf
NP0287	오도포	NP0163	비전	isPartOf
NP0284	오도	NP0163	비전	isPartOf
NP0352	장기포	NP0163	비전	isPartOf
NP0373	전포	NP0163	비전	isPartOf
NP0163	비전주	NP0163	비전	isPartOf
NP0164	비전주 반도	NP0163	비전	isPartOf
NP0165	비전주 우구도	NP0163	비전	isPartOf
NP0218	소치	NP0163	비전	isPartOf
NP0470	평호포	NP0163	비전	isPartOf
NP0467	평호도	NP0163	비전	isPartOf
NP0637	백도	NP0163	비전	isPartOf
NP0638	호자도	NP0163	비전	isPartOf
NP0171	사서도 앞바다	NP0723	사서도	isPartOf
NP0173	사수천 항구	NP0172	사수천	isPartOf
NP0204	성산지	NP0724	산동성	isPartOf
NP0384	제해현	NP0724	산동성	isPartOf
NP0364	장청현	NP0724	산동성	isPartOf
NP0277	영성현	NP0724	산동성	isPartOf
NP0624	제녕주	NP0724	산동성	isPartOf
NP0625	동창부	NP0724	산동성	isPartOf
NP0626	덕주	NP0724	산동성	isPartOf
NP0671	산동계	NP0724	산동성	isPartOf
NP0241	신장현	NP0725	산서성	isPartOf
NP0242	신장현 관부	NP0725	산서성	isPartOf
NP0276	영량부도	NP0180	살마	isPartOf
NP0291	옥구도	NP0180	살마	isPartOf
NP0341	일본 사도	NP0180	살마	isPartOf
NP0318	유황도	NP0180	살마	isPartOf
NP0323	융마주	NP0180	살마	isPartOf
NP0417	증도	NP0180	살마	isPartOf
NP0180	살마주	NP0180	살마	isPartOf
NP0601	살주 영량부도	NP0180	살마	isPartOf
NP0160	북평	NP0732	삼척	isPartOf
NP0431	진포	NP0732	삼척	isPartOf
NP0234	숭명현	NP0186	상해	isPartOf
NP0605	상해 항구	NP0186	상해	isPartOf

source-id	name	target-id	name	relation
NP0611	소송진	NP0186	상해	isPartOf
NP0612	천진교	NP0186	상해	isPartOf
NP0665	강주부	NP0186	상해	isPartOf
NP0198	서촌	NP0200	석견	isPartOf
NP0200	석견주	NP0200	석견	isPartOf
NP0201	석견주 대포	NP0200	석견	isPartOf
NP0170	빈전포	NP0200	석견	isPartOf
NP0084	당종포	NP0200	석견	isPartOf
NP0117	동포	NP0200	석견	isPartOf
NP0516	화합포	NP0200	석견	isPartOf
NP0006	가좌포	NP0200	석견	isPartOf
NP0048	구성포	NP0200	석견	isPartOf
NP0087	대곡포	NP0200	석견	isPartOf
NP0225	송원촌	NP0200	석견	isPartOf
NP0270	염전포	NP0200	석견	isPartOf
NP0357	장빈	NP0200	석견	isPartOf
NP0425	진간포	NP0200	석견	isPartOf
NP0600	일본 동포	NP0200	석견	isPartOf
NP0208	세화포	NP0207	세화	isPartOf
NP0487	항도	NP0233	순천	isPartOf
NP0385	조라포	NP0233	순천	isPartOf
NP0392	종포	NP0233	순천	isPartOf
NP0359	장승포	NP0233	순천	isPartOf
NP0613	초란도	NP0726	신안	isPartOf
NP0648	우이도	NP0726	신안	isPartOf
NP0649	흑산도 앞바다	NP0726	신안	isPartOf
NP0262	양산 사도	NP0261	양산	isPartOf
NP0079	니포	NP0261	양산	isPartOf
NP0650	양관촌	NP0737	엄미대도	isPartOf
NP0651	우금촌	NP0737	엄미대도	isPartOf
NP0189	서근도 앞바다	NP0733	여수	isPartOf
NP0688	소리도 앞바다	NP0733	여수	isPartOf
NP0673	다경포	NP0272	영광	isPartOf
NP0213	소아진	NP0273	영덕	isPartOf
NP0274	영덕 앞바다	NP0273	영덕	isPartOf
NP0279	영암 도회관	NP0278	영암	isPartOf
NP0238	시포	NP0278	영암	isPartOf

source-id	name	target-id	name	relation
NP0332	이진	NP0278	영암	isPartOf
NP0404	주지도	NP0278	영암	isPartOf
NP0214	소안도	NP0278	영암	isPartOf
NP0215	소안도 앞바다	NP0278	영암	isPartOf
NP0192	서안도 앞바다	NP0278	영암	isPartOf
NP0160	북평	NP0278	영암	isPartOf
NP0147	복길도 앞바다	NP0278	영암	isPartOf
NP0074	노아도	NP0278	영암	isPartOf
NP0221	송내진	NP0280	영일	isPartOf
NP0345	임곡포	NP0280	영일	isPartOf
NP0224	송로진	NP0280	영일	isPartOf
NP0260	양부	NP0282	영해	isPartOf
NP0451	축산포	NP0282	영해	isPartOf
NP0452	축산포 앞바다	NP0282	영해	isPartOf
NP0022	건달진	NP0282	영해	isPartOf
NP0711	영해 앞바다	NP0282	영해	isPartOf
NP0005	가시로락포	NP0284	오도	isPartOf
NP0069	남도	NP0284	오도	isPartOf
NP0434	차아도	NP0284	오도	isPartOf
NP0462	패진촌	NP0284	오도	isPartOf
NP0443	청방촌	NP0284	오도	isPartOf
NP0444	청방촌 촌사	NP0284	오도	isPartOf
NP0196	서진포	NP0284	오도	isPartOf
NP0177	사포	NP0284	오도	isPartOf
NP0182	삼정락촌	NP0284	오도	isPartOf
NP0073	내류도	NP0284	오도	isPartOf
NP0097	대보촌	NP0284	오도	isPartOf
NP0100	대이후촌	NP0284	오도	isPartOf
NP0152	부강읍 부근 포구	NP0284	오도	isPartOf
NP0267	여도	NP0284	오도	isPartOf
NP0227	송포	NP0284	오도	isPartOf
NP0292	옥진포	NP0284	오도	isPartOf
NP0293	옥포촌	NP0284	오도	isPartOf
NP0286	오도 옥강포	NP0284	오도	isPartOf
NP0289	오질포	NP0284	오도	isPartOf
NP0290	옥강포	NP0284	오도	isPartOf
NP0353	장길포	NP0284	오도	isPartOf

source-id	name	target-id	name	relation
NP0398	좌하도	NP0284	오도	isPartOf
NP0386	조락포	NP0284	오도	isPartOf
NP0299	요동	NP0734	요녕성	isPartOf
NP0247	심양	NP0734	요녕성	isPartOf
NP0672	책문	NP0734	요녕성	isPartOf
NP0271	염포	NP0307	울산	isPartOf
NP0343	일산포	NP0307	울산	isPartOf
NP0344	일산포 앞바다	NP0307	울산	isPartOf
NP0308	울산 앞바다	NP0307	울산	isPartOf
NP0317	유등포	NP0307	울산	isPartOf
NP0367	저전포	NP0307	울산	isPartOf
NP0137	방어진	NP0307	울산	isPartOf
NP0098	대복성포	NP0307	울산	isPartOf
NP0191	서생포	NP0307	울산	isPartOf
NP0205	성황당	NP0307	울산	isPartOf
NP0212	소복성포	NP0307	울산	isPartOf
NP0505	혈암 앞바다	NP0307	울산	isPartOf
NP0018	개운포	NP0307	울산	isPartOf
NP0039	곶진	NP0307	울산	isPartOf
NP0720	유포	NP0307	울산	isPartOf
NP0406	죽변 앞바다	NP0309	울진	isPartOf
NP0251	안골포	NP0310	웅천	isPartOf
NP0472	풍덕포	NP0310	웅천	isPartOf
NP0645	천성진	NP0310	웅천	isPartOf
NP0719	가덕진 앞바다	NP0310	웅천	isPartOf
NP0408	준주	NP0324	은주	isPartOf
NP0107	도량포	NP0337	일기도	isPartOf
NP0349	장고향곶	NP0350	장기	isPartOf
NP0351	장기 앞바다	NP0350	장기	isPartOf
NP0183	삼정진	NP0350	장기	isPartOf
NP0036	골천 앞바다	NP0350	장기	isPartOf
NP0506	협서리 앞바다	NP0350	장기	isPartOf
NP0435	창암진	NP0350	장기	isPartOf
NP0634	지기도	NP0342	일본 장기	isPartOf
NP0639	삼율도	NP0342	일본 장기	isPartOf
NP0640	서도	NP0342	일본 장기	isPartOf
NP0641	도마치	NP0342	일본 장기	isPartOf

source-id	name	target-id	name	relation
NP0642	복전포	NP0342	일본 장기	isPartOf
NP0683	승본도	NP0342	일본 장기	isPartOf
NP0687	뇌호포	NP0342	일본 장기	isPartOf
NP0709	빙골	NP0342	일본 장기	isPartOf
NP0437	천고포	NP0354	장문	isPartOf
NP0446	청해도	NP0354	장문	isPartOf
NP0501	향진	NP0354	장문	isPartOf
NP0478	하산도	NP0354	장문	isPartOf
NP0024	견도	NP0354	장문	isPartOf
NP0007	각도	NP0354	장문	isPartOf
NP0517	황파호포	NP0354	장문	isPartOf
NP0050	구진포	NP0354	장문	isPartOf
NP0063	나가토	NP0354	장문	isPartOf
NP0181	삼도	NP0354	장문	isPartOf
NP0167	비중포	NP0354	장문	isPartOf
NP0168	비포	NP0354	장문	isPartOf
NP0169	빈기	NP0354	장문	isPartOf
NP0194	서의 앞바다	NP0354	장문	isPartOf
NP0209	소곶포진	NP0354	장문	isPartOf
NP0216	소전포	NP0354	장문	isPartOf
NP0102	대평포	NP0354	장문	isPartOf
NP0099	대양군	NP0354	장문	isPartOf
NP0077	뇌호기	NP0354	장문	isPartOf
NP0078	뇌호기포	NP0354	장문	isPartOf
NP0134	박기	NP0354	장문	isPartOf
NP0354	장문주	NP0354	장문	isPartOf
NP0355	장문주 대포	NP0354	장문	isPartOf
NP0356	장문주부중	NP0354	장문	isPartOf
NP0361	장주	NP0354	장문	isPartOf
NP0319	육련도	NP0354	장문	isPartOf
NP0321	율야대포	NP0354	장문	isPartOf
NP0322	율야포	NP0354	장문	isPartOf
NP0237	시옥포	NP0354	장문	isPartOf
NP0246	실진포	NP0354	장문	isPartOf
NP0258	야파뢰포	NP0354	장문	isPartOf
NP0283	오대포	NP0354	장문	isPartOf
NP0407	죽자도	NP0354	장문	isPartOf

source-id	name	target-id	name	relation
NP0413	중도	NP0354	장문	isPartOf
NP0372	전만포	NP0354	장문	isPartOf
NP0249	아천진	NP0354	장문	isPartOf
NP0502	향진포	NP0354	장문	isPartOf
NP0422	지천	NP0366	장흥	isPartOf
NP0423	지하포	NP0374	절강성	isPartOf
NP0378	정해	NP0374	절강성	isPartOf
NP0269	연주부	NP0374	절강성	isPartOf
NP0281	영파부	NP0374	절강성	isPartOf
NP0488	항주	NP0374	절강성	isPartOf
NP0202	석포진	NP0374	절강성	isPartOf
NP0193	서안현	NP0374	절강성	isPartOf
NP0185	상산현	NP0374	절강성	isPartOf
NP0614	우두외양	NP0374	절강성	isPartOf
NP0615	도저소	NP0374	절강성	isPartOf
NP0616	건도소	NP0374	절강성	isPartOf
NP0617	중국 영해현	NP0374	절강성	isPartOf
NP0692	자계현	NP0374	절강성	isPartOf
NP0693	여요현	NP0374	절강성	isPartOf
NP0694	소흥부	NP0374	절강성	isPartOf
NP0695	서흥역	NP0374	절강성	isPartOf
NP0696	숭덕현	NP0374	절강성	isPartOf
NP0697	가흥부	NP0374	절강성	isPartOf
NP0381	제주 두모포	NP0380	제주 두모리	isPartOf
NP0315	월도	NP0453	축전주	isPartOf
NP0400	좌호경태포	NP0399	좌호	isPartOf
NP0401	좌호군지포	NP0399	좌호	isPartOf
NP0402	좌호주포	NP0399	좌호	isPartOf
NP0326	의신	NP0429	진도	isPartOf
NP0052	굴포	NP0429	진도	isPartOf
NP0042	구강	NP0436	창원	isPartOf
NP0043	구강 앞바다	NP0436	창원	isPartOf
NP0439	천진 항구	NP0628	천진	isPartOf
NP0701	중국 청하	NP0628	천진	isPartOf
NP0677	진경	NP0735	청삼	isPartOf
NP0019	개포	NP0445	청하	isPartOf
NP0450	추자도 앞바다	NP0449	추자도	isPartOf

source-id	name	target-id	name	relation
NP0457	충도	NP0453	축전	isPartOf
NP0461	파진포	NP0453	축전	isPartOf
NP0455	축전주 대도	NP0453	축전	isPartOf
NP0483	한박포	NP0453	축전	isPartOf
NP0499	행주포	NP0453	축전	isPartOf
NP0504	현계도	NP0453	축전	isPartOf
NP0081	당박포	NP0453	축전	isPartOf
NP0199	서포	NP0453	축전	isPartOf
NP0259	약송포	NP0453	축전	isPartOf
NP0239	신궁포	NP0453	축전	isPartOf
NP0420	지도	NP0453	축전	isPartOf
NP0389	종기	NP0453	축전	isPartOf
NP0390	종기포	NP0453	축전	isPartOf
NP0635	남도포	NP0453	축전	isPartOf
NP0636	당백포	NP0453	축전	isPartOf
NP0710	박다	NP0453	축전	isPartOf
NP0712	진옥기포	NP0453	축전	isPartOf
NP0302	우룡포	NP0456	출운	isPartOf
NP0305	운주	NP0456	출운	isPartOf
NP0456	출운주	NP0456	출운	isPartOf
NP0441	천하촌	NP0456	출운	isPartOf
NP0026	겸포	NP0456	출운	isPartOf
NP0075	노포진	NP0456	출운	isPartOf
NP0466	평해 앞바다	NP0465	평해	isPartOf
NP0682	적간관	NP0681	하관	isPartOf
NP0311	옹현	NP0727	하북성	isPartOf
NP0627	창주	NP0727	하북성	isPartOf
NP0629	옥전현	NP0727	하북성	isPartOf
NP0630	영평부성	NP0727	하북성	isPartOf
NP0631	석하	NP0727	하북성	isPartOf
NP0632	산해관	NP0727	하북성	isPartOf
NP0491	해남 도회관	NP0490	해남	isPartOf
NP0646	해남 앞바다	NP0490	해남	isPartOf
NP0647	대둔사	NP0490	해남	isPartOf
NP0064	나리도	NP0521	흥양	isPartOf
NP0105	덕흥	NP0521	흥양	isPartOf
NP0120	마도	NP0521	흥양	isPartOf

source-id	name	target-id	name	relation
NP0118	두무치	NP0522	흥해	isPartOf
NP0713	흡곡	NP0012	강릉	isPartOf
NP0714	흡곡 앞바다	NP0713	흡곡	isPartOf
NP0715	서면홀	NP0072	남해	isPartOf
NP0716	백도 앞바다	NP0233	순천	isPartOf
NP0718	규전포	NP0307	울산	isPartOf

R) 사건1-공간

source-id	name	target-id	name	relation	type
E001	김태진(金泰振) 일행 표류사건	NP0511	제주 화북포	happenedAt	출해지
E001	김태진(金泰振) 일행 표류사건	NP0053	금리포	happenedAt	표착지
E001	김태진(金泰振) 일행 표류사건	NP0298	왜관	happenedAt	송환지
E001	김태진(金泰振) 일행 표류사건	NP0511	화북	happenedAt	귀환지
E002	김상로(金尙魯) 일행 표류사건	NP0257	제주목 애월포	happenedAt	출해지
E002	김상로(金尙魯) 일행 표류사건	NP0171	사서도 앞바다	happenedAt	표류지
E002	김상로(金尙魯) 일행 표류사건	NP0202	석포진	happenedAt	표착지
E002	김상로(金尙魯) 일행 표류사건	NP0327	의주	happenedAt	송환지
E002	김상로(金尙魯) 일행 표류사건	NP0388	조천	happenedAt	귀환지
E003	문경록(文京祿) 일행 표류사건	NP0511	제주 화북포	happenedAt	출해지
E003	문경록(文京祿) 일행 표류사건	NP0171	사서도 앞바다	happenedAt	표류지
E003	문경록(文京祿) 일행 표류사건	NP0284	오도	happenedAt	표착지
E003	문경록(文京祿) 일행 표류사건	NP0307	울산	happenedAt	송환지
E003	문경록(文京祿) 일행 표류사건	NP0511	화북	happenedAt	귀환지
E004	김영록(金永祿)	NP0171	사서도 앞바다	happenedAt	표류지

source-id	name	target-id	name	relation	type
	일행 표류사건				
E004	김영록(金永祿) 일행 표류사건	NP0227	송포	happenedAt	표착지
E004	김영록(金永祿) 일행 표류사건	NP0059	기장 앞바다	happenedAt	송환지
E004	김영록(金永祿) 일행 표류사건	NP0511	화북	happenedAt	귀환지
E005	안성훈(安成勳) 일행 표류사건	NP0303	제주 정의현 우미포(又尾浦)	happenedAt	출해지
E005	안성훈(安成勳) 일행 표류사건	NP0494	해방분처부	happenedAt	표착지
E005	안성훈(安成勳) 일행 표류사건	NP0327	의주	happenedAt	송환지
E005	안성훈(安成勳) 일행 표류사건	NP0388	조천	happenedAt	귀환지
E006	한명완(韓明完) 일행 표류사건	NP0301	우도	happenedAt	출해지
E006	한명완(韓明完) 일행 표류사건	NP0284	오도	happenedAt	표착지
E006	한명완(韓明完) 일행 표류사건	NP0156	부산진	happenedAt	송환지
E006	한명완(韓明完) 일행 표류사건	NP0388	조천	happenedAt	귀환지
E007	문내경(文乃敬) 일행 표류사건	NP0208	제주 세화포	happenedAt	출해지
E007	문내경(文乃敬) 일행 표류사건	NP0236	시라도	happenedAt	표착지
E007	문내경(文乃敬) 일행 표류사건	NP0156	부산진	happenedAt	송환지
E007	문내경(文乃敬) 일행 표류사건	NP0388	조천	happenedAt	귀환지
E008	임상일(任尙日) 일행 표류사건	NP0240	제주 신산포(新山浦)	happenedAt	출해지
E008	임상일(任尙日) 일행 표류사건	NP0481	학도	happenedAt	표착지
E008	임상일(任尙日) 일행 표류사건	NP0327	의주	happenedAt	송환지
E008	임상일(任尙日) 일행 표류사건	NP0511	화북	happenedAt	귀환지

source-id	name	target-id	name	relation	type
E009	서진행(徐辰行) 일행 표류사건	NP0193	서안현	happenedAt	표착지
E009	서진행(徐辰行) 일행 표류사건	NP0327	의주	happenedAt	송환지
E009	서진행(徐辰行) 일행 표류사건	NP0257	애월	happenedAt	귀환지
E010	이언진(李彦辰) 일행 표류사건	NP0284	오도	happenedAt	표착지
E010	이언진(李彦辰) 일행 표류사건	NP0156	부산진	happenedAt	송환지
E010	이언진(李彦辰) 일행 표류사건	NP0511	화북	happenedAt	귀환지
E011	고운학(高雲鶴) 일행 표류사건	NP0507	협재포	happenedAt	출해지
E011	고운학(高雲鶴) 일행 표류사건	NP0038	공산도	happenedAt	표착지
E011	고운학(高雲鶴) 일행 표류사건	NP0327	의주	happenedAt	송환지
E011	고운학(高雲鶴) 일행 표류사건	NP0511	화북	happenedAt	귀환지
E012	양명환(梁明煥) 일행 표류사건	NP0140	변막리	happenedAt	출해지
E012	양명환(梁明煥) 일행 표류사건	NP0291	옥구도	happenedAt	표착지
E012	양명환(梁明煥) 일행 표류사건	NP0365	장포	happenedAt	송환지
E012	양명환(梁明煥) 일행 표류사건	NP0511	화북	happenedAt	귀환지
E013	이덕량(李德良) 일행 표류사건	NP0214	영암군 소안도	happenedAt	출해지
E013	이덕량(李德良) 일행 표류사건	NP0171	사서도 앞바다	happenedAt	표류지
E013	이덕량(李德良) 일행 표류사건	NP0267	여도	happenedAt	표착지
E013	이덕량(李德良) 일행 표류사건	NP0156	부산진	happenedAt	송환지
E013	이덕량(李德良) 일행 표류사건	NP0511	화북	happenedAt	귀환지
E014	김종언(金宗彦)	NP0379	제주도	happenedAt	출해지

source-id	name	target-id	name	relation	type
	일행 표류사건				
E014	김종언(金宗彦) 일행 표류사건	NP0177	사포	happenedAt	표착지
E014	김종언(金宗彦) 일행 표류사건	NP0156	부산진	happenedAt	송환지
E014	김종언(金宗彦) 일행 표류사건	NP0511	화북	happenedAt	귀환지
E015	우광연(禹光連) 일행 표류사건	NP0284	오도	happenedAt	표착지
E015	우광연(禹光連) 일행 표류사건	NP0156	부산진	happenedAt	송환지
E015	우광연(禹光連) 일행 표류사건	NP0388	조천	happenedAt	귀환지
E016	양서홍(梁瑞洪) 일행 표류사건	NP0379	제주도	happenedAt	출해지
E016	양서홍(梁瑞洪) 일행 표류사건	NP0096	대만현	happenedAt	표착지
E016	양서홍(梁瑞洪) 일행 표류사건	NP0327	의주	happenedAt	송환지
E016	양서홍(梁瑞洪) 일행 표류사건	NP0388	조천	happenedAt	귀환지
E017	이자정(李子汀) 일행 표류사건	NP0214	영암군 소안도	happenedAt	출해지
E017	이자정(李子汀) 일행 표류사건	NP0171	사서도 앞바다	happenedAt	표류지
E017	이자정(李子汀) 일행 표류사건	NP0267	여도	happenedAt	표착지
E017	이자정(李子汀) 일행 표류사건	NP0088	대도	happenedAt	표착지
E017	이자정(李子汀) 일행 표류사건	NP0327	의주	happenedAt	송환지
E017	이자정(李子汀) 일행 표류사건	NP0388	조천	happenedAt	귀환지
E018	김응량(金應良) 일행 표류사건	NP0379	제주	happenedAt	출해지
E018	김응량(金應良) 일행 표류사건	NP0518	황하구	happenedAt	표착지
E018	김응량(金應良) 일행 표류사건	NP0327	의주	happenedAt	송환지

source-id	name	target-id	name	relation	type
E018	김응량(金應良) 일행 표류사건	NP0388	조천	happenedAt	귀환지
E019	이득광(李得光) 일행 표류사건	NP0011	충청도 은진현 강경포	happenedAt	출해지
E019	이득광(李得光) 일행 표류사건	NP0220	송강포	happenedAt	표착지
E019	이득광(李得光) 일행 표류사건	NP0327	의주	happenedAt	송환지
E019	이득광(李得光) 일행 표류사건	NP0388	조천	happenedAt	귀환지
E020	고봉익(高奉益) 일행 표류사건	NP0511	제주 화북포	happenedAt	출해지
E020	고봉익(高奉益) 일행 표류사건	NP0100	대이후촌	happenedAt	표착지
E020	고봉익(高奉益) 일행 표류사건	NP0020	거제	happenedAt	송환지
E020	고봉익(高奉益) 일행 표류사건	NP0257	애월	happenedAt	귀환지
E021	이관제(李寬悌) 일행 표류사건	NP0301	우도	happenedAt	출해지
E021	이관제(李寬悌) 일행 표류사건	NP0353	장길포	happenedAt	표착지
E021	이관제(李寬悌) 일행 표류사건	NP0020	거제	happenedAt	송환지
E021	이관제(李寬悌) 일행 표류사건	NP0257	애월	happenedAt	귀환지
E022	윤광록(尹光祿) 일행 표류사건	NP0301	제주 우도	happenedAt	출해지
E022	윤광록(尹光祿) 일행 표류사건	NP0353	장길포	happenedAt	표착지
E022	윤광록(尹光祿) 일행 표류사건	NP0156	부산진	happenedAt	송환지
E022	윤광록(尹光祿) 일행 표류사건	NP0511	화북	happenedAt	귀환지
E023	한치득(韓致得) 일행 표류사건	NP0145	보한리	happenedAt	출해지
E023	한치득(韓致得) 일행 표류사건	NP9001	바다	happenedAt	표류지
E023	한치득(韓致得)	NP0135	박산도	happenedAt	표착지

source-id	name	target-id	name	relation	type
	일행 표류사건				
E023	한치득(韓致得) 일행 표류사건	NP0327	의주	happenedAt	송환지
E023	한치득(韓致得) 일행 표류사건	NP0388	조천	happenedAt	귀환지
E024	신승록(申承祿) 일행 표류사건	NP0379	제주	happenedAt	출해지
E024	신승록(申承祿) 일행 표류사건	NP9001	바다	happenedAt	표류지
E024	신승록(申承祿) 일행 표류사건	NP0488	항주	happenedAt	표착지
E024	신승록(申承祿) 일행 표류사건	NP0327	의주	happenedAt	송환지
E024	신승록(申承祿) 일행 표류사건	NP0257	애월	happenedAt	귀환지
E025	고치만(高致萬) 일행 표류사건	NP0379	제주	happenedAt	출해지
E025	고치만(高致萬) 일행 표류사건	NP9001	바다	happenedAt	표류지
E025	고치만(高致萬) 일행 표류사건	NP0148	복정현	happenedAt	표착지
E025	고치만(高致萬) 일행 표류사건	NP0327	의주	happenedAt	송환지
E025	고치만(高致萬) 일행 표류사건	NP0511	화북	happenedAt	귀환지
E026	김성진(金聲振) 일행 표류사건	NP0503	향항도	happenedAt	표착지
E026	김성진(金聲振) 일행 표류사건	NP0327	의주	happenedAt	송환지
E026	김성진(金聲振) 일행 표류사건	NP0388	조천	happenedAt	귀환지
E027	강시국(姜始國) 일행 표류사건	NP0240	정의군 신산포	happenedAt	출해지
E027	강시국(姜始國) 일행 표류사건	NP0097	대보촌	happenedAt	표착지
E027	강시국(姜始國) 일행 표류사건	NP0156	부산진	happenedAt	송환지
E027	강시국(姜始國) 일행 표류사건	NP0156	부산진	happenedAt	송환지

source-id	name	target-id	name	relation	type
E027	강시국(姜始國) 일행 표류사건	NP0511	화북	happenedAt	귀환지
E028	마영(馬英) 일행 표류사건	NP0214	소안도	happenedAt	출해지
E028	마영(馬英) 일행 표류사건	NP0171	사서도 앞바다	happenedAt	표류지
E028	마영(馬英) 일행 표류사건	NP0146	복건성	happenedAt	표착지
E028	마영(馬英) 일행 표류사건	NP0327	의주	happenedAt	송환지
E028	마영(馬英) 일행 표류사건	NP0511	화북	happenedAt	귀환지
E029	이세훈(李世勳) 일행 표류사건	NP0284	오도	happenedAt	표착지
E029	이세훈(李世勳) 일행 표류사건	NP0156	부산진	happenedAt	송환지
E029	이세훈(李世勳) 일행 표류사건	NP0114	동래	happenedAt	송환지
E029	이세훈(李世勳) 일행 표류사건	NP0511	화북	happenedAt	귀환지
E030	문백익(文白益) 일행 표류사건	NP0511	제주 화북포	happenedAt	출해지
E030	문백익(文白益) 일행 표류사건	NP0088	대도	happenedAt	표착지
E030	문백익(文白益) 일행 표류사건	NP0327	의주	happenedAt	송환지
E030	문백익(文白益) 일행 표류사건	NP0511	화북	happenedAt	귀환지
E031	김대행(金大行) 일행 표류사건	NP0388	제주 조천포	happenedAt	출해지
E031	김대행(金大行) 일행 표류사건	NP0297	완촌	happenedAt	표착지
E031	김대행(金大行) 일행 표류사건	NP0060	기장포	happenedAt	송환지
E031	김대행(金大行) 일행 표류사건	NP0388	조천	happenedAt	귀환지
E032	이수형(李壽亨) 일행 표류사건	NP0388	제주 조천포	happenedAt	출해지
E032	이수형(李壽亨)	NP0603	부산창(釜山倉)	happenedAt	출해지

source-id	name	target-id	name	relation	type
	일행 표류사건				
E032	이수형(李壽亨) 일행 표류사건	NP0056	금포	happenedAt	표착지
E032	이수형(李壽亨) 일행 표류사건	NP0060	기장포	happenedAt	송환지
E032	이수형(李壽亨) 일행 표류사건	NP0023	건입	happenedAt	귀환지
E033	김광일(金光日) 일행 표류사건	NP0511	제주 화북포	happenedAt	출해지
E033	김광일(金光日) 일행 표류사건	NP9001	바다	happenedAt	표류지
E033	김광일(金光日) 일행 표류사건	NP0082	당산포	happenedAt	표착지
E033	김광일(金光日) 일행 표류사건	NP0327	의주	happenedAt	송환지
E033	김광일(金光日) 일행 표류사건	NP0257	애월	happenedAt	귀환지
E034	현승락(玄升洛) 일행 표류사건	NP0284	오도	happenedAt	표착지
E034	현승락(玄升洛) 일행 표류사건	NP0156	부산진	happenedAt	송환지
E034	현승락(玄升洛) 일행 표류사건	NP0332	이진	happenedAt	귀환지
E034	현승락(玄升洛) 일행 표류사건	NP0511	화북	happenedAt	귀환지
E035	모순원(牟順元) 일행 표류사건	NP0511	제주 화북포	happenedAt	출해지
E035	모순원(牟順元) 일행 표류사건	NP0342	일본 장기	happenedAt	표착지
E035	모순원(牟順元) 일행 표류사건	NP0156	부산진	happenedAt	송환지
E035	모순원(牟順元) 일행 표류사건	NP0511	화북	happenedAt	귀환지
E036	양호운(梁浩沄) 일행 표류사건	NP0511	제주 화북포	happenedAt	출해지
E036	양호운(梁浩沄) 일행 표류사건	NP0443	청방촌	happenedAt	표착지
E036	양호운(梁浩沄) 일행 표류사건	NP0156	부산진	happenedAt	송환지

source-id	name	target-id	name	relation	type
E036	양호운(梁浩沄) 일행 표류사건	NP0511	화북	happenedAt	귀환지
E037	고연신(高連信) 일행 표류사건	NP0240	제주 신산포	happenedAt	출해지
E037	고연신(高連信) 일행 표류사건	NP0284	오도	happenedAt	표착지
E037	고연신(高連信) 일행 표류사건	NP0020	거제	happenedAt	송환지
E037	고연신(高連信) 일행 표류사건	NP0388	조천	happenedAt	귀환지
E038	고여몽(高汝夢) 일행 표류사건	NP0379	제주도	happenedAt	출해지
E038	고여몽(高汝夢) 일행 표류사건	NP0090	대마도	happenedAt	표착지
E038	고여몽(高汝夢) 일행 표류사건	NP0060	기장포	happenedAt	송환지
E038	고여몽(高汝夢) 일행 표류사건	NP0388	조천	happenedAt	귀환지
E039	신순집(申順集) 일행 표류사건	NP0379	제주	happenedAt	출해지
E039	신순집(申順集) 일행 표류사건	NP0117	동포	happenedAt	표착지
E039	신순집(申順集) 일행 표류사건	NP0327	의주	happenedAt	송환지
E039	신순집(申順集) 일행 표류사건	NP0142	별방	happenedAt	귀환지
E040	김신임(金辛任) 일행 표류사건	NP0303	우미포(牛尾浦)	happenedAt	출해지
E040	김신임(金辛任) 일행 표류사건	NP0378	정해	happenedAt	표착지
E040	김신임(金辛任) 일행 표류사건	NP0327	의주	happenedAt	송환지
E040	김신임(金辛任) 일행 표류사건	NP0388	조천	happenedAt	귀환지
E041	김광훈(金光訓) 일행 표류사건	NP0332	영암군 이진	happenedAt	출해지
E041	김광훈(金光訓) 일행 표류사건	NP0292	옥진포	happenedAt	표착지
E041	김광훈(金光訓)	NP0156	부산진	happenedAt	송환지

source-id	name	target-id	name	relation	type
	일행 표류사건				
E041	김광훈(金光訓) 일행 표류사건	NP0511	화북	happenedAt	귀환지
E042	고경운(高京云) 일행 표류사건	NP0284	오도	happenedAt	표착지
E042	고경운(高京云) 일행 표류사건	NP0156	부산진	happenedAt	송환지
E042	고경운(高京云) 일행 표류사건	NP0061	김녕	happenedAt	귀환지
E043	박춘록(朴春錄) 일행 표류사건	NP0109	제두 도원포 (桃源浦)	happenedAt	출해지
E043	박춘록(朴春錄) 일행 표류사건	NP0095	대만부	happenedAt	표착지
E043	박춘록(朴春錄) 일행 표류사건	NP0327	의주	happenedAt	송환지
E043	박춘록(朴春錄) 일행 표류사건	NP0208	세화포	happenedAt	귀환지
E044	이연명(李連明) 일행 표류사건	NP0379	제주	happenedAt	출해지
E044	이연명(李連明) 일행 표류사건	NP0284	오도	happenedAt	표착지
E044	이연명(李連明) 일행 표류사건	NP0307	울산	happenedAt	송환지
E044	이연명(李連明) 일행 표류사건	NP0388	조천	happenedAt	귀환지
E045	장운행(張運行) 일행 표류사건	NP0379	제주	happenedAt	출해지
E045	장운행(張運行) 일행 표류사건	NP0606	등산포	happenedAt	표착지
E045	장운행(張運行) 일행 표류사건	NP0327	의주	happenedAt	송환지
E045	장운행(張運行) 일행 표류사건	NP0511	화북	happenedAt	귀환지
E046	강천손(姜千孫) 일행 표류사건	NP0511	제주 화북포	happenedAt	출해지
E046	강천손(姜千孫) 일행 표류사건	NP0090	대마도	happenedAt	표착지
E046	강천손(姜千孫) 일행 표류사건	NP0156	부산진	happenedAt	송환지

source-id	name	target-id	name	relation	type
E046	강천손(姜千孫) 일행 표류사건	NP0511	화북	happenedAt	귀환지
E047	이대유(李大有) 일행 표류사건	NP0379	제주	happenedAt	출해지
E047	이대유(李大有) 일행 표류사건	NP0046	구미도	happenedAt	표착지
E047	이대유(李大有) 일행 표류사건	NP0327	의주	happenedAt	송환지
E047	이대유(李大有) 일행 표류사건	NP0061	김녕	happenedAt	귀환지
E048	강신주(姜信周) 일행 표류사건	NP0335	제주 대정군 일과리	happenedAt	출해지
E048	강신주(姜信周) 일행 표류사건	NP0307	울산	happenedAt	송환지
E048	강신주(姜信周) 일행 표류사건	NP0609	귀일포	happenedAt	귀환지
E049	이병호(李炳昊) 일행 표류사건	NP0379	제주도	happenedAt	출해지
E049	이병호(李炳昊) 일행 표류사건	NP0235	숭무진	happenedAt	표착지
E049	이병호(李炳昊) 일행 표류사건	NP0327	의주	happenedAt	송환지
E049	이병호(李炳昊) 일행 표류사건	NP0511	화북	happenedAt	귀환지
E050	강여홍(康如弘) 일행 표류사건	NP0379	제주	happenedAt	출해지
E050	강여홍(康如弘) 일행 표류사건	NP0327	의주	happenedAt	송환지
E050	강여홍(康如弘) 일행 표류사건	NP0388	조천	happenedAt	귀환지
E051	9명 일행 표류 사건 (1397)	NP0316	유구	happenedAt	표착지
E052	장을부(張乙夫) 일행 표류사건	NP0357	장빈	happenedAt	표착지
E053	김목(金目) 일행 표류사건	NP0379	제주(濟州)	happenedAt	출해지
E053	김목(金目) 일행 표류사건	NP0163	비전주	happenedAt	표착지
E053	김목(金目)	NP0387	조선	happenedAt	송환지

source-id	name	target-id	name	relation	type
	일행 표류사건				
E054	막금(莫金) 일행 표류사건	NP0379	제주(濟州)	happenedAt	출해지
E054	막금(莫金) 일행 표류사건	NP0163	비전주	happenedAt	표착지
E054	막금(莫金) 일행 표류사건	NP0387	조선	happenedAt	송환지
E055	2명 표류사건(1451)	NP0180	살마주	happenedAt	표착지
E056	문탄지(文呑只) 일행 표류사건	NP0379	제주	happenedAt	출해지
E056	문탄지(文呑只) 일행 표류사건	NP0492	해도	happenedAt	표착지
E057	공가(孔佳) 일행 표류사건	NP0316	유구	happenedAt	표착지
E058	양성(梁成) 일행 표류사건	NP0379	제주	happenedAt	출해지
E058	양성(梁成) 일행 표류사건	NP0046	구미도	happenedAt	표착지
E059	강회(姜廻) 일행 표류사건	NP0316	유구	happenedAt	표착지
E060	알 수 없는 일행 표류사건(1463)	NP0409	중국	happenedAt	표착지
E062	김석이(金石伊) 일행 표류사건	NP0379	제주	happenedAt	출해지
E062	김석이(金石伊) 일행 표류사건	NP0284	오도	happenedAt	표착지
E063	김배회(金杯廻) 일행 표류사건	NP0379	제주(濟州)	happenedAt	출해지
E063	김배회(金杯廻) 일행 표류사건	NP0374	절강	happenedAt	표착지
E064	김비의(金非衣) 일행 표류사건	NP0379	제주도	happenedAt	출해지
E064	김비의(金非衣) 일행 표류사건	NP0450	추자도 앞바다	happenedAt	표류지
E064	김비의(金非衣) 일행 표류사건	NP0320	윤이	happenedAt	표착지
E064	김비의(金非衣) 일행 표류사건	NP0271	염포	happenedAt	송환지
E065	이섬(李暹)	NP0379	제주	happenedAt	출해지

source-id	name	target-id	name	relation	type
	일행 표류사건				
E065	이섬(李暹) 일행 표류사건	NP0449	추자도	happenedAt	표류지
E065	이섬(李暹) 일행 표류사건	NP0358	장사진	happenedAt	표착지
E066	최부(崔溥) 일행 표류사건	NP0141	제주 별도포	happenedAt	출해지
E066	최부(崔溥) 일행 표류사건	NP0614	우두외양	happenedAt	표착지
E066	최부(崔溥) 일행 표류사건	NP0327	의주	happenedAt	송환지
E066	최부(崔溥) 일행 표류사건	NP0485	한양	happenedAt	귀환지
E067	장회이(張廻伊) 일행 표류사건	NP0379	제주(濟州)	happenedAt	출해지
E067	장회이(張廻伊) 일행 표류사건	NP0339	일본	happenedAt	표착지
E069	11명 일행 표류사건(1509)	NP0409	중국	happenedAt	표착지
E070	고치강(高致江) 일행 표류사건	NP0409	중국	happenedAt	표착지
E071	17명 일행 표류사건(1519)	NP0409	중국	happenedAt	표착지
E072	9명 일행 표류사건(1524)	NP0284	오도	happenedAt	표착지
E073	김기손(金紀孫) 일행 표류사건	NP0379	제주	happenedAt	출해지
E073	김기손(金紀孫) 일행 표류사건	NP0121	만호도	happenedAt	표착지
E074	김공(金公) 일행 표류사건	NP0337	일기도	happenedAt	표착지
E075	11명 일행 표류사건(1536)	NP0032	고동도	happenedAt	표착지
E076	배만대(裵萬代) 일행 표류사건	NP0144	보성(寶城)	happenedAt	출해지
E076	배만대(裵萬代) 일행 표류사건	NP0337	일기도	happenedAt	표착지
E077	강연공(姜衍恭) 일행 표류사건	NP0008	간자라도	happenedAt	표착지

source-id	name	target-id	name	relation	type
E078	고은천(高銀遷) 일행 표류사건	NP0409	중국	happenedAt	표착지
E079	양효근(梁効根) 표류사건	NP0409	중국	happenedAt	표착지
E080	18명 일행 표류사건(1544)	NP0316	유구	happenedAt	표착지
E081	박손(朴孫) 일행 표류사건	NP0316	유구	happenedAt	표착지
E082	알 수 없는 일행 표류사건(1552)	NP0409	중국	happenedAt	표착지
E083	7명 일행 표류사건(1554)	NP0409	중국	happenedAt	표착지
E084	여인 표류사건	NP0090	대마도	happenedAt	표착지
E085	양준(梁俊) 일행 표류사건	NP0409	중국	happenedAt	표착지
E086	김몽(金夢) 일행 표류사건	NP0299	요동	happenedAt	표착지
E087	4명 일행 표류사건(1587)	NP0090	대마도	happenedAt	표착지
E088	알 수 없는 일행 표류사건(1587)	NP0090	대마도	happenedAt	표착지
E089	9명 일행 표류사건(1591)	NP0090	대마도	happenedAt	표착지
E090	동지사 송석경(宋錫慶)의 원역(員役) 표류사건	NP0299	요동	happenedAt	표착지
E091	조막룡(趙莫龍) 일행 표류사건	NP0200	석견주	happenedAt	표착지
E092	6명 일행의 표류사건(1648)	NP0090	대마도	happenedAt	표착지
E093	서일립(徐一立) 일행 표류사건	NP0634	지기도	happenedAt	표착지
E094	男女 18명 일행 표류사건	NP0316	유구	happenedAt	표착지
E095	김여휘(金麗輝) 일행 표류사건	NP0379	제주도	happenedAt	출해지
E095	김여휘(金麗輝) 일행 표류사건	NP0088	대도	happenedAt	표착지
E095	김여휘(金麗輝)	NP0156	부산진	happenedAt	송환지

source-id	name	target-id	name	relation	type
	일행 표류사건				
E096	모주복(毛注福) 일행 표류사건	NP0521	흥양(興陽)	happenedAt	출해지
E096	모주복(毛注福) 일행 표류사건	NP0711	영해 앞바다	happenedAt	표류지
E096	모주복(毛注福) 일행 표류사건	NP0324	은주	happenedAt	표착지
E096	모주복(毛注福) 일행 표류사건	NP0114	동래	happenedAt	송환지
E097	박승원(朴承元) 일행 표류사건	NP0719	가덕진 앞바다	happenedAt	표류지
E097	박승원(朴承元) 일행 표류사건	NP0090	대마도	happenedAt	표착지
E098	김원상(金元祥) 일행 표류사건	NP0379	제주(濟州)	happenedAt	출해지
E098	김원상(金元祥) 일행 표류사건	NP0434	차아도	happenedAt	표착지
E098	김원상(金元祥) 일행 표류사건	NP0114	동래	happenedAt	송환지
E099	입이(立伊) 일행 표류사건	NP0316	유구	happenedAt	표착지
E100	김유남(金有男) 일행 표류사건	NP0404	주지도	happenedAt	표류지
E100	김유남(金有男) 일행 표류사건	NP0180	살마주	happenedAt	표착지
E100	김유남(金有男) 일행 표류사건	NP0114	동래	happenedAt	송환지
E101	18명 일행 표류사건(1699)	NP0158	북경	happenedAt	표착지
E102	김서(金瑞) 일행 표류사건	NP0316	유구	happenedAt	표착지
E102	김서(金瑞) 일행 표류사건	NP0255	압록강	happenedAt	송환지
E103	19명 일행 표류사건(1719)	NP0354	장문주	happenedAt	표착지
E104	백귀득(白貴得) 일행 표류사건	NP0204	성산지	happenedAt	표착지
E105	21명 일행 표류사건(1741)	NP0316	유구	happenedAt	표착지

source-id	name	target-id	name	relation	type
E106	영광(靈光)의 조졸(漕卒) 표류사건	NP0409	중국	happenedAt	표착지
E107	부차길(夫次吉) 일행 표류사건	NP0409	중국	happenedAt	표착지
E108	18명 일행 표류사건(1771)	NP0509	호남	happenedAt	출해지
E108	18명 일행 표류사건(1771)	NP0374	절강성	happenedAt	표착지
E109	고수만(高守萬) 일행 표류사건	NP0158	북경	happenedAt	표착지
E111	흥해 어민 표류사건	NP0339	일본	happenedAt	표착지
E112	이방익(李邦翼) 일행 표류사건	NP0146	복건성	happenedAt	표착지
E113	조필혁(趙必爀) 일행 표류사건	NP0253	안천평산	happenedAt	표착지
E114	이종덕(李種德) 일행 표류사건	NP0284	오도	happenedAt	표착지
E115	상인 7명 표류사건	NP0277	영성현	happenedAt	표착지
E116	이원춘(李元春) 일행 표류사건	NP0339	일본	happenedAt	표착지
E117	김영보(金永甫) 일행 표류사건	NP0339	일본	happenedAt	표착지
E117	김영보(金永甫) 일행 표류사건	NP0156	부산진	happenedAt	송환지
E118	초득성(肖得誠) 일행 표류사건	NP0065	나주(羅州)	happenedAt	출해지
E118	초득성(肖得誠) 일행 표류사건	NP0132	미아괴도	happenedAt	표착지
E118	초득성(肖得誠) 일행 표류사건	NP0387	조선	happenedAt	송환지
E119	풍계 현정(楓溪 賢正) 일행 표류사건	NP0307	울산 군령포(軍令浦)	happenedAt	출해지
E119	풍계 현정(楓溪 賢正) 일행 표류사건	NP0621	동래 앞바다	happenedAt	표류지
E119	풍계 현정(楓溪 賢正) 일행 표류사건	NP0455	축전주 대도	happenedAt	표착지
E119	풍계 현정(楓溪 賢正) 일행 표류사건	NP0645	천성진	happenedAt	송환지
E119	풍계 현정(楓溪 賢正)	NP0647	대둔사	happenedAt	귀환지

source-id	name	target-id	name	relation	type
	일행 표류사건				
E120	문순득(文淳得) 일행 표류사건	NP0648	우이도(牛耳島)	happenedAt	출해지
E120	문순득(文淳得) 일행 표류사건	NP0649	흑산도 앞바다	happenedAt	표류지
E120	문순득(文淳得) 일행 표류사건	NP0088	대도	happenedAt	표착지
E120	문순득(文淳得) 일행 표류사건	NP0327	의주	happenedAt	송환지
E120	문순득(文淳得) 일행 표류사건	NP0648	우이도	happenedAt	귀환지
E121	이지항 일행 표류사건	NP0307	울산	happenedAt	출해지
E121	이지항 일행 표류사건	NP0674	레분도	happenedAt	표착지
E121	이지항 일행 표류사건	NP0156	부산진	happenedAt	송환지
E122	김구세(金九世) 일행 표류사건	NP0090	대마도	happenedAt	표착지
E123	김막복(金莫福) 일행 표류사건	NP0090	대마도	happenedAt	표착지
E200	최애정(崔愛正) 일행 표류사건	NP0090	대마도	happenedAt	표착지
E201	김우산(金友山) 일행 표류사건	NP0003	가라사지	happenedAt	표착지
E202	김산구화(金山仇化) 일행 표류사건	NP0250	악포	happenedAt	표착지
E203	심금생(沈今生) 일행 표류사건	NP0250	악포	happenedAt	표착지
E204	류송을이(劉松乙伊) 일행 표류사건	NP0250	악포	happenedAt	표착지
E205	조막룡(趙莫龍) 일행 표류사건	NP0200	석견주	happenedAt	표착지
E206	32명 일행 표류사건	NP0453	축전주	happenedAt	표착지
E207	이돌석(李乭石) 일행 표류사건	NP0453	축전주	happenedAt	표착지
E208	김범근(金凡斤) 일행 표류사건	NP0093	대마도 두포	happenedAt	표착지

source-id	name	target-id	name	relation	type
E209	12명 일행 표류사건	NP0354	장문주	happenedAt	표착지
E210	강기특(姜己特) 일행 표류사건	NP0354	장문주	happenedAt	표착지
E211	임복남(林福男) 일행 표류사건	NP0090	대마도	happenedAt	표착지
E212	박수남(朴守男) 일행 표류사건	NP0453	축전주	happenedAt	표착지
E213	노중련(盧中連) 일행 표류사건	NP0453	축전주	happenedAt	표착지
E214	문옥(文玉) 일행 표류사건	NP0354	장문주	happenedAt	표착지
E215	이경업(李景業) 일행 표류사건	NP0090	대마도	happenedAt	표착지
E216	김석천(金石天) 일행 표류사건	NP0284	오도	happenedAt	표착지
E217	산복(山福) 일행 표류사건	NP0453	축전주	happenedAt	표착지
E218	이봉상(李奉祥) 일행 표류사건	NP0686	다대포 앞바다	happenedAt	표류지
E218	이봉상(李奉祥) 일행 표류사건	NP0453	축전주	happenedAt	표착지
E219	김이복(金伊福) 일행 표류사건	NP0284	오도	happenedAt	표착지
E220	윤동(尹同) 일행 표류사건	NP0190	서박포	happenedAt	표착지
E221	박립(朴立) 일행 표류사건	NP0440	천포	happenedAt	표착지
E222	박인(朴仁) 일행 표류사건	NP0090	대마도	happenedAt	표착지
E223	돌이(乭伊) 일행 표류사건	NP0379	제주	happenedAt	출해지
E223	돌이(乭伊) 일행 표류사건	NP0284	오도	happenedAt	표착지
E224	김말복(金末福) 일행 표류사건	NP0090	대마도	happenedAt	표착지
E225	김후남(金厚男) 일행 표류사건	NP0120	興陽 麻島	happenedAt	출해지
E225	김후남(金厚男)	NP0090	대마도	happenedAt	표착지

source-id	name	target-id	name	relation	type
	일행 표류사건				
E226	잉질생(芿叱生) 일행 표류사건	NP0090	대마도	happenedAt	표착지
E227	김생남(金生男) 일행 표류사건	NP0354	장문주	happenedAt	표착지
E228	김분립이(金分立伊) 일행 표류사건	NP0467	평호도	happenedAt	표착지
E229	김돌옥(金乭玉) 일행 표류사건	NP0200	석견주	happenedAt	표착지
E230	막남(莫男) 일행 표류사건	NP0331	이신도마리	happenedAt	표착지
E231	김담사리(金淡沙里) 일행 표류사건	NP0250	악포	happenedAt	표류지
E231	김담사리(金淡沙里) 일행 표류사건	NP0402	좌호주포	happenedAt	표착지
E231	김담사리(金淡沙里) 일행 표류사건	NP0361	장주	happenedAt	표착지
E232	난동(難同) 일행 표류사건	NP0065	나주	happenedAt	표류지
E232	난동(難同) 일행 표류사건	NP0316	유구	happenedAt	표착지
E233	김순내(金順乃) 일행 표류사건	NP0090	대마도	happenedAt	표류지
E234	노한동(奴汗同) 일행 표류사건	NP0337	일기도	happenedAt	표착지
E235	김려휘(金麗輝) 일행 표류사건	NP0379	제주	happenedAt	출해지
E235	김려휘(金麗輝) 일행 표류사건	NP0316	유구	happenedAt	표착지
E236	모질복(毛叱卜) 일행 표류사건	NP0451	寧海 丑山浦	happenedAt	출해지
E236	모질복(毛叱卜) 일행 표류사건	NP0351	장기 앞바다	happenedAt	표류지
E236	모질복(毛叱卜) 일행 표류사건	NP0324	은주	happenedAt	표착지
E237	박승원(朴承元) 일행 표류사건	NP0719	가덕진 앞바다	happenedAt	표류지
E237	박승원(朴承元) 일행 표류사건	NP0090	대마도	happenedAt	표착지

source-id	name	target-id	name	relation	type
E238	김원상(金元祥) 일행 표류사건	NP0379	제주(濟州)	happenedAt	출해지
E238	김원상(金元祥) 일행 표류사건	NP0434	차아도	happenedAt	표착지
E238	김원상(金元祥) 일행 표류사건	NP0114	동래	happenedAt	송환지
E239	효일(孝一) 일행 표류사건	NP0064	나리도	happenedAt	표류지
E239	효일(孝一) 일행 표류사건	NP0469	평호월도	happenedAt	표착지
E240	연산(連山) 일행 표류사건	NP0714	흡곡 앞바다	happenedAt	표류지
E240	연산(連山) 일행 표류사건	NP0354	장문주	happenedAt	표착지
E241	북남(北男) 일행 표류사건	NP0351	장기 앞바다	happenedAt	표류지
E241	북남(北男) 일행 표류사건	NP0354	장문주	happenedAt	표착지
E242	김유남(金有男) 일행 표류사건	NP0404	주지도	happenedAt	표류지
E242	김유남(金有男) 일행 표류사건	NP0180	살마주	happenedAt	표착지
E242	김유남(金有男) 일행 표류사건	NP0114	동래	happenedAt	송환지
E243	김립(金立) 일행 표류사건	NP0276	영량부도	happenedAt	표착지
E244	김희여산(金希如山) 일행 표류사건	NP0515	화천포	happenedAt	표착지
E245	2명 일행 표류사건	NP0090	대마도	happenedAt	표착지
E246	강이망(姜以望) 일행 표류사건	NP0021	거제 앞바다	happenedAt	표류지
E246	강이망(姜以望) 일행 표류사건	NP0256	압뢰포	happenedAt	표착지
E247	개손(介孫) 일행 표류사건	NP0001	가덕도 앞바다	happenedAt	표류지
E247	개손(介孫) 일행 표류사건	NP0393	좌수내포	happenedAt	표착지
E248	산립(山立)	NP0354	장문주	happenedAt	표착지

source-id	name	target-id	name	relation	type
	일행 표류사건				
E249	복립(卜立) 일행 표류사건	NP0506	협서리 앞바다	happenedAt	표류지
E249	복립(卜立) 일행 표류사건	NP0157	부포	happenedAt	표착지
E250	이철이(李鉄伊) 일행 표류사건	NP0057	기장	happenedAt	표류지
E250	이철이(李鉄伊) 일행 표류사건	NP0200	석견주	happenedAt	표착지
E251	김일성(金日成) 일행 표류사건	NP0020	거제	happenedAt	표류지
E251	김일성(金日成) 일행 표류사건	NP0229	수미포	happenedAt	표착지
E252	금산(今山) 일행 표류사건	NP0026	겸포	happenedAt	표착지
E253	설막립(薛莫立) 일행 표류사건	NP0029	경길 앞바다	happenedAt	표류지
E253	설막립(薛莫立) 일행 표류사건	NP0250	악포	happenedAt	표착지
E254	매춘(每春) 일행 표류사건	NP0029	경길 앞바다	happenedAt	표류지
E254	매춘(每春) 일행 표류사건	NP0455	축전주 대도	happenedAt	표착지
E255	김옥란(金玉亂) 일행 표류사건	NP0059	기장 앞바다	happenedAt	표류지
E255	김옥란(金玉亂) 일행 표류사건	NP0190	서박포	happenedAt	표착지
E256	말용(㐘龍) 일행 표류사건	NP0288	오리량 앞바다	happenedAt	표류지
E256	말용(㐘龍) 일행 표류사건	NP0354	장문주	happenedAt	표착지
E257	26명 일행 표류사건	NP0417	증도	happenedAt	표착지
E258	전우(田雨) 일행 표류사건	NP0093	대마도 두포	happenedAt	표착지
E259	박승록(朴承祿) 일행 표류사건	NP0043	구강 앞바다	happenedAt	출해지
E259	박승록(朴承祿) 일행 표류사건	NP0376	절영도 앞바다	happenedAt	표류지

source-id	name	target-id	name	relation	type
E259	박승록(朴承祿) 일행 표류사건	NP0393	좌수내포	happenedAt	표착지
E260	오십이(五十伊) 일행 표류사건	NP0354	장문주	happenedAt	표착지
E261	최복남(崔福男) 일행 표류사건	NP0250	악포	happenedAt	표착지
E262	최성립(崔成立) 일행 표류사건	NP0156	釜山	happenedAt	출해지
E262	최성립(崔成立) 일행 표류사건	NP0231	수영포 앞바다	happenedAt	표류지
E262	최성립(崔成立) 일행 표류사건	NP0246	실진포	happenedAt	표착지
E263	선복(宣福) 일행 표류사건	NP0059	기장 앞바다	happenedAt	표류지
E263	선복(宣福) 일행 표류사건	NP0502	향진포	happenedAt	표착지
E264	1명 표류사건	NP0250	악포	happenedAt	표착지
E265	김용(金龍) 일행 표류사건	NP0501	향진	happenedAt	표착지
E266	이일연(李日連) 일행 표류사건	NP0436	昌原	happenedAt	출해지
E266	이일연(李日連) 일행 표류사건	NP0466	평해 앞바다	happenedAt	표류지
E266	이일연(李日連) 일행 표류사건	NP0361	장주	happenedAt	표착지
E267	김업이(金業伊) 일행 표류사건	NP0090	대마도	happenedAt	표착지
E268	이봉(以奉) 일행 표류사건	NP0090	대마도	happenedAt	표착지
E269	강산(姜山) 일행 표류사건	NP0354	장문주	happenedAt	표착지
E270	김삼월(金三月) 일행 표류사건	NP0351	장기 앞바다	happenedAt	표류지
E270	김삼월(金三月) 일행 표류사건	NP0354	장문주	happenedAt	표착지
E271	말산(耄山) 일행 표류사건	NP0453	축전주	happenedAt	표착지
E272	최일금(崔日金) 일행 표류사건	NP0337	일기도	happenedAt	표착지

source-id	name	target-id	name	relation	type
E273	성신(成信) 일행 표류사건	NP0233	순천	happenedAt	표류지
E273	성신(成信) 일행 표류사건	NP0470	평호포	happenedAt	표착지
E274	정사룡(鄭士龍) 일행 표류사건	NP0350	장기	happenedAt	표류지
E274	정사룡(鄭士龍) 일행 표류사건	NP0200	석견주	happenedAt	표착지
E275	여련(汝連) 일행 표류사건	NP0449	추자도	happenedAt	표류지
E275	여련(汝連) 일행 표류사건	NP0196	서진포	happenedAt	표착지
E276	김자효(金自孝) 일행 표류사건	NP0354	장문주	happenedAt	표착지
E277	김남표(金南杓) 일행 표류사건	NP0180	살마주	happenedAt	표착지
E278	가배산(加背山) 일행 표류사건	NP0405	주포	happenedAt	표착지
E279	말립(唜立) 일행 표류사건	NP0393	좌수내포	happenedAt	표착지
E280	솔립(率立) 일행 표류사건	NP0157	부포	happenedAt	표착지
E281	최몽토리(崔夢土里) 일행 표류사건	NP0473	풍포	happenedAt	표착지
E282	신학(辛鶴) 일행 표류사건	NP0522	흥해	happenedAt	표류지
E282	신학(辛鶴) 일행 표류사건	NP0250	악포	happenedAt	표착지
E283	김명철(金命哲) 일행 표류사건	NP0421	지세포	happenedAt	표류지
E283	김명철(金命哲) 일행 표류사건	NP0393	좌수내포	happenedAt	표착지
E284	가질동(加叱同) 일행 표류사건	NP0084	당종포	happenedAt	표착지
E285	김옥선(金玉善) 일행 표류사건	NP0455	축전주 대도	happenedAt	표착지
E286	유정월김(俞正月金) 일행 표류사건	NP0007	각도	happenedAt	표착지
E287	돌산(乭山)	NP0090	대마도	happenedAt	표착지

source-id	name	target-id	name	relation	type
	일행 표류사건				
E288	김려성(金麗聲) 일행 표류사건	NP0421	지세포	happenedAt	표류지
E288	김려성(金麗聲) 일행 표류사건	NP0401	좌호군지포	happenedAt	표착지
E289	김자민(金自敏) 일행 표류사건	NP0354	장문주	happenedAt	표착지
E290	강복립(姜卜立) 일행 표류사건	NP0361	장주	happenedAt	표착지
E291	박은산(朴銀山) 일행 표류사건	NP0418	지다류포	happenedAt	표착지
E292	김수연(金水延) 일행 표류사건	NP0190	서박포	happenedAt	표착지
E293	김말승(金㐌承) 일행 표류사건	NP0517	황파호포	happenedAt	표착지
E294	정산옥(鄭山玉) 일행 표류사건	NP0254	압거뢰포	happenedAt	표착지
E295	조기남(曹起男) 일행 표류사건	NP0085	당주지포	happenedAt	표착지
E296	이감상(李甘尙) 일행 표류사건	NP0453	축전주	happenedAt	표착지
E297	김립이(金立伊) 일행 표류사건	NP0354	장문주	happenedAt	표착지
E298	김승산(金承山) 일행 표류사건	NP0313	원전포	happenedAt	표착지
E299	김돌학(金乭鶴) 일행 표류사건	NP0075	노포진	happenedAt	표착지
E300	정오을미(鄭吾乙未) 일행 표류사건	NP0190	서박포	happenedAt	표착지
E301	최태남(崔台男) 일행 표류사건	NP0393	좌수내포	happenedAt	표착지
E302	최준원(崔俊元) 일행 표류사건	NP0354	장문주	happenedAt	표착지
E303	손설량(孫雪良) 일행 표류사건	NP0457	충도	happenedAt	표착지
E304	이검산(李檢山) 일행 표류사건	NP0007	각도	happenedAt	표착지
E305	김정일(金正日) 일행 표류사건	NP0090	대마도	happenedAt	표착지

source-id	name	target-id	name	relation	type
E306	김여방(金汝芳) 일행 표류사건	NP0226	송전	happenedAt	표착지
E307	김대립(金大立) 일행 표류사건	NP0284	오도	happenedAt	표착지
E308	최감동(崔甘同) 일행 표류사건	NP0337	일기도	happenedAt	표착지
E309	이두하(李斗河) 일행 표류사건	NP0453	축전주	happenedAt	표착지
E310	김구음(金九音) 일행 표류사건	NP0305	운주	happenedAt	표착지
E311	한칠복(韓七福) 일행 표류사건	NP0090	대마도	happenedAt	표착지
E312	김백선(金白善) 일행 표류사건	NP0479	하이	happenedAt	표착지
E313	이환립(李還立) 일행 표류사건	NP0102	대평포	happenedAt	표착지
E314	양성우(梁聖遇) 일행 표류사건	NP0291	옥구도	happenedAt	표착지
E315	박후리(朴厚里) 일행 표류사건	NP0024	견도	happenedAt	표착지
E316	김생열(金生悅) 일행 표류사건	NP0302	우룡포	happenedAt	표착지
E317	유순남(俞順男) 일행 표류사건	NP0284	오도	happenedAt	표착지
E318	고오천(高吾天) 일행 표류사건	NP0399	좌호경	happenedAt	표착지
E320	류춘산(柳春山) 일행 표류사건	NP0354	장문주	happenedAt	표착지
E321	홍태한(洪太漢) 일행 표류사건	NP0180	살마주	happenedAt	표착지
E322	이석을무치(李石乙無 致) 일행 표류사건	NP0456	출운주	happenedAt	표착지
E323	박무성(朴武成) 일행 표류사건	NP0504	현계도	happenedAt	표착지
E324	황대명(黃代命) 일행 표류사건	NP0361	장주	happenedAt	표착지
E325	전석지(田石只) 일행 표류사건	NP0361	장주	happenedAt	표착지
E326	김계생(金戒生)	NP0473	풍포	happenedAt	표착지

source-id	name	target-id	name	relation	type
	일행 표류사건				
E327	전남산(田南山) 일행 표류사건	NP0190	서박포	happenedAt	표착지
E328	이득창(李得昌) 일행 표류사건	NP0354	장문주	happenedAt	표착지
E329	박개부리(朴介夫里) 일행 표류사건	NP0455	축전주 대도	happenedAt	표착지
E330	김일금(金日金) 일행 표류사건	NP0007	각도	happenedAt	표착지
E331	최건리김(崔件里金) 일행 표류사건	NP0085	당주포	happenedAt	표착지
E332	오세상(吳世相) 일행 표류사건	NP0291	옥구도	happenedAt	표착지
E333	박만석(朴萬石) 일행 표류사건	NP0285	오도 사도지방	happenedAt	표착지
E334	최백지(崔伯只) 일행 표류사건	NP0187	생속도	happenedAt	표착지
E335	김병신(金丙信) 일행 표류사건	NP0048	구성포	happenedAt	표착지
E336	안세호(安世好) 일행 표류사건	NP0276	영량부도	happenedAt	표착지
E337	차무적(車無赤) 일행 표류사건	NP0190	서박포	happenedAt	표착지
E338	고만곤(高萬昆) 일행 표류사건	NP0467	평호도	happenedAt	표착지
E339	이준이(李俊伊) 일행 표류사건	NP0382	삼도	happenedAt	표착지
E340	김시익(金時益) 일행 표류사건	NP0284	오도	happenedAt	표착지
E341	이오음동(李吾音同) 일행 표류사건	NP0256	압뢰포	happenedAt	표착지
E342	김말내(金耄乃) 일행 표류사건	NP0405	주포	happenedAt	표착지
E343	이완(李完) 일행 표류사건	NP0090	대마도	happenedAt	표착지
E344	김기립(金己立) 일행 표류사건	NP0354	장문주	happenedAt	표착지
E345	김취징(金就澄) 일행 표류사건	NP0467	평호도	happenedAt	표착지

source-id	name	target-id	name	relation	type
E346	애선(愛先) 일행 표류사건	NP0361	장주	happenedAt	표착지
E347	이수백(李守白) 일행 표류사건	NP0200	석견주	happenedAt	표착지
E348	말내(末乃) 일행 표류사건	NP0090	대마도	happenedAt	표착지
E349	신한조(申漢祚) 일행 표류사건	NP0050	구진포	happenedAt	표착지
E350	김월선(金月善) 일행 표류사건	NP0163	비전주	happenedAt	표착지
E351	김이운(金以云) 일행 표류사건	NP0284	오도	happenedAt	표착지
E352	박일용(朴日龍) 일행 표류사건	NP0418	지다류포	happenedAt	표착지
E353	원분남(元分男) 일행 표류사건	NP0250	악포	happenedAt	표착지
E354	한득봉(韓得奉) 일행 표류사건	NP0198	서촌	happenedAt	표착지
E355	김후읍종(金厚邑種) 일행 표류사건	NP0085	당주지포	happenedAt	표착지
E356	자은로미(自隱老未) 일행 표류사건	NP0081	당박포	happenedAt	표착지
E357	이이관(李以寬) 일행 표류사건	NP0440	천포	happenedAt	표착지
E358	김한옥(金漢玉) 일행 표류사건	NP0715	南海縣 西面忽	happenedAt	출해지
E358	김한옥(金漢玉) 일행 표류사건	NP0688	소리도 앞바다	happenedAt	표류지
E358	김한옥(金漢玉) 일행 표류사건	NP0119	두산포	happenedAt	표착지
E359	김대산(金大山) 일행 표류사건	NP0359	순천(順天) 順天府 南面 長升浦	happenedAt	출해지
E359	김대산(金大山) 일행 표류사건	NP0716	백도 앞바다	happenedAt	표류지
E359	김대산(金大山) 일행 표류사건	NP0467	평호도	happenedAt	표착지
E360	윤두응걸(尹斗應乞) 일행 표류사건	NP0047	울산(蔚山) 蔚山府 南江仇未津	happenedAt	출해지
E360	윤두응걸(尹斗應乞)	NP0308	울산 앞바다	happenedAt	표류지

source-id	name	target-id	name	relation	type
	일행 표류사건				
E360	윤두응걸(尹斗應乞) 일행 표류사건	NP0081	당박포	happenedAt	표착지
E361	이생이(李生伊) 일행 표류사건	NP0233	順天府 龍頭面 海倉里	happenedAt	출해지
E361	이생이(李生伊) 일행 표류사건	NP0506	협서리 앞바다	happenedAt	표류지
E361	이생이(李生伊) 일행 표류사건	NP0354	장문주	happenedAt	표착지
E362	배계환(裵戒還) 일행 표류사건	NP0249	아천진	happenedAt	표착지
E363	심입생(沈立生) 일행 표류사건	NP0134	박기	happenedAt	표착지
E364	김상이(金尙伊) 외 8명 일행 표류사건	NP0350	경상도 長鬐	happenedAt	출해지
E364	김상이(金尙伊) 외 8명 일행 표류사건	NP0506	협서리 앞바다	happenedAt	표류지
E364	김상이(金尙伊) 외 8명 일행 표류사건	NP0200	석견주	happenedAt	표착지
E365	이덕춘(李德春) 일행 표류사건	NP0322	율야포	happenedAt	표착지
E366	김돌이(金乭伊) 일행 표류사건	NP0090	대마도	happenedAt	표착지
E367	김후읍상(金厚邑尙) 일행 표류사건	NP0315	월도	happenedAt	표착지
E368	이득춘(李得春) 일행 표류사건	NP0440	천포	happenedAt	표착지
E369	서기원(徐己元) 일행 표류사건	NP0317	울산 柳浦村	happenedAt	출해지
E369	서기원(徐己元) 일행 표류사건	NP0308	울산 앞바다	happenedAt	표류지
E369	서기원(徐己元) 일행 표류사건	NP0169	빈기	happenedAt	표착지
E370	박성남(朴成男) 일행 표류사건	NP0720	蔚山府 東面 柳浦	happenedAt	출해지
E370	박성남(朴成男) 일행 표류사건	NP0308	울산 앞바다	happenedAt	표류지
E370	박성남(朴成男) 일행 표류사건	NP0354	장문주	happenedAt	표착지

source-id	name	target-id	name	relation	type
E371	김구선(金九先) 일행 표류사건	NP0317	蔚山 蔚山府 東面 柳浦亭子未津	happenedAt	출해지
E371	김구선(金九先) 일행 표류사건	NP0308	울산 앞바다	happenedAt	표류지
E371	김구선(金九先) 일행 표류사건	NP0024	견도	happenedAt	표착지
E372	김막포(金莫寚) 일행 표류사건	NP0195	서진옥포	happenedAt	표착지
E373	김수명(金守明) 일행 표류사건	NP0250	악포	happenedAt	표착지
E374	최금산(崔今山) 일행 표류사건	NP0440	천포	happenedAt	표착지
E375	이차립(李次立) 일행 표류사건	NP0351	장기 앞바다	happenedAt	표류지
E375	이차립(李次立) 일행 표류사건	NP0024	견도	happenedAt	표착지
E376	윤복량(尹卜良) 일행 표류사건	NP0167	비중포	happenedAt	표착지
E377	김친걸(金親乞) 일행 표류사건	NP0449	추자도	happenedAt	표류지
E377	김친걸(金親乞) 일행 표류사건	NP0468	평호생려도	happenedAt	표착지
E378	이복(李福) 일행 표류사건	NP0450	추자도 앞바다	happenedAt	표류지
E378	이복(李福) 일행 표류사건	NP0284	오도	happenedAt	표착지
E379	부애필(夫愛必) 일행 표류사건	NP0090	대마도	happenedAt	표착지
E380	김주봉(金柱奉) 일행 표류사건	NP0090	대마도	happenedAt	표착지
E381	김남(金男) 일행 표류사건	NP0309	강원도 울진	happenedAt	출해지
E381	김남(金男) 일행 표류사건	NP0466	평해 앞바다	happenedAt	표류지
E381	김남(金男) 일행 표류사건	NP0181	삼도	happenedAt	표착지
E382	정산립(鄭山立) 일행 표류사건	NP0056	금포	happenedAt	표착지
E383	김귀석(金貴石)	NP0254	압거뢰포	happenedAt	표착지

source-id	name	target-id	name	relation	type
	일행 표류사건				
E384	박룡(朴龍) 일행 표류사건	NP0466	평해 앞바다	happenedAt	표류지
E384	박룡(朴龍) 일행 표류사건	NP0077	뇌호기	happenedAt	표착지
E385	김자음산(金者音山) 일행 표류사건	NP0083	당선지포	happenedAt	표착지
E386	천시남(千時男) 일행 표류사건	NP0344	일산포 앞바다	happenedAt	표류지
E386	천시남(千時男) 일행 표류사건	NP0085	당주지포	happenedAt	표착지
E387	김덕원(金德遠) 일행 표류사건	NP0246	실진포	happenedAt	표착지
E388	김업상(金業祥) 일행 표류사건	NP0307	울산(蔚山)	happenedAt	출해지
E388	김업상(金業祥) 일행 표류사건	NP0418	지다류포	happenedAt	표착지
E389	최매남(崔每男) 일행 표류사건	NP0280	영일(迎日)	happenedAt	출해지
E389	최매남(崔每男) 일행 표류사건	NP0711	영해 앞바다	happenedAt	표류지
E389	최매남(崔每男) 일행 표류사건	NP0056	금포	happenedAt	표착지
E390	이만이(李萬伊) 일행 표류사건	NP0072	남해(南海)	happenedAt	출해지
E390	이만이(李萬伊) 일행 표류사건	NP0189	서근도 앞바다	happenedAt	표류지
E390	이만이(李萬伊) 일행 표류사건	NP0418	지다류포	happenedAt	표착지
E391	김난립(金亂立) 일행 표류사건	NP0031	경주(慶州)	happenedAt	출해지
E391	김난립(金亂立) 일행 표류사건	NP0717	경주 앞바다	happenedAt	표류지
E391	김난립(金亂立) 일행 표류사건	NP0499	행주포	happenedAt	표착지
E392	황포련(黃宗連) 일행 표류사건	NP0366	長興	happenedAt	출해지
E392	황포련(黃宗連) 일행 표류사건	NP0308	울산 앞바다	happenedAt	표류지

source-id	name	target-id	name	relation	type
E392	황포련(黃宗連) 일행 표류사건	NP0250	악포	happenedAt	표착지
E393	김자상(金自祥) 일행 표류사건	NP0176	泗川	happenedAt	출해지
E393	김자상(金自祥) 일행 표류사건	NP0498	해운대 앞바다	happenedAt	표류지
E393	김자상(金自祥) 일행 표류사건	NP0418	지다류포	happenedAt	표착지
E394	황수남(黃守男) 일행 표류사건	NP0498	해운대 앞바다	happenedAt	표류지
E394	황수남(黃守男) 일행 표류사건	NP0400	좌호경태포	happenedAt	표착지
E395	김막립(金莫立) 일행 표류사건	NP0307	울산	happenedAt	출해지
E395	김막립(金莫立) 일행 표류사건	NP0137	방어진	happenedAt	표류지
E395	김막립(金莫立) 일행 표류사건	NP0194	서의 앞바다	happenedAt	표착지
E396	김어둔(金於屯) 일행 표류사건	NP0506	협서리 앞바다	happenedAt	표류지
E396	김어둔(金於屯) 일행 표류사건	NP0087	대곡포	happenedAt	표착지
E397	김선백(金善白) 일행 표류사건	NP0014	강진(康津)	happenedAt	출해지
E397	김선백(金善白) 일행 표류사건	NP0506	협서리 앞바다	happenedAt	표류지
E397	김선백(金善白) 일행 표류사건	NP0483	한박포	happenedAt	표착지
E398	김일이(金日伊) 일행 표류사건	NP0379	제주	happenedAt	출해지
E398	김일이(金日伊) 일행 표류사건	NP0147	복길도 앞바다	happenedAt	표류지
E398	김일이(金日伊) 일행 표류사건	NP0284	오도	happenedAt	표착지
E399	김우남(金遇男) 일행 표류사건	NP0066	낙안(樂安)	happenedAt	출해지
E399	김우남(金遇男) 일행 표류사건	NP0506	협서리 앞바다	happenedAt	표류지
E399	김우남(金遇男)	NP0237	시옥포	happenedAt	표착지

source-id	name	target-id	name	relation	type
	일행 표류사건				
E400	박한금(朴漢金) 일행 표류사건	NP0366	장흥(長興)	happenedAt	출해지
E400	박한금(朴漢金) 일행 표류사건	NP0506	협서리 앞바다	happenedAt	표류지
E400	박한금(朴漢金) 일행 표류사건	NP0168	비포	happenedAt	표착지
E401	조계생(曺戒生) 일행 표류사건	NP0190	서박포	happenedAt	표착지
E402	이유선(李有先) 일행 표류사건	NP0350	장기	happenedAt	출해지
E402	이유선(李有先) 일행 표류사건	NP0350	장기	happenedAt	표류지
E402	이유선(李有先) 일행 표류사건	NP0283	오대포	happenedAt	표착지
E403	김사상(金士尙) 일행 표류사건	NP0031	경주	happenedAt	출해지
E403	김사상(金士尙) 일행 표류사건	NP0328	이견대 앞바다	happenedAt	표류지
E403	김사상(金士尙) 일행 표류사건	NP0407	죽자도	happenedAt	표착지
E404	한귀동(韓貴同) 일행 표류사건	NP0233	순천	happenedAt	출해지
E404	한귀동(韓貴同) 일행 표류사건	NP0351	장기 앞바다	happenedAt	표류지
E404	한귀동(韓貴同) 일행 표류사건	NP0321	율야대포	happenedAt	표착지
E405	김선이(金先伊) 일행 표류사건	NP0200	석견주	happenedAt	표착지
E406	김자로미(金自老未) 일행 표류사건	NP0516	화합포	happenedAt	표착지
E407	이공련김(李公連金) 일행 표류사건	NP0467	평호도	happenedAt	표착지
E408	서성립(徐成立) 일행 표류사건	NP0114	동래	happenedAt	출해지
E408	서성립(徐成立) 일행 표류사건	NP0351	장기 앞바다	happenedAt	표류지
E408	서성립(徐成立) 일행 표류사건	NP0390	종기포	happenedAt	표착지

source-id	name	target-id	name	relation	type
E409	김검동(金撿同) 일행 표류사건	NP0506	협서리 앞바다	happenedAt	표류지
E409	김검동(金撿同) 일행 표류사건	NP0099	대양군	happenedAt	표착지
E410	현치성(玄致星) 일행 표류사건	NP0450	추자도 앞바다	happenedAt	표류지
E410	현치성(玄致星) 일행 표류사건	NP0239	신궁포	happenedAt	표착지
E411	강세석(姜世碩) 일행 표류사건	NP0107	도량포	happenedAt	표착지
E412	최기남(崔起男) 일행 표류사건	NP0282	寧海	happenedAt	출해지
E412	최기남(崔起男) 일행 표류사건	NP0452	축산포 앞바다	happenedAt	표류지
E412	최기남(崔起男) 일행 표류사건	NP0355	대포	happenedAt	표착지
E413	안시봉(安時奉) 일행 표류사건	NP0376	절영도 앞바다	happenedAt	표류지
E413	안시봉(安時奉) 일행 표류사건	NP0250	악포	happenedAt	표착지
E414	이개시(李介屎) 일행 표류사건	NP0059	기장 앞바다	happenedAt	표류지
E414	이개시(李介屎) 일행 표류사건	NP0250	악포	happenedAt	표착지
E415	이종석(李宗石) 일행 표류사건	NP0250	악포	happenedAt	표착지
E416	김수만(金守萬) 일행 표류사건	NP0012	강릉	happenedAt	출해지
E416	김수만(金守萬) 일행 표류사건	NP0452	축산포 앞바다	happenedAt	표류지
E416	김수만(金守萬) 일행 표류사건	NP0501	향진	happenedAt	표착지
E417	고세완(高世完) 일행 표류사건	NP0284	오도	happenedAt	표착지
E418	김돌선(金乭善) 일행 표류사건	NP0284	오도	happenedAt	표착지
E419	현여흥(玄汝興) 일행 표류사건	NP0284	오도	happenedAt	표착지
E420	김청룡(金靑龍)	NP0506	협서리 앞바다	happenedAt	표류지

source-id	name	target-id	name	relation	type
E420	김청룡(金靑龍) 일행 표류사건	NP0372	전만포	happenedAt	표착지
E421	홍오하(洪五夏) 일행 표류사건	NP0490	해남	happenedAt	표류지
E421	홍오하(洪五夏) 일행 표류사건	NP0044	구근포	happenedAt	표착지
E422	이봉남(李奉男) 일행 표류사건	NP0351	장기 앞바다	happenedAt	표류지
E422	이봉남(李奉男) 일행 표류사건	NP0453	축전주	happenedAt	표착지
E423	이귀돌이(李貴乭伊) 일행 표류사건	NP0013	강릉 앞바다	happenedAt	표류지
E423	이귀돌이(李貴乭伊) 일행 표류사건	NP0354	장문주	happenedAt	표착지
E424	장석(張石) 일행 표류사건	NP0118	두무치	happenedAt	출해지
E424	장석(張石) 일행 표류사건	NP0506	협서리 앞바다	happenedAt	표류지
E424	장석(張石) 일행 표류사건	NP0354	장문주	happenedAt	표착지
E425	이원이(李元伊) 일행 표류사건	NP0425	진간포	happenedAt	표착지
E426	김옥선(金玉先) 일행 표류사건	NP0271	蔚山 塩浦	happenedAt	출해지
E426	김옥선(金玉先) 일행 표류사건	NP0452	축산포 앞바다	happenedAt	표류지
E426	김옥선(金玉先) 일행 표류사건	NP0225	송원촌	happenedAt	표착지
E427	김만남(金萬男) 일행 표류사건	NP0379	濟州	happenedAt	출해지
E427	김만남(金萬男) 일행 표류사건	NP0490	해남	happenedAt	표류지
E427	김만남(金萬男) 일행 표류사건	NP0284	오도	happenedAt	표착지
E428	이업승(李業承) 일행 표류사건	NP0307	蔚山	happenedAt	출해지
E428	이업승(李業承) 일행 표류사건	NP0001	가덕도 앞바다	happenedAt	표류지

source-id	name	target-id	name	relation	type
E428	이업승(李業承) 일행 표류사건	NP0519	회포	happenedAt	표착지
E429	유구상(俞久上) 일행 표류사건	NP0688	소리도 앞바다	happenedAt	표류지
E429	유구상(俞久上) 일행 표류사건	NP0130	미기포	happenedAt	표착지
E430	김귀산(金貴山) 일행 표류사건	NP0354	장문주	happenedAt	표착지
E431	강막룡(姜莫龍) 일행 표류사건	NP0036	골천 앞바다	happenedAt	표류지
E431	강막룡(姜莫龍) 일행 표류사건	NP0355	대포	happenedAt	표착지
E432	박돌남(朴乭男) 일행 표류사건	NP0001	가덕도 앞바다	happenedAt	표류지
E432	박돌남(朴乭男) 일행 표류사건	NP0420	지도	happenedAt	표착지
E433	김호인(金好仁) 일행 표류사건	NP0522	興海大峴津	happenedAt	출해지
E433	김호인(金好仁) 일행 표류사건	NP0506	협서리 앞바다	happenedAt	표류지
E433	김호인(金好仁) 일행 표류사건	NP0200	석견주	happenedAt	표착지
E434	이악김(李岳金) 일행 표류사건	NP0308	울산 앞바다	happenedAt	표류지
E434	이악김(李岳金) 일행 표류사건	NP0199	서포	happenedAt	표착지
E435	김태구(金太九) 일행 표류사건	NP0514	화염포 앞바다	happenedAt	표류지
E435	김태구(金太九) 일행 표류사건	NP0216	소전포	happenedAt	표착지
E436	김상이(金尙伊) 외 11 명 일행 표류사건	NP0395	좌수포	happenedAt	표착지
E437	박솔연(朴率連) 일행 표류사건	NP0183	삼정진	happenedAt	표류지
E437	박솔연(朴率連) 일행 표류사건	NP0190	서박포	happenedAt	표착지
E438	김자은립(金者隱立) 일행 표류사건	NP0440	천포	happenedAt	표착지
E439	김순이(金順伊)	NP0079	梁山地 泥浦	happenedAt	출해지

source-id	name	target-id	name	relation	type
	일행 표류사건				
E439	김순이(金順伊) 일행 표류사건	NP0376	절영도 앞바다	happenedAt	표류지
E439	김순이(金順伊) 일행 표류사건	NP0190	서박포	happenedAt	표착지
E440	이원실(李元實) 일행 표류사건	NP0215	소안도 앞바다	happenedAt	표류지
E440	이원실(李元實) 일행 표류사건	NP0119	두산포	happenedAt	표착지
E441	남신명(南信明) 일행 표류사건	NP0366	長興	happenedAt	출해지
E441	남신명(南信明) 일행 표류사건	NP0120	마도	happenedAt	표류지
E441	남신명(南信明) 일행 표류사건	NP0107	도량포	happenedAt	표착지
E442	탁석우(卓石右) 일행 표류사건	NP0039	蔚山境 串津	happenedAt	출해지
E442	탁석우(卓石右) 일행 표류사건	NP0308	울산 앞바다	happenedAt	표류지
E442	탁석우(卓石右) 일행 표류사건	NP0056	금포	happenedAt	표착지
E443	김선(金善) 일행 표류사건	NP0274	영덕 앞바다	happenedAt	표류지
E443	김선(金善) 일행 표류사건	NP0437	천고포	happenedAt	표착지
E444	최선이(崔先伊) 일행 표류사건	NP0330	咸鏡道 利城地	happenedAt	출해지
E444	최선이(崔先伊) 일행 표류사건	NP0496	해암 앞바다	happenedAt	표류지
E444	최선이(崔先伊) 일행 표류사건	NP0354	장문주	happenedAt	표착지
E445	김자은산(金自隱山) 일행 표류사건	NP0009	감포 앞바다	happenedAt	표류지
E445	김자은산(金自隱山) 일행 표류사건	NP0250	악포	happenedAt	표착지
E446	김첨립(金添立) 일행 표류사건	NP0351	장기 앞바다	happenedAt	표류지
E446	김첨립(金添立) 일행 표류사건	NP0270	염전포	happenedAt	표착지

source-id	name	target-id	name	relation	type
E447	강이만(姜以萬) 일행 표류사건	NP0284	오도	happenedAt	표착지
E448	류어둔(劉於屯) 일행 표류사건	NP0419	지다하포	happenedAt	표착지
E449	윤정민(尹正民) 일행 표류사건	NP0406	죽변 앞바다	happenedAt	표류지
E449	윤정민(尹正民) 일행 표류사건	NP0024	견도	happenedAt	표착지
E450	박원립(朴元立) 일행 표류사건	NP0405	주포	happenedAt	표착지
E451	서검련(徐儉連) 일행 표류사건	NP0250	악포	happenedAt	표착지
E452	강자은립(姜自隱立) 일행 표류사건	NP0504	현계도	happenedAt	표착지
E453	엄중망(嚴重望) 일행 표류사건	NP0035	昆陽	happenedAt	출해지
E453	엄중망(嚴重望) 일행 표류사건	NP0274	영덕 앞바다	happenedAt	표류지
E453	엄중망(嚴重望) 일행 표류사건	NP0461	파진포	happenedAt	표착지
E454	하어둔(河於屯) 일행 표류사건	NP0006	가좌포	happenedAt	표착지
E455	배막석(裵莫石) 일행 표류사건	NP0057	기장	happenedAt	표류지
E455	배막석(裵莫石) 일행 표류사건	NP0440	천포	happenedAt	표착지
E456	이백남(李白男) 일행 표류사건	NP0350	장기	happenedAt	표류지
E456	이백남(李白男) 일행 표류사건	NP0438	천심조포	happenedAt	표착지
E457	김두필(金斗弼) 일행 표류사건	NP0090	대마도	happenedAt	표착지
E458	류검부리(劉儉夫里) 일행 표류사건	NP0126	몰운대 앞바다	happenedAt	표류지
E458	류검부리(劉儉夫里) 일행 표류사건	NP0250	악포	happenedAt	표착지
E459	김석지(金石只) 일행 표류사건	NP0395	좌수포	happenedAt	표착지
E460	박검산(朴儉山)	NP0250	악포	happenedAt	표착지

source-id	name	target-id	name	relation	type
E461	정만이(鄭萬伊) 일행 표류사건	NP0123	명지도	happenedAt	출해지
E461	정만이(鄭萬伊) 일행 표류사건	NP0021	거제 앞바다	happenedAt	표류지
E461	정만이(鄭萬伊) 일행 표류사건	NP0248	아연포	happenedAt	표착지
E462	김귀연(金貴連) 일행 표류사건	NP0047	구미진	happenedAt	표류지
E462	김귀연(金貴連) 일행 표류사건	NP0076	뇌빈포	happenedAt	표착지
E463	김도남(金道男) 일행 표류사건	NP0393	좌수내포	happenedAt	표착지
E464	김봉계(金奉啓) 일행 표류사건	NP0351	장기 앞바다	happenedAt	표류지
E464	김봉계(金奉啓) 일행 표류사건	NP0389	종기	happenedAt	표착지
E465	문천금(文千金) 일행 표류사건	NP0014	康津	happenedAt	출해지
E465	문천금(文千金) 일행 표류사건	NP0449	추자도	happenedAt	표류지
E465	문천금(文千金) 일행 표류사건	NP0284	오도	happenedAt	표착지
E466	윤창수(尹昌守) 일행 표류사건	NP0214	소안도	happenedAt	출해지
E466	윤창수(尹昌守) 일행 표류사건	NP0450	추자도 앞바다	happenedAt	표류지
E466	윤창수(尹昌守) 일행 표류사건	NP0284	오도	happenedAt	표착지
E467	문효량(文孝良) 일행 표류사건	NP0379	濟州	happenedAt	출해지
E467	문효량(文孝良) 일행 표류사건	NP0689	강진 앞바다	happenedAt	표류지
E467	문효량(文孝良) 일행 표류사건	NP0182	삼정락촌	happenedAt	표착지
E468	김원선(金遠先) 일행 표류사건	NP0163	비전주	happenedAt	표착지
E469	유귀천(俞貴天) 일행 표류사건	NP0395	좌수포	happenedAt	표착지

source-id	name	target-id	name	relation	type
E470	김세준(金世俊) 일행 표류사건	NP0180	살주	happenedAt	표착지
E471	차재관(車載寬) 일행 표류사건	NP0163	비전주	happenedAt	표착지
E472	서영재(徐永才) 일행 표류사건	NP0284	오도	happenedAt	표착지
E473	강만웅(姜萬雄) 일행 표류사건	NP0163	비전주	happenedAt	표착지
E474	이원학(李元鶴) 일행 표류사건	NP0163	비전주	happenedAt	표착지
E475	안돌봉(安乭奉) 일행 표류사건	NP0163	비전주	happenedAt	표착지
E476	김삼월김(金三月金) 일행 표류사건	NP0180	살마주	happenedAt	표착지
E477	전원석(田元石) 일행 표류사건	NP0250	악포	happenedAt	표착지
E478	추선발(秋先發) 일행 표류사건	NP0021	거제 앞바다	happenedAt	표류지
E478	추선발(秋先發) 일행 표류사건	NP0250	악포	happenedAt	표착지
E479	임귀재(林貴才) 일행 표류사건	NP0163	비전주	happenedAt	표착지
E480	전일남(田日男) 일행 표류사건	NP0250	악포	happenedAt	표착지
E481	박정발(朴正發) 일행 표류사건	NP0024	견도	happenedAt	표착지
E482	박시완(朴時完) 일행 표류사건	NP0072	남해	happenedAt	표류지
E482	박시완(朴時完) 일행 표류사건	NP0284	오도	happenedAt	표착지
E483	최룡이(崔龍伊) 일행 표류사건	NP0351	장기 앞바다	happenedAt	표류지
E483	최룡이(崔龍伊) 일행 표류사건	NP0259	약송포	happenedAt	표착지
E484	최망걸(崔望傑) 일행 표류사건	NP0200	석견주	happenedAt	표착지
E485	김금남(金今男) 일행 표류사건	NP0393	좌수포	happenedAt	표착지
E486	김만년김(金萬年金)	NP0398	좌하도	happenedAt	표착지

source-id	name	target-id	name	relation	type
	일행 표류사건				
E487	김동선(金東善) 일행 표류사건	NP0024	견도	happenedAt	표착지
E488	김원상(金遠祥) 일행 표류사건	NP0258	야파뢰포	happenedAt	표착지
E489	김필재(金必才) 일행 표류사건	NP0058	기장 두모포	happenedAt	표류지
E489	김필재(金必才) 일행 표류사건	NP0440	천포	happenedAt	표착지
E490	황종희(黃鍾喜) 일행 표류사건	NP0284	오도	happenedAt	표착지
E491	안익태(安益太) 일행 표류사건	NP0319	육련도	happenedAt	표착지
E492	한 대금(韓大金) 일행 표류사건	NP0192	서안도 앞바다	happenedAt	표류지
E492	한 대금(韓大金) 일행 표류사건	NP0318	유황도	happenedAt	표착지
E493	최준표(崔俊杓) 일행 표류사건	NP0280	영일	happenedAt	표류지
E493	최준표(崔俊杓) 일행 표류사건	NP0478	하산도	happenedAt	표착지
E494	류남이(柳男伊) 일행 표류사건	NP0170	빈전포	happenedAt	표착지
E495	윤흥달(尹興達) 일행 표류사건	NP0355	대포	happenedAt	표착지
E496	조태석(趙太石) 일행 표류사건	NP0085	당주포	happenedAt	표류지
E496	조태석(趙太石) 일행 표류사건	NP0211	소무전포	happenedAt	표착지
E497	고천봉(高千峰) 일행 표류사건	NP0284	오도	happenedAt	표착지
E498	서잉질산(徐芿叱山) 일행 표류사건	NP0270	염전포	happenedAt	표착지
E499	신태적(申太赤) 일행 표류사건	NP0126	몰운대 앞바다	happenedAt	표류지
E499	신태적(申太赤) 일행 표류사건	NP0405	주포	happenedAt	표착지
E500	김치성(金致成) 일행 표류사건	NP0021	거제 앞바다	happenedAt	표류지

source-id	name	target-id	name	relation	type
E500	김치성(金致成) 일행 표류사건	NP0337	일기도	happenedAt	표착지
E501	강흥백(康興白) 일행 표류사건	NP0467	평호도	happenedAt	표착지
E502	이복지(李福只) 일행 표류사건	NP0344	일산포 앞바다	happenedAt	표류지
E502	이복지(李福只) 일행 표류사건	NP0446	청해도	happenedAt	표착지
E503	하인도(河仁道) 일행 표류사건	NP0284	오도	happenedAt	표착지
E504	송귀남(宋貴男) 일행 표류사건	NP0690	기장 비옥포 앞바다	happenedAt	표류지
E504	송귀남(宋貴男) 일행 표류사건	NP0393	좌수내포	happenedAt	표착지
E505	이기명(李起命) 일행 표류사건	NP0174	사암추 앞바다	happenedAt	표류지
E505	이기명(李起命) 일행 표류사건	NP0250	악포	happenedAt	표착지
E506	윤덕찬(尹德贊) 일행 표류사건	NP0450	추자도 앞바다	happenedAt	표류지
E506	윤덕찬(尹德贊) 일행 표류사건	NP0341	일본 사도	happenedAt	표착지
E507	한귀찬(韓貴贊) 일행 표류사건	NP0718	규전포	happenedAt	표류지
E507	한귀찬(韓貴贊) 일행 표류사건	NP0455	축전주 대도	happenedAt	표착지
E508	전수완(田秀完) 일행 표류사건	NP0181	삼도	happenedAt	표착지
E509	문분상(文分上) 일행 표류사건	NP0370	전도마도	happenedAt	표착지
E510	장돌남(張乭男) 일행 표류사건	NP0660	동포	happenedAt	표착지
E511	김돌만(金乭萬) 일행 표류사건	NP0180	살마주	happenedAt	표착지
E512	이돌이(李乭伊) 일행 표류사건	NP0200	석견주	happenedAt	표착지
E513	이봉이(李奉伊) 일행 표류사건	NP0354	장문주	happenedAt	표착지
E514	김세중(金世中)	NP0200	석견주	happenedAt	표착지

source-id	name	target-id	name	relation	type
	일행 표류사건				
E515	김상중(金相中) 일행 표류사건	NP0200	석견주	happenedAt	표착지
E516	김억세(金億世) 일행 표류사건	NP0163	비전주	happenedAt	표착지
E517	하덕장(河德章) 일행 표류사건	NP0200	석견주	happenedAt	표착지
E518	조돌석(趙乭昔) 일행 표류사건	NP0250	악포	happenedAt	표착지
E519	이여어리(李汝於里) 일행 표류사건	NP0456	출운주	happenedAt	표착지
E520	이귀춘(李貴春) 일행 표류사건	NP0163	비전주	happenedAt	표착지
E521	김원웅(金元雄) 일행 표류사건	NP0441	천하촌	happenedAt	표착지
E522	장원창(張遠昌) 일행 표류사건	NP0163	비전주	happenedAt	표착지
E523	이성륭(李成隆) 일행 표류사건	NP0163	비전주	happenedAt	표착지
E524	고경조(高敬助) 일행 표류사건	NP0337	일기도	happenedAt	표착지
E531	김석삼(金石三) 일행 표류사건	NP0284	오도	happenedAt	표착지
E532	이윤급(李胤伋) 일행 표류사건	NP0408	준주	happenedAt	표착지
E533	이처량(李處良) 일행 표류사건	NP0090	대마도	happenedAt	표착지
E534	김원복(金元福) 일행 표류사건	NP0200	석견주	happenedAt	표착지
E535	지선이(池善伊) 일행 표류사건	NP0200	석견주	happenedAt	표착지
E536	임순이(林順伊) 일행 표류사건	NP0200	석견주	happenedAt	표착지
E537	방덕진(方德進) 일행 표류사건	NP0200	석견주	happenedAt	표착지
E538	허일성(許日成) 일행 표류사건	NP0286	옥강포	happenedAt	표착지
E539	최부동(崔夫同) 일행 표류사건	NP0413	중도	happenedAt	표착지

source-id	name	target-id	name	relation	type
E540	박복이(朴福伊) 일행 표류사건	NP0440	천포	happenedAt	표착지
E541	고영문(高永文) 일행 표류사건	NP0284	오도	happenedAt	표착지
E543	전돌이(全乭伊) 일행 표류사건	NP0237	시옥포	happenedAt	표착지
E544	정중교(鄭重喬) 일행 표류사건	NP0164	비전주 반도	happenedAt	표착지
E545	소점봉(邵點奉) 일행 표류사건	NP0373	전포	happenedAt	표착지
E546	추화근(秋化根) 일행 표류사건	NP0218	소치	happenedAt	표착지
E547	김득선(金得先) 일행 표류사건	NP0293	옥포촌	happenedAt	표착지
E548	신귀득(申貴得) 일행 표류사건	NP0402	좌호향주포	happenedAt	표착지
E549	김성대(金聖大) 일행 표류사건	NP0090	대마도	happenedAt	표착지
E550	박수인(朴守仁) 일행 표류사건	NP0286	옥강포	happenedAt	표착지
E551	권기리동(權己里同) 일행 표류사건	NP0090	대마도	happenedAt	표착지
E552	이원갑(李元甲) 일행 표류사건	NP0163	비전주	happenedAt	표착지
E553	정홍교(鄭弘喬) 일행 표류사건	NP0462	패진촌	happenedAt	표착지
E554	방포점(方包占) 일행 표류사건	NP0078	뇌호기포	happenedAt	표착지
E555	정복태(鄭卜太) 일행 표류사건	NP0517	황파호포	happenedAt	표착지
E556	태상(太尙) 일행 표류사건	NP0440	천포	happenedAt	표착지
E557	웅천거민 부자 (熊川居民 父子) 일행 표류사건	NP0090	대마도	happenedAt	표착지

R) 사건2-공간

source-id	name	target-id	name	relation	type	order
E001-01	출항	NP0511	화북	happenedAt	출해지	
E001-02	지상표착	NP0053	금리포	happenedAt	표착지	
E001-03	송환경유	NP0053	금리포	happenedAt	경유지	출발지
E001-03	송환경유	NP0091	대마도 관부	happenedAt	경유지	도착지
E001-04	송환경유	NP0091	대마도 관부	happenedAt	경유지	출발지
E001-04	송환경유	NP0173	사수천 항구	happenedAt	경유지	도착지
E001-05	송환	NP0173	사수천 항구	happenedAt	송환지	출발지
E001-05	송환	NP0298	왜관	happenedAt	송환지	도착지
E001-06	귀환경유	NP0298	왜관	happenedAt	경유지	출발지
E001-06	귀환경유	NP0156	부산진	happenedAt	경유지	도착지
E001-07	귀환경유	NP0156	부산진	happenedAt	경유지	출발지
E001-07	귀환경유	NP0114	동래	happenedAt	경유지	도착지
E001-08	귀환경유	NP0114	동래	happenedAt	경유지	출발지
E001-08	귀환경유	NP0278	영암	happenedAt	경유지	도착지
E001-09	귀환	NP0332	이진	happenedAt	귀환지	출발지
E001-09	귀환	NP0511	화북	happenedAt	귀환지	도착지
E002-01	출항	NP0257	애월	happenedAt	출해지	
E002-02	표착경유	NP0016	강화	happenedAt	경유지	
E002-03	표착경유	NP0214	소안도	happenedAt	경유지	
E002-04	표류	NP0171	사서도 앞바다	happenedAt	표류지	
E002-05	지상표착	NP0202	석포진	happenedAt	표착지	
E002-06	송환경유	NP0202	석포진	happenedAt	경유지	출발지
E002-06	송환경유	NP0185	상산현	happenedAt	경유지	도착지
E002-07	송환경유	NP0185	상산현	happenedAt	경유지	출발지
E002-07	송환경유	NP0488	항주	happenedAt	경유지	도착지
E002-08	송환경유	NP0488	항주	happenedAt	경유지	출발지
E002-08	송환경유	NP0701	중국 청하	happenedAt	경유지	도착지
E002-09	송환경유	NP0701	중국 청하	happenedAt	경유지	출발지
E002-09	송환경유	NP0311	웅현	happenedAt	경유지	도착지
E002-10	송환경유	NP0311	웅현	happenedAt	경유지	출발지
E002-10	송환경유	NP0158	북경	happenedAt	경유지	도착지
E002-11	송환	NP0158	북경	happenedAt	송환지	출발지
E002-11	송환	NP0327	의주	happenedAt	송환지	도착지
E002-12	귀환경유	NP0327	의주	happenedAt	경유지	출발지
E002-12	귀환경유	NP0028	경기감영	happenedAt	경유지	도착지
E002-13	귀환경유	NP0028	경기감영	happenedAt	경유지	출발지

source-id	name	target-id	name	relation	type	order
E002-13	귀환경유	NP0278	영암	happenedAt	경유지	도착지
E002-14	귀환	NP0278	영암	happenedAt	귀환지	출발지
E002-14	귀환	NP0388	조천	happenedAt	귀환지	도착지
E003-01	출항	NP0511	화북	happenedAt	출해지	
E003-02	표류	NP0171	사서도 앞바다	happenedAt	표류지	
E003-03	지상표착	NP0284	오도	happenedAt	표착지	
E003-04	송환경유	NP0284	오도	happenedAt	경유지	출발지
E003-04	송환경유	NP0152	부강읍 부근 포구	happenedAt	경유지	도착지
E003-05	송환경유	NP0152	부강읍 부근 포구	happenedAt	경유지	출발지
E003-05	송환경유	NP0342	일본 장기	happenedAt	경유지	도착지
E003-06	송환경유	NP0342	일본 장기	happenedAt	경유지	출발지
E003-06	송환경유	NP0090	대마도	happenedAt	경유지	도착지
E003-07	송환경유	NP0090	대마도	happenedAt	경유지	출발지
E003-07	송환경유	NP0173	사수천 항구	happenedAt	경유지	도착지
E003-08	송환	NP0173	사수천 항구	happenedAt	송환지	출발지
E003-08	송환	NP0307	울산	happenedAt	송환지	도착지
E003-09	귀환경유	NP0307	울산	happenedAt	경유지	출발지
E003-09	귀환경유	NP0298	왜관	happenedAt	경유지	도착지
E003-10	귀환경유	NP0298	왜관	happenedAt	경유지	출발지
E003-10	귀환경유	NP0156	부산진	happenedAt	경유지	도착지
E003-11	귀환경유	NP0156	부산진	happenedAt	경유지	출발지
E003-11	귀환경유	NP0114	동래	happenedAt	경유지	도착지
E003-12	귀환경유	NP0114	동래	happenedAt	경유지	출발지
E003-12	귀환경유	NP0115	동래부 좌수영	happenedAt	경유지	도착지
E003-13	귀환경유	NP0115	동래부 좌수영	happenedAt	경유지	출발지
E003-13	귀환경유	NP0491	해남 도회관	happenedAt	경유지	도착지
E003-14	귀환	NP0491	해남 도회관	happenedAt	귀환지	출발지
E003-14	귀환	NP0511	화북	happenedAt	귀환지	도착지
E004-02	표류	NP0171	사서도 앞바다	happenedAt	표류지	
E004-04	지상표착	NP0227	송포	happenedAt	표착지	
E004-05	송환경유	NP0227	송포	happenedAt	경유지	출발지
E004-05	송환경유	NP0342	일본 장기	happenedAt	경유지	도착지
E004-06	송환경유	NP0342	일본 장기	happenedAt	경유지	출발지
E004-06	송환경유	NP0090	대마도	happenedAt	경유지	도착지
E004-07	송환경유	NP0090	대마도	happenedAt	경유지	출발지
E004-07	송환경유	NP0173	사수천 항구	happenedAt	경유지	도착지
E004-08	송환	NP0173	사수천 항구	happenedAt	송환지	출발지

source-id	name	target-id	name	relation	type	order
E004-08	송환	NP0059	기장 앞바다	happenedAt	송환지	도착지
E004-09	귀환경유	NP0059	기장 앞바다	happenedAt	경유지	출발지
E004-09	귀환경유	NP0298	왜관	happenedAt	경유지	도착지
E004-10	귀환경유	NP0298	왜관	happenedAt	경유지	출발지
E004-10	귀환경유	NP0156	부산진	happenedAt	경유지	도착지
E004-11	귀환경유	NP0156	부산진	happenedAt	경유지	출발지
E004-11	귀환경유	NP0114	동래	happenedAt	경유지	도착지
E004-12	귀환경유	NP0114	동래	happenedAt	경유지	출발지
E004-12	귀환경유	NP0115	동래부 좌수영	happenedAt	경유지	도착지
E004-13	귀환경유	NP0115	동래부 좌수영	happenedAt	경유지	출발지
E004-13	귀환경유	NP0491	해남 도회관	happenedAt	경유지	도착지
E004-14	귀환	NP0491	해남 도회관	happenedAt	귀환지	출발지
E004-14	귀환	NP0511	화북	happenedAt	귀환지	도착지
E005-01	출항	NP0303	우미	happenedAt	출해지	
E005-02	지상표착	NP0494	해방분처부	happenedAt	표착지	
E005-03	송환경유	NP0494	해방분처부	happenedAt	경유지	출발지
E005-03	송환경유	NP0149	복청현	happenedAt	경유지	도착지
E005-04	송환경유	NP0149	복청현	happenedAt	경유지	출발지
E005-04	송환경유	NP0146	복건성	happenedAt	경유지	도착지
E005-05	송환경유	NP0146	복건성	happenedAt	경유지	출발지
E005-05	송환경유	NP0158	북경	happenedAt	경유지	도착지
E005-06	송환	NP0158	북경	happenedAt	송환지	출발지
E005-06	송환	NP0327	의주	happenedAt	송환지	도착지
E005-07	귀환경유	NP0327	의주	happenedAt	경유지	출발지
E005-07	귀환경유	NP0028	경기감영	happenedAt	경유지	도착지
E005-08	귀환경유	NP0028	경기감영	happenedAt	경유지	출발지
E005-08	귀환경유	NP0279	영암 도회관	happenedAt	경유지	도착지
E005-09	귀환	NP0279	영암 도회관	happenedAt	귀환지	출발지
E005-09	귀환	NP0388	조천	happenedAt	귀환지	도착지
E006-01	출항	NP0301	우도	happenedAt	출해지	
E006-02	지상표착	NP0284	오도	happenedAt	표착지	
E006-03	송환경유	NP0284	오도	happenedAt	경유지	출발지
E006-03	송환경유	NP0342	일본 장기	happenedAt	경유지	도착지
E006-04	송환경유	NP0342	일본 장기	happenedAt	경유지	출발지
E006-04	송환경유	NP0090	대마도	happenedAt	경유지	도착지
E006-05	송환	NP0090	대마도	happenedAt	송환지	출발지
E006-05	송환	NP0156	부산진	happenedAt	송환지	도착지

source-id	name	target-id	name	relation	type	order
E006-06	귀환경유	NP0156	부산진	happenedAt	경유지	출발지
E006-06	귀환경유	NP0114	동래	happenedAt	경유지	도착지
E006-07	귀환경유	NP0114	동래	happenedAt	경유지	출발지
E006-07	귀환경유	NP0115	동래부 좌수영	happenedAt	경유지	도착지
E006-08	귀환경유	NP0115	동래부 좌수영	happenedAt	경유지	출발지
E006-08	귀환경유	NP0279	영암 도회관	happenedAt	경유지	도착지
E006-09	귀환	NP0279	영암 도회관	happenedAt	귀환지	출발지
E006-09	귀환	NP0388	조천	happenedAt	귀환지	도착지
E007-01	출항	NP0208	세화포	happenedAt	출해지	
E007-02	지상표착	NP0236	시라도	happenedAt	표착지	
E007-03	송환경유	NP0236	시라도	happenedAt	경유지	출발지
E007-03	송환경유	NP0342	일본 장기	happenedAt	경유지	도착지
E007-04	송환경유	NP0342	일본 장기	happenedAt	경유지	출발지
E007-04	송환경유	NP0403	주수포	happenedAt	경유지	도착지
E007-05	송환	NP0403	주수포	happenedAt	송환지	출발지
E007-05	송환	NP0156	부산진	happenedAt	송환지	도착지
E007-06	귀환경유	NP0156	부산진	happenedAt	경유지	출발지
E007-06	귀환경유	NP0115	동래부 좌수영	happenedAt	경유지	도착지
E007-07	귀환경유	NP0115	동래부 좌수영	happenedAt	경유지	출발지
E007-07	귀환경유	NP0491	해남 도회관	happenedAt	경유지	도착지
E007-08	귀환	NP0491	해남 도회관	happenedAt	귀환지	출발지
E007-08	귀환	NP0388	조천	happenedAt	귀환지	도착지
E008-01	출항	NP0240	신산	happenedAt	출해지	
E008-02	지상표착	NP0481	학도	happenedAt	표착지	
E008-03	송환경유	NP0481	학도	happenedAt	경유지	출발지
E008-03	송환경유	NP0104	덕지도	happenedAt	경유지	도착지
E008-04	송환경유	NP0104	덕지도	happenedAt	경유지	출발지
E008-04	송환경유	NP0051	구호도	happenedAt	경유지	도착지
E008-05	송환경유	NP0051	구호도	happenedAt	경유지	출발지
E008-05	송환경유	NP0414	중산부	happenedAt	경유지	도착지
E008-06	송환경유	NP0414	중산부	happenedAt	경유지	출발지
E008-06	송환경유	NP0146	복건성	happenedAt	경유지	도착지
E008-07	송환경유	NP0146	복건성	happenedAt	경유지	출발지
E008-07	송환경유	NP0158	북경	happenedAt	경유지	도착지
E008-08	송환	NP0158	북경	happenedAt	송환지	출발지
E008-08	송환	NP0327	의주	happenedAt	송환지	도착지
E008-09	귀환경유	NP0327	의주	happenedAt	경유지	출발지

source-id	name	target-id	name	relation	type	order
E008-09	귀환경유	NP0028	경기감영	happenedAt	경유지	도착지
E008-10	귀환경유	NP0028	경기감영	happenedAt	경유지	출발지
E008-10	귀환경유	NP0491	해남 도회관	happenedAt	경유지	도착지
E008-11	귀환경유	NP0491	해남 도회관	happenedAt	경유지	출발지
E008-11	귀환경유	NP0332	이진	happenedAt	경유지	도착지
E008-12	귀환	NP0332	이진	happenedAt	귀환지	출발지
E008-12	귀환	NP0511	화북	happenedAt	귀환지	도착지
E009-02	지상표착	NP0193	서안현	happenedAt	표착지	
E009-03	송환경유	NP0193	서안현	happenedAt	경유지	출발지
E009-03	송환경유	NP0146	복건성	happenedAt	경유지	도착지
E009-04	송환경유	NP0146	복건성	happenedAt	경유지	출발지
E009-04	송환경유	NP0158	북경	happenedAt	경유지	도착지
E009-05	송환	NP0158	북경	happenedAt	송환지	출발지
E009-05	송환	NP0327	의주	happenedAt	송환지	도착지
E009-06	귀환경유	NP0327	의주	happenedAt	경유지	출발지
E009-06	귀환경유	NP0028	경기감영	happenedAt	경유지	도착지
E009-07	귀환경유	NP0028	경기감영	happenedAt	경유지	출발지
E009-07	귀환경유	NP0491	해남 도회관	happenedAt	경유지	도착지
E009-08	귀환경유	NP0491	해남 도회관	happenedAt	경유지	출발지
E009-08	귀환경유	NP0332	이진	happenedAt	경유지	도착지
E009-09	귀환	NP0332	이진	happenedAt	귀환지	출발지
E009-09	귀환	NP0257	애월	happenedAt	귀환지	도착지
E010-02	지상표착	NP0284	오도	happenedAt	표착지	
E010-03	송환경유	NP0284	오도	happenedAt	경유지	출발지
E010-03	송환경유	NP0342	일본 장기	happenedAt	경유지	도착지
E010-04	송환경유	NP0342	일본 장기	happenedAt	경유지	출발지
E010-04	송환경유	NP0090	대마도	happenedAt	경유지	도착지
E010-05	송환경유	NP0090	대마도	happenedAt	경유지	출발지
E010-06	송환	NP0156	부산진	happenedAt	송환지	도착지
E010-07	귀환경유	NP0156	부산진	happenedAt	경유지	출발지
E010-07	귀환경유	NP0114	동래	happenedAt	경유지	도착지
E010-08	귀환경유	NP0114	동래	happenedAt	경유지	출발지
E010-08	귀환경유	NP0394	좌수영	happenedAt	경유지	도착지
E010-09	귀환경유	NP0394	좌수영	happenedAt	경유지	출발지
E010-09	귀환경유	NP0279	영암 도회관	happenedAt	경유지	도착지
E010-10	귀환경유	NP0279	영암 도회관	happenedAt	경유지	출발지
E010-10	귀환경유	NP0333	이화진	happenedAt	경유지	도착지

source-id	name	target-id	name	relation	type	order
E010-11	귀환	NP0333	이화진	happenedAt	귀환지	출발지
E010-11	귀환	NP0511	화북	happenedAt	귀환지	도착지
E011-01	출항	NP0507	협재	happenedAt	출해지	
E011-02	지상표착	NP0038	공산도	happenedAt	표착지	
E011-03	송환경유	NP0038	공산도	happenedAt	경유지	출발지
E011-03	송환경유	NP0150	본분부	happenedAt	경유지	도착지
E011-04	송환경유	NP0150	본분부	happenedAt	경유지	출발지
E011-04	송환경유	NP0489	해구관	happenedAt	경유지	도착지
E011-05	송환경유	NP0489	해구관	happenedAt	경유지	출발지
E011-05	송환경유	NP0146	복건성	happenedAt	경유지	도착지
E011-06	송환경유	NP0146	복건성	happenedAt	경유지	출발지
E011-06	송환경유	NP0269	연주부	happenedAt	경유지	도착지
E011-07	송환경유	NP0269	연주부	happenedAt	경유지	출발지
E011-07	송환경유	NP0158	북경	happenedAt	경유지	도착지
E011-08	송환	NP0158	북경	happenedAt	송환지	출발지
E011-08	송환	NP0327	의주	happenedAt	송환지	도착지
E011-09	귀환경유	NP0327	의주	happenedAt	경유지	출발지
E011-09	귀환경유	NP0028	경기감영	happenedAt	경유지	도착지
E011-10	귀환경유	NP0028	경기감영	happenedAt	경유지	출발지
E011-10	귀환경유	NP0279	영암 도회관	happenedAt	경유지	도착지
E011-11	귀환	NP0279	영암 도회관	happenedAt	귀환지	출발지
E011-11	귀환	NP0511	화북	happenedAt	귀환지	도착지
E012-01	출항	NP0140	변막	happenedAt	출해지	
E012-02	지상표착	NP0291	옥구도	happenedAt	표착지	
E012-03	송환경유	NP0291	옥구도	happenedAt	경유지	출발지
E012-03	송환경유	NP0179	산천항	happenedAt	경유지	도착지
E012-04	송환경유	NP0179	산천항	happenedAt	경유지	출발지
E012-04	송환경유	NP0342	일본 장기	happenedAt	경유지	도착지
E012-05	송환경유	NP0342	일본 장기	happenedAt	경유지	출발지
E012-05	송환경유	NP0090	대마도	happenedAt	경유지	도착지
E012-06	송환경유	NP0090	대마도	happenedAt	경유지	출발지
E012-06	송환경유	NP9005	수험소	happenedAt	경유지	도착지
E012-07	송환	NP9005	수험소	happenedAt	송환지	출발지
E012-07	송환	NP0365	장포	happenedAt	송환지	도착지
E012-08	귀환경유	NP0365	장포	happenedAt	경유지	출발지
E012-08	귀환경유	NP0298	왜관	happenedAt	경유지	도착지
E012-09	귀환경유	NP0298	왜관	happenedAt	경유지	출발지

source-id	name	target-id	name	relation	type	order
E012-09	귀환경유	NP0156	부산진	happenedAt	경유지	도착지
E012-10	귀환경유	NP0156	부산진	happenedAt	경유지	출발지
E012-10	귀환경유	NP0114	동래	happenedAt	경유지	도착지
E012-11	귀환경유	NP0114	동래	happenedAt	경유지	출발지
E012-11	귀환경유	NP0115	동래부 좌수영	happenedAt	경유지	도착지
E012-12	귀환경유	NP0115	동래부 좌수영	happenedAt	경유지	출발지
E012-12	귀환경유	NP0491	해남 도회관	happenedAt	경유지	도착지
E012-13	귀환경유	NP0491	해남 도회관	happenedAt	경유지	출발지
E012-13	귀환경유	NP0332	이진	happenedAt	경유지	도착지
E012-14	귀환	NP0332	이진	happenedAt	귀환지	출발지
E012-14	귀환	NP0511	화북	happenedAt	귀환지	도착지
E013-01	출항	NP0379	제주	happenedAt	출해지	
E013-02	표착경유	NP0332	이진	happenedAt	경유지	출발지
E013-02	표착경유	NP0214	소안도	happenedAt	경유지	도착지
E013-03	재출항	NP0214	소안도	happenedAt	출해지	
E013-04	표류	NP0171	사서도 앞바다	happenedAt	표류지	
E013-05	지상표착	NP0267	여도	happenedAt	표착지	
E013-06	송환경유	NP0267	여도	happenedAt	경유지	출발지
E013-06	송환경유	NP0284	오도	happenedAt	경유지	도착지
E013-07	송환경유	NP0284	오도	happenedAt	경유지	출발지
E013-07	송환경유	NP0342	일본 장기	happenedAt	경유지	도착지
E013-08	송환경유	NP0342	일본 장기	happenedAt	경유지	출발지
E013-08	송환경유	NP0090	대마도	happenedAt	경유지	도착지
E013-09	송환	NP0090	대마도	happenedAt	송환지	출발지
E013-09	송환	NP0156	부산진	happenedAt	송환지	도착지
E013-10	귀환경유	NP0156	부산진	happenedAt	경유지	출발지
E013-10	귀환경유	NP0114	동래	happenedAt	경유지	도착지
E013-11	귀환경유	NP0114	동래	happenedAt	경유지	출발지
E013-11	귀환경유	NP0394	좌수영	happenedAt	경유지	도착지
E013-12	귀환경유	NP0394	좌수영	happenedAt	경유지	출발지
E013-12	귀환경유	NP0214	소안도	happenedAt	경유지	도착지
E013-13	귀환	NP0214	소안도	happenedAt	귀환지	출발지
E013-13	귀환	NP0511	화북	happenedAt	귀환지	도착지
E014-01	출항	NP0379	제주	happenedAt	출해지	
E014-02	지상표착	NP0177	사포	happenedAt	표착지	
E014-03	송환경유	NP0177	사포	happenedAt	경유지	출발지
E014-03	송환경유	NP0342	일본 장기	happenedAt	경유지	도착지

source-id	name	target-id	name	relation	type	order
E014-04	송환경유	NP0342	일본 장기	happenedAt	경유지	출발지
E014-04	송환경유	NP0090	대마도	happenedAt	경유지	도착지
E014-05	송환	NP0090	대마도	happenedAt	송환지	출발지
E014-05	송환	NP0156	부산진	happenedAt	송환지	도착지
E014-06	귀환경유	NP0156	부산진	happenedAt	경유지	출발지
E014-06	귀환경유	NP0114	동래	happenedAt	경유지	도착지
E014-07	귀환경유	NP0114	동래	happenedAt	경유지	출발지
E014-07	귀환경유	NP0394	좌수영	happenedAt	경유지	도착지
E014-08	귀환경유	NP0394	좌수영	happenedAt	경유지	출발지
E014-08	귀환경유	NP0214	소안도	happenedAt	경유지	도착지
E014-09	귀환	NP0214	소안도	happenedAt	귀환지	출발지
E014-09	귀환	NP0511	화북	happenedAt	귀환지	도착지
E015-02	지상표착	NP0284	오도	happenedAt	표착지	
E015-03	송환경유	NP0284	오도	happenedAt	경유지	출발지
E015-03	송환경유	NP0342	일본 장기	happenedAt	경유지	도착지
E015-04	송환경유	NP0342	일본 장기	happenedAt	경유지	출발지
E015-04	송환경유	NP0090	대마도	happenedAt	경유지	도착지
E015-05	송환	NP0090	대마도	happenedAt	송환지	출발지
E015-05	송환	NP0156	부산진	happenedAt	송환지	도착지
E015-06	귀환경유	NP0156	부산진	happenedAt	경유지	출발지
E015-06	귀환경유	NP0114	동래	happenedAt	경유지	도착지
E015-07	귀환경유	NP0114	동래	happenedAt	경유지	출발지
E015-07	귀환경유	NP0394	좌수영	happenedAt	경유지	도착지
E015-08	귀환경유	NP0394	좌수영	happenedAt	경유지	출발지
E015-08	귀환경유	NP0332	이진	happenedAt	경유지	도착지
E015-09	귀환	NP0332	이진	happenedAt	귀환지	출발지
E015-09	귀환	NP0388	조천	happenedAt	귀환지	도착지
E016-01	출항	NP0379	제주	happenedAt	출해지	
E016-02	지상표착	NP0096	대만현	happenedAt	표착지	
E016-03	송환경유	NP0096	대만현	happenedAt	경유지	출발지
E016-03	송환경유	NP0426	진강부	happenedAt	경유지	도착지
E016-04	송환경유	NP0426	진강부	happenedAt	경유지	출발지
E016-04	송환경유	NP0146	복건성	happenedAt	경유지	도착지
E016-05	송환경유	NP0146	복건성	happenedAt	경유지	출발지
E016-05	송환경유	NP0410	중국 수구역	happenedAt	경유지	도착지
E016-06	송환경유	NP0410	중국 수구역	happenedAt	경유지	출발지
E016-06	송환경유	NP0158	북경	happenedAt	경유지	도착지

source-id	name	target-id	name	relation	type	order
E016-07	송환	NP0158	북경	happenedAt	송환지	출발지
E016-07	송환	NP0327	의주	happenedAt	송환지	도착지
E016-08	귀환경유	NP0327	의주	happenedAt	경유지	출발지
E016-08	귀환경유	NP0028	경기감영	happenedAt	경유지	도착지
E016-09	귀환경유	NP0028	경기감영	happenedAt	경유지	출발지
E016-09	귀환경유	NP0279	영암 도회관	happenedAt	경유지	도착지
E016-10	귀환	NP0279	영암 도회관	happenedAt	귀환지	출발지
E016-10	귀환	NP0388	조천	happenedAt	귀환지	도착지
E017-01	출항	NP0379	제주	happenedAt	출해지	
E017-02	표착경유	NP0332	이진	happenedAt	경유지	출발지
E017-02	표착경유	NP0214	소안도	happenedAt	경유지	도착지
E017-03	재출항	NP0214	소안도	happenedAt	출해지	
E017-04	표류	NP0171	사서도 앞바다	happenedAt	표류지	
E017-05	지상표착	NP0267	여도	happenedAt	표착지	
E017-06	재출항	NP0267	여도	happenedAt	출해지	
E017-07	지상표착	NP0088	대도	happenedAt	표착지	
E017-08	송환경유	NP0088	대도	happenedAt	경유지	출발지
E017-08	송환경유	NP0104	덕지도	happenedAt	경유지	도착지
E017-09	송환경유	NP0104	덕지도	happenedAt	경유지	출발지
E017-09	송환경유	NP0030	경양한도	happenedAt	경유지	도착지
E017-10	송환경유	NP0030	경양한도	happenedAt	경유지	출발지
E017-10	송환경유	NP0602	나패포	happenedAt	경유지	도착지
E017-11	송환경유	NP0602	나패포	happenedAt	경유지	출발지
E017-11	송환경유	NP0125	목주촌	happenedAt	경유지	도착지
E017-12	송환경유	NP0125	목주촌	happenedAt	경유지	출발지
E017-12	송환경유	NP0146	복건성	happenedAt	경유지	도착지
E017-13	송환경유	NP0146	복건성	happenedAt	경유지	출발지
E017-13	송환경유	NP0384	제해현	happenedAt	경유지	도착지
E017-14	송환경유	NP0384	제해현	happenedAt	경유지	출발지
E017-14	송환경유	NP0158	북경	happenedAt	경유지	도착지
E017-15	송환	NP0158	북경	happenedAt	송환지	출발지
E017-15	송환	NP0327	의주	happenedAt	송환지	도착지
E017-16	귀환경유	NP0327	의주	happenedAt	경유지	출발지
E017-16	귀환경유	NP0028	경기감영	happenedAt	경유지	도착지
E017-17	귀환경유	NP0028	경기감영	happenedAt	경유지	출발지
E017-17	귀환경유	NP0279	영암 도회관	happenedAt	경유지	도착지
E017-18	귀환	NP0279	영암 도회관	happenedAt	귀환지	출발지

source-id	name	target-id	name	relation	type	order
E017-18	귀환	NP0388	조천	happenedAt	귀환지	도착지
E018-01	출항	NP0379	제주	happenedAt	출해지	
E018-02	지상표착	NP0518	황하구	happenedAt	표착지	
E018-03	송환경유	NP0518	황하구	happenedAt	경유지	출발지
E018-03	송환경유	NP0153	부녕현	happenedAt	경유지	도착지
E018-04	송환경유	NP0153	부녕현	happenedAt	경유지	출발지
E018-04	송환경유	NP0178	산양현	happenedAt	경유지	도착지
E018-05	송환경유	NP0178	산양현	happenedAt	경유지	출발지
E018-05	송환경유	NP0447	청해현	happenedAt	경유지	도착지
E018-06	송환경유	NP0447	청해현	happenedAt	경유지	출발지
E018-06	송환경유	NP0364	장청현	happenedAt	경유지	도착지
E018-07	송환경유	NP0364	장청현	happenedAt	경유지	출발지
E018-07	송환경유	NP0158	북경	happenedAt	경유지	도착지
E018-08	송환	NP0158	북경	happenedAt	송환지	출발지
E018-08	송환	NP0327	의주	happenedAt	송환지	도착지
E018-09	귀환경유	NP0327	의주	happenedAt	경유지	출발지
E018-09	귀환경유	NP0028	경기감영	happenedAt	경유지	도착지
E018-10	귀환경유	NP0028	경기감영	happenedAt	경유지	출발지
E018-10	귀환경유	NP0279	영암 도회관	happenedAt	경유지	도착지
E018-11	귀환	NP0279	영암 도회관	happenedAt	귀환지	출발지
E018-11	귀환	NP0388	조천	happenedAt	귀환지	도착지
E019-01	출항	NP0011	강경포	happenedAt	출해지	
E019-02	지상표착	NP0220	송강포	happenedAt	표착지	
E019-03	송환경유	NP0220	송강포	happenedAt	경유지	출발지
E019-03	송환경유	NP0362	장주현	happenedAt	경유지	도착지
E019-04	송환경유	NP0362	장주현	happenedAt	경유지	출발지
E019-04	송환경유	NP0158	북경	happenedAt	경유지	도착지
E019-05	송환	NP0158	북경	happenedAt	송환지	출발지
E019-05	송환	NP0327	의주	happenedAt	송환지	도착지
E019-06	귀환경유	NP0327	의주	happenedAt	경유지	출발지
E019-06	귀환경유	NP0028	경기감영	happenedAt	경유지	도착지
E019-07	귀환경유	NP0028	경기감영	happenedAt	경유지	출발지
E019-07	귀환경유	NP0279	영암 도회관	happenedAt	경유지	도착지
E019-08	귀환경유	NP0279	영암 도회관	happenedAt	경유지	출발지
E019-08	귀환경유	NP0214	소안도	happenedAt	경유지	도착지
E019-09	귀환	NP0214	소안도	happenedAt	귀환지	출발지
E019-09	귀환	NP0388	조천	happenedAt	귀환지	도착지

source-id	name	target-id	name	relation	type	order
E020-01	출항	NP0511	화북	happenedAt	출해지	
E020-02	지상표착	NP0100	대이후촌	happenedAt	표착지	
E020-03	송환경유	NP0100	대이후촌	happenedAt	경유지	출발지
E020-03	송환경유	NP0342	일본 장기	happenedAt	경유지	도착지
E020-04	송환경유	NP0342	일본 장기	happenedAt	경유지	출발지
E020-04	송환경유	NP0090	대마도	happenedAt	경유지	도착지
E020-05	송환	NP0090	대마도	happenedAt	송환지	출발지
E020-05	송환	NP0020	거제	happenedAt	송환지	도착지
E020-06	귀환경유	NP0020	거제	happenedAt	경유지	출발지
E020-06	귀환경유	NP0156	부산진	happenedAt	경유지	도착지
E020-07	귀환경유	NP0156	부산진	happenedAt	경유지	출발지
E020-07	귀환경유	NP0114	동래	happenedAt	경유지	도착지
E020-08	귀환경유	NP0114	동래	happenedAt	경유지	출발지
E020-08	귀환경유	NP0394	좌수영	happenedAt	경유지	도착지
E020-09	귀환경유	NP0394	좌수영	happenedAt	경유지	출발지
E020-09	귀환경유	NP0332	이진	happenedAt	경유지	도착지
E020-10	귀환	NP0332	이진	happenedAt	귀환지	출발지
E020-10	귀환	NP0257	애월	happenedAt	귀환지	도착지
E021-01	출항	NP0301	우도	happenedAt	출해지	
E021-02	지상표착	NP0353	장길포	happenedAt	표착지	
E021-03	송환경유	NP0353	장길포	happenedAt	경유지	출발지
E021-03	송환경유	NP0500	향강포	happenedAt	경유지	도착지
E021-04	송환경유	NP0500	향강포	happenedAt	경유지	출발지
E021-04	송환경유	NP0342	일본 장기	happenedAt	경유지	도착지
E021-05	송환경유	NP0342	일본 장기	happenedAt	경유지	출발지
E021-05	송환경유	NP0090	대마도	happenedAt	경유지	도착지
E021-06	송환	NP0090	대마도	happenedAt	송환지	출발지
E021-06	송환	NP0020	거제	happenedAt	송환지	도착지
E021-07	귀환경유	NP0020	거제	happenedAt	경유지	출발지
E021-07	귀환경유	NP0156	부산진	happenedAt	경유지	도착지
E021-08	귀환경유	NP0156	부산진	happenedAt	경유지	출발지
E021-08	귀환경유	NP0114	동래	happenedAt	경유지	도착지
E021-09	귀환경유	NP0114	동래	happenedAt	경유지	출발지
E021-09	귀환경유	NP0394	좌수영	happenedAt	경유지	도착지
E021-10	귀환경유	NP0394	좌수영	happenedAt	경유지	출발지
E021-10	귀환경유	NP0332	이진	happenedAt	경유지	도착지
E021-11	귀환	NP0332	이진	happenedAt	귀환지	출발지

source-id	name	target-id	name	relation	type	order
E021-11	귀환	NP0257	애월	happenedAt	귀환지	도착지
E022-01	출항	NP0301	우도	happenedAt	출해지	
E022-02	지상표착	NP0353	장길포	happenedAt	표착지	
E022-03	송환경유	NP0353	장길포	happenedAt	경유지	출발지
E022-03	송환경유	NP0500	향강포	happenedAt	경유지	도착지
E022-04	송환경유	NP0500	향강포	happenedAt	경유지	출발지
E022-04	송환경유	NP0342	일본 장기	happenedAt	경유지	도착지
E022-05	송환경유	NP0342	일본 장기	happenedAt	경유지	출발지
E022-05	송환경유	NP0090	대마도	happenedAt	경유지	도착지
E022-06	송환경유	NP0090	대마도	happenedAt	경유지	출발지
E022-06	송환경유	NP0090	대마도	happenedAt	경유지	도착지
E022-07	송환	NP0090	대마도	happenedAt	송환지	출발지
E022-07	송환	NP0156	부산진	happenedAt	송환지	도착지
E022-08	귀환경유	NP0156	부산진	happenedAt	경유지	출발지
E022-08	귀환경유	NP0114	동래	happenedAt	경유지	도착지
E022-09	귀환경유	NP0114	동래	happenedAt	경유지	출발지
E022-09	귀환경유	NP0332	이진	happenedAt	경유지	도착지
E022-10	귀환	NP0332	이진	happenedAt	귀환지	출발지
E022-10	귀환	NP0511	화북	happenedAt	귀환지	도착지
E023-01	출항	NP0145	제주 보한리	happenedAt	출해지	
E023-02	표류	NP9001	바다	happenedAt	표류지	
E023-03	지상표착	NP0135	박산도	happenedAt	표착지	
E023-04	송환경유	NP0135	박산도	happenedAt	경유지	출발지
E023-04	송환경유	NP0146	복건성	happenedAt	경유지	도착지
E023-05	송환경유	NP0146	복건성	happenedAt	경유지	출발지
E023-05	송환경유	NP0217	소주	happenedAt	경유지	도착지
E023-06	송환경유	NP0217	소주	happenedAt	경유지	출발지
E023-06	송환경유	NP0158	북경	happenedAt	경유지	도착지
E023-07	송환	NP0158	북경	happenedAt	송환지	출발지
E023-07	송환	NP0327	의주	happenedAt	송환지	도착지
E023-08	귀환경유	NP0327	의주	happenedAt	경유지	출발지
E023-08	귀환경유	NP0028	경기감영	happenedAt	경유지	도착지
E023-09	귀환경유	NP0028	경기감영	happenedAt	경유지	출발지
E023-09	귀환경유	NP0491	해남 도회관	happenedAt	경유지	도착지
E023-10	귀환	NP0491	해남 도회관	happenedAt	귀환지	출발지
E023-10	귀환	NP0388	조천	happenedAt	귀환지	도착지
E024-01	출항	NP0379	제주	happenedAt	출해지	

source-id	name	target-id	name	relation	type	order
E024-02	표류	NP9001	바다	happenedAt	표류지	
E024-03	지상표착	NP0488	항주	happenedAt	표착지	
E024-04	송환경유	NP0488	항주	happenedAt	경유지	출발지
E024-04	송환경유	NP0374	절강성	happenedAt	경유지	도착지
E024-05	송환경유	NP0374	절강성	happenedAt	경유지	출발지
E024-05	송환경유	NP0158	북경	happenedAt	경유지	도착지
E024-06	송환	NP0158	북경	happenedAt	송환지	출발지
E024-06	송환	NP0327	의주	happenedAt	송환지	도착지
E024-07	귀환경유	NP0327	의주	happenedAt	경유지	출발지
E024-07	귀환경유	NP0028	경기감영	happenedAt	경유지	도착지
E024-08	귀환경유	NP0028	경기감영	happenedAt	경유지	출발지
E024-08	귀환경유	NP0491	해남 도회관	happenedAt	경유지	도착지
E024-09	귀환	NP0491	해남 도회관	happenedAt	귀환지	출발지
E024-09	귀환	NP0257	애월	happenedAt	귀환지	도착지
E025-01	출항	NP0379	제주	happenedAt	출해지	
E025-02	표류	NP9001	바다	happenedAt	표류지	
E025-03	지상표착	NP0148	복정현	happenedAt	표착지	
E025-04	송환경유	NP0148	복정현	happenedAt	경유지	출발
E025-04	송환경유	NP0146	복건성	happenedAt	경유지	도착지
E025-05	송환경유	NP0146	복건성	happenedAt	경유지	출발지
E025-05	송환경유	NP0158	북경	happenedAt	경유지	도착지
E025-06	송환경유	NP0158	북경	happenedAt	경유지	출발지
E025-06	송환경유	NP0411	중국 영평현	happenedAt	경유지	도착지
E025-07	송환	NP0411	중국 영평현	happenedAt	송환지	출발지
E025-07	송환	NP0327	의주	happenedAt	송환지	도착지
E025-08	귀환경유	NP0327	의주	happenedAt	경유지	출발지
E025-08	귀환경유	NP0028	경기감영	happenedAt	경유지	도착지
E025-09	귀환경유	NP0028	경기감영	happenedAt	경유지	출발지
E025-09	귀환경유	NP0491	해남 도회관	happenedAt	경유지	도착지
E025-10	귀환	NP0491	해남 도회관	happenedAt	귀환지	출발지
E025-10	귀환	NP0511	화북	happenedAt	귀환지	도착지
E026-02	선상표착	NP9002	선박	happenedAt	표착지	
E026-03	지상표착	NP0503	향항도	happenedAt	표착지	
E026-04	송환경유	NP0503	향항도	happenedAt	경유지	출발지
E026-04	송환경유	NP0186	상해현	happenedAt	경유지	도착지
E026-05	송환경유	NP0186	상해현	happenedAt	경유지	출발지
E026-05	송환경유	NP0362	장주현	happenedAt	경유지	도착지

source-id	name	target-id	name	relation	type	order
E026-06	송환경유	NP0362	장주현	happenedAt	경유지	출발지
E026-06	송환경유	NP0442	청강현	happenedAt	경유지	도착지
E026-07	송환경유	NP0442	청강현	happenedAt	경유지	출발지
E026-07	송환경유	NP0158	북경	happenedAt	경유지	도착지
E026-08	송환	NP0158	북경	happenedAt	송환지	출발지
E026-08	송환	NP0327	의주	happenedAt	송환지	도착지
E026-09	귀환경유	NP0327	의주	happenedAt	경유지	출발지
E026-09	귀환경유	NP0028	경기감영	happenedAt	경유지	도착지
E026-10	귀환	NP0028	경기감영	happenedAt	귀환지	출발지
E026-10	귀환	NP0388	조천	happenedAt	귀환지	도착지
E027-02	표착경유	NP0240	신산	happenedAt	경유지	
E027-03	재출항	NP0240	신산	happenedAt	출해지	
E027-04	지상표착	NP0097	대보촌	happenedAt	표착지	
E027-05	송환경유	NP0097	대보촌	happenedAt	경유지	출발지
E027-05	송환경유	NP0342	일본 장기	happenedAt	경유지	도착지
E027-06	송환경유	NP0342	일본 장기	happenedAt	경유지	출발지
E027-06	송환경유	NP0090	대마도	happenedAt	경유지	도착지
E027-07	송환	NP0090	대마도	happenedAt	송환지	출발지
E027-07	송환	NP0156	부산진	happenedAt	송환지	도착지
E027-08	귀환경유	NP0156	부산진	happenedAt	경유지	출발지
E027-08	귀환경유	NP0114	동래	happenedAt	경유지	도착지
E027-09	송환	NP0090	대마도	happenedAt	송환지	출발지
E027-09	송환	NP0156	부산진	happenedAt	송환지	도착지
E027-10	귀환경유	NP0156	부산진	happenedAt	경유지	출발지
E027-10	귀환경유	NP0114	동래	happenedAt	경유지	도착지
E027-11	귀환경유	NP0114	동래	happenedAt	경유지	출발지
E027-11	귀환경유	NP0460	통영	happenedAt	경유지	도착지
E027-12	귀환경유	NP0460	통영	happenedAt	경유지	출발지
E027-12	귀환경유	NP0449	추자도	happenedAt	경유지	도착지
E027-13	귀환	NP0449	추자도	happenedAt	귀환지	출발지
E027-13	귀환	NP0511	화북	happenedAt	귀환지	도착지
E028-01	출항	NP0388	조천	happenedAt	출해지	
E028-02	표착경유	NP0261	양산	happenedAt	경유지	
E028-03	표착경유	NP0261	양산	happenedAt	경유지	출발지
E028-03	표착경유	NP0214	소안도	happenedAt	경유지	도착지
E028-04	재출항	NP0214	소안도	happenedAt	출해지	
E028-05	표류	NP0171	사서도 앞바다	happenedAt	표류지	

source-id	name	target-id	name	relation	type	order
E028-06	선상표착	NP9002	선박	happenedAt	표착지	
E028-07	지상표착	NP0146	복건성	happenedAt	표착지	
E028-08	송환경유	NP0146	복건성	happenedAt	경유지	출발지
E028-08	송환경유	NP0158	북경	happenedAt	경유지	도착지
E028-09	송환	NP0158	북경	happenedAt	송환지	출발지
E028-09	송환	NP0327	의주	happenedAt	송환지	도착지
E028-10	귀환경유	NP0327	의주	happenedAt	경유지	출발지
E028-10	귀환경유	NP0111	도회관	happenedAt	경유지	도착지
E028-11	귀환	NP0111	도회관	happenedAt	귀환지	출발지
E028-11	귀환	NP0511	화북	happenedAt	귀환지	도착지
E029-02	지상표착	NP0284	오도	happenedAt	표착지	
E029-03	송환경유	NP0284	오도	happenedAt	경유지	출발지
E029-03	송환경유	NP0166	비전포구	happenedAt	경유지	도착지
E029-04	송환경유	NP0166	비전포구	happenedAt	경유지	출발지
E029-04	송환경유	NP0342	일본 장기	happenedAt	경유지	도착지
E029-05	송환경유	NP0342	일본 장기	happenedAt	경유지	출발지
E029-05	송환경유	NP0090	대마도	happenedAt	경유지	도착지
E029-06	송환	NP0090	대마도	happenedAt	송환지	출발지
E029-06	송환	NP0156	부산진	happenedAt	송환지	도착지
E029-07	송환	NP0090	대마도	happenedAt	송환지	출발지
E029-07	송환	NP0114	동래	happenedAt	송환지	도착지
E029-08	귀환경유	NP0114	동래	happenedAt	경유지	출발지
E029-08	귀환경유	NP0460	통영	happenedAt	경유지	도착지
E029-09	귀환경유	NP0460	통영	happenedAt	경유지	출발지
E029-09	귀환경유	NP0214	소안도	happenedAt	경유지	도착지
E029-10	귀환	NP0214	소안도	happenedAt	귀환지	출발지
E029-10	귀환	NP0511	화북	happenedAt	귀환지	도착지
E030-01	출항	NP0511	화북	happenedAt	출해지	
E030-02	지상표착	NP0088	대도	happenedAt	표착지	
E030-03	송환경유	NP0088	대도	happenedAt	경유지	출발지
E030-03	송환경유	NP9003	어느 포구	happenedAt	경유지	도착지
E030-04	송환경유	NP9003	어느 포구	happenedAt	경유지	출발지
E030-04	송환경유	NP0146	복건성	happenedAt	경유지	도착지
E030-05	송환경유	NP0146	복건성	happenedAt	경유지	출발지
E030-05	송환경유	NP0158	북경	happenedAt	경유지	도착지
E030-06	송환	NP0158	북경	happenedAt	송환지	출발지
E030-06	송환	NP0327	의주	happenedAt	송환지	도착지

source-id	name	target-id	name	relation	type	order
E030-07	귀환경유	NP0327	의주	happenedAt	경유지	출발지
E030-07	귀환경유	NP0111	도회관	happenedAt	경유지	도착지
E030-08	귀환경유	NP0111	도회관	happenedAt	경유지	출발지
E030-08	귀환경유	NP0332	이진	happenedAt	경유지	도착지
E030-09	귀환	NP0332	이진	happenedAt	귀환지	출발지
E030-09	귀환	NP0511	화북	happenedAt	귀환지	도착지
E031-01	출항	NP0388	조천	happenedAt	출해지	
E031-02	지상표착	NP0297	완촌	happenedAt	표착지	
E031-03	송환경유	NP0297	완촌	happenedAt	경유지	출발지
E031-03	송환경유	NP9004	관하 포구	happenedAt	경유지	도착지
E031-04	송환	NP9004	관하 포구	happenedAt	송환지	출발지
E031-04	송환	NP0060	기장포	happenedAt	송환지	도착지
E031-05	귀환경유	NP0060	기장포	happenedAt	경유지	출발지
E031-05	귀환경유	NP0156	부산진	happenedAt	경유지	도착지
E031-06	귀환경유	NP0156	부산진	happenedAt	경유지	출발지
E031-06	귀환경유	NP0114	동래	happenedAt	경유지	도착지
E031-07	귀환경유	NP0114	동래	happenedAt	경유지	출발지
E031-07	귀환경유	NP0214	소안도	happenedAt	경유지	도착지
E031-08	귀환	NP0214	소안도	happenedAt	귀환지	출발지
E031-08	귀환	NP0388	조천	happenedAt	귀환지	도착지
E032-01	출항	NP0388	조천	happenedAt	출해지	
E032-02	표착경유	NP0388	조천	happenedAt	경유지	출발지
E032-02	표착경유	NP0476	하동	happenedAt	경유지	도착지
E032-03	표착경유	NP0476	하동	happenedAt	경유지	출발지
E032-03	표착경유	NP0603	부산창	happenedAt	경유지	도착지
E032-04	재출항	NP0603	부산창	happenedAt	출해지	
E032-05	지상표착	NP0056	금포	happenedAt	표착지	
E032-06	송환경유	NP0056	금포	happenedAt	경유지	출발지
E032-06	송환경유	NP0091	대마도 관부	happenedAt	경유지	도착지
E032-07	송환경유	NP0091	대마도 관부	happenedAt	경유지	출발지
E032-07	송환경유	NP0172	사수천	happenedAt	경유지	도착지
E032-08	송환	NP0172	사수천	happenedAt	송환지	출발지
E032-08	송환	NP0060	기장포	happenedAt	송환지	도착지
E032-09	귀환경유	NP0060	기장포	happenedAt	경유지	출발지
E032-09	귀환경유	NP0156	부산진	happenedAt	경유지	도착지
E032-10	귀환경유	NP0156	부산진	happenedAt	경유지	출발지
E032-10	귀환경유	NP0114	동래	happenedAt	경유지	도착지

source-id	name	target-id	name	relation	type	order
E032-11	귀환경유	NP0114	동래	happenedAt	경유지	출발지
E032-11	귀환경유	NP0460	통영	happenedAt	경유지	도착지
E032-12	귀환경유	NP0460	통영	happenedAt	경유지	출발지
E032-12	귀환경유	NP0214	소안도	happenedAt	경유지	도착지
E032-13	귀환	NP0214	소안도	happenedAt	귀환지	출발지
E032-13	귀환	NP0023	건입	happenedAt	귀환지	도착지
E033-01	출항	NP0511	화북	happenedAt	출해지	
E033-02	표류	NP9001	바다	happenedAt	표류지	
E033-03	선상표착	NP9002	선박	happenedAt	표착지	
E033-04	지상표착	NP0082	당산포	happenedAt	표착지	
E033-05	송환경유	NP0082	당산포	happenedAt	경유지	출발지
E033-05	송환경유	NP0604	대만 총독부	happenedAt	경유지	도착지
E033-06	송환경유	NP0604	대만 총독부	happenedAt	경유지	출발지
E033-06	송환경유	NP0605	상해 항구	happenedAt	경유지	도착지
E033-07	송환경유	NP0605	상해 항구	happenedAt	경유지	출발지
E033-07	송환경유	NP0439	천진 항구	happenedAt	경유지	도착지
E033-08	송환경유	NP0439	천진 항구	happenedAt	경유지	출발지
E033-08	송환경유	NP0158	북경	happenedAt	경유지	도착지
E033-09	송환 .	NP0158	북경	happenedAt	송환지	출발지
E033-09	송환	NP0327	의주	happenedAt	송환지	도착지
E033-10	귀환경유	NP0327	의주	happenedAt	경유지	출발지
E033-10	귀환경유	NP0028	경기감영	happenedAt	경유지	도착지
E033-11	귀환경유	NP0028	경기감영	happenedAt	경유지	출발지
E033-11	귀환경유	NP0111	도회관	happenedAt	경유지	도착지
E033-12	귀환경유	NP0111	도회관	happenedAt	경유지	출발지
E033-12	귀환경유	NP0214	소안도	happenedAt	경유지	도착지
E033-13	귀환	NP0214	소안도	happenedAt	귀환지	출발지
E033-13	귀환	NP0257	애월	happenedAt	귀환지	도착지
E034-02	지상표착	NP0284	오도	happenedAt	표착지	
E034-03	송환경유	NP0284	오도	happenedAt	경유지	출발지
E034-03	송환경유	NP0342	일본 장기	happenedAt	경유지	도착지
E034-04	송환경유	NP0342	일본 장기	happenedAt	경유지	출발지
E034-04	송환경유	NP0090	대마도	happenedAt	경유지	도착지
E034-05	송환	NP0090	대마도	happenedAt	송환지	출발지
E034-05	송환	NP0156	부산진	happenedAt	송환지	도착지
E034-06	귀환경유	NP0156	부산진	happenedAt	경유지	출발지
E034-06	귀환경유	NP0114	동래	happenedAt	경유지	도착지

source-id	name	target-id	name	relation	type	order
E034-07	귀환	NP0114	동래	happenedAt	귀환지	출발지
E034-07	귀환	NP0332	이진	happenedAt	귀환지	도착지
E034-08	귀환	NP0332	이진	happenedAt	귀환지	출발지
E034-08	귀환	NP0511	화북	happenedAt	귀환지	도착지
E035-01	출항	NP0511	화북	happenedAt	출해지	
E035-02	선상표착	NP9002	선박	happenedAt	표착지	
E035-03	지상표착	NP0342	일본 장기	happenedAt	표착지	
E035-04	송환경유	NP0342	일본 장기	happenedAt	경유지	출발지
E035-04	송환경유	NP0090	대마도	happenedAt	경유지	도착지
E035-05	송환	NP0090	대마도	happenedAt	송환지	출발지
E035-05	송환	NP0156	부산진	happenedAt	송환지	도착지
E035-06	귀환경유	NP0156	부산진	happenedAt	경유지	출발지
E035-06	귀환경유	NP0114	동래	happenedAt	경유지	도착지
E035-07	귀환경유	NP0114	동래	happenedAt	경유지	출발지
E035-07	귀환경유	NP0332	이진	happenedAt	경유지	도착지
E035-08	귀환	NP0332	이진	happenedAt	귀환지	출발지
E035-08	귀환	NP0511	화북	happenedAt	귀환지	도착지
E036-01	출항	NP0511	화북	happenedAt	출해지	
E036-02	지상표착	NP0443	청방촌	happenedAt	표착지	
E036-03	송환경유	NP0443	청방촌	happenedAt	경유지	출발지
E036-03	송환경유	NP0342	일본 장기	happenedAt	경유지	도착지
E036-04	송환경유	NP0342	일본 장기	happenedAt	경유지	출발지
E036-04	송환경유	NP0090	대마도	happenedAt	경유지	도착지
E036-05	송환	NP0090	대마도	happenedAt	송환지	출발지
E036-05	송환	NP0156	부산진	happenedAt	송환지	도착지
E036-06	귀환경유	NP0156	부산진	happenedAt	경유지	출발지
E036-06	귀환경유	NP0114	동래	happenedAt	경유지	도착지
E036-07	귀환경유	NP0114	동래	happenedAt	경유지	출발지
E036-07	귀환경유	NP0332	이진	happenedAt	경유지	도착지
E036-08	귀환	NP0332	이진	happenedAt	귀환지	출발지
E036-08	귀환	NP0511	화북	happenedAt	귀환지	도착지
E037-01	출항	NP0240	신산	happenedAt	출해지	
E037-02	지상표착	NP0284	오도	happenedAt	표착지	
E037-03	송환경유	NP0284	오도	happenedAt	경유지	출발지
E037-03	송환경유	NP0386	조락포	happenedAt	경유지	도착지
E037-04	송환경유	NP0386	조락포	happenedAt	경유지	출발지
E037-04	송환경유	NP0005	가시로락포	happenedAt	경유지	도착지

source-id	name	target-id	name	relation	type	order
E037-05	송환경유	NP0005	가시로락포	happenedAt	경유지	출발지
E037-05	송환경유	NP0342	일본 장기	happenedAt	경유지	도착지
E037-06	송환경유	NP0342	일본 장기	happenedAt	경유지	출발지
E037-06	송환경유	NP0090	대마도	happenedAt	경유지	도착지
E037-07	송환경유	NP0090	대마도	happenedAt	경유지	출발지
E037-07	송환경유	NP0090	대마도	happenedAt	경유지	도착지
E037-08	송환	NP0173	사수천 항구	happenedAt	송환지	출발지
E037-08	송환	NP0020	거제	happenedAt	송환지	도착지
E037-09	귀환경유	NP0020	거제	happenedAt	경유지	출발지
E037-09	귀환경유	NP0114	동래	happenedAt	경유지	도착지
E037-10	귀환경유	NP0114	동래	happenedAt	경유지	출발지
E037-10	귀환경유	NP0332	이진	happenedAt	경유지	도착지
E037-11	귀환	NP0332	이진	happenedAt	귀환지	출발지
E037-11	귀환	NP0388	조천	happenedAt	귀환지	도착지
E038-01	출항	NP0379	제주	happenedAt	출해지	
E038-02	표착경유	NP0379	제주	happenedAt	경유지	출발지
E038-02	표착경유	NP0020	거제	happenedAt	경유지	도착지
E038-04	지상표착	NP0090	대마도	happenedAt	표착지	
E038-05	송환경유	NP0090	대마도	happenedAt	경유지	출발지
E038-05	송환경유	NP0691	대마도 관부 항구	happenedAt	경유지	도착지
E038-06	송환	NP0173	사수천 항구	happenedAt	송환지	출발지
E038-06	송환	NP0060	기장포	happenedAt	송환지	도착지
E038-07	귀환경유	NP0060	기장포	happenedAt	경유지	출발지
E038-07	귀환경유	NP0156	부산진	happenedAt	경유지	도착지
E038-08	귀환경유	NP0156	부산진	happenedAt	경유지	출발지
E038-08	귀환경유	NP0114	동래	happenedAt	경유지	도착지
E038-09	귀환경유	NP0114	동래	happenedAt	경유지	출발지
E038-09	귀환경유	NP0214	소안도	happenedAt	경유지	도착지
E038-10	귀환	NP0214	소안도	happenedAt	귀환지	출발지
E038-10	귀환	NP0388	조천	happenedAt	귀환지	도착지
E039-01	출항	NP0379	제주	happenedAt	출해지	
E039-02	지상표착	NP0117	동포	happenedAt	표착지	
E039-03	송환경유	NP0117	동포	happenedAt	경유지	출발지
E039-03	송환경유	NP0427	진강현	happenedAt	경유지	도착지
E039-04	송환경유	NP0427	진강현	happenedAt	경유지	출발지
E039-04	송환경유	NP0146	복건성	happenedAt	경유지	도착지
E039-05	송환경유	NP0146	복건성	happenedAt	경유지	출발지

source-id	name	target-id	name	relation	type	order
E039-05	송환경유	NP0158	북경	happenedAt	경유지	도착지
E039-06	송환	NP0158	북경	happenedAt	송환지	출발지
E039-06	송환	NP0327	의주	happenedAt	송환지	도착지
E039-07	귀환경유	NP0327	의주	happenedAt	경유지	출발지
E039-07	귀환경유	NP0028	경기감영	happenedAt	경유지	도착지
E039-08	귀환경유	NP0028	경기감영	happenedAt	경유지	출발지
E039-08	귀환경유	NP0491	해남 도회관	happenedAt	경유지	도착지
E039-09	귀환경유	NP0491	해남 도회관	happenedAt	경유지	출발지
E039-09	귀환경유	NP0214	소안도	happenedAt	경유지	도착지
E039-10	귀환	NP0214	소안도	happenedAt	귀환지	출발지
E039-10	귀환	NP0142	별방	happenedAt	귀환지	도착지
E040-01	출항	NP0301	우도	happenedAt	출해지	
E040-02	표착경유	NP0301	우도	happenedAt	경유지	출발지
E040-02	표착경유	NP0303	우미	happenedAt	경유지	도착지
E040-03	재출항	NP0303	우미	happenedAt	출해지	
E040-04	선상표착	NP9002	선박	happenedAt	표착지	
E040-05	지상표착	NP0378	정해	happenedAt	표착지	
E040-06	송환경유	NP0378	정해	happenedAt	경유지	출발지
E040-06	송환경유	NP0423	지하포	happenedAt	경유지	도착지
E040-07	송환경유	NP0423	지하포	happenedAt	경유지	출발지
E040-07	송환경유	NP0442	청강현	happenedAt	경유지	도착지
E040-08	송환경유	NP0442	청강현	happenedAt	경유지	출발지
E040-08	송환경유	NP0158	북경	happenedAt	경유지	도착지
E040-09	송환	NP0158	북경	happenedAt	송환지	출발지
E040-09	송환	NP0327	의주	happenedAt	송환지	도착지
E040-10	귀환경유	NP0327	의주	happenedAt	경유지	출발지
E040-10	귀환경유	NP0028	경기감영	happenedAt	경유지	도착지
E040-11	귀환경유	NP0028	경기감영	happenedAt	경유지	출발지
E040-11	귀환경유	NP0491	해남 도회관	happenedAt	경유지	도착지
E040-12	귀환경유	NP0491	해남 도회관	happenedAt	경유지	출발지
E040-12	귀환경유	NP0214	소안도	happenedAt	경유지	도착지
E040-13	귀환	NP0214	소안도	happenedAt	귀환지	출발지
E040-13	귀환	NP0388	조천	happenedAt	귀환지	도착지
E041-01	출항	NP0379	제주	happenedAt	출해지	
E041-02	표착경유	NP0332	이진	happenedAt	경유지	
E041-03	재출항	NP0332	이진	happenedAt	출해지	
E041-04	지상표착	NP0292	옥진포	happenedAt	표착지	

source-id	name	target-id	name	relation	type	order
E041-05	송환경유	NP0292	옥진포	happenedAt	경유지	출발지
E041-06	송환경유	NP0342	일본 장기	happenedAt	경유지	도착지
E041-07	송환경유	NP0342	일본 장기	happenedAt	경유지	출발지
E041-07	송환경유	NP0090	대마도	happenedAt	경유지	도착지
E041-08	송환	NP0090	대마도	happenedAt	송환지	출발지
E041-08	송환	NP0156	부산진	happenedAt	송환지	도착지
E041-09	귀환경유	NP0156	부산진	happenedAt	경유지	출발지
E041-09	귀환경유	NP0114	동래	happenedAt	경유지	도착지
E041-10	귀환경유	NP0114	동래	happenedAt	경유지	출발지
E041-10	귀환경유	NP0015	강진 도회관	happenedAt	경유지	도착지
E041-11	귀환경유	NP0015	강진 도회관	happenedAt	경유지	출발지
E041-11	귀환경유	NP0332	이진	happenedAt	경유지	도착지
E041-12	귀환	NP0332	이진	happenedAt	귀환지	출발지
E041-12	귀환	NP0511	화북	happenedAt	귀환지	도착지
E042-02	지상표착	NP0284	오도	happenedAt	표착지	
E042-03	송환경유	NP0284	오도	happenedAt	경유지	출발지
E042-04	송환경유	NP0342	일본 장기	happenedAt	경유지	도착지
E042-05	송환경유	NP0342	일본 장기	happenedAt	경유지	출발지
E042-05	송환경유	NP0090	대마도	happenedAt	경유지	도착지
E042-06	송환	NP0090	대마도	happenedAt	송환지	출발지
E042-06	송환	NP0156	부산진	happenedAt	송환지	도착지
E042-07	귀환경유	NP0156	부산진	happenedAt	경유지	출발지
E042-07	귀환경유	NP0114	동래	happenedAt	경유지	도착지
E042-08	귀환경유	NP0214	소안도	happenedAt	경유지	도착지
E042-09	귀환	NP0214	소안도	happenedAt	귀환지	출발지
E042-09	귀환	NP0061	김녕	happenedAt	귀환지	도착지
E043-01	출항	NP0109	도원포	happenedAt	출해지	
E043-02	지상표착	NP0095	대만부	happenedAt	표착지	
E043-03	송환경유	NP0095	대만부	happenedAt	경유지	출발지
E043-03	송환경유	NP0241	신장현	happenedAt	경유지	도착지
E043-04	송환경유	NP0241	신장현	happenedAt	경유지	출발지
E043-04	송환경유	NP0146	복건성	happenedAt	경유지	도착지
E043-05	송환경유	NP0146	복건성	happenedAt	경유지	출발지
E043-05	송환경유	NP0158	북경	happenedAt	경유지	도착지
E043-06	송환	NP0158	북경	happenedAt	송환지	출발지
E043-06	송환	NP0327	의주	happenedAt	송환지	도착지
E043-07	귀환경유	NP0327	의주	happenedAt	경유지	출발지

source-id	name	target-id	name	relation	type	order
E043-07	귀환경유	NP0028	경기감영	happenedAt	경유지	도착지
E043-08	귀환경유	NP0028	경기감영	happenedAt	경유지	출발지
E043-08	귀환경유	NP0015	강진 도회관	happenedAt	경유지	도착지
E043-09	귀환경유	NP0015	강진 도회관	happenedAt	경유지	출발지
E043-09	귀환경유	NP0332	이진	happenedAt	경유지	도착지
E043-10	귀환	NP0332	이진	happenedAt	귀환지	출발지
E043-10	귀환	NP0208	세화포	happenedAt	귀환지	도착지
E044-01	출항	NP0379	제주	happenedAt	출해지	
E044-02	지상표착	NP0284	오도	happenedAt	표착지	
E044-03	송환경유	NP0284	오도	happenedAt	경유지	출발지
E044-03	송환경유	NP0342	일본 장기	happenedAt	경유지	도착지
E044-04	송환경유	NP0342	일본 장기	happenedAt	경유지	출발지
E044-04	송환경유	NP0090	대마도	happenedAt	경유지	도착지
E044-05	송환경유	NP0090	대마도	happenedAt	경유지	출발지
E044-05	송환경유	NP0173	사수천 항구	happenedAt	경유지	도착지
E044-06	송환	NP0173	사수천 항구	happenedAt	송환지	출발지
E044-06	송환	NP0307	울산	happenedAt	송환지	도착지
E044-07	귀환경유	NP0307	울산	happenedAt	경유지	출발지
E044-07	귀환경유	NP0156	부산진	happenedAt	경유지	도착지
E044-08	귀환경유	NP0156	부산진	happenedAt	경유지	출발지
E044-08	귀환경유	NP0114	동래	happenedAt	경유지	도착지
E044-09	귀환경유	NP0114	동래	happenedAt	경유지	출발지
E044-09	귀환경유	NP0111	도회관	happenedAt	경유지	도착지
E044-10	귀환경유	NP0111	도회관	happenedAt	경유지	출발지
E044-10	귀환경유	NP0214	소안도	happenedAt	경유지	도착지
E044-11	귀환	NP0214	소안도	happenedAt	귀환지	출발지
E044-11	귀환	NP0388	조천	happenedAt	귀환지	도착지
E045-01	출항	NP0379	제주	happenedAt	출해지	
E045-02	선상표착	NP9002	선박	happenedAt	표착지	
E045-03	지상표착	NP0606	등산포	happenedAt	표착지	
E045-04	송환경유	NP0606	등산포	happenedAt	경유지	출발지
E045-04	송환경유	NP0158	북경	happenedAt	경유지	도착지
E045-05	송환	NP0158	북경	happenedAt	송환지	출발지
E045-05	송환	NP0327	의주	happenedAt	송환지	도착지
E045-06	귀환경유	NP0327	의주	happenedAt	경유지	출발지
E045-06	귀환경유	NP0028	경기감영	happenedAt	경유지	도착지
E045-07	귀환경유	NP0028	경기감영	happenedAt	경유지	출발지

source-id	name	target-id	name	relation	type	order
E045-07	귀환경유	NP0279	영암 도회관	happenedAt	경유지	도착지
E045-08	귀환경유	NP0279	영암 도회관	happenedAt	경유지	출발지
E045-08	귀환경유	NP0332	이진	happenedAt	경유지	도착지
E045-09	귀환	NP0332	이진	happenedAt	귀환지	출발지
E045-09	귀환	NP0511	화북	happenedAt	귀환지	도착지
E046-01	출항	NP0511	화북	happenedAt	출해지	
E046-02	표착경유	NP0511	화북	happenedAt	경유지	출발지
E046-02	표착경유	NP0346	임피	happenedAt	경유지	도착지
E046-03	표착경유	NP0346	임피	happenedAt	경유지	출발지
E046-03	표착경유	NP0307	울산	happenedAt	경유지	도착지
E046-04	표착경유	NP0307	울산	happenedAt	경유지	출발지
E046-04	표착경유	NP0607	부산 앞바다	happenedAt	경유지	도착지
E046-05	지상표착	NP0090	대마도	happenedAt	표착지	
E046-06	송환경유	NP0090	대마도	happenedAt	경유지	출발지
E046-06	송환경유	NP0691	대마도 관부 항구	happenedAt	경유지	도착지
E046-07	송환	NP0691	대마도 관부 항구	happenedAt	송환지	출발지
E046-07	송환	NP0156	부산진	happenedAt	송환지	도착지
E046-08	귀환경유	NP0156	부산진	happenedAt	경유지	출발지
E046-08	귀환경유	NP0114	동래	happenedAt	경유지	도착지
E046-09	귀환경유	NP0114	동래	happenedAt	경유지	출발지
E046-09	귀환경유	NP0066	낙안	happenedAt	경유지	도착지
E046-10	귀환경유	NP0066	낙안	happenedAt	경유지	출발지
E046-10	귀환경유	NP0608	군산포	happenedAt	경유지	도착지
E046-11	귀환경유	NP0608	군산포	happenedAt	경유지	출발지
E046-11	귀환경유	NP0482	한강	happenedAt	경유지	도착지
E046-12	귀환경유	NP0482	한강	happenedAt	경유지	출발지
E046-12	귀환경유	NP0214	소안도	happenedAt	경유지	도착지
E046-13	귀환	NP0214	소안도	happenedAt	귀환지	출발지
E046-13	귀환	NP0511	화북	happenedAt	귀환지	도착지
E047-01	출항	NP0379	제주	happenedAt	출해지	
E047-02	지상표착	NP0046	구미도	happenedAt	표착지	
E047-03	송환경유	NP0046	구미도	happenedAt	경유지	출발지
E047-03	송환경유	NP0136	박촌	happenedAt	경유지	도착지
E047-04	송환경유	NP0136	박촌	happenedAt	경유지	출발지
E047-04	송환경유	NP0146	복건성	happenedAt	경유지	도착지
E047-05	송환경유	NP0217	소주	happenedAt	경유지	출발지
E047-05	송환경유	NP0158	북경	happenedAt	경유지	도착지

source-id	name	target-id	name	relation	type	order
E047-06	송환	NP0158	북경	happenedAt	송환지	출발지
E047-06	송환	NP0327	의주	happenedAt	송환지	도착지
E047-07	귀환경유	NP0327	의주	happenedAt	경유지	출발지
E047-07	귀환경유	NP0028	경기감영	happenedAt	경유지	도착지
E047-08	귀환경유	NP0028	경기감영	happenedAt	경유지	출발지
E047-08	귀환경유	NP0279	영암 도회관	happenedAt	경유지	도착지
E047-09	귀환경유	NP0279	영암 도회관	happenedAt	경유지	출발지
E047-09	귀환경유	NP0214	소안도	happenedAt	경유지	도착지
E047-10	귀환	NP0214	소안도	happenedAt	귀환지	출발지
E047-10	귀환	NP0061	김녕	happenedAt	귀환지	도착지
E048-01	출항	NP0335	일과	happenedAt	출해지	
E048-02	선상표착	NP9002	선박	happenedAt	표착지	
E048-03	송환경유	NP9002	선박	happenedAt	경유지	출발지
E048-03	송환경유	NP9002	선박	happenedAt	경유지	도착지
E048-04	송환경유	NP9002	선박	happenedAt	경유지	출발지
E048-04	송환경유	NP0605	상해 항구	happenedAt	경유지	도착지
E048-05	송환경유	NP9002	선박	happenedAt	경유지	출발지
E048-05	송환경유	NP9002	선박	happenedAt	경유지	도착지
E048-06	송환경유	NP0342	일본 장기	happenedAt	경유지	출발지
E048-06	송환경유	NP0090	대마도	happenedAt	경유지	도착지
E048-07	송환경유	NP0090	대마도	happenedAt	경유지	출발지
E048-07	송환경유	NP0173	사수천 항구	happenedAt	경유지	도착지
E048-08	송환	NP0173	사수천 항구	happenedAt	송환지	출발지
E048-08	송환	NP0307	울산	happenedAt	송환지	도착지
E048-09	귀환경유	NP0307	울산	happenedAt	경유지	출발지
E048-09	귀환경유	NP0156	부산진	happenedAt	경유지	도착지
E048-10	귀환경유	NP0156	부산진	happenedAt	경유지	출발지
E048-10	귀환경유	NP0114	동래	happenedAt	경유지	도착지
E048-11	귀환경유	NP0114	동래	happenedAt	경유지	출발지
E048-11	귀환경유	NP0111	도회관	happenedAt	경유지	도착지
E048-12	귀환경유	NP0111	도회관	happenedAt	경유지	출발지
E048-12	귀환경유	NP0214	소안도	happenedAt	경유지	도착지
E048-13	귀환	NP0214	소안도	happenedAt	귀환지	출발지
E048-13	귀환	NP0609	귀일포	happenedAt	귀환지	도착지
E049-01	출항	NP0379	제주	happenedAt	출해지	
E049-02	지상표착	NP0235	숭무진	happenedAt	표착지	
E049-03	송환경유	NP0508	혜안현	happenedAt	경유지	출발지

source-id	name	target-id	name	relation	type	order
E049-03	송환경유	NP0610	복건성 관사	happenedAt	경유지	도착지
E049-04	송환경유	NP0146	복건성	happenedAt	경유지	출발지
E049-04	송환경유	NP0488	항주	happenedAt	경유지	도착지
E049-05	송환경유	NP0488	항주	happenedAt	경유지	출발지
E049-05	송환경유	NP0158	북경	happenedAt	경유지	도착지
E049-06	송환경유	NP0158	북경	happenedAt	경유지	출발지
E049-06	송환경유	NP0210	소릉아	happenedAt	경유지	도착지
E049-07	송환	NP0210	소릉아	happenedAt	송환지	출발지
E049-07	송환	NP0327	의주	happenedAt	송환지	도착지
E049-08	귀환경유	NP0327	의주	happenedAt	경유지	출발지
E049-08	귀환경유	NP0028	경기감영	happenedAt	경유지	도착지
E049-09	귀환경유	NP0028	경기감영	happenedAt	경유지	출발지
E049-09	귀환경유	NP0491	해남 도회관	happenedAt	경유지	도착지
E049-10	귀환경유	NP0491	해남 도회관	happenedAt	경유지	출발지
E049-10	귀환경유	NP0332	이진	happenedAt	경유지	도착지
E049-11	귀환경유	NP0332	이진	happenedAt	경유지	출발지
E049-11	귀환경유	NP0214	소안도	happenedAt	경유지	도착지
E049-12	귀환	NP0214	소안도	happenedAt	귀환지	출발지
E049-12	귀환	NP0511	화북	happenedAt	귀환지	도착지
E050-01	출항	NP0379	제주	happenedAt	출해지	
E050-02	선상표착	NP9002	선박	happenedAt	표착지	
E050-03	송환경유	NP9002	선박	happenedAt	경유지	출발지
E050-03	송환경유	NP0611	소송진	happenedAt	경유지	도착지
E050-04	송환경유	NP0611	소송진	happenedAt	경유지	출발지
E050-04	송환경유	NP0234	숭명현	happenedAt	경유지	도착지
E050-05	송환경유	NP0234	숭명현	happenedAt	경유지	출발지
E050-05	송환경유	NP0223	송도	happenedAt	경유지	도착지
E050-06	송환경유	NP0223	송도	happenedAt	경유지	출발지
E050-06	송환경유	NP0612	천진교	happenedAt	경유지	도착지
E050-07	송환경유	NP0612	천진교	happenedAt	경유지	출발지
E050-07	송환경유	NP0158	북경	happenedAt	경유지	도착지
E050-08	송환	NP0158	북경	happenedAt	송환지	출발지
E050-08	송환	NP0327	의주	happenedAt	송환지	도착지
E050-09	귀환경유	NP0327	의주	happenedAt	경유지	출발지
E050-09	귀환경유	NP0028	경기감영	happenedAt	경유지	도착지
E050-10	귀환경유	NP0028	경기감영	happenedAt	경유지	출발지
E050-10	귀환경유	NP0015	강진 도회관	happenedAt	경유지	도착지

source-id	name	target-id	name	relation	type	order
E050-11	귀환경유	NP0015	강진 도회관	happenedAt	경유지	출발지
E050-11	귀환경유	NP0071	남포여점	happenedAt	경유지	도착지
E050-12	귀환	NP0071	남포여점	happenedAt	귀환지	출발지
E050-12	귀환	NP0388	조천	happenedAt	귀환지	도착지
E052-02	지상표착	NP0357	장빈	happenedAt	표착지	
E052-03	송환경유	NP0357	장빈	happenedAt	경유지	출발지
E052-03	송환경유	NP0090	대마도	happenedAt	경유지	도착지
E053-01	출항	NP0379	제주	happenedAt	출해지	
E053-02	지상표착	NP0163	비전주	happenedAt	표착지	
E053-03	송환	NP0163	비전주	happenedAt	송환지	출발지
E053-03	송환	NP0387	조선	happenedAt	송환지	도착지
E054-01	출항	NP0379	제주	happenedAt	출해지	
E054-02	지상표착	NP0163	비전주	happenedAt	표착지	
E054-03	송환경유	NP0287	오도포	happenedAt	경유지	출발지
E054-03	송환경유	NP0337	일기도	happenedAt	경유지	도착지
E054-04	송환	NP0337	일기도	happenedAt	송환지	출발지
E054-04	송환	NP0387	조선	happenedAt	송환지	도착지
E056-01	출항	NP0379	제주	happenedAt	출해지	
E056-02	표착경유	NP0379	제주	happenedAt	경유지	출발지
E056-02	표착경유	NP0072	남해	happenedAt	경유지	도착지
E056-03	지상표착	NP0492	해도	happenedAt	표착지	
E056-04	송환경유	NP0492	해도	happenedAt	경유지	출발지
E056-04	송환경유	NP0158	북경	happenedAt	경유지	도착지
E058-01	출항	NP0379	제주	happenedAt	출해지	
E058-02	지상표착	NP0046	구미도	happenedAt	표착지	
E058-03	송환경유	NP0316	유구	happenedAt	경유지	
E058-04	송환경유	NP0316	유구	happenedAt	경유지	
E063-01	출항	NP0379	제주	happenedAt	출해지	
E063-02	표착경유	NP0379	제주	happenedAt	경유지	출발지
E063-02	표착경유	NP0485	한양	happenedAt	경유지	도착지
E063-03	지상표착	NP0374	절강	happenedAt	표착지	
E063-04	송환경유	NP9002	선박	happenedAt	경유지	
E063-05	송환경유	NP0158	북경	happenedAt	경유지	
E064-01	출항	NP0379	제주	happenedAt	출해지	
E064-02	표류	NP0450	추자도 앞바다	happenedAt	표류지	
E064-03	지상표착	NP0320	윤이	happenedAt	표착지	
E064-04	송환경유	NP0320	윤이	happenedAt	경유지	출발지

source-id	name	target-id	name	relation	type	order
E064-04	송환경유	NP0702	소내도	happenedAt	경유지	도착지
E064-05	송환경유	NP0702	소내도	happenedAt	경유지	출발지
E064-05	송환경유	NP0703	패돌마도	happenedAt	경유지	도착지
E064-06	송환경유	NP0703	패돌마도	happenedAt	경유지	출발지
E064-06	송환경유	NP0704	발내이도	happenedAt	경유지	도착지
E064-07	송환경유	NP0704	발내이도	happenedAt	경유지	출발지
E064-07	송환경유	NP0705	후이시마도	happenedAt	경유지	도착지
E064-08	송환경유	NP0705	후이시마도	happenedAt	경유지	출발지
E064-08	송환경유	NP0706	탈라마도	happenedAt	경유지	도착지
E064-09	송환경유	NP0706	탈라마도	happenedAt	경유지	출발지
E064-09	송환경유	NP0707	이라파도	happenedAt	경유지	도착지
E064-10	송환경유	NP0707	이라파도	happenedAt	경유지	출발지
E064-10	송환경유	NP0708	패라미고도	happenedAt	경유지	도착지
E064-11	송환경유	NP0708	패라미고도	happenedAt	경유지	출발지
E064-11	송환경유	NP0316	유구	happenedAt	경유지	도착지
E064-12	송환경유	NP0316	유구	happenedAt	경유지	출발지
E064-12	송환경유	NP0180	살마주	happenedAt	경유지	도착지
E064-13	송환경유	NP0180	살마주	happenedAt	경유지	출발지
E064-13	송환경유	NP0709	빙골	happenedAt	경유지	도착지
E064-14	송환경유	NP0709	빙골	happenedAt	경유지	출발지
E064-14	송환경유	NP0710	박다	happenedAt	경유지	도착지
E064-15	송환경유	NP0710	박다	happenedAt	경유지	출발지
E064-15	송환경유	NP0337	일기도	happenedAt	경유지	도착지
E064-16	송환경유	NP0337	일기도	happenedAt	경유지	출발지
E064-16	송환경유	NP0090	대마도	happenedAt	경유지	도착지
E064-17	송환	NP0090	대마도	happenedAt	송환지	출발지
E064-17	송환	NP0271	염포	happenedAt	송환지	도착지
E066-01	출항	NP0141	별도	happenedAt	출해지	
E066-02	표착경유	NP0613	초란도	happenedAt	경유지	
E066-03	지상표착	NP0614	우두외양	happenedAt	표착지	
E066-04	송환경유	NP0614	우두외양	happenedAt	경유지	출발지
E066-04	송환경유	NP0615	도저소	happenedAt	경유지	도착지
E066-05	송환경유	NP0615	도저소	happenedAt	경유지	출발지
E066-05	송환경유	NP0616	건도소	happenedAt	경유지	도착지
E066-06	송환경유	NP0616	건도소	happenedAt	경유지	출발지
E066-06	송환경유	NP0617	중국 영해현	happenedAt	경유지	도착지
E066-07	송환경유	NP0617	중국 영해현	happenedAt	경유지	출발지

source-id	name	target-id	name	relation	type	order
E066-07	송환경유	NP0281	영파부	happenedAt	경유지	도착지
E066-08	송환경유	NP0281	영파부	happenedAt	경유지	출발지
E066-08	송환경유	NP0692	자계현	happenedAt	경유지	도착지
E066-09	송환경유	NP0692	자계현	happenedAt	경유지	출발지
E066-09	송환경유	NP0693	여요현	happenedAt	경유지	도착지
E066-10	송환경유	NP0693	여요현	happenedAt	경유지	출발지
E066-10	송환경유	NP0694	소흥부	happenedAt	경유지	도착지
E066-11	송환경유	NP0694	소흥부	happenedAt	경유지	출발지
E066-11	송환경유	NP0695	서흥역	happenedAt	경유지	도착지
E066-12	송환경유	NP0695	서흥역	happenedAt	경유지	출발지
E066-12	송환경유	NP0488	항주	happenedAt	경유지	도착지
E066-13	송환경유	NP0488	항주	happenedAt	경유지	출발지
E066-13	송환경유	NP0696	숭덕현	happenedAt	경유지	도착지
E066-14	송환경유	NP0696	숭덕현	happenedAt	경유지	출발지
E066-14	송환경유	NP0697	가흥부	happenedAt	경유지	도착지
E066-15	송환경유	NP0697	가흥부	happenedAt	경유지	출발지
E066-15	송환경유	NP0698	오강현	happenedAt	경유지	도착지
E066-16	송환경유	NP0698	오강현	happenedAt	경유지	출발지
E066-16	송환경유	NP0217	소주	happenedAt	경유지	도착지
E066-17	송환경유	NP0217	소주	happenedAt	경유지	출발지
E066-17	송환경유	NP0699	상주부	happenedAt	경유지	도착지
E066-18	송환경유	NP0699	상주부	happenedAt	경유지	출발지
E066-18	송환경유	NP0426	진강부	happenedAt	경유지	도착지
E066-19	송환경유	NP0426	진강부	happenedAt	경유지	출발지
E066-19	송환경유	NP0700	양자강	happenedAt	경유지	도착지
E066-20	송환경유	NP0700	양자강	happenedAt	경유지	출발지
E066-20	송환경유	NP0618	중국 양주부	happenedAt	경유지	도착지
E066-21	송환경유	NP0618	중국 양주부	happenedAt	경유지	출발지
E066-21	송환경유	NP0619	회안부	happenedAt	경유지	도착지
E066-22	송환경유	NP0619	회안부	happenedAt	경유지	출발지
E066-22	송환경유	NP0622	서주	happenedAt	경유지	도착지
E066-23	송환경유	NP0622	서주	happenedAt	경유지	출발지
E066-23	송환경유	NP0623	연주부	happenedAt	경유지	도착지
E066-24	송환경유	NP0623	연주부	happenedAt	경유지	출발지
E066-24	송환경유	NP0624	제녕주	happenedAt	경유지	도착지
E066-25	송환경유	NP0624	제녕주	happenedAt	경유지	출발지
E066-25	송환경유	NP0625	동창부	happenedAt	경유지	도착지

source-id	name	target-id	name	relation	type	order
E066-26	송환경유	NP0625	동창부	happenedAt	경유지	출발지
E066-26	송환경유	NP0626	덕주	happenedAt	경유지	도착지
E066-27	송환경유	NP0626	덕주	happenedAt	경유지	출발지
E066-27	송환경유	NP0627	창주	happenedAt	경유지	도착지
E066-28	송환경유	NP0627	창주	happenedAt	경유지	출발지
E066-28	송환경유	NP0378	정해	happenedAt	경유지	도착지
E066-29	송환경유	NP0378	정해	happenedAt	경유지	출발지
E066-29	송환경유	NP0628	천진위	happenedAt	경유지	도착지
E066-30	송환경유	NP0628	천진위	happenedAt	경유지	출발지
E066-30	송환경유	NP0158	북경	happenedAt	경유지	도착지
E066-31	송환경유	NP0158	북경	happenedAt	경유지	출발지
E066-31	송환경유	NP0629	옥전현	happenedAt	경유지	도착지
E066-32	송환경유	NP0629	옥전현	happenedAt	경유지	출발지
E066-32	송환경유	NP0630	영평부성	happenedAt	경유지	도착지
E066-33	송환경유	NP0630	영평부성	happenedAt	경유지	출발지
E066-33	송환경유	NP0631	석하	happenedAt	경유지	도착지
E066-34	송환경유	NP0631	석하	happenedAt	경유지	출발지
E066-34	송환경유	NP0632	산해관	happenedAt	경유지	도착지
E066-35	송환경유	NP0632	산해관	happenedAt	경유지	출발지
E066-35	송환경유	NP0299	요동	happenedAt	경유지	도착지
E066-36	송환	NP0299	요동	happenedAt	송환지	출발지
E066-36	송환	NP0327	의주	happenedAt	송환지	도착지
E066-37	귀환	NP0327	의주	happenedAt	귀환지	출발지
E066-37	귀환	NP0485	한양	happenedAt	귀환지	도착지
E067-01	출항	NP0379	제주	happenedAt	출해지	
E067-02	지상표착	NP0339	일본	happenedAt	표착지	
E067-03	송환경유	NP0339	일본	happenedAt	경유지	출발
E067-03	송환경유	NP0131	미도	happenedAt	경유지	도착지
E067-04	송환경유	NP0131	미도	happenedAt	경유지	출발지
E067-04	송환경유	NP0289	오질포	happenedAt	경유지	도착지
E067-05	송환경유	NP0289	오질포	happenedAt	경유지	출발지
E067-05	송환경유	NP0300	우기도	happenedAt	경유지	도착지
E067-06	송환경유	NP0300	우기도	happenedAt	경유지	출발지
E067-06	송환경유	NP0510	화가대도	happenedAt	경유지	도착지
E067-07	송환경유	NP0510	화가대도	happenedAt	경유지	출발지
E067-07	송환경유	NP0337	일기도	happenedAt	경유지	도착지
E073-01	출항	NP0379	제주	happenedAt	출해지	

source-id	name	target-id	name	relation	type	order
E073-02	지상표착	NP0121	만호도	happenedAt	표착지	
E073-03	송환경유	NP0121	만호도	happenedAt	경유지	출발지
E073-03	송환경유	NP0067	남경	happenedAt	경유지	도착지
E076-01	출항	NP0144	보성	happenedAt	출해지	
E076-02	지상표착	NP0337	일기도	happenedAt	표착지	
E076-03	송환경유	NP0090	대마도	happenedAt	경유지	
E093-01	지상표착	NP0634	지기도	happenedAt	표착지	
E093-02	송환경유	NP0342	일본 장기	happenedAt	경유지	
E094-01	지상표착	NP0316	유구	happenedAt	표착지	
E094-02	송환경유	NP0180	살마주	happenedAt	경유지	
E094-03	송환경유	NP0090	대마도	happenedAt	경유지	
E095-01	출항	NP0379	제주	happenedAt	출해지	
E095-02	지상표착	NP0088	대도	happenedAt	표착지	
E095-03	송환경유	NP0180	살마주	happenedAt	경유지	
E095-04	송환경유	NP0342	일본 장기	happenedAt	경유지	
E095-05	송환경유	NP0090	대마도	happenedAt	경유지	
E095-06	송환	NP0156	부산진	happenedAt	송환지	
E096-01	출항	NP0521	흥양	happenedAt	출해지	
E096-02	표류	NP0711	영해 앞바다	happenedAt	표류지	
E096-03	지상표착	NP0324	은주	happenedAt	표착지	
E096-04	송환경유	NP0342	일본 장기	happenedAt	경유지	
E096-05	송환경유	NP0090	대마도	happenedAt	경유지	
E096-06	송환	NP0114	동래	happenedAt	송환지	
E098-01	출항	NP0379	제주	happenedAt	출해지	
E098-02	지상표착	NP0434	차아도	happenedAt	표착지	
E098-03	송환경유	NP0434	차아도	happenedAt	경유지	출발지
E098-03	송환경유	NP0342	일본 장기	happenedAt	경유지	도착지
E098-04	송환경유	NP0342	일본 장기	happenedAt	경유지	출발지
E098-04	송환경유	NP0090	대마도	happenedAt	경유지	도착지
E098-05	송환	NP0114	동래	happenedAt	송환지	
E099-02	지상표착	NP0316	유구	happenedAt	표착지	
E099-03	송환경유	NP0090	대마도	happenedAt	경유지	
E100-01	표류	NP0404	주지도	happenedAt	표류지	
E100-02	지상표착	NP0180	살마주	happenedAt	표착지	
E100-03	송환경유	NP0180	살마주	happenedAt	경유지	출발지
E100-03	송환경유	NP0342	일본 장기	happenedAt	경유지	도착지
E100-04	송환경유	NP0342	일본 장기	happenedAt	경유지	출발지

source-id	name	target-id	name	relation	type	order
E100-04	송환경유	NP0090	대마도	happenedAt	경유지	도착지
E100-05	송환	NP0114	동래	happenedAt	송환지	
E102-03	지상표착	NP0316	유구	happenedAt	표착지	
E102-04	송환경유	NP0316	유구	happenedAt	경유지	출발지
E102-04	송환경유	NP0146	복건성	happenedAt	경유지	도착지
E102-05	송환경유	NP0146	복건성	happenedAt	경유지	출발지
E102-05	송환경유	NP0158	북경	happenedAt	경유지	도착지
E102-06	송환경유	NP0294	옥하관	happenedAt	경유지	
E102-07	송환경유	NP0158	북경	happenedAt	경유지	
E102-08	송환	NP0255	압록강	happenedAt	송환지	
E105-01	지상표착	NP0316	유구	happenedAt	표착지	
E105-02	송환경유	NP0146	복건성	happenedAt	경유지	
E107-01	지상표착	NP0409	중국	happenedAt	표착지	
E107-02	송환경유	NP0247	심양	happenedAt	경유지	
E112-01	지상표착	NP0146	복건성	happenedAt	표착지	
E112-02	송환경유	NP0217	소주	happenedAt	경유지	
E112-03	송환경유	NP0264	양주	happenedAt	경유지	
E112-04	송환경유	NP0158	북경	happenedAt	경유지	
E113-01	지상표착	NP0253	안천평산	happenedAt	표착지	
E113-02	송환경유	NP0342	일본 장기	happenedAt	경유지	
E113-03	송환경유	NP0090	대마도	happenedAt	경유지	
E118-01	출항	NP0065	나주	happenedAt	출해지	
E118-02	지상표착	NP0132	미아괴도	happenedAt	표착지	
E118-03	송환경유	NP0132	미아괴도	happenedAt	경유지	출발지
E118-03	송환경유	NP0316	유구	happenedAt	경유지	도착지
E118-04	송환	NP0316	유구	happenedAt	송환지	출발지
E118-04	송환	NP0387	조선	happenedAt	송환지	도착지
E119-01	출항	NP0307	울산	happenedAt	출해지	
E119-02	표류	NP0621	동래 앞바다	happenedAt	표류지	
E119-03	지상표착	NP0455	축전주 대도	happenedAt	표착지	
E119-04	송환경유	NP0455	축전주 대도	happenedAt	경유지	출발지
E119-04	송환경유	NP0712	진옥기포	happenedAt	경유지	도착지
E119-05	송환경유	NP0712	진옥기포	happenedAt	경유지	출발지
E119-05	송환경유	NP0635	남도포	happenedAt	경유지	도착지
E119-06	송환경유	NP0635	남도포	happenedAt	경유지	출발지
E119-06	송환경유	NP0636	당백포	happenedAt	경유지	도착지
E119-07	송환경유	NP0636	당백포	happenedAt	경유지	출발지

source-id	name	target-id	name	relation	type	order
E119-07	송환경유	NP0637	백도	happenedAt	경유지	도착지
E119-08	송환경유	NP0637	백도	happenedAt	경유지	출발지
E119-08	송환경유	NP0638	호자도	happenedAt	경유지	도착지
E119-09	송환경유	NP0638	호자도	happenedAt	경유지	출발지
E119-09	송환경유	NP0639	삼율도	happenedAt	경유지	도착지
E119-10	송환경유	NP0639	삼율도	happenedAt	경유지	출발지
E119-10	송환경유	NP0640	서도	happenedAt	경유지	도착지
E119-11	송환경유	NP0640	서도	happenedAt	경유지	출발지
E119-11	송환경유	NP0342	일본 장기	happenedAt	경유지	도착지
E119-12	송환경유	NP0342	일본 장기	happenedAt	경유지	출발지
E119-12	송환경유	NP0641	도마치	happenedAt	경유지	도착지
E119-13	송환경유	NP0641	도마치	happenedAt	경유지	출발지
E119-13	송환경유	NP0642	복전포	happenedAt	경유지	도착지
E119-14	송환경유	NP0642	복전포	happenedAt	경유지	출발지
E119-14	송환경유	NP0467	평호도	happenedAt	경유지	도착지
E119-15	송환경유	NP0467	평호도	happenedAt	경유지	출발지
E119-15	송환경유	NP0337	일기도	happenedAt	경유지	도착지
E119-16	송환경유	NP0337	일기도	happenedAt	경유지	출발지
E119-16	송환경유	NP0090	대마도	happenedAt	경유지	도착지
E119-17	송환경유	NP0090	대마도	happenedAt	경유지	출발지
E119-17	송환경유	NP0643	화전촌	happenedAt	경유지	도착지
E119-18	송환경유	NP0643	화전촌	happenedAt	경유지	출발지
E119-18	송환경유	NP0644	대풍소	happenedAt	경유지	도착지
E119-19	송환	NP0644	대풍소	happenedAt	송환지	출발지
E119-19	송환	NP0645	천성진	happenedAt	송환지	도착지
E119-20	귀환경유	NP0645	천성진	happenedAt	경유지	출발지
E119-20	귀환경유	NP0156	부산진	happenedAt	경유지	도착지
E119-21	귀환경유	NP0156	부산진	happenedAt	경유지	출발지
E119-21	귀환경유	NP0298	왜관	happenedAt	경유지	도착지
E119-22	귀환경유	NP0298	왜관	happenedAt	경유지	출발지
E119-22	귀환경유	NP0460	통영	happenedAt	경유지	도착지
E119-23	귀환경유	NP0460	통영	happenedAt	경유지	출발지
E119-23	귀환경유	NP0366	장흥	happenedAt	경유지	도착지
E119-24	귀환경유	NP0366	장흥	happenedAt	경유지	출발지
E119-24	귀환경유	NP0646	해남 앞바다	happenedAt	경유지	도착지
E119-25	귀환	NP0646	해남 앞바다	happenedAt	귀환지	출발지
E119-25	귀환	NP0647	대둔사	happenedAt	귀환지	도착지

source-id	name	target-id	name	relation	type	order
E120-01	출항	NP0648	우이도	happenedAt	출해지	
E120-02	표류	NP0649	흑산도 앞바다	happenedAt	표류지	
E120-03	지상표착	NP0088	대도	happenedAt	표착지	
E120-04	송환경유	NP0088	대도	happenedAt	경유지	출발지
E120-04	송환경유	NP0650	양관촌	happenedAt	경유지	도착지
E120-05	송환경유	NP0650	양관촌	happenedAt	경유지	출발지
E120-05	송환경유	NP0651	우금촌	happenedAt	경유지	도착지
E120-06	송환경유	NP0651	우금촌	happenedAt	경유지	출발지
E120-06	송환경유	NP0104	덕지도	happenedAt	경유지	도착지
E120-07	송환경유	NP0104	덕지도	happenedAt	경유지	출발지
E120-07	송환경유	NP0652	양영부	happenedAt	경유지	도착지
E120-08	송환경유	NP0652	양영부	happenedAt	경유지	출발지
E120-08	송환경유	NP0653	입사도	happenedAt	경유지	도착지
E120-09	송환경유	NP0653	입사도	happenedAt	경유지	출발지
E120-09	송환경유	NP0654	백촌	happenedAt	경유지	도착지
E120-10	송환경유	NP0654	백촌	happenedAt	경유지	출발지
E120-10	송환경유	NP0655	마치산도	happenedAt	경유지	도착지
E120-11	송환경유	NP0655	마치산도	happenedAt	경유지	출발지
E120-11	송환경유	NP0656	서남 마의	happenedAt	경유지	도착지
E120-12	송환경유	NP0656	서남 마의	happenedAt	경유지	출발지
E120-12	송환경유	NP0657	일노미	happenedAt	경유지	도착지
E120-13	송환경유	NP0657	일노미	happenedAt	경유지	출발지
E120-13	송환경유	NP0658	오문	happenedAt	경유지	도착지
E120-14	송환경유	NP0658	오문	happenedAt	경유지	출발지
E120-14	송환경유	NP0659	향산현	happenedAt	경유지	도착지
E120-15	송환경유	NP0659	향산현	happenedAt	경유지	출발지
E120-15	송환경유	NP0660	광동부	happenedAt	경유지	도착지
E120-16	송환경유	NP0660	광동부	happenedAt	경유지	출발지
E120-16	송환경유	NP0661	오관	happenedAt	경유지	도착지
E120-17	송환경유	NP0661	오관	happenedAt	경유지	출발지
E120-17	송환경유	NP0662	보창현	happenedAt	경유지	도착지
E120-18	송환경유	NP0662	보창현	happenedAt	경유지	출발지
E120-18	송환경유	NP0663	매령	happenedAt	경유지	도착지
E120-19	송환경유	NP0663	매령	happenedAt	경유지	출발지
E120-19	송환경유	NP0664	남안부	happenedAt	경유지	도착지
E120-20	송환경유	NP0664	남안부	happenedAt	경유지	출발지
E120-20	송환경유	NP0665	강주부	happenedAt	경유지	도착지

source-id	name	target-id	name	relation	type	order
E120-21	송환경유	NP0665	강주부	happenedAt	경유지	출발지
E120-21	송환경유	NP0666	강서부	happenedAt	경유지	도착지
E120-22	송환경유	NP0666	강서부	happenedAt	경유지	출발지
E120-22	송환경유	NP0067	남경	happenedAt	경유지	도착지
E120-23	송환경유	NP0067	남경	happenedAt	경유지	출발지
E120-23	송환경유	NP0667	상원현	happenedAt	경유지	도착지
E120-24	송환경유	NP0667	상원현	happenedAt	경유지	출발지
E120-24	송환경유	NP0668	무호현	happenedAt	경유지	도착지
E120-25	송환경유	NP0668	무호현	happenedAt	경유지	출발지
E120-25	송환경유	NP0618	중국 양주부	happenedAt	경유지	도착지
E120-26	송환경유	NP0618	중국 양주부	happenedAt	경유지	출발지
E120-26	송환경유	NP0669	삼보	happenedAt	경유지	도착지
E120-27	송환경유	NP0669	삼보	happenedAt	경유지	출발지
E120-27	송환경유	NP0670	회음관	happenedAt	경유지	도착지
E120-28	송환경유	NP0670	회음관	happenedAt	경유지	출발지
E120-28	송환경유	NP0671	산동계	happenedAt	경유지	도착지
E120-29	송환경유	NP0671	산동계	happenedAt	경유지	출발지
E120-29	송환경유	NP0158	북경	happenedAt	경유지	도착지
E120-30	송환경유	NP0158	북경	happenedAt	경유지	출발지
E120-30	송환경유	NP0672	책문	happenedAt	경유지	도착지
E120-31	송환	NP0672	책문	happenedAt	송환지	출발지
E120-31	송환	NP0327	의주	happenedAt	송환지	도착지
E120-32	귀환경유	NP0327	의주	happenedAt	경유지	출발지
E120-32	귀환경유	NP0485	한양	happenedAt	경유지	도착지
E120-33	귀환경유	NP0485	한양	happenedAt	경유지	출발지
E120-33	귀환경유	NP0673	다경포	happenedAt	경유지	도착지
E120-34	귀환	NP0673	다경포	happenedAt	귀환지	출발지
E120-34	귀환	NP0648	우이도	happenedAt	귀환지	도착지
E121-01	출항	NP0307	울산	happenedAt	출해지	
E121-02	지상표착	NP0674	레분도	happenedAt	표착지	
E121-03	송환경유	NP0674	레분도	happenedAt	경유지	출발지
E121-03	송환경유	NP0675	소유야	happenedAt	경유지	도착지
E121-04	송환경유	NP0675	소유야	happenedAt	경유지	출발지
E121-04	송환경유	NP0676	우보여	happenedAt	경유지	도착지
E121-05	송환경유	NP0676	우보여	happenedAt	경유지	출발지
E121-05	송환경유	NP0226	송전	happenedAt	경유지	도착지
E121-06	송환경유	NP0226	송전	happenedAt	경유지	출발지

source-id	name	target-id	name	relation	type	order
E121-06	송환경유	NP0677	진경	happenedAt	경유지	도착지
E121-07	송환경유	NP0677	진경	happenedAt	경유지	출발지
E121-07	송환경유	NP0678	강호	happenedAt	경유지	도착지
E121-08	송환경유	NP0678	강호	happenedAt	경유지	출발지
E121-08	송환경유	NP0679	대판성	happenedAt	경유지	도착지
E121-09	송환경유	NP0679	대판성	happenedAt	경유지	출발지
E121-09	송환경유	NP0680	병고보	happenedAt	경유지	도착지
E121-10	송환경유	NP0680	병고보	happenedAt	경유지	출발지
E121-10	송환경유	NP0681	하관	happenedAt	경유지	도착지
E121-11	송환경유	NP0681	하관	happenedAt	경유지	출발지
E121-11	송환경유	NP0682	적간관	happenedAt	경유지	도착지
E121-12	송환경유	NP0682	적간관	happenedAt	경유지	출발지
E121-12	송환경유	NP0420	지도	happenedAt	경유지	도착지
E121-13	송환경유	NP0420	지도	happenedAt	경유지	출발지
E121-13	송환경유	NP0683	승본도	happenedAt	경유지	도착지
E121-14	송환경유	NP0683	승본도	happenedAt	경유지	출발지
E121-14	송환경유	NP0337	일기도	happenedAt	경유지	도착지
E121-15	송환경유	NP0337	일기도	happenedAt	경유지	출발지
E121-15	송환경유	NP0684	팔도	happenedAt	경유지	도착지
E121-16	송환경유	NP0684	팔도	happenedAt	경유지	출발지
E121-16	송환경유	NP0685	단포	happenedAt	경유지	도착지
E121-17	송환경유	NP0685	단포	happenedAt	경유지	출발지
E121-17	송환경유	NP0090	대마도	happenedAt	경유지	도착지
E121-18	송환	NP0090	대마도	happenedAt	송환지	출발지
E121-18	송환	NP0156	부산진	happenedAt	송환지	도착지
E206-01	지상표착	NP0453	축전주	happenedAt	표착지	
E206-02	송환경유	NP0342	일본 장기	happenedAt	경유지	
E207-01	지상표착	NP0453	축전주	happenedAt	표착지	
E207-02	송환경유	NP0088	대마도	happenedAt	경유지	도착지
E210-01	지상표착	NP0354	장문주	happenedAt	표착지	
E210-02	송환경유	NP0342	일본 장기	happenedAt	경유지	
E210-03	송환경유	NP0090	대마도	happenedAt	경유지	
E213-02	지상표착	NP0453	축전주	happenedAt	표착지	
E213-03	송환경유	NP0453	축전주	happenedAt	경유지	출발지
E213-03	송환경유	NP0453	축전부중	happenedAt	경유지	도착지
E213-04	송환경유	NP0453	축전부중	happenedAt	경유지	출발지
E213-04	송환경유	NP0342	일본 장기	happenedAt	경유지	도착지

source-id	name	target-id	name	relation	type	order
E213-05	송환경유	NP0342	일본 장기	happenedAt	경유지	출발지
E213-05	송환경유	NP0250	악포	happenedAt	경유지	도착지
E214-02	지상표착	NP0354	장문주	happenedAt	표착지	
E214-03	송환경유	NP0354	장문주	happenedAt	경유지	출발지
E214-03	송환경유	NP0342	일본 장기	happenedAt	경유지	도착지
E214-04	송환경유	NP0342	일본 장기	happenedAt	경유지	출발지
E214-04	송환경유	NP0090	대마도	happenedAt	경유지	도착지
E216-02	지상표착	NP0284	오도	happenedAt	표착지	
E216-03	송환경유	NP0284	오도	happenedAt	경유지	출발지
E216-03	송환경유	NP0342	일본 장기	happenedAt	경유지	도착지
E216-04	송환경유	NP0342	일본 장기	happenedAt	경유지	출발지
E216-04	송환경유	NP0090	대마도	happenedAt	경유지	도착지
E217-02	지상표착	NP0453	축전주	happenedAt	표착지	
E217-03	송환경유	NP0453	축전주	happenedAt	경유지	출발지
E217-03	송환경유	NP0342	일본 장기	happenedAt	경유지	도착지
E217-04	송환경유	NP0342	일본 장기	happenedAt	경유지	출발지
E217-04	송환경유	NP0090	대마도	happenedAt	경유지	도착지
E218-01	표류	NP0686	다대포 앞바다	happenedAt	표류지	
E218-02	지상표착	NP0453	축전주	happenedAt	표착지	
E218-03	송환경유	NP0453	축전주	happenedAt	경유지	출발지
E218-03	송환경유	NP0342	일본 장기	happenedAt	경유지	도착지
E218-04	송환경유	NP0342	일본 장기	happenedAt	경유지	출발지
E218-04	송환경유	NP0090	대마도	happenedAt	경유지	도착지
E219-02	지상표착	NP0284	오도	happenedAt	표착지	
E219-03	송환경유	NP0284	오도	happenedAt	경유지	출발지
E219-03	송환경유	NP0342	일본 장기	happenedAt	경유지	도착지
E219-04	송환경유	NP0342	일본 장기	happenedAt	경유지	출발지
E219-04	송환경유	NP0090	대마도	happenedAt	경유지	도착지
E225-01	출항	NP0120	마도	happenedAt	출해지	
E225-03	지상표착	NP0090	대마도	happenedAt	표착지	
E225-04	송환경유	NP0090	대마도	happenedAt	경유지	출발지
E225-04	송환경유	NP0094	대마부중	happenedAt	경유지	도착지
E229-02	지상표착	NP0200	석견주	happenedAt	표착지	
E229-03	송환경유	NP0200	석견주	happenedAt	경유지	출발지
E229-03	송환경유	NP0342	일본 장기	happenedAt	경유지	도착지
E229-04	송환경유	NP0342	일본 장기	happenedAt	경유지	출발지
E229-04	송환경유	NP0090	대마도	happenedAt	경유지	도착지

source-id	name	target-id	name	relation	type	order
E230-02	지상표착	NP0331	이신도마리	happenedAt	표착지	
E230-03	송환경유	NP0331	이신도마리	happenedAt	경유지	출발지
E230-03	송환경유	NP0094	대마부중	happenedAt	경유지	도착지
E230-04	송환경유	NP0094	대마부중	happenedAt	경유지	출발지
E230-04	송환경유	NP0250	악포	happenedAt	경유지	도착지
E231-01	지상표착	NP0402	좌호주포	happenedAt	표착지	
E231-02	재표류	NP0250	악포	happenedAt	표류지	
E231-03	지상표착	NP0361	장주	happenedAt	표착지	
E231-04	송환경유	NP0361	장주	happenedAt	경유지	출발지
E231-04	송환경유	NP0342	일본 장기	happenedAt	경유지	도착지
E231-05	송환경유	NP0342	일본 장기	happenedAt	경유지	출발지
E231-05	송환경유	NP0090	대마도	happenedAt	경유지	도착지
E232-02	표류	NP0065	나주	happenedAt	표류지	
E232-03	지상표착	NP0316	유구	happenedAt	표착지	
E232-04	송환경유	NP0316	유구	happenedAt	경유지	출발지
E232-04	송환경유	NP0323	융마주	happenedAt	경유지	도착지
E232-05	송환경유	NP0323	융마주	happenedAt	경유지	출발지
E232-05	송환경유	NP0342	일본 장기	happenedAt	경유지	도착지
E232-06	송환경유	NP0342	일본 장기	happenedAt	경유지	출발지
E232-06	송환경유	NP0090	대마도	happenedAt	경유지	도착지
E236-01	출항	NP0451	축산포	happenedAt	출해지	
E236-02	표류	NP0351	장기 앞바다	happenedAt	표류지	
E236-03	지상표착	NP0324	은주	happenedAt	표착지	
E236-04	송환경유	NP0324	은주	happenedAt	경유지	출발지
E236-04	송환경유	NP0342	일본 장기	happenedAt	경유지	도착지
E236-05	송환경유	NP0342	일본 장기	happenedAt	경유지	출발지
E236-05	송환경유	NP0090	대마도	happenedAt	경유지	도착지
E238-01	출항	NP0379	제주	happenedAt	출해지	
E238-02	지상표착	NP0434	차아도	happenedAt	표착지	
E238-03	송환경유	NP0434	차아도	happenedAt	경유지	출발지
E238-03	송환경유	NP0342	일본 장기	happenedAt	경유지	도착지
E238-04	송환경유	NP0342	일본 장기	happenedAt	경유지	출발지
E238-04	송환경유	NP0090	대마도	happenedAt	경유지	도착지
E238-05	송환	NP0114	동래	happenedAt	송환지	
E239-02	표착경유	NP0046	구미도	happenedAt	경유지	
E239-03	표류	NP0064	나리도	happenedAt	표류지	
E239-04	지상표착	NP0469	평호월도	happenedAt	표착지	

source-id	name	target-id	name	relation	type	order
E239-05	송환경유	NP0469	평호월도	happenedAt	경유지	출발지
E239-05	송환경유	NP0342	일본 장기	happenedAt	경유지	도착지
E239-06	송환경유	NP0342	일본 장기	happenedAt	경유지	출발지
E239-06	송환경유	NP0090	대마도	happenedAt	경유지	도착지
E240-01	표착경유	NP0713	흡곡	happenedAt	경유지	
E240-02	표류	NP0714	흡곡 앞바다	happenedAt	표류지	
E240-03	지상표착	NP0354	장문주	happenedAt	표착지	
E240-04	송환경유	NP0354	장문주	happenedAt	경유지	출발지
E240-04	송환경유	NP0342	일본 장기	happenedAt	경유지	도착지
E240-05	송환경유	NP0342	일본 장기	happenedAt	경유지	출발지
E240-05	송환경유	NP0090	대마도	happenedAt	경유지	도착지
E241-01	표착경유	NP0451	축산포	happenedAt	경유지	
E241-02	표류	NP0351	장기 앞바다	happenedAt	표류지	
E241-03	지상표착	NP0354	장문주	happenedAt	표착지	
E241-04	송환경유	NP0354	장문주	happenedAt	경유지	출발지
E241-04	송환경유	NP0342	일본 장기	happenedAt	경유지	도착지
E241-05	송환경유	NP0342	일본 장기	happenedAt	경유지	출발지
E241-05	송환경유	NP0090	대마도	happenedAt	경유지	도착지
E242-01	표류	NP0404	주지도	happenedAt	표류지	
E242-02	지상표착	NP0180	살마주	happenedAt	표착지	
E242-03	송환경유	NP0180	살마주	happenedAt	경유지	출발지
E242-03	송환경유	NP0342	일본 장기	happenedAt	경유지	도착지
E242-04	송환경유	NP0342	일본 장기	happenedAt	경유지	출발지
E242-04	송환경유	NP0090	대마도	happenedAt	경유지	도착지
E242-05	송환	NP0114	동래	happenedAt	송환지	
E243-02	지상표착	NP0276	영량부도	happenedAt	표착지	
E243-03	송환경유	NP0276	영량부도	happenedAt	경유지	출발지
E243-03	송환경유	NP0180	살마주	happenedAt	경유지	도착지
E243-04	송환경유	NP0180	살마주	happenedAt	경유지	출발지
E243-04	송환경유	NP0342	일본 장기	happenedAt	경유지	도착지
E243-05	송환경유	NP0342	일본 장기	happenedAt	경유지	출발지
E243-05	송환경유	NP0090	대마도	happenedAt	경유지	도착지
E246-01	표류	NP0021	거제 앞바다	happenedAt	표류지	
E246-02	지상표착	NP0256	압뢰포	happenedAt	표착지	
E246-03	송환경유	NP0256	압뢰포	happenedAt	경유지	출발지
E246-03	송환경유	NP0094	대마부중	happenedAt	경유지	도착지
E246-04	송환경유	NP0094	대마부중	happenedAt	경유지	출발지

source-id	name	target-id	name	relation	type	order
E246-04	송환경유	NP0393	좌수내포	happenedAt	경유지	도착지
E249-02	표착경유	NP0280	영일	happenedAt	경유지	
E249-03	표류	NP0506	협서리 앞바다	happenedAt	표류지	
E249-04	지상표착	NP0157	부포	happenedAt	표착지	
E249-05	송환경유	NP0094	대마부중	happenedAt	경유지	
E250-01	표류	NP0057	기장	happenedAt	표류지	
E250-02	지상표착	NP0200	석견주	happenedAt	표착지	
E250-03	송환경유	NP0200	석견주	happenedAt	경유지	출발지
E250-03	송환경유	NP0342	일본 장기	happenedAt	경유지	도착지
E250-04	송환경유	NP0342	일본 장기	happenedAt	경유지	출발지
E250-04	송환경유	NP0094	대마부중	happenedAt	경유지	도착지
E251-01	표류	NP0020	거제	happenedAt	표류지	
E251-02	지상표착	NP0229	수미포	happenedAt	표착지	
E251-03	송환경유	NP0229	수미포	happenedAt	경유지	출발지
E251-03	송환경유	NP0094	대마부중	happenedAt	경유지	도착지
E252-02	지상표착	NP0026	겸포	happenedAt	표착지	
E252-03	송환경유	NP0026	겸포	happenedAt	경유지	출발지
E252-03	송환경유	NP0342	일본 장기	happenedAt	경유지	도착지
E252-04	송환경유	NP0342	일본 장기	happenedAt	경유지	출발지
E252-04	송환경유	NP0090	대마도	happenedAt	경유지	도착지
E254-01	표류	NP0029	경길 앞바다	happenedAt	표류지	
E254-02	지상표착	NP0455	축전주 대도	happenedAt	표착지	
E254-03	송환경유	NP0455	축전주 대도	happenedAt	경유지	출발지
E254-03	송환경유	NP0342	일본 장기	happenedAt	경유지	도착지
E254-04	송환경유	NP0342	일본 장기	happenedAt	경유지	출발지
E254-04	송환경유	NP0090	대마도	happenedAt	경유지	도착지
E260-02	지상표착	NP0354	장문주	happenedAt	표착지	
E260-03	송환경유	NP0354	장문주	happenedAt	경유지	출발지
E260-03	송환경유	NP0342	일본 장기	happenedAt	경유지	도착지
E260-04	송환경유	NP0342	일본 장기	happenedAt	경유지	출발지
E260-04	송환경유	NP0094	대마부중	happenedAt	경유지	도착지
E261-02	지상표착	NP0250	악포	happenedAt	표착지	
E261-03	송환경유	NP0250	악포	happenedAt	경유지	출발지
E261-03	송환경유	NP0094	대마부중	happenedAt	경유지	도착지
E262-01	출항	NP0156	부산진	happenedAt	출해지	
E262-02	표류	NP0231	수영포 앞바다	happenedAt	표류지	
E262-03	지상표착	NP0246	실진포	happenedAt	표착지	

source-id	name	target-id	name	relation	type	order
E262-04	송환경유	NP0246	실진포	happenedAt	경유지	출발지
E262-04	송환경유	NP0342	일본 장기	happenedAt	경유지	도착지
E262-05	송환경유	NP0342	일본 장기	happenedAt	경유지	출발지
E262-05	송환경유	NP0094	대마부중	happenedAt	경유지	도착지
E265-02	지상표착	NP0501	향진	happenedAt	표착지	
E265-03	송환경유	NP0501	향진	happenedAt	경유지	출발지
E265-03	송환경유	NP0342	일본 장기	happenedAt	경유지	도착지
E265-04	송환경유	NP0342	일본 장기	happenedAt	경유지	출발지
E265-04	송환경유	NP0090	대마도	happenedAt	경유지	도착지
E266-01	출항	NP0436	창원	happenedAt	출해지	
E266-02	표착경유	NP0436	창원	happenedAt	경유지	출발지
E266-02	표착경유	NP0309	울진	happenedAt	경유지	도착지
E266-03	표류	NP0466	평해 앞바다	happenedAt	표류지	
E266-04	지상표착	NP0361	장주	happenedAt	표착지	
E266-05	송환경유	NP0361	장주	happenedAt	경유지	출발지
E266-05	송환경유	NP0342	일본 장기	happenedAt	경유지	도착지
E266-06	송환경유	NP0342	일본 장기	happenedAt	경유지	출발지
E266-06	송환경유	NP0094	대마부중	happenedAt	경유지	도착지
E266-07	송환경유	NP0094	대마부중	happenedAt	경유지	출발지
E266-07	송환경유	NP0393	좌수내포	happenedAt	경유지	도착지
E269-02	지상표착	NP0354	장문주	happenedAt	표착지	
E269-03	송환경유	NP0354	장문주	happenedAt	경유지	출발지
E269-03	송환경유	NP0090	대마도	happenedAt	경유지	도착지
E271-02	지상표착	NP0453	축전주	happenedAt	표착지	
E271-03	송환경유	NP0453	축전주	happenedAt	경유지	출발지
E271-03	송환경유	NP0342	일본 장기	happenedAt	경유지	도착지
E272-02	지상표착	NP0337	일기도	happenedAt	표착지	
E272-03	송환경유	NP0337	일기도	happenedAt	경유지	출발지
E272-03	송환경유	NP0354	장문주	happenedAt	경유지	도착지
E272-04	송환경유	NP0354	장문주	happenedAt	경유지	출발지
E272-04	송환경유	NP0342	일본 장기	happenedAt	경유지	도착지
E272-05	송환경유	NP0342	일본 장기	happenedAt	경유지	출발지
E272-05	송환경유	NP0090	대마도	happenedAt	경유지	도착지
E273-01	표류	NP0233	순천	happenedAt	표류지	
E273-02	지상표착	NP0470	평호포	happenedAt	표착지	
E273-03	송환경유	NP0470	평호포	happenedAt	경유지	출발지
E273-03	송환경유	NP0354	장문주	happenedAt	경유지	도착지

source-id	name	target-id	name	relation	type	order
E273-04	송환경유	NP0354	장문주	happenedAt	경유지	출발지
E273-04	송환경유	NP0342	일본 장기	happenedAt	경유지	도착지
E273-05	송환경유	NP0342	일본 장기	happenedAt	경유지	출발지
E273-05	송환경유	NP0090	대마도	happenedAt	경유지	도착지
E274-01	표류	NP0350	장기	happenedAt	표류지	
E274-02	지상표착	NP0200	석견주	happenedAt	표착지	
E274-03	송환경유	NP0200	석견주	happenedAt	경유지	출발지
E274-03	송환경유	NP0342	일본 장기	happenedAt	경유지	도착지
E274-04	송환경유	NP0342	일본 장기	happenedAt	경유지	출발지
E274-04	송환경유	NP0090	대마도	happenedAt	경유지	도착지
E275-01	표류	NP0449	추자도	happenedAt	표류지	
E275-02	지상표착	NP0196	서진포	happenedAt	표착지	
E275-03	송환경유	NP0196	서진포	happenedAt	경유지	출발지
E275-03	송환경유	NP0342	일본 장기	happenedAt	경유지	도착지
E275-04	송환경유	NP0342	일본 장기	happenedAt	경유지	출발지
E275-04	송환경유	NP0090	대마도	happenedAt	경유지	도착지
E276-02	지상표착	NP0354	장문주	happenedAt	표착지	
E276-03	송환경유	NP0354	장문주	happenedAt	경유지	출발지
E276-03	송환경유	NP0342	일본 장기	happenedAt	경유지	도착지
E277-02	표착경유	NP0449	추자도	happenedAt	경유지	
E277-03	지상표착	NP0180	살마주	happenedAt	표착지	
E277-04	송환경유	NP0180	살마주	happenedAt	경유지	출발지
E277-04	송환경유	NP0342	일본 장기	happenedAt	경유지	도착지
E277-05	송환경유	NP0342	일본 장기	happenedAt	경유지	출발지
E277-05	송환경유	NP0090	대마도	happenedAt	경유지	도착지
E278-02	지상표착	NP0405	주포	happenedAt	표착지	
E278-03	송환경유	NP0405	주포	happenedAt	경유지	출발지
E278-03	송환경유	NP0094	대마부중	happenedAt	경유지	도착지
E279-02	지상표착	NP0393	좌수내포	happenedAt	표착지	
E279-03	송환경유	NP0393	좌수내포	happenedAt	경유지	출발지
E279-03	송환경유	NP0094	대마부중	happenedAt	경유지	도착지
E281-02	지상표착	NP0473	풍포	happenedAt	표착지	
E281-03	송환경유	NP0473	풍포	happenedAt	경유지	출발지
E281-03	송환경유	NP0094	대마부중	happenedAt	경유지	도착지
E282-02	표착경유	NP0445	청하지	happenedAt	경유지	
E282-03	표류	NP0522	흥해	happenedAt	표류지	
E282-04	지상표착	NP0250	악포	happenedAt	표착지	

source-id	name	target-id	name	relation	type	order
E282-05	송환경유	NP0250	악포	happenedAt	경유지	출발지
E282-05	송환경유	NP0094	대마부중	happenedAt	경유지	도착지
E283-01	표류	NP0421	지세포	happenedAt	표류지	
E283-02	지상표착	NP0393	좌수내포	happenedAt	표착지	
E283-03	송환경유	NP0393	좌수내포	happenedAt	경유지	출발지
E283-03	송환경유	NP0094	대마부중	happenedAt	경유지	도착지
E284-02	지상표착	NP0084	당종포	happenedAt	표착지	
E284-03	송환경유	NP0084	당종포	happenedAt	경유지	출발지
E284-03	송환경유	NP0342	일본 장기	happenedAt	경유지	도착지
E284-04	송환경유	NP0342	일본 장기	happenedAt	경유지	출발지
E284-04	송환경유	NP0090	대마도	happenedAt	경유지	도착지
E285-02	지상표착	NP0455	축전주 대도	happenedAt	표착지	
E285-03	송환경유	NP0455	축전주 대도	happenedAt	경유지	출발지
E285-03	송환경유	NP0342	일본 장기	happenedAt	경유지	도착지
E285-04	송환경유	NP0342	일본 장기	happenedAt	경유지	출발지
E285-04	송환경유	NP0090	대마도	happenedAt	경유지	도착지
E286-02	지상표착	NP0007	각도	happenedAt	표착지	
E286-03	송환경유	NP0007	각도	happenedAt	경유지	출발지
E286-03	송환경유	NP0342	일본 장기	happenedAt	경유지	도착지
E286-04	송환경유	NP0342	일본 장기	happenedAt	경유지	출발지
E286-04	송환경유	NP0090	대마도	happenedAt	경유지	도착지
E288-01	표류	NP0421	지세포	happenedAt	표류지	
E288-02	지상표착	NP0401	좌호군지포	happenedAt	표착지	
E288-03	송환경유	NP0401	좌호군지포	happenedAt	경유지	출발지
E288-03	송환경유	NP0094	대마부중	happenedAt	경유지	도착지
E329-02	지상표착	NP0455	축전주 대도	happenedAt	표착지	
E356-02	지상표착	NP0081	당박포	happenedAt	표착지	
E356-03	송환경유	NP0081	당박포	happenedAt	경유지	출발지
E356-03	송환경유	NP0342	일본 장기	happenedAt	경유지	도착지
E356-04	송환경유	NP0342	일본 장기	happenedAt	경유지	출발지
E356-04	송환경유	NP0393	좌수내포	happenedAt	경유지	도착지
E357-02	지상표착	NP0440	천포	happenedAt	표착지	
E357-03	송환경유	NP0440	천포	happenedAt	경유지	출발지
E357-03	송환경유	NP0250	악포	happenedAt	경유지	도착지
E358-01	출항	NP0715	서면홀	happenedAt	출해지	
E358-02	표류	NP0688	소리도 앞바다	happenedAt	표류지	
E358-03	지상표착	NP0119	두산포	happenedAt	표착지	

source-id	name	target-id	name	relation	type	order
E358-04	송환경유	NP0119	두산포	happenedAt	경유지	출발지
E358-04	송환경유	NP0393	좌수내포	happenedAt	경유지	도착지
E359-01	출항	NP0359	장승포	happenedAt	출해지	
E359-02	표류	NP0716	백도 앞바다	happenedAt	표류지	
E359-03	지상표착	NP0467	평호도	happenedAt	표착지	
E359-04	송환경유	NP0467	평호도	happenedAt	경유지	출발지
E359-04	송환경유	NP0342	일본 장기	happenedAt	경유지	도착지
E360-01	출항	NP0047	구미진	happenedAt	출해지	
E360-02	표류	NP0308	울산 앞바다	happenedAt	표류지	
E360-03	지상표착	NP0081	당박포	happenedAt	표착지	
E360-04	송환경유	NP0081	당박포	happenedAt	경유지	출발지
E360-04	송환경유	NP0342	일본 장기	happenedAt	경유지	도착지
E360-05	송환경유	NP0342	일본 장기	happenedAt	경유지	출발지
E360-05	송환경유	NP0393	좌수내포	happenedAt	경유지	도착지
E361-01	출항	NP0233	순천	happenedAt	출해지	
E361-02	표류	NP0506	협서리 앞바다	happenedAt	표류지	
E361-03	지상표착	NP0354	장문주	happenedAt	표착지	
E361-04	송환경유	NP0354	장문주	happenedAt	경유지	출발지
E361-04	송환경유	NP0131	미도	happenedAt	경유지	도착지
E361-05	송환경유	NP0131	미도	happenedAt	경유지	출발지
E361-05	송환경유	NP0342	일본 장기	happenedAt	경유지	도착지
E363-02	지상표착	NP0134	박기	happenedAt	표착지	
E363-03	송환경유	NP0134	박기	happenedAt	경유지	출발지
E363-03	송환경유	NP0342	일본 장기	happenedAt	경유지	도착지
E364-01	출항	NP0350	장기	happenedAt	출해지	
E364-02	표류	NP0506	협서리 앞바다	happenedAt	표류지	
E364-03	지상표착	NP0200	석견주	happenedAt	표착지	
E364-04	송환경유	NP0200	석견주	happenedAt	경유지	출발지
E364-04	송환경유	NP0687	뇌호포	happenedAt	경유지	도착지
E364-05	송환경유	NP0687	뇌호포	happenedAt	경유지	출발지
E364-05	송환경유	NP0342	일본 장기	happenedAt	경유지	도착지
E365-02	지상표착	NP0322	율야포	happenedAt	표착지	
E365-03	송환경유	NP0322	율야포	happenedAt	경유지	출발지
E365-03	송환경유	NP0342	일본 장기	happenedAt	경유지	도착지
E367-02	지상표착	NP0315	월도	happenedAt	표착지	
E367-03	송환경유	NP0315	월도	happenedAt	경유지	출발지
E367-03	송환경유	NP0352	장기포	happenedAt	경유지	도착지

source-id	name	target-id	name	relation	type	order
E369-01	출항	NP0317	유등포	happenedAt	출해지	
E369-02	표류	NP0308	울산 앞바다	happenedAt	표류지	
E369-03	지상표착	NP0169	빈기	happenedAt	표착지	
E369-04	송환경유	NP0169	빈기	happenedAt	경유지	출발지
E369-04	송환경유	NP0350	장기	happenedAt	경유지	도착지
E369-05	송환경유	NP0350	장기	happenedAt	경유지	출발지
E369-05	송환경유	NP0094	대마부중	happenedAt	경유지	도착지
E369-06	송환경유	NP0094	대마부중	happenedAt	경유지	출발지
E369-06	송환경유	NP0393	좌수내포	happenedAt	경유지	도착지
E371-01	출항	NP0317	유등포	happenedAt	출해지	
E371-02	표류	NP0308	울산 앞바다	happenedAt	표류지	
E371-03	지상표착	NP0024	견도	happenedAt	표착지	
E371-04	송환경유	NP0024	견도	happenedAt	경유지	출발지
E371-04	송환경유	NP0342	일본 장기	happenedAt	경유지	도착지
E371-05	송환경유	NP0342	일본 장기	happenedAt	경유지	출발지
E371-05	송환경유	NP0393	좌수내포	happenedAt	경유지	도착지
E372-02	지상표착	NP0195	서진옥포	happenedAt	표착지	
E372-03	송환경유	NP0195	서진옥포	happenedAt	경유지	출발지
E372-03	송환경유	NP0094	대마부중	happenedAt	경유지	도착지
E372-04	송환경유	NP0094	대마부중	happenedAt	경유지	출발지
E372-04	송환경유	NP0393	좌수내포	happenedAt	경유지	도착지
E373-02	지상표착	NP0250	악포	happenedAt	표착지	
E373-03	송환경유	NP0250	악포	happenedAt	경유지	출발지
E373-03	송환경유	NP0094	대마부중	happenedAt	경유지	도착지
E373-04	송환경유	NP0094	대마부중	happenedAt	경유지	출발지
E373-04	송환경유	NP0393	좌수내포	happenedAt	경유지	도착지
E374-02	지상표착	NP0440	천포	happenedAt	표착지	
E374-03	송환경유	NP0440	천포	happenedAt	경유지	출발지
E374-03	송환경유	NP0094	대마부중	happenedAt	경유지	도착지
E374-04	송환경유	NP0094	대마부중	happenedAt	경유지	출발지
E374-04	송환경유	NP0393	좌수내포	happenedAt	경유지	도착지
E375-01	표류	NP0351	장기 앞바다	happenedAt	표류지	
E375-02	지상표착	NP0024	견도	happenedAt	표착지	
E375-03	송환경유	NP0024	견도	happenedAt	경유지	출발지
E375-03	송환경유	NP0342	일본 장기	happenedAt	경유지	도착지
E375-04	송환경유	NP0342	일본 장기	happenedAt	경유지	출발지
E375-04	송환경유	NP0094	대마부중	happenedAt	경유지	도착지

source-id	name	target-id	name	relation	type	order
E375-05	송환경유	NP0094	대마부중	happenedAt	경유지	출발지
E375-05	송환경유	NP0393	좌수내포	happenedAt	경유지	도착지
E376-02	지상표착	NP0167	비중포	happenedAt	표착지	
E376-03	송환경유	NP0167	비중포	happenedAt	경유지	출발지
E376-03	송환경유	NP0342	일본 장기	happenedAt	경유지	도착지
E376-04	송환경유	NP0342	일본 장기	happenedAt	경유지	출발지
E376-04	송환경유	NP0094	대마부중	happenedAt	경유지	도착지
E376-05	송환경유	NP0094	대마부중	happenedAt	경유지	출발지
E376-05	송환경유	NP0250	악포	happenedAt	경유지	도착지
E377-01	표류	NP0449	추자도	happenedAt	표류지	
E377-02	지상표착	NP0468	평호생려도	happenedAt	표착지	
E377-03	송환경유	NP0468	평호생려도	happenedAt	경유지	출발지
E377-03	송환경유	NP0342	일본 장기	happenedAt	경유지	도착지
E377-04	송환경유	NP0342	일본 장기	happenedAt	경유지	출발지
E377-04	송환경유	NP0094	대마부중	happenedAt	경유지	도착지
E377-05	송환경유	NP0094	대마부중	happenedAt	경유지	출발지
E377-05	송환경유	NP0250	악포	happenedAt	경유지	도착지
E378-01	표류	NP0450	추자도 앞바다	happenedAt	표류지	
E378-02	지상표착	NP0284	오도	happenedAt	표착지	
E378-03	송환경유	NP0284	오도	happenedAt	경유지	출발지
E378-03	송환경유	NP0342	일본 장기	happenedAt	경유지	도착지
E378-04	송환경유	NP0342	일본 장기	happenedAt	경유지	출발지
E378-04	송환경유	NP0094	대마부중	happenedAt	경유지	도착지
E378-05	송환경유	NP0094	대마부중	happenedAt	경유지	출발지
E378-05	송환경유	NP0393	좌수내포	happenedAt	경유지	도착지
E381-01	출항	NP0309	울진	happenedAt	출해지	
E381-02	표류	NP0466	평해 앞바다	happenedAt	표류지	
E381-03	지상표착	NP0181	삼도	happenedAt	표착지	
E381-04	송환경유	NP0181	삼도	happenedAt	경유지	출발지
E381-04	송환경유	NP0342	일본 장기	happenedAt	경유지	도착지
E381-05	송환경유	NP0342	일본 장기	happenedAt	경유지	출발지
E381-05	송환경유	NP0094	대마부중	happenedAt	경유지	도착지
E381-06	송환경유	NP0094	대마부중	happenedAt	경유지	출발지
E381-06	송환경유	NP0393	좌수내포	happenedAt	경유지	도착지
E382-02	지상표착	NP0056	금포	happenedAt	표착지	
E382-03	송환경유	NP0094	대마부중	happenedAt	경유지	
E383-02	지상표착	NP0254	압거뢰포	happenedAt	표착지	

source-id	name	target-id	name	relation	type	order
E383-03	송환경유	NP0094	대마부중	happenedAt	경유지	
E384-01	표류	NP0466	평해 앞바다	happenedAt	표류지	
E384-02	지상표착	NP0077	뇌호기	happenedAt	표착지	
E384-03	송환경유	NP0077	뇌호기	happenedAt	경유지	출발지
E384-03	송환경유	NP0342	일본 장기	happenedAt	경유지	도착지
E384-04	송환경유	NP0342	일본 장기	happenedAt	경유지	출발지
E384-04	송환경유	NP0094	대마부중	happenedAt	경유지	도착지
E384-05	송환경유	NP0094	대마부중	happenedAt	경유지	출발지
E384-05	송환경유	NP0397	좌포	happenedAt	경유지	도착지
E385-02	지상표착	NP0083	당선지포	happenedAt	표착지	
E385-03	송환경유	NP0083	당선지포	happenedAt	경유지	출발지
E385-03	송환경유	NP0094	대마부중	happenedAt	경유지	도착지
E385-04	송환경유	NP0094	대마부중	happenedAt	경유지	출발지
E385-04	송환경유	NP0393	좌수포	happenedAt	경유지	도착지
E387-02	지상표착	NP0246	실진포	happenedAt	표착지	
E387-03	송환경유	NP0246	실진포	happenedAt	경유지	출발지
E387-03	송환경유	NP0342	일본 장기	happenedAt	경유지	도착지
E387-04	송환경유	NP0342	일본 장기	happenedAt	경유지	출발지
E387-04	송환경유	NP0094	대마부중	happenedAt	경유지	도착지
E387-05	송환경유	NP0094	대마부중	happenedAt	경유지	출발지
E387-05	송환경유	NP0393	좌수포	happenedAt	경유지	도착지
E388-01	출항	NP0307	울산	happenedAt	출해지	
E388-03	지상표착	NP0418	지다류포	happenedAt	표착지	
E388-04	송환경유	NP0418	지다류포	happenedAt	경유지	출발지
E388-04	송환경유	NP0094	대마부중	happenedAt	경유지	도착지
E388-05	송환경유	NP0094	대마부중	happenedAt	경유지	출발지
E388-05	송환경유	NP0393	좌수포	happenedAt	경유지	도착지
E389-01	출항	NP0280	영일	happenedAt	출해지	
E389-02	표착경유	NP0282	영해	happenedAt	경유지	
E389-03	표류	NP0711	영해 앞바다	happenedAt	표류지	
E389-04	지상표착	NP0056	금포	happenedAt	표착지	
E389-05	송환경유	NP0056	금포	happenedAt	경유지	출발지
E389-05	송환경유	NP0094	대마부중	happenedAt	경유지	도착지
E389-06	송환경유	NP0094	대마부중	happenedAt	경유지	출발지
E389-06	송환경유	NP0393	좌수포	happenedAt	경유지	도착지
E390-01	출항	NP0072	남해	happenedAt	출해지	
E390-02	표류	NP0189	서근도 앞바다	happenedAt	표류지	

source-id	name	target-id	name	relation	type	order
E390-03	지상표착	NP0418	지다류포	happenedAt	표착지	
E390-04	송환경유	NP0094	대마부중	happenedAt	경유지	
E390-05	송환경유	NP0094	대마부중	happenedAt	경유지	출발지
E390-05	송환경유	NP0393	좌수포	happenedAt	경유지	도착지
E391-01	출항	NP0031	경주	happenedAt	출해지	
E391-02	표류	NP0717	경주 앞바다	happenedAt	표류지	
E391-03	지상표착	NP0499	행주포	happenedAt	표착지	
E391-04	송환경유	NP0342	일본 장기	happenedAt	경유지	
E391-05	송환경유	NP0342	일본 장기	happenedAt	경유지	출발지
E391-05	송환경유	NP0094	대마부중	happenedAt	경유지	도착지
E391-06	송환경유	NP0094	대마부중	happenedAt	경유지	출발지
E391-06	송환경유	NP0393	좌수포	happenedAt	경유지	도착지
E392-01	출항	NP0366	장흥	happenedAt	출해지	
E392-02	표류	NP0308	울산 앞바다	happenedAt	표류지	
E392-03	지상표착	NP0250	악포	happenedAt	표착지	
E392-04	송환경유	NP0094	대마부중	happenedAt	경유지	
E392-05	송환경유	NP0094	대마부중	happenedAt	경유지	출발지
E392-05	송환경유	NP0393	좌수포	happenedAt	경유지	도착지
E393-01	출항	NP0176	사천	happenedAt	출해지	
E393-02	표착경유	NP0307	울산	happenedAt	경유지	
E393-03	표류	NP0498	해운대 앞바다	happenedAt	표류지	
E393-04	지상표착	NP0418	지다류포	happenedAt	표착지	
E393-05	송환경유	NP0094	대마부중	happenedAt	경유지	
E393-06	송환경유	NP0094	대마부중	happenedAt	경유지	출발지
E393-06	송환경유	NP0393	좌수포	happenedAt	경유지	도착지
E394-02	표류	NP0498	해운대 앞바다	happenedAt	표류지	
E394-03	지상표착	NP0400	좌호경태포	happenedAt	표착지	
E394-04	송환경유	NP0094	대마부중	happenedAt	경유지	
E394-05	송환경유	NP0094	대마부중	happenedAt	경유지	출발지
E394-05	송환경유	NP0393	좌수포	happenedAt	경유지	도착지
E395-01	출항	NP0307	울산	happenedAt	출해지	
E395-02	표류	NP0137	방어진	happenedAt	표류지	
E395-03	지상표착	NP0194	서의 앞바다	happenedAt	표착지	
E395-04	송환경유	NP0024	견도	happenedAt	경유지	출발지
E395-04	송환경유	NP0342	일본 장기	happenedAt	경유지	도착지
E395-05	송환경유	NP0342	일본 장기	happenedAt	경유지	출발지
E395-05	송환경유	NP0094	대마부중	happenedAt	경유지	도착지

source-id	name	target-id	name	relation	type	order
E395-06	송환경유	NP0094	대마부중	happenedAt	경유지	출발지
E395-06	송환경유	NP0393	좌수포	happenedAt	경유지	도착지
E396-02	표류	NP0506	협서리 앞바다	happenedAt	표류지	
E396-03	지상표착	NP0087	대곡포	happenedAt	표착지	
E396-04	송환경유	NP0087	대곡포	happenedAt	경유지	출발지
E396-04	송환경유	NP0342	일본 장기	happenedAt	경유지	도착지
E396-05	송환경유	NP0342	일본 장기	happenedAt	경유지	출발지
E396-05	송환경유	NP0094	대마부중	happenedAt	경유지	도착지
E396-06	송환경유	NP0094	대마부중	happenedAt	경유지	출발지
E396-06	송환경유	NP0393	좌수포	happenedAt	경유지	도착지
E397-01	출항	NP0014	강진	happenedAt	출해지	
E397-02	표착경유	NP0280	영일	happenedAt	경유지	
E397-03	표류	NP0506	협서리 앞바다	happenedAt	표류지	
E397-04	지상표착	NP0483	한박포	happenedAt	표착지	
E397-05	송환경유	NP0483	한박포	happenedAt	경유지	출발지
E397-05	송환경유	NP0342	일본 장기	happenedAt	경유지	도착지
E397-06	송환경유	NP0342	일본 장기	happenedAt	경유지	출발지
E397-06	송환경유	NP0094	대마부중	happenedAt	경유지	도착지
E397-07	송환경유	NP0094	대마부중	happenedAt	경유지	출발지
E397-07	송환경유	NP0393	좌수포	happenedAt	경유지	도착지
E398-01	출항	NP0379	제주	happenedAt	출해지	
E398-02	표류	NP0147	복길도 앞바다	happenedAt	표류지	
E398-03	지상표착	NP0284	오도	happenedAt	표착지	
E398-04	송환경유	NP0342	일본 장기	happenedAt	경유지	
E398-05	송환경유	NP0342	일본 장기	happenedAt	경유지	출발지
E398-05	송환경유	NP0094	대마부중	happenedAt	경유지	도착지
E398-06	송환경유	NP0094	대마부중	happenedAt	경유지	출발지
E398-06	송환경유	NP0393	좌수포	happenedAt	경유지	도착지
E399-01	출항	NP0066	낙안	happenedAt	출해지	
E399-02	표착경유	NP0280	영일	happenedAt	경유지	
E399-03	표류	NP0506	협서리 앞바다	happenedAt	표류지	
E399-04	지상표착	NP0237	시옥포	happenedAt	표착지	
E399-05	송환경유	NP0342	일본 장기	happenedAt	경유지	
E399-06	송환경유	NP0342	일본 장기	happenedAt	경유지	출발지
E399-06	송환경유	NP0094	대마부중	happenedAt	경유지	도착지
E399-07	송환경유	NP0094	대마부중	happenedAt	경유지	출발지
E399-07	송환경유	NP0393	좌수포	happenedAt	경유지	도착지

source-id	name	target-id	name	relation	type	order
E400-01	출항	NP0366	장흥	happenedAt	출해지	
E400-02	표류	NP0506	협서리 앞바다	happenedAt	표류지	
E400-03	지상표착	NP0168	비포	happenedAt	표착지	
E400-04	송환경유	NP0168	비포	happenedAt	경유지	출발지
E400-04	송환경유	NP0342	일본 장기	happenedAt	경유지	도착지
E400-05	송환경유	NP0342	일본 장기	happenedAt	경유지	출발지
E400-05	송환경유	NP0094	대마부중	happenedAt	경유지	도착지
E400-06	송환경유	NP0094	대마부중	happenedAt	경유지	출발지
E400-06	송환경유	NP0393	좌수포	happenedAt	경유지	도착지
E401-02	지상표착	NP0190	서박포	happenedAt	표착지	
E401-03	송환경유	NP0190	서박포	happenedAt	경유지	출발지
E401-03	송환경유	NP0094	대마부중	happenedAt	경유지	도착지
E401-04	송환경유	NP0094	대마부중	happenedAt	경유지	출발지
E401-04	송환경유	NP0369	전기포	happenedAt	경유지	도착지
E401-05	송환경유	NP0369	전기포	happenedAt	경유지	출발지
E401-05	송환경유	NP0250	악포	happenedAt	경유지	도착지
E402-01	출항	NP0350	장기	happenedAt	출해지	
E402-02	표착경유	NP0031	경주	happenedAt	경유지	
E402-03	표착경유	NP0156	부산진	happenedAt	경유지	
E402-04	표류	NP0350	장기	happenedAt	표류지	
E402-05	지상표착	NP0283	오대포	happenedAt	표착지	
E402-06	송환경유	NP0283	오대포	happenedAt	경유지	출발지
E402-06	송환경유	NP0342	일본 장기	happenedAt	경유지	도착지
E402-07	송환경유	NP0342	일본 장기	happenedAt	경유지	출발지
E402-07	송환경유	NP0094	대마부중	happenedAt	경유지	도착지
E402-08	송환경유	NP0094	대마부중	happenedAt	경유지	출발지
E402-08	송환경유	NP0393	좌수포	happenedAt	경유지	도착지
E403-01	출항	NP0031	경주	happenedAt	출해지	
E403-02	표착경유	NP0156	부산진	happenedAt	경유지	
E403-03	표류	NP0328	이견대 앞바다	happenedAt	표류지	
E403-04	지상표착	NP0407	죽자도	happenedAt	표착지	
E403-05	송환경유	NP0407	죽자도	happenedAt	경유지	출발지
E403-05	송환경유	NP0342	일본 장기	happenedAt	경유지	도착지
E403-06	송환경유	NP0342	일본 장기	happenedAt	경유지	출발지
E403-06	송환경유	NP0094	대마부중	happenedAt	경유지	도착지
E403-07	송환경유	NP0094	대마부중	happenedAt	경유지	출발지
E403-07	송환경유	NP0393	좌수포	happenedAt	경유지	도착지

source-id	name	target-id	name	relation	type	order
E404-01	출항	NP0233	순천	happenedAt	출해지	
E404-02	표착경유	NP0280	영일	happenedAt	경유지	
E404-03	표류	NP0351	장기 앞바다	happenedAt	표류지	
E404-04	지상표착	NP0321	율야대포	happenedAt	표착지	
E404-05	송환경유	NP0321	율야대포	happenedAt	경유지	출발지
E404-05	송환경유	NP0342	일본 장기	happenedAt	경유지	도착지
E404-06	송환경유	NP0342	일본 장기	happenedAt	경유지	출발지
E404-06	송환경유	NP0094	대마부중	happenedAt	경유지	도착지
E404-07	송환경유	NP0094	대마부중	happenedAt	경유지	출발지
E404-07	송환경유	NP0393	좌수포	happenedAt	경유지	도착지
E405-02	지상표착	NP0200	석견주	happenedAt	표착지	
E405-03	송환경유	NP0200	석견주	happenedAt	경유지	출발지
E405-03	송환경유	NP0342	일본 장기	happenedAt	경유지	도착지
E405-04	송환경유	NP0342	일본 장기	happenedAt	경유지	출발지
E405-04	송환경유	NP0094	대마부중	happenedAt	경유지	도착지
E405-05	송환경유	NP0094	대마부중	happenedAt	경유지	출발지
E405-05	송환경유	NP0393	좌수포	happenedAt	경유지	도착지
E408-01	출항	NP0114	동래	happenedAt	출해지	
E408-02	표착경유	NP0350	장기	happenedAt	경유지	
E408-03	표류	NP0351	장기 앞바다	happenedAt	표류지	
E408-04	지상표착	NP0390	종기포	happenedAt	표착지	
E408-05	송환경유	NP0390	종기포	happenedAt	경유지	출발지
E408-05	송환경유	NP0342	일본 장기	happenedAt	경유지	도착지
E408-06	송환경유	NP0342	일본 장기	happenedAt	경유지	출발지
E408-06	송환경유	NP0094	대마부중	happenedAt	경유지	도착지
E408-07	송환경유	NP0094	대마부중	happenedAt	경유지	출발지
E408-07	송환경유	NP0250	악포	happenedAt	경유지	도착지
E409-01	표류	NP0506	협서리 앞바다	happenedAt	표류지	
E409-02	지상표착	NP0099	대양군	happenedAt	표착지	
E409-03	송환경유	NP0099	대양군	happenedAt	경유지	출발지
E409-03	송환경유	NP0342	일본 장기	happenedAt	경유지	도착지
E409-04	송환경유	NP0094	대마부중	happenedAt	경유지	
E409-05	송환경유	NP0094	대마부중	happenedAt	경유지	출발지
E409-05	송환경유	NP0393	좌수포	happenedAt	경유지	도착지
E410-01	표류	NP0450	추자도 앞바다	happenedAt	표류지	
E410-02	지상표착	NP0239	신궁포	happenedAt	표착지	
E410-03	송환경유	NP0239	신궁포	happenedAt	경유지	출발지

source-id	name	target-id	name	relation	type	order
E410-03	송환경유	NP0342	일본 장기	happenedAt	경유지	도착지
E410-04	송환경유	NP0342	일본 장기	happenedAt	경유지	출발지
E410-04	송환경유	NP0094	대마부중	happenedAt	경유지	도착지
E410-05	송환경유	NP0094	대마부중	happenedAt	경유지	출발지
E410-05	송환경유	NP0393	좌수포	happenedAt	경유지	도착지
E411-02	지상표착	NP0107	도량포	happenedAt	표착지	
E411-03	송환경유	NP0107	도량포	happenedAt	경유지	출발지
E411-03	송환경유	NP0342	일본 장기	happenedAt	경유지	도착지
E411-04	송환경유	NP0342	일본 장기	happenedAt	경유지	출발지
E411-04	송환경유	NP0094	대마부중	happenedAt	경유지	도착지
E411-05	송환경유	NP0094	대마부중	happenedAt	경유지	출발지
E411-05	송환경유	NP0393	좌수포	happenedAt	경유지	도착지
E412-01	출항	NP0282	영해	happenedAt	출해지	
E412-02	표착경유	NP0280	영일	happenedAt	경유지	
E412-03	표류	NP0452	축산포 앞바다	happenedAt	표류지	
E412-04	지상표착	NP0355	대포	happenedAt	표착지	
E412-05	송환경유	NP0355	대포	happenedAt	경유지	출발지
E412-05	송환경유	NP0342	일본 장기	happenedAt	경유지	도착지
E412-06	송환경유	NP0342	일본 장기	happenedAt	경유지	출발지
E412-06	송환경유	NP0094	대마부중	happenedAt	경유지	도착지
E412-07	송환경유	NP0094	대마부중	happenedAt	경유지	출발지
E412-07	송환경유	NP0393	좌수포	happenedAt	경유지	도착지
E413-01	표류	NP0376	절영도 앞바다	happenedAt	표류지	
E413-02	지상표착	NP0250	악포	happenedAt	표착지	
E413-03	송환경유	NP0250	악포	happenedAt	경유지	출발지
E413-03	송환경유	NP0094	대마부중	happenedAt	경유지	도착지
E413-04	송환경유	NP0094	대마부중	happenedAt	경유지	출발지
E413-04	송환경유	NP0250	악포	happenedAt	경유지	도착지
E413-05	재표류	NP0250	악포	happenedAt	경유지	출발지
E413-05	재표류	NP0209	소곶포진	happenedAt	경유지	도착지
E413-06	송환경유	NP0209	소곶포진	happenedAt	경유지	출발지
E413-06	송환경유	NP0342	일본 장기	happenedAt	경유지	도착지
E413-07	송환경유	NP0342	일본 장기	happenedAt	경유지	출발지
E413-07	송환경유	NP0094	대마부중	happenedAt	경유지	도착지
E413-08	송환경유	NP0094	대마부중	happenedAt	경유지	출발지
E413-08	송환경유	NP0393	좌수포	happenedAt	경유지	도착지
E414-01	표류	NP0059	기장 앞바다	happenedAt	표류지	

source-id	name	target-id	name	relation	type	order
E414-02	지상표착	NP0250	악포	happenedAt	표착지	
E414-03	송환경유	NP0094	대마부중	happenedAt	경유지	
E414-04	송환경유	NP0094	대마부중	happenedAt	경유지	출발지
E414-04	송환경유	NP0250	악포	happenedAt	경유지	도착지
E415-02	지상표착	NP0250	악포	happenedAt	표착지	
E415-03	송환경유	NP0056	금포	happenedAt	경유지	출발지
E415-03	송환경유	NP0094	대마부중	happenedAt	경유지	도착지
E415-04	송환경유	NP0094	대마부중	happenedAt	경유지	출발지
E415-04	송환경유	NP0250	악포	happenedAt	경유지	도착지
E416-01	출항	NP0012	강릉	happenedAt	출해지	
E416-02	표류	NP0452	축산포 앞바다	happenedAt	표류지	
E416-03	지상표착	NP0501	향진	happenedAt	표착지	
E416-04	송환경유	NP0501	향진	happenedAt	경유지	출발지
E416-04	송환경유	NP0342	일본 장기	happenedAt	경유지	도착지
E416-05	송환경유	NP0342	일본 장기	happenedAt	경유지	출발지
E416-05	송환경유	NP0094	대마부중	happenedAt	경유지	도착지
E416-06	송환경유	NP0094	대마부중	happenedAt	경유지	출발지
E416-06	송환경유	NP0393	좌수포	happenedAt	경유지	도착지
E420-01	표류	NP0506	협서리 앞바다	happenedAt	표류지	
E420-02	지상표착	NP0372	전만포	happenedAt	표착지	
E420-03	송환경유	NP0372	전만포	happenedAt	경유지	출발지
E420-03	송환경유	NP0342	일본 장기	happenedAt	경유지	도착지
E420-04	송환경유	NP0342	일본 장기	happenedAt	경유지	출발지
E420-04	송환경유	NP0091	대마도 관부	happenedAt	경유지	도착지
E420-05	송환경유	NP0091	대마도 관부	happenedAt	경유지	출발지
E420-05	송환경유	NP0393	좌수포	happenedAt	경유지	도착지
E421-01	표류	NP0490	해남	happenedAt	표류지	
E421-02	지상표착	NP0044	구근포	happenedAt	표착지	
E421-03	송환경유	NP0094	대마부중	happenedAt	경유지	
E421-04	송환경유	NP0094	대마부중	happenedAt	경유지	출발지
E421-04	송환경유	NP0393	좌수포	happenedAt	경유지	도착지
E422-01	표류	NP0351	장기 앞바다	happenedAt	표류지	
E422-02	지상표착	NP0453	축전주	happenedAt	표착지	
E422-03	송환경유	NP0088	대도	happenedAt	경유지	
E422-04	송환경유	NP0342	일본 장기	happenedAt	경유지	
E422-05	송환경유	NP0393	좌수포	happenedAt	경유지	
E423-01	표류	NP0013	강릉 앞바다	happenedAt	표류지	

source-id	name	target-id	name	relation	type	order
E423-02	지상표착	NP0354	장문주	happenedAt	표착지	
E423-03	송환경유	NP0342	일본 장기	happenedAt	경유지	
E423-04	송환경유	NP0090	대마도	happenedAt	경유지	
E423-05	송환경유	NP0393	좌수포	happenedAt	경유지	
E425-02	지상표착	NP0425	진간포	happenedAt	표착지	
E425-03	송환경유	NP0425	진간포	happenedAt	경유지	출발지
E425-03	송환경유	NP0342	일본 장기	happenedAt	경유지	도착지
E425-04	송환경유	NP0342	일본 장기	happenedAt	경유지	출발지
E425-04	송환경유	NP0090	대마도	happenedAt	경유지	도착지
E425-05	송환경유	NP0090	대마도	happenedAt	경유지	출발지
E425-05	송환경유	NP0393	좌수포	happenedAt	경유지	도착지
E426-01	출항	NP0271	염포	happenedAt	출해지	
E426-02	표착경유	NP0465	평해	happenedAt	경유지	
E426-03	표류	NP0452	축산포 앞바다	happenedAt	표류지	
E426-04	지상표착	NP0225	송원촌	happenedAt	표착지	
E426-05	송환경유	NP0225	송원촌	happenedAt	경유지	출발지
E426-05	송환경유	NP0342	일본 장기	happenedAt	경유지	도착지
E426-06	송환경유	NP0342	일본 장기	happenedAt	경유지	출발지
E426-06	송환경유	NP0094	대마부중	happenedAt	경유지	도착지
E426-07	송환경유	NP0094	대마부중	happenedAt	경유지	출발지
E426-07	송환경유	NP0393	좌수포	happenedAt	경유지	도착지
E427-01	출항	NP0379	제주	happenedAt	출해지	
E427-02	표류	NP0490	해남	happenedAt	표류지	
E427-03	지상표착	NP0284	오도	happenedAt	표착지	
E427-04	송환경유	NP0073	내류도	happenedAt	경유지	
E427-05	송환경유	NP0342	일본 장기	happenedAt	경유지	
E427-06	송환경유	NP0094	대마부중	happenedAt	경유지	
E427-07	송환경유	NP0393	좌수포	happenedAt	경유지	
E428-01	출항	NP0307	울산	happenedAt	출해지	
E428-02	표착경유	NP0307	울산	happenedAt	경유지	
E428-03	표류	NP0001	가덕도 앞바다	happenedAt	표류지	
E428-04	지상표착	NP0519	회포	happenedAt	표착지	
E428-05	송환경유	NP0519	회포	happenedAt	경유지	출발지
E428-05	송환경유	NP0094	대마부중	happenedAt	경유지	도착지
E428-06	송환경유	NP0094	대마부중	happenedAt	경유지	출발지
E428-06	송환경유	NP0393	좌수포	happenedAt	경유지	도착지
E429-01	표류	NP0688	소리도 앞바다	happenedAt	표류지	

source-id	name	target-id	name	relation	type	order
E429-02	지상표착	NP0130	미기포	happenedAt	표착지	
E429-03	송환경유	NP0094	대마부중	happenedAt	경유지	
E429-04	송환경유	NP0393	좌수포	happenedAt	경유지	
E431-01	표류	NP0036	골천 앞바다	happenedAt	표류지	
E431-02	지상표착	NP0355	대포	happenedAt	표착지	
E431-03	송환경유	NP0342	일본 장기	happenedAt	경유지	
E431-04	송환경유	NP0094	대마부중	happenedAt	경유지	
E431-05	송환경유	NP0393	좌수포	happenedAt	경유지	
E432-01	표류	NP0001	가덕도 앞바다	happenedAt	표류지	
E432-02	지상표착	NP0420	지도	happenedAt	표착지	
E432-03	송환경유	NP0342	일본 장기	happenedAt	경유지	
E432-04	송환경유	NP0393	좌수포	happenedAt	경유지	
E433-01	출항	NP0522	흥해	happenedAt	출해지	
E433-02	표류	NP0506	협서리 앞바다	happenedAt	표류지	
E433-03	지상표착	NP0200	석견주	happenedAt	표착지	
E433-04	송환경유	NP0342	일본 장기	happenedAt	경유지	
E433-05	송환경유	NP0094	대마부중	happenedAt	경유지	
E433-06	송환경유	NP0393	좌수포	happenedAt	경유지	
E434-01	표류	NP0308	울산 앞바다	happenedAt	표류지	
E434-02	지상표착	NP0199	서포	happenedAt	표착지	
E434-03	송환경유	NP0342	일본 장기	happenedAt	경유지	
E435-01	표류	NP0514	화염포 앞바다	happenedAt	표류지	
E435-02	지상표착	NP0216	소전포	happenedAt	표착지	
E435-03	송환경유	NP0342	일본 장기	happenedAt	경유지	
E435-04	송환경유	NP0094	대마부중	happenedAt	경유지	
E435-05	송환경유	NP0393	좌수포	happenedAt	경유지	
E439-01	출항	NP0079	니포	happenedAt	출해지	
E439-02	표류	NP0376	절영도 앞바다	happenedAt	표류지	
E439-03	지상표착	NP0190	서박포	happenedAt	표착지	
E439-04	송환경유	NP0094	대마부중	happenedAt	경유지	
E439-05	송환경유	NP0250	악포	happenedAt	경유지	
E440-01	표류	NP0215	소안도 앞바다	happenedAt	표류지	
E440-02	지상표착	NP0119	두산포	happenedAt	표착지	
E440-03	송환경유	NP0094	대마부중	happenedAt	경유지	
E440-04	송환경유	NP0393	좌수포	happenedAt	경유지	
E441-01	출항	NP0366	장흥	happenedAt	출해지	
E441-02	표류	NP0120	마도	happenedAt	표류지	

source-id	name	target-id	name	relation	type	order
E441-03	지상표착	NP0107	도량포	happenedAt	표착지	
E441-04	송환경유	NP0342	일본 장기	happenedAt	경유지	
E441-05	송환경유	NP0094	대마부중	happenedAt	경유지	
E441-06	송환경유	NP0393	좌수포	happenedAt	경유지	
E442-01	출항	NP0039	곳진	happenedAt	출해지	
E442-02	표류	NP0308	울산 앞바다	happenedAt	표류지	
E442-03	지상표착	NP0056	금포	happenedAt	표착지	
E442-04	송환경유	NP0094	대마부중	happenedAt	경유지	
E442-05	송환경유	NP0393	좌수포	happenedAt	경유지	
E443-01	표류	NP0274	영덕 앞바다	happenedAt	표류지	
E443-02	지상표착	NP0437	천고포	happenedAt	표착지	
E443-03	송환경유	NP0342	일본 장기	happenedAt	경유지	
E443-04	송환경유	NP0094	대마부중	happenedAt	경유지	
E443-05	송환경유	NP0393	좌수포	happenedAt	경유지	
E444-01	출항	NP0330	이성	happenedAt	출해지	
E444-02	표류	NP0496	해암 앞바다	happenedAt	표류지	
E444-03	지상표착	NP0354	장문주	happenedAt	표착지	
E444-04	송환경유	NP0342	일본 장기	happenedAt	경유지	
E444-05	송환경유	NP0094	대마부중	happenedAt	경유지	
E444-06	송환경유	NP0393	좌수포	happenedAt	경유지	
E445-01	표류	NP0009	감포 앞바다	happenedAt	표류지	
E445-02	지상표착	NP0250	악포	happenedAt	표착지	
E445-03	송환경유	NP0094	대마부중	happenedAt	경유지	
E446-01	표류	NP0351	장기 앞바다	happenedAt	표류지	
E446-02	지상표착	NP0270	염전포	happenedAt	표착지	
E446-03	송환경유	NP0342	일본 장기	happenedAt	경유지	
E446-04	송환경유	NP0094	대마부중	happenedAt	경유지	
E446-05	송환경유	NP0393	좌수포	happenedAt	경유지	
E447-02	지상표착	NP0284	오도	happenedAt	표착지	
E447-03	송환경유	NP0284	오도	happenedAt	경유지	출발지
E447-03	송환경유	NP0342	일본 장기	happenedAt	경유지	도착지
E447-04	송환경유	NP0342	일본 장기	happenedAt	경유지	출발지
E447-04	송환경유	NP0094	대마부중	happenedAt	경유지	도착지
E447-05	송환경유	NP0094	대마부중	happenedAt	경유지	출발지
E447-05	송환경유	NP0393	좌수포	happenedAt	경유지	도착지
E448-02	지상표착	NP0419	지다하포	happenedAt	표착지	
E448-03	송환경유	NP0419	지다하포	happenedAt	경유지	출발지

source-id	name	target-id	name	relation	type	order
E448-03	송환경유	NP0094	대마부중	happenedAt	경유지	도착지
E448-04	송환경유	NP0094	대마부중	happenedAt	경유지	출발지
E448-04	송환경유	NP0250	악포	happenedAt	경유지	도착지
E449-01	표류	NP0406	죽변 앞바다	happenedAt	표류지	
E449-02	지상표착	NP0024	견도	happenedAt	표착지	
E449-03	송환경유	NP0024	견도	happenedAt	경유지	출발지
E449-03	송환경유	NP0342	일본 장기	happenedAt	경유지	도착지
E449-04	송환경유	NP0342	일본 장기	happenedAt	경유지	출발지
E449-04	송환경유	NP0094	대마부중	happenedAt	경유지	도착지
E449-05	송환경유	NP0094	대마부중	happenedAt	경유지	출발지
E449-05	송환경유	NP0393	좌수포	happenedAt	경유지	도착지
E450-02	지상표착	NP0405	주포	happenedAt	표착지	
E450-03	송환경유	NP0405	주포	happenedAt	경유지	출발지
E450-03	송환경유	NP0094	대마부중	happenedAt	경유지	도착지
E450-04	송환경유	NP0094	대마부중	happenedAt	경유지	출발지
E450-04	송환경유	NP0250	악포	happenedAt	경유지	도착지
E451-02	지상표착	NP0250	악포	happenedAt	표착지	
E451-03	송환경유	NP0250	악포	happenedAt	경유지	출발지
E451-03	송환경유	NP0094	대마부중	happenedAt	경유지	도착지
E451-04	송환경유	NP0094	대마부중	happenedAt	경유지	출발지
E451-04	송환경유	NP0250	악포	happenedAt	경유지	도착지
E452-02	지상표착	NP0504	현계도	happenedAt	표착지	
E452-03	송환경유	NP0504	현계도	happenedAt	경유지	출발지
E452-03	송환경유	NP0342	일본 장기	happenedAt	경유지	도착지
E452-04	송환경유	NP0342	일본 장기	happenedAt	경유지	출발지
E452-04	송환경유	NP0094	대마부중	happenedAt	경유지	도착지
E452-05	송환경유	NP0094	대마부중	happenedAt	경유지	출발지
E452-05	송환경유	NP0393	좌수포	happenedAt	경유지	도착지
E453-01	출항	NP0035	곤양	happenedAt	출해지	
E453-02	표류	NP0274	영덕 앞바다	happenedAt	표류지	
E453-03	지상표착	NP0461	파진포	happenedAt	표착지	
E453-04	송환경유	NP0461	파진포	happenedAt	경유지	출발지
E453-04	송환경유	NP0342	일본 장기	happenedAt	경유지	도착지
E453-05	송환경유	NP0342	일본 장기	happenedAt	경유지	출발지
E453-05	송환경유	NP0094	대마부중	happenedAt	경유지	도착지
E453-06	송환경유	NP0094	대마부중	happenedAt	경유지	출발지
E453-06	송환경유	NP0393	좌수포	happenedAt	경유지	도착지

source-id	name	target-id	name	relation	type	order
E454-02	지상표착	NP0006	가좌포	happenedAt	표착지	
E454-03	송환경유	NP0006	가좌포	happenedAt	경유지	출발지
E454-03	송환경유	NP0342	일본 장기	happenedAt	경유지	도착지
E454-04	송환경유	NP0342	일본 장기	happenedAt	경유지	출발지
E454-04	송환경유	NP0094	대마부중	happenedAt	경유지	도착지
E454-05	송환경유	NP0094	대마부중	happenedAt	경유지	출발지
E454-05	송환경유	NP0393	좌수포	happenedAt	경유지	도착지
E464-01	표류	NP0351	장기 앞바다	happenedAt	표류지	
E464-02	지상표착	NP0389	종기	happenedAt	표착지	
E464-03	송환경유	NP0389	종기	happenedAt	경유지	출발지
E464-03	송환경유	NP0342	일본 장기	happenedAt	경유지	도착지
E464-04	송환경유	NP0342	일본 장기	happenedAt	경유지	출발지
E464-04	송환경유	NP0094	대마부중	happenedAt	경유지	도착지
E464-05	송환경유	NP0094	대마부중	happenedAt	경유지	출발지
E464-05	송환경유	NP0393	좌수포	happenedAt	경유지	도착지
E465-01	출항	NP0014	강진	happenedAt	출해지	
E465-02	표류	NP0449	추자도	happenedAt	표류지	
E465-03	지상표착	NP0284	오도	happenedAt	표착지	
E465-04	송환경유	NP0284	오도	happenedAt	경유지	출발지
E465-04	송환경유	NP0342	일본 장기	happenedAt	경유지	도착지
E465-05	송환경유	NP0342	일본 장기	happenedAt	경유지	출발지
E465-05	송환경유	NP0094	대마부중	happenedAt	경유지	도착지
E465-06	송환경유	NP0094	대마부중	happenedAt	경유지	출발지
E465-06	송환경유	NP0393	좌수포	happenedAt	경유지	도착지
E467-01	출항	NP0379	제주	happenedAt	출해지	
E467-02	표류	NP0689	강진 앞바다	happenedAt	표류지	
E467-03	지상표착	NP0182	삼정락촌	happenedAt	표착지	
E467-04	송환경유	NP0182	삼정락촌	happenedAt	경유지	출발지
E467-04	송환경유	NP0342	일본 장기	happenedAt	경유지	도착지
E467-05	송환경유	NP0342	일본 장기	happenedAt	경유지	출발지
E467-05	송환경유	NP0094	대마부중	happenedAt	경유지	도착지
E467-06	송환경유	NP0094	대마부중	happenedAt	경유지	출발지
E467-06	송환경유	NP0250	악포	happenedAt	경유지	도착지
E478-01	표류	NP0021	거제 앞바다	happenedAt	표류지	
E478-02	지상표착	NP0250	악포	happenedAt	표착지	
E478-03	송환경유	NP0250	악포	happenedAt	경유지	출발지
E478-03	송환경유	NP0094	대마부중	happenedAt	경유지	도착지

source-id	name	target-id	name	relation	type	order
E478-04	송환경유	NP0094	대마부중	happenedAt	경유지	출발지
E478-04	송환경유	NP0250	악포	happenedAt	경유지	도착지
E479-02	지상표착	NP0163	비전주	happenedAt	표착지	
E479-03	송환경유	NP0163	비전주	happenedAt	경유지	출발지
E479-03	송환경유	NP0342	일본 장기	happenedAt	경유지	도착지
E479-04	송환경유	NP0342	일본 장기	happenedAt	경유지	출발지
E479-04	송환경유	NP0094	대마부중	happenedAt	경유지	도착지
E479-05	송환경유	NP0094	대마부중	happenedAt	경유지	출발지
E479-05	송환경유	NP0250	악포	happenedAt	경유지	도착지
E480-02	지상표착	NP0250	악포	happenedAt	표착지	
E480-03	송환경유	NP0250	악포	happenedAt	경유지	출발지
E480-03	송환경유	NP0094	대마부중	happenedAt	경유지	도착지
E481-02	지상표착	NP0024	견도	happenedAt	표착지	
E481-03	송환경유	NP0024	견도	happenedAt	경유지	출발지
E481-03	송환경유	NP0342	일본 장기	happenedAt	경유지	도착지
E481-04	송환경유	NP0342	일본 장기	happenedAt	경유지	출발지
E481-04	송환경유	NP0094	대마부중	happenedAt	경유지	도착지
E481-05	송환경유	NP0094	대마부중	happenedAt	경유지	출발지
E481-05	송환경유	NP0393	좌수포	happenedAt	경유지	도착지
E482-01	표류	NP0072	남해	happenedAt	표류지	
E482-02	지상표착	NP0284	오도	happenedAt	표착지	
E482-03	송환경유	NP0284	오도	happenedAt	경유지	출발지
E482-03	송환경유	NP0342	일본 장기	happenedAt	경유지	도착지
E482-04	송환경유	NP0342	일본 장기	happenedAt	경유지	출발지
E482-04	송환경유	NP0094	대마부중	happenedAt	경유지	도착지
E482-05	송환경유	NP0094	대마부중	happenedAt	경유지	출발지
E482-05	송환경유	NP0393	좌수포	happenedAt	경유지	도착지
E483-01	표류	NP0351	장기 앞바다	happenedAt	표류지	
E483-02	지상표착	NP0259	약송포	happenedAt	표착지	
E483-03	송환경유	NP0259	약송포	happenedAt	경유지	출발지
E483-03	송환경유	NP0342	일본 장기	happenedAt	경유지	도착지
E483-04	송환경유	NP0342	일본 장기	happenedAt	경유지	출발지
E483-04	송환경유	NP0094	대마부중	happenedAt	경유지	도착지
E483-05	송환경유	NP0094	대마부중	happenedAt	경유지	출발지
E483-05	송환경유	NP0393	좌수포	happenedAt	경유지	도착지
E484-02	지상표착	NP0200	석견주	happenedAt	표착지	
E484-03	송환경유	NP0200	석견주	happenedAt	경유지	출발지

source-id	name	target-id	name	relation	type	order
E484-03	송환경유	NP0342	일본 장기	happenedAt	경유지	도착지
E484-04	송환경유	NP0342	일본 장기	happenedAt	경유지	출발지
E484-04	송환경유	NP0094	대마부중	happenedAt	경유지	도착지
E484-05	송환경유	NP0094	대마부중	happenedAt	경유지	출발지
E484-05	송환경유	NP0393	좌수포	happenedAt	경유지	도착지
E485-02	지상표착	NP0393	좌수포	happenedAt	표착지	
E485-03	송환경유	NP0393	좌수포	happenedAt	경유지	출발지
E485-03	송환경유	NP0342	일본 장기	happenedAt	경유지	도착지
E485-04	송환경유	NP0342	일본 장기	happenedAt	경유지	출발지
E485-04	송환경유	NP0094	대마부중	happenedAt	경유지	도착지
E485-05	송환경유	NP0094	대마부중	happenedAt	경유지	출발지
E485-05	송환경유	NP0393	좌수포	happenedAt	경유지	도착지
E486-02	지상표착	NP0398	좌하도	happenedAt	표착지	
E486-03	송환경유	NP0398	좌하도	happenedAt	경유지	출발지
E486-03	송환경유	NP0342	일본 장기	happenedAt	경유지	도착지
E486-04	송환경유	NP0342	일본 장기	happenedAt	경유지	출발지
E486-04	송환경유	NP0094	대마부중	happenedAt	경유지	도착지
E486-05	송환경유	NP0094	대마부중	happenedAt	경유지	출발지
E486-05	송환경유	NP0393	좌수포	happenedAt	경유지	도착지
E487-02	지상표착	NP0024	견도	happenedAt	표착지	
E487-03	송환경유	NP0024	견도	happenedAt	경유지	출발지
E487-03	송환경유	NP0356	장문주부중	happenedAt	경유지	도착지
E487-04	송환경유	NP0356	장문주부중	happenedAt	경유지	출발지
E487-04	송환경유	NP0342	일본 장기	happenedAt	경유지	도착지
E487-05	송환경유	NP0342	일본 장기	happenedAt	경유지	출발지
E487-05	송환경유	NP0094	대마부중	happenedAt	경유지	도착지
E487-06	송환경유	NP0094	대마부중	happenedAt	경유지	출발지
E487-06	송환경유	NP0393	좌수포	happenedAt	경유지	도착지
E488-02	지상표착	NP0258	야파뢰포	happenedAt	표착지	
E488-03	송환경유	NP0258	야파뢰포	happenedAt	경유지	출발지
E488-03	송환경유	NP0356	장문주부중	happenedAt	경유지	도착지
E488-04	송환경유	NP0356	장문주부중	happenedAt	경유지	출발지
E488-04	송환경유	NP0342	일본 장기	happenedAt	경유지	도착지
E488-05	송환경유	NP0342	일본 장기	happenedAt	경유지	출발지
E488-05	송환경유	NP0094	대마부중	happenedAt	경유지	도착지
E488-06	송환경유	NP0094	대마부중	happenedAt	경유지	출발지
E488-06	송환경유	NP0393	좌수포	happenedAt	경유지	도착지

source-id	name	target-id	name	relation	type	order
E490-02	지상표착	NP0284	오도	happenedAt	표착지	
E490-03	송환경유	NP0284	오도	happenedAt	경유지	출발지
E490-03	송환경유	NP0342	일본 장기	happenedAt	경유지	도착지
E490-04	송환경유	NP0342	일본 장기	happenedAt	경유지	출발지
E490-04	송환경유	NP0094	대마부중	happenedAt	경유지	도착지
E490-05	송환경유	NP0094	대마부중	happenedAt	경유지	출발지
E490-05	송환경유	NP0250	악포	happenedAt	경유지	도착지
E491-02	지상표착	NP0319	육련도	happenedAt	표착지	
E491-03	송환경유	NP0319	육련도	happenedAt	경유지	출발지
E491-03	송환경유	NP0342	일본 장기	happenedAt	경유지	도착지
E491-04	송환경유	NP0342	일본 장기	happenedAt	경유지	출발지
E491-04	송환경유	NP0094	대마부중	happenedAt	경유지	도착지
E491-05	송환경유	NP0094	대마부중	happenedAt	경유지	출발지
E491-05	송환경유	NP0393	좌수포	happenedAt	경유지	도착지
E492-01	표류	NP0192	서안도 앞바다	happenedAt	표류지	
E492-02	지상표착	NP0318	유황도	happenedAt	표착지	
E492-03	송환경유	NP0318	유황도	happenedAt	경유지	출발지
E492-03	송환경유	NP0342	일본 장기	happenedAt	경유지	도착지
E493-01	표류	NP0280	영일	happenedAt	표류지	
E493-02	지상표착	NP0478	하산도	happenedAt	표착지	
E493-03	송환경유	NP0478	하산도	happenedAt	경유지	출발지
E493-03	송환경유	NP0342	일본 장기	happenedAt	경유지	도착지
E493-04	송환경유	NP0342	일본 장기	happenedAt	경유지	출발지
E493-04	송환경유	NP0163	비전주	happenedAt	경유지	도착지
E493-05	송환경유	NP0163	비전주	happenedAt	경유지	출발지
E493-05	송환경유	NP0094	대마부중	happenedAt	경유지	도착지
E493-06	송환경유	NP0094	대마부중	happenedAt	경유지	출발지
E493-06	송환경유	NP0393	좌수포	happenedAt	경유지	도착지
E494-02	지상표착	NP0170	빈전포	happenedAt	표착지	
E494-03	송환경유	NP0170	빈전포	happenedAt	경유지	출발지
E494-03	송환경유	NP0342	일본 장기	happenedAt	경유지	도착지
E494-04	송환경유	NP0342	일본 장기	happenedAt	경유지	출발지
E494-04	송환경유	NP0094	대마부중	happenedAt	경유지	도착지
E494-05	송환경유	NP0094	대마부중	happenedAt	경유지	출발지
E494-05	송환경유	NP0250	악포	happenedAt	경유지	도착지
E496-01	표류	NP0085	당주포	happenedAt	표류지	
E496-02	지상표착	NP0211	소무전포	happenedAt	표착지	

source-id	name	target-id	name	relation	type	order
E496-03	송환경유	NP0211	소무전포	happenedAt	경유지	출발지
E496-03	송환경유	NP0094	대마부중	happenedAt	경유지	도착지
E496-04	송환경유	NP0094	대마부중	happenedAt	경유지	출발지
E496-04	송환경유	NP0250	악포	happenedAt	경유지	도착지
E497-02	지상표착	NP0284	오도	happenedAt	표착지	
E497-03	송환경유	NP0284	오도	happenedAt	경유지	출발지
E497-03	송환경유	NP0069	남도	happenedAt	경유지	도착지
E497-04	송환경유	NP0069	남도	happenedAt	경유지	출발지
E497-04	송환경유	NP0267	여도	happenedAt	경유지	도착지
E497-05	송환경유	NP0267	여도	happenedAt	경유지	출발지
E497-05	송환경유	NP0284	오도	happenedAt	경유지	도착지
E497-06	송환경유	NP0284	오도	happenedAt	경유지	출발지
E497-06	송환경유	NP0342	일본 장기	happenedAt	경유지	도착지
E497-07	송환경유	NP0342	일본 장기	happenedAt	경유지	출발지
E497-07	송환경유	NP0094	대마부중	happenedAt	경유지	도착지
E497-08	송환경유	NP0094	대마부중	happenedAt	경유지	출발지
E497-08	송환경유	NP0393	좌수포	happenedAt	경유지	도착지
E498-02	지상표착	NP0270	염전포	happenedAt	표착지	
E498-03	송환경유	NP0270	염전포	happenedAt	경유지	출발지
E498-03	송환경유	NP0200	석견주	happenedAt	경유지	도착지
E498-04	송환경유	NP0200	석견주	happenedAt	경유지	출발지
E498-04	송환경유	NP0342	일본 장기	happenedAt	경유지	도착지
E498-05	송환경유	NP0342	일본 장기	happenedAt	경유지	출발지
E498-05	송환경유	NP0094	대마부중	happenedAt	경유지	도착지
E498-06	송환경유	NP0094	대마부중	happenedAt	경유지	출발지
E498-06	송환경유	NP0393	좌수포	happenedAt	경유지	도착지
E499-01	표류	NP0126	몰운대 앞바다	happenedAt	표류지	
E499-02	지상표착	NP0405	주포	happenedAt	표착지	
E499-03	송환경유	NP0405	주포	happenedAt	경유지	출발지
E499-03	송환경유	NP0094	대마부중	happenedAt	경유지	도착지
E499-04	송환경유	NP0094	대마부중	happenedAt	경유지	출발지
E499-04	송환경유	NP0250	악포	happenedAt	경유지	도착지
E500-01	표류	NP0021	거제 앞바다	happenedAt	표류지	
E500-02	지상표착	NP0337	일기도	happenedAt	표착지	
E500-03	송환경유	NP0337	일기도	happenedAt	경유지	출발지
E500-03	송환경유	NP0342	일본 장기	happenedAt	경유지	도착지
E500-04	송환경유	NP0342	일본 장기	happenedAt	경유지	출발지

source-id	name	target-id	name	relation	type	order
E500-04	송환경유	NP0094	대마부중	happenedAt	경유지	도착지
E500-05	송환경유	NP0094	대마부중	happenedAt	경유지	출발지
E500-05	송환경유	NP0393	좌수포	happenedAt	경유지	도착지
E501-02	지상표착	NP0467	평호도	happenedAt	표착지	
E501-03	송환경유	NP0467	평호도	happenedAt	경유지	출발지
E501-03	송환경유	NP0342	일본 장기	happenedAt	경유지	도착지
E501-04	송환경유	NP0342	일본 장기	happenedAt	경유지	출발지
E501-04	송환경유	NP0094	대마부중	happenedAt	경유지	도착지
E501-05	송환경유	NP0094	대마부중	happenedAt	경유지	출발지
E501-05	송환경유	NP0393	좌수포	happenedAt	경유지	도착지
E502-01	표류	NP0344	일산포 앞바다	happenedAt	표류지	
E502-02	지상표착	NP0446	청해도	happenedAt	표착지	
E502-03	송환경유	NP0446	청해도	happenedAt	경유지	출발지
E502-03	송환경유	NP0342	일본 장기	happenedAt	경유지	도착지
E502-04	송환경유	NP0342	일본 장기	happenedAt	경유지	출발지
E502-04	송환경유	NP0094	대마부중	happenedAt	경유지	도착지
E502-05	송환경유	NP0094	대마부중	happenedAt	경유지	출발지
E502-05	송환경유	NP0393	좌수포	happenedAt	경유지	도착지
E504-01	표류	NP0690	기장 비옥포 앞바다	happenedAt	표류지	
E504-02	지상표착	NP0393	좌수내포	happenedAt	표착지	
E504-03	송환경유	NP0393	좌수내포	happenedAt	경유지	출발지
E504-03	송환경유	NP0250	악포	happenedAt	경유지	도착지
E504-04	송환경유	NP0250	악포	happenedAt	경유지	출발지
E504-04	송환경유	NP0094	대마부중	happenedAt	경유지	도착지
E504-05	송환경유	NP0094	대마부중	happenedAt	경유지	출발지
E504-05	송환경유	NP0250	악포	happenedAt	경유지	도착지
E505-01	표류	NP0174	사암추 앞바다	happenedAt	표류지	
E505-02	지상표착	NP0250	악포	happenedAt	표착지	
E505-03	송환경유	NP0250	악포	happenedAt	경유지	출발지
E505-03	송환경유	NP0094	대마부중	happenedAt	경유지	도착지
E505-04	송환경유	NP0094	대마부중	happenedAt	경유지	출발지
E505-04	송환경유	NP0250	악포	happenedAt	경유지	도착지
E506-01	표류	NP0450	추자도 앞바다	happenedAt	표류지	
E506-02	지상표착	NP0341	일본 사도	happenedAt	표착지	
E506-03	송환경유	NP0341	일본 사도	happenedAt	경유지	출발지
E506-03	송환경유	NP0342	일본 장기	happenedAt	경유지	도착지
E506-04	송환경유	NP0342	일본 장기	happenedAt	경유지	출발지

source-id	name	target-id	name	relation	type	order
E506-04	송환경유	NP0094	대마부중	happenedAt	경유지	도착지
E506-05	송환경유	NP0094	대마부중	happenedAt	경유지	출발지
E506-05	송환경유	NP0250	악포	happenedAt	경유지	도착지
E507-01	표류	NP0718	규전포	happenedAt	표류지	
E507-02	지상표착	NP0455	축전주 대도	happenedAt	표착지	
E507-03	송환경유	NP0455	축전주 대도	happenedAt	경유지	출발지
E507-03	송환경유	NP0342	일본 장기	happenedAt	경유지	도착지
E507-04	송환경유	NP0342	일본 장기	happenedAt	경유지	출발지
E507-04	송환경유	NP0094	대마부중	happenedAt	경유지	도착지
E507-05	송환경유	NP0094	대마부중	happenedAt	경유지	출발지
E507-05	송환경유	NP0393	좌수포	happenedAt	경유지	도착지
E508-02	지상표착	NP0181	삼도	happenedAt	표착지	
E508-03	송환경유	NP0181	삼도	happenedAt	경유지	출발지
E508-03	송환경유	NP0356	장문주부중	happenedAt	경유지	도착지
E508-04	송환경유	NP0356	장문주부중	happenedAt	경유지	출발지
E508-04	송환경유	NP0342	일본 장기	happenedAt	경유지	도착지
E508-05	송환경유	NP0342	일본 장기	happenedAt	경유지	출발지
E508-05	송환경유	NP0094	대마부중	happenedAt	경유지	도착지
E508-06	송환경유	NP0094	대마부중	happenedAt	경유지	출발지
E508-06	송환경유	NP0393	좌수포	happenedAt	경유지	도착지

R) 사건3-공간

source-id	name	target-id	name	relation	type
E001-10	선원 사망	NP0053	금리포	happenedAt	사망장소
E001-10	선원 사망	NP0092	대마도 관부 항구의 절	happenedAt	장례장소
E001-10	선원 사망	NP0156	부산진	happenedAt	매장장소
E001-11	표류 경위 필담	NP0053	금리포	happenedAt	
E001-12	대마도에서의 배급	NP0090	대마도	happenedAt	
E001-13	부산진에서의 배급	NP0156	부산진	happenedAt	
E001-14	동래부와 좌수영에서의 배급	NP0114	동래	happenedAt	
E001-14	동래부와 좌수영에서의 배급	NP0394	좌수영	happenedAt	
E002-15	표류 경위 필담	NP0202	석포진	happenedAt	
E002-16	이장손 사망	NP0202	석포진	happenedAt	

source-id	name	target-id	name	relation	type
E002-17	석포진에서의 배급	NP0202	석포진	happenedAt	
E002-18	상산현에서의 배급	NP0185	상산현	happenedAt	
E002-19	항주에서의 배급	NP0488	항주	happenedAt	
E002-20	청하현에서의 배급	NP0701	중국 청하	happenedAt	
E002-21	김재득 사망	NP0311	웅현	happenedAt	
E003-15	표류 경위 필담	NP0284	오도	happenedAt	
E003-16	강선 및 김찬익 상봉	NP0342	일본 장기	happenedAt	
E003-17	김영록 상봉	NP0342	일본 장기	happenedAt	
E003-18	장기도에서의 배급	NP0342	일본 장기	happenedAt	
E003-19	대마도에서의 배급	NP0090	대마도	happenedAt	
E003-20	부산진에서의 배급	NP0156	부산진	happenedAt	
E003-21	동래부에서의 배급	NP0114	동래	happenedAt	
E003-22	좌수영에서의 배급	NP0394	좌수영	happenedAt	
E003-23	이탈	NP0115	동래부 좌수영	happenedAt	
E004-15	표류 경위 필담	NP0227	송포	happenedAt	
E004-16	문경록 일행 상봉	NP0342	일본 장기	happenedAt	
E005-10	표류 경위 필담	NP0494	해방분처부	happenedAt	
E005-11	해방분처부에서의 배급	NP0494	해방분처부	happenedAt	
E005-12	복건성에서의 배급	NP0146	복건성	happenedAt	
E005-13	사신 일행 상봉	NP0158	북경	happenedAt	
E006-10	표류 경위 필담	NP0284	오도	happenedAt	
E006-11	오도에서의 배급	NP0284	오도	happenedAt	
E006-12	대마도에서의 배급	NP0090	대마도	happenedAt	
E006-13	동래부에서의 배급	NP0114	동래	happenedAt	
E006-14	좌수영에서의 배급	NP0394	좌수영	happenedAt	
E007-09	표류 경위 필담	NP0236	시라도	happenedAt	
E007-10	시라도에서의 배급	NP0236	시라도	happenedAt	
E007-11	장기도에서의 배급	NP0342	일본 장기	happenedAt	
E007-12	주수포에서의 배급	NP0403	주수포	happenedAt	
E007-13	부산진에서의 배급	NP0156	부산진	happenedAt	
E007-14	좌수영에서의 배급	NP0394	좌수영	happenedAt	
E008-13	표류 경위 필담	NP0481	학도	happenedAt	
E008-14	덕지도에서의 배급	NP0104	덕지도	happenedAt	
E008-15	중산부에서의 배급	NP0414	중산부	happenedAt	
E008-16	복건성에서의 배급	NP0146	복건성	happenedAt	
E008-17	사신 일행 상봉	NP0158	북경	happenedAt	
E009-10	표류 경위 필담	NP0193	서안현	happenedAt	

source-id	name	target-id	name	relation	type
E009-11	서안현에서의 배급	NP0193	서안현	happenedAt	
E009-12	복건성에서의 배급	NP0146	복건성	happenedAt	
E009-13	사신 일행 상봉	NP0158	북경	happenedAt	
E010-12	표류 경위 필담	NP0284	오도	happenedAt	
E010-13	장기도에서의 배급	NP0342	일본 장기	happenedAt	
E010-14	대마도에서의 배급	NP0090	대마도	happenedAt	
E010-15	부산에서의 배급	NP0156	부산진	happenedAt	
E010-16	동래부에서의 배급	NP0114	동래	happenedAt	
E010-17	좌수영에서의 배급	NP0394	좌수영	happenedAt	
E011-12	표류 경위 필담	NP0038	공산도	happenedAt	
E011-13	해구관에서의 배급	NP0489	해구관	happenedAt	
E011-14	복주부에서의 배급	NP0146	복건성	happenedAt	
E011-15	황성에서의 배급	NP0158	북경	happenedAt	
E011-16	의주부에서의 배급	NP0327	의주	happenedAt	
E012-15	표류 경위 필담	NP0291	옥구도	happenedAt	
E012-16	산천항에서의 배급	NP0179	산천항	happenedAt	
E012-17	장기도에서의 배급	NP0342	일본 장기	happenedAt	
E012-18	수험소에서의 배급	NP9005	수험소	happenedAt	
E012-19	부산진에서의 배급	NP0156	부산진	happenedAt	
E012-20	동래부에서의 배급	NP0114	동래	happenedAt	
E012-21	좌수영에서의 배급	NP0115	동래부 좌수영	happenedAt	
E013-14	이탈	NP0267	여도	happenedAt	
E013-15	김기찬 등 동료 사망	NP0267	여도	happenedAt	
E013-16	필담	NP0267	여도	happenedAt	
E013-17	윤광은 등 동료 사망	NP0284	오도	happenedAt	
E013-18	김종언 일행 상봉	NP0342	일본 장기	happenedAt	
E013-19	장기도에서의 배급	NP0342	일본 장기	happenedAt	
E013-20	고영태의 죽음	NP0342	일본 장기	happenedAt	
E013-21	대마도에서의 배급	NP0090	대마도	happenedAt	
E013-22	동래부에서의 배급	NP0114	동래	happenedAt	
E013-23	사망 동료 매장	NP0448	초량	happenedAt	
E014-10	필담	NP0177	사포	happenedAt	
E014-11	장기도에서의 배급	NP0342	일본 장기	happenedAt	
E014-12	이덕량 일행 상봉	NP0342	일본 장기	happenedAt	
E015-10	표류 경위 필담	NP0284	오도	happenedAt	
E015-11	장기도에서의 배급	NP0342	일본 장기	happenedAt	
E015-12	대마도에서의 배급	NP0090	대마도	happenedAt	

source-id	name	target-id	name	relation	type
E015-13	부산진에서의 배급	NP0156	부산진	happenedAt	
E015-14	동래부에서의 배급	NP0114	동래	happenedAt	
E015-15	좌수영에서의 배급	NP0394	좌수영	happenedAt	
E016-11	표류 경위 필담	NP0096	대만현	happenedAt	
E016-12	대만현에서의 배급	NP0096	대만현	happenedAt	
E016-13	복주부에서의 배급	NP0146	복건성	happenedAt	
E016-14	이자정 일행 상봉	NP0146	복건성	happenedAt	
E016-15	김응량 일행 상봉	NP0158	북경	happenedAt	
E016-16	역관 일행 상봉	NP0158	북경	happenedAt	
E017-19	표류 경위 필담	NP0088	대도	happenedAt	
E017-20	목주촌에서의 배급	NP0125	목주촌	happenedAt	
E017-21	복건에서의 배급	NP0146	복건성	happenedAt	
E017-22	양서홍 일행 상봉	NP0146	복건성	happenedAt	
E017-23	유종휘의 죽음	NP0384	제해현	happenedAt	사망장소
E017-23	유종휘의 죽음	NP0158	북경	happenedAt	매장장소
E017-24	김응량 일행 상봉	NP0158	북경	happenedAt	
E018-12	표류 경위 필담	NP0518	황하구	happenedAt	
E018-13	황하구에서의 배급	NP0518	황하구	happenedAt	
E018-14	부녕현에서의 배급	NP0153	부녕현	happenedAt	
E018-15	청해현에서의 배급	NP0447	청해현	happenedAt	
E018-16	강재백의 죽음	NP0364	장청현	happenedAt	사망장소
E018-16	강재백의 죽음	NP0158	북경	happenedAt	매장장소
E018-17	양서홍 일행 상봉	NP0158	북경	happenedAt	
E018-18	이자정 일행 상봉	NP0158	북경	happenedAt	
E019-10	표류 경위 필담	NP0220	송강포	happenedAt	
E019-11	보산현에서의 배급	NP0220	송강포	happenedAt	
E019-12	장주현에서의 배급	NP0362	장주현	happenedAt	
E020-11	표류 경위 필담	NP0100	대이후촌	happenedAt	
E020-12	이관제 일행 상봉	NP0342	일본 장기	happenedAt	
E020-13	장기도에서의 배급	NP0342	일본 장기	happenedAt	
E020-14	대마도에서의 배급	NP0090	대마도	happenedAt	
E020-15	동래부에서의 배급	NP0114	동래	happenedAt	
E021-12	필담	NP0353	장길포	happenedAt	
E021-13	고봉익 일행 상봉	NP0342	일본 장기	happenedAt	
E021-14	이탈	NP0090	대마도	happenedAt	
E022-11	필담	NP0353	장길포	happenedAt	
E022-12	고봉익 일행 상봉	NP0342	일본 장기	happenedAt	

source-id	name	target-id	name	relation	type
E022-13	이탈	NP0090	대마도	happenedAt	
E023-11	필담	NP0135	박산도	happenedAt	
E023-12	복건성에서의 배급	NP0146	복건성	happenedAt	
E023-13	황성에서의 배급	NP0158	북경	happenedAt	
E023-14	윤한록의 죽음	NP0217	소주	happenedAt	
E024-10	필담	NP0488	항주	happenedAt	
E024-11	항주에서의 배급	NP0488	항주	happenedAt	
E024-12	절강성에서의 배급	NP0374	절강성	happenedAt	
E024-13	황성에서의 배급	NP0158	북경	happenedAt	
E025-11	필담	NP0148	복정현	happenedAt	
E025-12	복건성에서의 배급	NP0146	복건성	happenedAt	
E025-13	김일원의 죽음	NP0411	중국 영평현	happenedAt	
E026-11	필담	NP0186	상해현	happenedAt	
E026-12	상해현에서의 배급	NP0186	상해현	happenedAt	
E026-13	장주현에서의 배급	NP0362	장주현	happenedAt	
E026-14	청강현에서의 배급	NP0442	청강현	happenedAt	
E026-15	황성에서의 배급	NP0158	북경	happenedAt	
E026-16	일행의 죽음	NP9002	선박	happenedAt	
E027-14	필담	NP0097	대보촌	happenedAt	
E027-15	장기도에서의 배급	NP0342	일본 장기	happenedAt	
E027-16	이세훈 일행 상봉	NP0342	일본 장기	happenedAt	
E027-17	조낙수 일행 사망	NP0342	일본 장기	happenedAt	
E027-18	대마도에서의 배급	NP0090	대마도	happenedAt	
E027-19	동래부에서의 배급	NP0114	동래	happenedAt	
E027-20	통영에서의 배급	NP0460	통영	happenedAt	
E028-12	필담	NP0146	복건성	happenedAt	
E028-13	복주성에서의 배급	NP0146	복건성	happenedAt	
E029-11	일본국 오도에서의 필담	NP0284	오도	happenedAt	
E029-12	비전포구에서의 필담	NP0166	비전포구	happenedAt	
E029-13	장기도에서의 배급	NP0342	일본 장기	happenedAt	
E029-14	강시국 일행 상봉	NP0342	일본 장기	happenedAt	
E029-15	조낙수 일행 상봉	NP0342	일본 장기	happenedAt	
E029-16	대마도에서의 배급	NP0090	대마도	happenedAt	
E029-17	동래부에서의 배급	NP0114	동래	happenedAt	
E029-18	통영에서의 배급	NP0460	통영	happenedAt	
E030-10	필담	NP0088	대도	happenedAt	
E030-11	대도에서의 배급	NP0088	대도	happenedAt	

source-id	name	target-id	name	relation	type
E030-12	어느 포구에서의 배급	NP9003	어느 포구	happenedAt	
E030-13	복건성에서의 배급	NP0146	복건성	happenedAt	
E030-14	이탈	NP0111	도회관	happenedAt	
E031-09	필담	NP0297	완촌	happenedAt	
E031-10	관하 포구에서의 배급	NP9004	관하 포구	happenedAt	
E031-11	동래부에서의 배급	NP0114	동래	happenedAt	
E032-14	필담	NP0056	금포	happenedAt	
E032-15	대마관부에서의 배급	NP0056	금포	happenedAt	
E032-16	부산진에서의 배급	NP0156	부산진	happenedAt	
E032-17	동래부에서의 배급	NP0114	동래	happenedAt	
E032-18	통영에서의 배급	NP0460	통영	happenedAt	
E033-14	동료의 죽음	NP0040	광동 앞바다	happenedAt	
E033-15	필담	NP9002	선박	happenedAt	
E033-16	당산포에서의 배급	NP0082	당산포	happenedAt	
E033-17	투옥	NP0082	당산포	happenedAt	
E033-18	상해현에서의 배급	NP0605	상해 항구	happenedAt	
E033-19	천진에서의 배급	NP0439	천진 항구	happenedAt	
E033-20	조선관에서의 유숙	NP0158	북경	happenedAt	
E034-09	필담	NP0284	오도	happenedAt	
E034-10	오도에서의 배급	NP0284	오도	happenedAt	
E034-11	장기도에서의 배급	NP0342	일본 장기	happenedAt	
E034-12	고연신 일행 상봉	NP0342	일본 장기	happenedAt	
E034-13	김유선 일행 상봉	NP0342	일본 장기	happenedAt	
E034-14	임성충 일행 상봉	NP0342	일본 장기	happenedAt	
E034-15	모순원 일행 상봉	NP0342	일본 장기	happenedAt	
E034-16	양호운 일행 상봉	NP0342	일본 장기	happenedAt	
E034-17	고용집 일행 상봉	NP0342	일본 장기	happenedAt	
E034-18	대마도에서의 배급	NP0090	대마도	happenedAt	
E034-20	동래부에서의 배급	NP0114	동래	happenedAt	
E035-09	양호운 일행 상봉	NP0342	일본 장기	happenedAt	
E035-10	고용집 일행 상봉	NP0342	일본 장기	happenedAt	
E035-11	이탈	NP0114	동래	happenedAt	
E036-09	필담	NP0443	청방촌	happenedAt	
E036-10	일본국 오도 청방촌에서의 배급	NP0443	청방촌	happenedAt	
E036-11	현승락 일행 상봉	NP0342	일본 장기	happenedAt	
E036-12	고연신 일행 상봉	NP0342	일본 장기	happenedAt	

source-id	name	target-id	name	relation	type
E036-13	모순원 일행 상봉	NP0342	일본 장기	happenedAt	
E036-14	고용집 일행 상봉	NP0342	일본 장기	happenedAt	
E036-15	박갑득과 오종민의 죽음	NP0090	대마도	happenedAt	사망장소
E036-15	박갑득과 오종민의 죽음	NP0379	제주	happenedAt	매장장소
E036-16	고명재의 죽음	NP0090	대마도	happenedAt	사망장소
E036-16	고명재의 죽음	NP0379	제주	happenedAt	매장장소
E037-12	필담	NP0284	오도	happenedAt	
E037-13	가리로락포에서의 배급	NP0005	가시로락포	happenedAt	
E037-14	장기도에서의 배급	NP0342	일본 장기	happenedAt	
E037-15	장기도 관사 체류	NP0342	일본 장기	happenedAt	
E037-16	대마도에서의 배급	NP0090	대마도	happenedAt	
E037-17	임성충 일행 상봉	NP0342	일본 장기	happenedAt	
E037-18	김유선 일행 상봉	NP0342	일본 장기	happenedAt	
E037-19	현승락 일행 상봉	NP0342	일본 장기	happenedAt	
E037-20	모순원 일행 상봉	NP0342	일본 장기	happenedAt	
E037-21	양호운 일행 상봉	NP0342	일본 장기	happenedAt	
E037-22	고용집 일행 상봉	NP0342	일본 장기	happenedAt	
E037-23	김유선과 고용집 일행의 죽음	NP0090	대마도	happenedAt	
E037-24	정박	NP0090	대마도	happenedAt	
E038-11	정영호와의 합류	NP0020	거제	happenedAt	
E038-12	만남	NP0090	대마도	happenedAt	
E038-13	심문	NP0090	대마도	happenedAt	
E038-14	대마도에서의 배급	NP0090	대마도	happenedAt	
E038-15	동래부에서의 배급	NP0114	동래	happenedAt	
E038-16	정영호와의 이별	NP0114	동래	happenedAt	
E039-11	차행화의 죽음	NP9002	선박	happenedAt	사망장소
E039-11	차행화의 죽음	NP0427	진강현	happenedAt	매장장소
E039-12	필담	NP0117	동포	happenedAt	
E039-13	진강현에서의 배급	NP0427	진강현	happenedAt	
E039-14	복건성에서의 배급	NP0146	복건성	happenedAt	
E039-15	조선관에서의 배급	NP0158	북경	happenedAt	
E040-14	구조	NP0378	정해	happenedAt	
E040-15	선상에서의 필담	NP0378	정해	happenedAt	
E040-16	정해 관부에서의 필담	NP0378	정해	happenedAt	
E040-17	정해현에서의 배급	NP0378	정해	happenedAt	
E040-18	지하포에서의 배급	NP0423	지하포	happenedAt	

source-id	name	target-id	name	relation	type
E040-19	황성에서의 배급	NP0158	북경	happenedAt	
E041-13	옥진포에서의 필담	NP0292	옥진포	happenedAt	
E041-14	옥진포에서의 배급	NP0292	옥진포	happenedAt	
E041-17	장기도에서의 배급	NP0342	일본 장기	happenedAt	
E041-18	강종민 일행 상봉	NP0342	일본 장기	happenedAt	
E041-19	대마도에서의 배급	NP0090	대마도	happenedAt	
E041-20	대마도에서의 필담	NP0090	대마도	happenedAt	
E041-21	고경운 일행 상봉	NP0090	대마도	happenedAt	
E041-22	부산진에서의 배급	NP0156	부산진	happenedAt	
E041-23	동래부에서의 배급	NP0114	동래	happenedAt	
E042-10	필담	NP0284	오도	happenedAt	
E042-11	오도에서의 배급	NP0284	오도	happenedAt	
E042-12	장기도에서의 배급	NP0342	일본 장기	happenedAt	
E042-13	고종열 등 동료의 죽음	NP0342	일본 장기	happenedAt	사망장소
E042-13	고종열 등 동료의 죽음	NP0379	제주	happenedAt	매장장소
E042-14	김광훈 일행 상봉	NP0090	대마도	happenedAt	
E042-15	강종민 일행 상봉	NP0090	대마도	happenedAt	
E042-16	문동학 일행 상봉	NP0090	대마도	happenedAt	
E043-11	좌동의 죽음	NP0109	도원포	happenedAt	사망장소
E043-11	좌동의 죽음	NP0095	대만부	happenedAt	매장장소
E043-12	대만부에서의 배급	NP0095	대만부	happenedAt	
E043-13	필담	NP0095	대만부	happenedAt	
E043-14	신장현에서의 배급	NP0241	신장현	happenedAt	
E043-15	복건성에서의 배급	NP0146	복건성	happenedAt	
E043-16	조선관에서의 배급	NP0158	북경	happenedAt	
E043-17	이탈	NP0332	이진	happenedAt	
E044-12	만남	NP0284	오도	happenedAt	
E044-13	장기도에서의 배급	NP0342	일본 장기	happenedAt	
E044-14	대마도에서의 배급	NP0090	대마도	happenedAt	
E044-15	동래부에서의 배급	NP0114	동래	happenedAt	
E044-16	문답	NP0342	일본 장기	happenedAt	
E044-17	김여서 일행 상봉	NP0342	일본 장기	happenedAt	
E045-10	만남	NP0606	등산포	happenedAt	
E045-11	필담	NP0606	등산포	happenedAt	
E045-12	이양선에서의 배급	NP9002	선박	happenedAt	
E045-13	등산포에서의 배급	NP0606	등산포	happenedAt	
E046-14	필담	NP0090	대마도	happenedAt	

source-id	name	target-id	name	relation	type
E046-15	대마도에서의 배급	NP0090	대마도	happenedAt	
E046-16	부산진에서의 배급	NP0156	부산진	happenedAt	
E046-17	동래부에서의 배급	NP0114	동래	happenedAt	
E046-18	세미 운송선 구조	NP0066	낙안	happenedAt	
E046-19	이탈	NP0066	낙안	happenedAt	
E046-20	세미 운송	NP0482	한강	happenedAt	
E047-11	필담	NP0046	구미도	happenedAt	
E047-12	구미도에서의 배급	NP0046	구미도	happenedAt	
E047-13	박촌에서의 배급	NP0136	박촌	happenedAt	
E047-14	복주에서의 배급	NP0146	복건성	happenedAt	
E047-15	경기감영에서의 배급	NP0028	경기감영	happenedAt	
E048-14	이양선에서의 필담	NP9002	선박	happenedAt	
E048-15	배 안에서의 필담	NP9002	선박	happenedAt	
E048-16	상해 항구에서의 문답	NP0605	상해 항구	happenedAt	
E048-17	장기도에서의 문답	NP9002	선박	happenedAt	
E048-18	일행을 회유하는 문답	NP9002	선박	happenedAt	
E048-19	장기도에서의 배급	NP0342	일본 장기	happenedAt	
E048-20	전라도 영광 일행 상봉	NP0090	대마도	happenedAt	
E048-21	대마도에서의 배급	NP0090	대마도	happenedAt	
E048-22	동래부에서의 배급	NP0114	동래	happenedAt	
E049-13	필담	NP0235	숭무진	happenedAt	
E049-14	혜안현에서의 배급	NP0508	혜안현	happenedAt	
E049-15	복건성에서의 배급	NP0146	복건성	happenedAt	
E049-16	조선관에서의 배급	NP0158	북경	happenedAt	
E050-13	필담	NP0234	숭명현	happenedAt	
E050-14	소송진에서의 배급	NP0611	소송진	happenedAt	
E050-15	숭명현에서의 배급	NP0234	숭명현	happenedAt	
E050-16	송도에서의 배급	NP9002	선박	happenedAt	
E050-17	조선관에서의 배급	NP0158	북경	happenedAt	
E052-04	장빈에서의 배급	NP0357	장빈	happenedAt	
E052-05	장빈에서의 예물	NP0357	장빈	happenedAt	
E052-06	수군 36명 죽음	NP9002	선박	happenedAt	
E053-07	막금(莫金)의 잔류	NP0287	오도포	happenedAt	
E063-09	필담	NP9002	선박	happenedAt	
E063-10	절강에서의 배급	NP0374	절강성	happenedAt	
E064-19	필담	NP0320	윤이	happenedAt	
E064-20	유구국 관부에서의 배급	NP0316	유구	happenedAt	

source-id	name	target-id	name	relation	type
E066-38	필담	NP0614	우두외양	happenedAt	
E067-08	만남	NP0339	일본	happenedAt	
E067-09	문답	NP0289	오질포	happenedAt	
E067-10	오질포리에서의 배급	NP0289	오질포	happenedAt	
E076-04	14명 일행의 죽음	NP9001	바다	happenedAt	
E076-05	일기도에서의 배급	NP0337	일기도	happenedAt	
E076-06	대마도에서의 배급	NP0090	대마도	happenedAt	
E095-07	대도 관부에서의 배급	NP0088	대도	happenedAt	
E102-09	복건에서의 배급	NP0146	복건성	happenedAt	
E103-01	일행 1명의 죽음	NP0354	장문주	happenedAt	
E119-26	축전주 대도포에서의 필담	NP0455	축전주 대도	happenedAt	
E119-27	무나가타 쓰야자키에서의 필담	NP0712	진옥기포	happenedAt	
E119-28	축전주 대포도에서의 배급	NP0455	축전주 대도	happenedAt	
E119-29	장기에서의 배급	NP0342	일본 장기	happenedAt	
E120-35	필담	NP0088	대도	happenedAt	
E120-36	백촌에서의 배급	NP0654	백촌	happenedAt	
E120-37	일행과 이별	NP0657	일노미	happenedAt	

▌**저자약력**

허경진

1974년 연세대 국문과를 졸업하면서 시「요나서」로 연세문화상을 받았다. 1985년에 연세대에서
『허균 시 연구』(평민사, 1984)로 문학박사학위를 받고, 목원대 국어교육과 교수를 거쳐 연세대
국문과 교수로 재직중이다. 『허난설헌시집』(평민사, 1999 개정판), 『교산 허균 시선』(평민사, 2013
개정판)을 비롯한 한국의 한시 총서 50권, 『허균평전』(돌베개, 2002), 『사대부 소대헌 호연재 부부의
한평생』(푸른역사, 2003), 『허균 연보』(보고사, 2013) 등을 비롯한 저서 10권, 『허균의 시화』(민음사,
1982), 『허균산문집』(서해문집, 2013), 『홍길동전』(책세상, 2004) 등의 번역서 10권이 있다.

구지현

1970년 충남 천안 눈돌에서 출생했다. 연세대학교 국문과 및 같은 대학원을 졸업하고 일본 게이오
대학 방문연구원을 역임했다. 현재 선문대학교 국문과 교수로 재직중이다. 저서로는 『계미통신사
사행문학 연구』(보고사, 2011), 『통신사 필담창화집의 세계』(보고사, 2011) 등이 있다.

디지털인문학연구총서 1

조선시대 표류노드 시각망 연구일지

2016년 1월 14일 초판 1쇄 펴냄

저 자 허경진·구지현
발행인 김흥국
발행처 보고사

책임편집 이경민
표지디자인 오동준

등록 1990년 12월 13일 제6-0429호
주소 경기도 파주시 회동길 337-15 보고사 2층
전화 031-955-9797(대표)
    02-922-5120~1(편집), 02-922-2246(영업)
팩스 02-922-6990
메일 kanapub3@naver.com / bogosabooks@naver.com
http://www.bogosabooks.co.kr

ISBN 979-11-5516-514-0
    979-11-5516-513-3 94810(세트)
ⓒ 허경진·구지현, 2016

정가 16,000원